TEXTES LITTÉRAIRES DU MOYEN ÂGE
sous la direction de Maria Colombo Timelli et Richard Trachsler
47

La Genealogie, la vie, les miracles et les merites de saint Foursy

Ouvrage publié avec le soutien du Dipartimento di Studi Umanistici
de l'Università degli Studi di Torino

Jean Miélot

La Genealogie, la vie, les miracles

et les merites de saint Foursy

Édition critique par Elisabetta Barale

PARIS
CLASSIQUES GARNIER
2018

En vue d'en garantir la qualité, les publications de cette collection sont préalablement soumises à deux lecteurs anonymes.

Elisabetta Barale est docteur de recherche à l'université de Turin et de Louvain-la-Neuve. Ses études portent sur la langue et la littérature en moyen français. Elle a consacré plusieurs travaux à la figure de Jean Miélot, notamment à ses réécritures en prose et à la traduction du *Papaliste*. L'édition critique *La Genealogie, la vie, les miracles et les merites de saint Foursy* est issue de sa thèse soutenue en 2014.

ISBN 978-2-406-07486-1 (livre broché)
ISBN 978-2-406-07487-8 (livre relié)
ISSN 2108-9825

INTRODUCTION

SAINT FURSY

Saint Fursy est un saint missionnaire d'origine irlandaise ayant vécu au VIIe siècle. Objet d'une dévotion traditionnelle dans la France septentrionale[1], il est actuellement patron des villes de Péronne, de Lagny-sur-Marne et de sept paroisses dans le diocèse d'Amiens. Sa prédication s'inscrit dans le cadre des liens qui se sont établis entre les îles Britanniques et la Gaule depuis le Ve siècle et sans doute même avant[2]. Abandonnant leur pays et s'engageant dans la pérégrination au nom du Christ, plusieurs saints celtiques[3] sont partis à l'aventure : une fois arrivés dans un pays étranger, ils y ont rencontré la population païenne et ils ont cherché à la convertir au christianisme.

On ne sait pas en quelle année saint Fursy est venu au monde, mais il est sûr qu'il naquit en Irlande où, dans sa jeunesse, il eut une longue vision suivie par d'autres rencontres mystiques. Parti en exil loin de sa patrie, Fursy arriva en Est-Anglie, c'est-à-dire chez les Saxons orientaux, après le sacre du roi Sigebert en 631 : les biographes insistent beaucoup sur l'accueil chaleureux reçu par le moine irlandais à la cour de ce roi[4].

---

1 De l'autre côté de la Manche, saint Fursy est honoré dans le Wessex et dans le Pays de Galles, à Croyland, à Winchester et à Exeter ; en outre, il est vénéré à Cantorbéry où, avant la conquête normande, la tête du saint passait pour être conservée dans la cathédrale. *Cf.* L. Gougaud, *Les saints irlandais hors d'Irlande*, Louvain, Bureaux de la Revue d'Histoire ecclésiastique, 1936, p. 111.

2 *Histoire des saints et de la sainteté chrétienne*, *Les voies nouvelles de la sainteté*, t. 4, sous la direction de P. Riché, Paris, Hachette, 1986, p. 20.

3 L. Gougaud remarque qu'en Irlande on assiste à une floraison extraordinaire de sainteté pendant trois ou quatre siècles. C'est pour cette raison qu'elle est connue comme l'« île des saints » à partir du IXe siècle. L. Gougaud, *Les chrétientés celtiques*, Crozon, Édition Armeline, 1995, p. 145.

4 D'après Colgan, on pourrait situer son arrivée en Angleterre en 636. *Cf.* J. Colgan, *Acta Sanctorum veteris et maioris Scotiae seu Hiberniae sanctorum insulae*, t. 1, Louvain, 1645,

On connaît très peu de choses à propos de la diffusion du christianisme en Angleterre pendant l'époque romaine, mais on sait que saint Colomba (Colum Cille) était arrivé en 564 et avait fondé une abbaye à Iona. On peut donc déduire que les premiers rois d'Est-Anglie ne furent que partiellement convertis et que le paganisme était encore vigoureux[5]. C'est seulement avec le roi Sigebert que la religion chrétienne s'imposa nettement dans le royaume. Éduqué en Gaule et guidé par les conseils de l'évêque bourguignon Félix, le monarque était prêt à accueillir la mission de Fursy : il lui fit cadeau du domaine de Cnobheresburg (actuellement Burgh Castle, près de Great Yarmouth, dans le Norfolk) pour y bâtir un monastère. Fursy en confia la fondation à son frère Feuillain et alla vivre dans un ermitage avec son autre frère Ultain ; dans le même temps, le roi Sigebert abdiqua et se retira lui aussi du monde en s'enfermant dans un cloître. En 641 ou en 644, le roi de Mercie, le puissant Penda, envahit l'Est-Anglie. Les nobles firent appel au patriotisme de Sigebert pour le convaincre de s'opposer à l'armée de l'ennemi, mais ce fut un échec : les Saxons subirent une grave défaite et le roi y perdit la vie[6].

C'est très probablement à cette période que Fursy décida de quitter l'Angleterre pour se rendre en Gaule. Lorsque notre saint débarqua dans le nouveau pays, très probablement sur la côte du Boulonnais à Quentovic (aujourd'hui Étaples), il trouva une population déjà convertie au christianisme grâce à la prédication de Colomban de Bangor et à la foi du roi Clovis II[7]. Comme les autres *peregrini*, en suivant son inspiration, Fursy entama un long voyage à pied[8] qui le conduisit tout d'abord en

---

p. 97. Par contre, d'après Dahl, on la situerait en 633 ; ce dernier semble donc soutenir l'hypothèse que Sigebert aurait pu être assassiné en 635 et qu'il aurait pu connaître Fursy vers la moitié de son règne. *Cf.* L. H. Dahl, *The Roman Camp and the Irish Saint at Burgh Castle*, London, Jarrold and sons, 1913, p. 49. Il y a encore d'autres hypothèses plus ou moins fondées pour lesquelles je renvoie aux notes de J. O'Hanlon, *Lives of the Irish Saints*, t. 2, Dublin, Duffy and sons, 1872, particulièrement p. 259.

5 *Ibid.*, p. 46-48.

6 *Cf.* Bède le Vénérable, *Historia Ecclesiastica Gentis Anglorum*, III, 18. P. Hunter Blair, « Celtic and Roman missionaries », *The world of Bede*, Cambridge, Cambridge University Press, 1990, p. 107-108.

7 Clovis II, fils de Dagobert Ier, né en 637, régna de 638-639 jusqu'à sa mort en 656-657 ; il épousa une esclave anglaise d'Erchinoald, la future sainte Bathilde, fondatrice de l'abbaye de Corbie.

8 L. Gougaud explique que la *Regula cujusdam patris ad monachos* considère comme immortifié, et donc passible d'excommunication, un moine qui ne voyage pas à pied et consent au contraire à faire usage d'un cheval ou d'un char. *Cf.* L. Gougaud, *Les chrétientés celtiques*, p. 208-210.

Ponthieu et puis, à travers la campagne et les marais de l'actuel département de la Somme, jusqu'à la ville de Péronne. Sa prédication reçut le meilleur accueil : il se vit attribuer le domaine de Lagny-sur-Marne, anciennement partie du diocèse de Paris (aujourd'hui dans le diocèse de Meaux), pour y bâtir un nouveau monastère.

Quelque temps après, il conclut sa vie en odeur de sainteté à Mézérolles, mais il est bien difficile de déterminer l'année et le jour du décès car les martyrologes et les annales proposent une grande variété de dates. Toutefois, en négligeant les hypothèses qui situent sa mort avant les années '40 et en excluant celles qui la situent en ou après 655[9], on peut supposer qu'il décéda en 649 ou 650[10]. En ce qui concerne son *dies natalis*, bien qu'on soit arrivé à identifier sept jours possibles[11], l'examen des livres liturgiques et des livres d'Heures postérieurs au XIIe siècle montre que la fête a définitivement été fixée au 16 janvier. En Irlande aussi, où il est actuellement vénéré le 9 février, les plus anciens calendriers lui attribuent la date du 16 janvier[12]. Toutefois, même si beaucoup de documents mentionnent ce jour, d'autres, tel que le calendrier poitevin-breton de Berne (Xe siècle) et deux calendriers de la cathédrale de Strasbourg (XIe et XIIe siècles), indiquent le 9 février, qui est le jour de la *depositio* ou bien celui de la *translatio*. En effet, les reliques de Fursy, miraculeusement transportées de Péronne au Mont des Cygnes et originairement déposées sous un pavillon en forme de chapelle, ont été déplacées trois fois. On situe l'exhumation de son corps par saint Éloi, évêque de Noyon,

9 Si l'on fixe l'arrivée de saint Fursy en Angleterre vers 640-641 et le début du séjour en France sous le royaume de Clovis II, on peut exclure que sa mort puisse se situer avant les années '40. On peut également exclure qu'elle soit survenue en ou après 655 pour plusieurs raisons : avant tout les annales irlandaises ne partagent pas cette datation ; deuxièmement l'année 655 correspond à la date du martyre de son frère Feuillain et on sait bien que, après la mort de Fursy, Feuillain continua sa collaboration avec sainte Gertrude à Fosse ; enfin, la chronique de Miraeus enregistre en 660 la mort de saint Éloi, l'évêque qui s'est occupé de l'exhumation et de la première translation des reliques. De toute façon, je renvoie à l'argumentation proposée par J. O'Hanlon, *op. cit.*, particulièrement p. 282-284.

10 P. Grosjean, « Notes d'hagiographie celtique », *Analecta Bollandiana*, 75, 1957, p. 372-420, notamment p. 389-390 et p. 392-393.

11 Le 16 janvier ; le 6 février ; le 9 février ; le 25 février ; le 4 mars ; le 17 septembre ; le 28 septembre. *Cf.* J. Colgan, *op. cit.*, p. 97-98.

12 R. Van Doren, *Furseo*, dans *Bibliotheca Sanctorum*, éd. F. Caraffa, Roma, Istituto Giovanni XXIII della Pontificia Università Lateranense, 1964, t. 5, col. 1321-1322. Voir aussi M. Stokes, *Three Months in the Forests of France. A Pilgrimage in Search of Vestiges of the Irish Saints in France*, London, Bell and Sons, 1895, p. 259-260.

et par saint Aubert, évêque de Cambrai, environ trente jours après la mort. La première translation a eu lieu très probablement le 9 février 655, lorsque saint Éloi décida d'enfermer les reliques du saint dans une châsse qu'il construisit lui-même et de l'exposer sur l'autel principal de l'église de Péronne, sanctuaire achevé grâce à la munificence du châtelain Herceval[13]. Le 17 septembre 1256, en présence de saint Louis de retour de la septième croisade, une nouvelle translation des reliques a eu lieu : elles furent placées dans une nouvelle châsse tout aussi riche, mais plus moderne, où elles ont été conservées jusqu'à la Révolution[14].

La vénération de saint Fursy est attestée en Irlande par le Martyrologe de Tallaght[15]. Les plus anciens témoignages d'un culte liturgique rendu à Fursy sur le continent sont fournis par le fragment du calendrier de Rheinau-Zurich (VIIIe siècle), dont le modèle appartient probablement au Brabant, et par les litanies du pontifical de Bâle conservé à Fribourg-en-Brisgau (milieu du IXe siècle), qui ont été copiées sur un modèle du Nord de la Gaule. Tout aussi significatives, en vertu de leur antiquité, sont les mentions du *Libellus precum* de Fleury, de Cologne et de Mayence, attribuables au VIIIe-IXe siècle, celles du calendrier sacramentaire de Ratold de Corbie (Xe siècle)[16], ainsi que celles du livret de Tegernsee (XIe siècle)[17].

La célébrité de saint Fursy est aussi attestée par la rédaction de trois *Vies* latines en prose qui ont eu une large diffusion et qui ont été reprises et abrégées dans les recueils hagiographiques médiévaux[18]. Selon le classement proposé en 1986 par P. Ó' Riain, on peut faire référence à

---

13 E. De Sachy, *Essais sur l'histoire de Péronne*, Paris, Aubry, 1866, p. 24-26.

14 M. J. Gosselin, *Chapitre royal de Saint-Fursy de Péronne*, Péronne, Trépant, 1874, p. 21.

15 Le *Martyrologe* de Tallaght a été composé au VIIIe-IXe siècle dans un monastère situé dans l'actuel comté de Dublin, par Oengus le Culdée, auteur d'un célèbre *Félire* poètique. Il s'agit d'un ouvrage en prose qui prévoit pour chaque jour deux sessions, l'une consacrée aux saints traditionnels, l'autre réservée aux saints irlandais.

16 Il s'agit du calendrier sacramentaire de Saint-Vaast d'Arras, écrit pour Ratold de Corbie, abbé en 972 et mort en 986. Il est conservé dans le ms. Paris, BnF, lat. 12052.

17 Dans plusieurs cas, on pourrait supposer une parenté entre ces listes et les calendriers liturgiques irlandais, comme par exemple le *Martyrologe* de Tallaght. D'après R. McKitterick, on pourrait considérer Péronne comme ville intermédiaire de la transmission. *Cf.* R. Mckitterick, *History and Memory in the Carolingian World*, Cambridge, Cambridge University Press, 2004, p. 182 et L. Gougaud, *Les saints irlandais hors d'Irlande*, p. 109.

18 On peut citer entre autres le *Speculum historiale* de Vincent de Beauvais (V. De Beauvais, *Speculum quadruplex sive Speculum maius*, *Speculum Historiale*, Graz, Akademische Druck Verlagsanstalt, 1965, chap. LXXXI-LXXXIII) et la *Legenda aurea* de Jacques de Voragine (*Legenda aurea : con le miniature del codice Ambrosiano C 240 inf.*, éd. critique par Giovanni Paolo Maggioni, vol. 1, Firenze, Sismel, 2007, c. CXL, p. 982-985).

ces trois récits en les désignant par les noms de *Vita Prima*, *Virtutes* et *Vita Secunda*[19].

La Vita Prima est la version la plus ancienne. Conservée dans de nombreux manuscrits et diffusée grâce à plusieurs éditions à partir de 1570[20], cette légende constitue le noyau primitif de la *Vie* de saint Fursy. Au VIIe siècle[21], un scribe d'origine irlandaise, appartenant au monastère bénédictin de Péronne[22], mit son talent de conteur au service du culte voué au saint patron de son établissement religieux[23]. Il focalisa son attention sur les visions qui caractérisent la mission de Fursy et, à travers le récit d'un voyage dans l'Au-delà, il réalisa le premier exemple de littérature visionnaire dans l'histoire de l'Irlande chrétienne[24]. Les critiques modernes partagent l'opinion que cette biographie a été utilisée par Bède le Vénérable car au IIIe livre de son *Historia Ecclesiastica Gentis Anglorum* figure un chapitre contenant la *Vie* du saint[25].

19 P. Ó Riain, « Les vies de saint Fursy : les sources irlandaises », *Revue du Nord*, 68, 1986, p. 405-414.

20 L. Surius, *De probatis Sanctorum historiis ab Al. Lipomano olim conscriptis nunc primum a Laur. Surio emendatis et auctis*, t. 1, Köln, Calenium & haredes Quentilios, 1570, p. 365-372 ; J. Bolland, *Acta Sanctorum Ianuarii*, t. 2, Anvers, 1643, p. 35-55 ; J. Mabillon, *Acta Sanctorum Ordinis S. Benedicti*, t. 2, Paris, Louis Billaine, 1669, p. 286-296 ; C. De Smedt – J. De Backer, *Acta Sanctorum Hiberniae ex codice Salmanticensi nunc primum integre edita opera Caroli De Smedt et Josephi De Backer e Soc. Iesu, hagiographorum Bollandianorum ; auctore et sumptus largiente Joanne Patricio Marchione Bothae*, Edinburgh-London-Bruges-Lille, G. Blackwood, 1887-1888 ; W. W. Heist, *Vitae sanctorum Hiberniae ex codice olim salmaticensi nunc bruxellensi*, Bruxelles, Société des Bollandistes, 1965, (« Subsidia Hagiographica », 28), p. 37-55 ; B. Krusch, *Monumenta Germaniae Historica. Scriptores rerum merovingicarum*, t. IV (*Passiones vitaeque sanctorum aevi Merovingici*), Hannover, Impensis Bibliopolii Hahniani, 1902, p. 423-440. Nous renvoyons à cette dernière édition pour la classification des manuscrits, notamment aux p. 429-433.

21 G. Grützmacher, « Die Viten des Hl. Furseus », *Zeitschrift für Kirchengeschichte*, 19, 1899, p. 193 ; A. Dierkens, *Abbayes et chapitres entre Sambre et Meuse (VII-XIe siècle)*, Sigmaringen, Thorbecke, 1985, p. 304.

22 L. Traube, « Perrona Scottorum, ein Beitrag zur Überlieferungsgeschichte und zur Paleographie des Mittelalters », *Vorlesungen und Abhandlungen, Kleine Schriften*, éd. S. Brandt et F. Boll, t. 3, München, Beck, 1965, p. 469-538.

23 M. P. Ciccarese, « Le visioni di S. Fursa », *Romanobarbarica*, 8, 1984-1985, p. 231-303 ; W. W. Heist, « Irish Saint's Lives, Romance and Cultural History », *Medieval Hagiography and Romance*, éd. P. M. Clogan, Cambridge, Cambridge University Press, 1975, p. 25-40.

24 C. Carozzi, « La géographie de l'au-delà et sa signification pendant le haut Moyen Âge », *Popoli e paesi nella cultura altomedievale, [Settimana del Centro Italiano di Studi sull'Alto Medioevo]*, 29/2, 1983, p. 423-481.

25 Bède le Vénérable, *Histoire ecclésiastique du peuple anglais (Historia ecclesiastica gentis Anglorum)*, éd. critique par André Crepin, tr. fr. par P. Monat et P. Robin, Paris, Édition du Cerf, 2005, l. III, 19, 9, p. 114-115.

Dans plusieurs manuscrits[26] la *Vita Prima* est suivie par une autre version de la légende, connue sous le nom de *Virtutes*. Il s'agit d'une *Vie* composée au IXe siècle par un auteur anonyme appartenant au monastère de Péronne ; elle présente beaucoup d'analogies avec la *Vita Prima*, mais, au lieu de rapporter les visions, elle se concentre sur la narration des miracles accomplis par saint Fursy avant et après sa mort.

La *Vita Prima* et les *Virtutes* ont enfin été réunies dans une troisième biographie, la *Vita Secunda*. Transmise aujourd'hui par six témoins[27], cette biographie a été éditée pour la première fois par J. Bolland en 1643 et par J. Colgan en 1645[28]. Réalisée au XIe siècle dans le monastère de Lagny-sur-Marne, elle a longtemps été attribuée à l'abbé Arnoul. Grâce à l'examen de l'épître dédicatoire aux moines de Péronne, conservée uniquement dans le manuscrit Reg. Christ. 573 de la Bibliothèque Vaticane[29], l'archiviste anglais T. D. Hardy est enfin parvenu à identifier les auteurs de la composition : Serlon et Robert d'Argenteuil, deux moines qui ont accompli un grand travail de correction et d'adaptation des sources, peut-être sous l'inspiration de l'abbé Arnoul[30]. La nouveauté de la *Vita Secunda* réside en effet dans le jeu combinatoire réalisé par les rédacteurs dans l'organisation des données plus anciennes, en cherchant à se conformer aux règles de la clarté et de l'évolution chronologique. Le contenu est presque identique à celui des *Vitae* précédentes et l'ouvrage

---

26 Il s'agit notamment des manuscrits qui appartiennent à la classe C de l'édition de B. Krusch. *Cf.* B. Krusch, *op. cit.*, p. 426 et particulièrement les p. 430-431 ; ce critique fournit aussi l'édition de l'œuvre aux p. 440-449. Voir également l'édition de J. Bolland, *op. cit.*, p. 41-44, l'édition de J. Mabillon, *op. cit.*, p. 309-315 et l'édition du texte tiré du Codex Salmanticensis par W. W. Heist, *Vitae sanctorum Hiberniae*, p. 50-55.

27 Arras, BP 178 (309), f. 75v-100v (XIe siècle) ; Arras, BP 600 (512), f. 10r-15v (XIIIe siècle) ; Bruxelles, KBR 565-575 (962), f. 161v-165v (XIVe siècle) ; Vaticano, BAV, Barb. lat. 518, f. 17r-41v (XIIe-XIIIe siècle) ; Vaticano, BAV, Barb. lat. 518, f. 41v-51r (XIIe-XIIIe siècle) ; Vaticano, BAV, Reg. lat. 573, f. 40r-71r (XIe siècle). On peut néanmoins renvoyer au no. 3215 de la BHL.

28 J. Colgan, *op. cit.*, p. 75-87.

29 A. Poncelet décrit ce manuscrit dans le *Catalogus codicum hagiographicorum latinorum bibliothecae Vaticanae* en disant : « membraneus, foliorum 88 (0,261 x 0,172 mm) exaratus duabus manibus saec. XI (f. 1-39 ; 40-88) ». En outre, il ajoute qu'il se compose d'une *Vie de saint Wandregisil* (f. 1-16), des *Miracles de saint Wandregisil* (f. 16-39), de la *Vie de saint Fursy* (f. 40-71), du remaniement de Bède le Vénérable de la légende de saint Fursy (f. 71-74), de la *Passion de saint Adrien* (f. 74-87v) et de la *Vie* incomplète de saint Egide (f. 87v-88v). A. Poncelet, *Catalogus codicum hagiographicorum latinorum bibliothecae Vaticanae*, Turnhout, Brepols, (« Subsidia Hagiographica 11 »), 1883 (rééd. 1910).

30 T. D. Hardy, *Descriptive Catalogue of Materials relating to the History of Great Britain and Ireland*, t. 1, London, Longman, 1862, p. 241.

montre une grande fidélité aux sources ; toutefois, dans certains épisodes, les rédacteurs ont remanié les textes d'origine dans le but de conférer plus de vivacité au récit et de bâtir un véritable mythe « irlandais ».

C'est d'une version de la *Vita Secunda*, comme nous le verrons plus loin, que s'est servi le *translateur* français Jean Miélot.

JEAN MIÉLOT

Jean Miélot, cinquième et dernier enfant d'Henri Miélot et de Maroie Cape, est né à Gueschart, un petit village situé entre Abbeville et Hesdin dans l'ancien comté du Ponthieu[31]. La date de sa naissance et celle de sa mort demeurent inconnues, mais on sait qu'il resta au service de Philippe le Bon durant dix-huit ans. Tout d'abord, pour une période d'environ une année et demie, il travailla à la pièce[32] ; ensuite, en 1449, l'obtention de lettres patentes lui confirma l'entrée à durée indéterminée au service du duc en tant que « secrétaire aux honneurs ». Cet engagement est en fait une particularité qui distingue Miélot d'autres artisans du livre de son temps, tels que Jean Wauquelin et David Aubert[33]. Aucun de ses collègues n'a jamais servi Philippe le Bon à titre d'employé permanent en percevant un salaire régulier, payé par jour et non plus à l'œuvre. Dans les comptes de 1449 conservés aux Archives départementales du Nord (Registre n. F.145 de la Chambre des Comptes, Archives du Département du Nord, Lille) on lit qu'il recevait un salaire de douze sols par jour :

31 Sans donner beaucoup de détails, Miélot évoque ses origines et fait allusion à sa propre généalogie dans l'explicit du *Traité de vieillesse et de jeunesse* (ms. Copenhague, KB, Thott 1090) et au f. 54v de sa traduction de la *Briefve compilation de toutes les histoires de la Bible* (Bruxelles, KBR, II 239).

32 C'est en 1448 que Miélot réalise son premier ouvrage pour Philippe le Bon : il s'agit d'une traduction du *Speculum humanae salvationis*, dont l'intitulé français est *Le miroir de l'humaine salvation*, qui nous est actuellement transmis par deux manuscrits, le ms. Bruxelles, KBR, 9249-50 et le ms. Paris, BnF, f. fr. 6275. Une troisième copie, dont l'attribution serait à vérifier, a été vendue chez *Les Enluminures* et demeure aujourd'hui en mains privées. *Cf.* O. Delsaux, « Bibliographie de et sur Jean Miélot », *Le Moyen Français*, 67, 2010, p. 157-158.

33 T. Van Hemelryck – C. Van Hoorebeeck, « L'*Epistre Othéa* en contexte bourguignon. Des efforts de Christine de Pizan aux prouesses de Jean Miélot », *Le Moyen Français*, 67, 2010, p. 111-128, en particulier p. 113-116.

> A Maistre Jehan Mielot, la somme de quatre-vintz dix-sept livres quatre solz monnoie dessusdicte, qui deu[e] luy estoit a cause de xij s dicte monnoie que mondit seigneur, par ses lettres donne[e]s à Bruxelles le xxij^{e} jour d'avril l'an mil iiij^{c} xlix, lui a ordonné prendre et avoir de lui de gaiges par jour de[s] deniers de sesdictes finances, pour lui aidier a entretenir en son service a faire translatacions et escriptures de latin en françois de hystoires et autrement pour ses besoingnes et affaires, a commencer de la datte desdictes lettres, et ce pour viij^{xx} lij jours entiers commençans le xxij^{e} jour dudit mois d'avril et finissanz le derrenier jour de semptembre ensuigant oudit an, comme tout ce plus aplain puet apparoir par le vidimus desdictes lettres de mondit seigneur, cy rendu garny selon son contenu ; pour ce cy viij^{XX} xvij £ iiij s de xl gros[34].

Miélot travailla donc intensément et suivit les déplacements de la cour. En 1453, il devint chanoine de l'Église collégiale de Saint-Pierre de Lille. Bien que son nom soit mentionné dans les comptes de l'administration ducale jusqu'en 1462, il exerça effectivement ses fonctions canoniales à Lille, car les comptes des obits révèlent que depuis 1453 jusqu'en 1472 il reçut en argent, blé et avoine une part égale à celle de ses confrères pour avoir assisté aux offices[35]. En 1462, Miélot perdit ses gages à la cour de Bourgogne et ne fut plus payé qu'à la tâche ; il ne perdit pourtant pas son titre et, comme le rôle de « secrétaire aux honneurs » ne suppose ordinairement aucune rétribution, il rejoignit enfin le régime auquel il avait fait jusqu'alors exception. Suite à la mort de Philippe le Bon (Bruges, 12 juin 1467), il travailla pour Charles le Téméraire (1433-1477) et pour Louis de Luxembourg, comte de Saint-Pol et connétable de France (1418-1475)[36]. Ce dernier confia très vraisemblablement à Miélot un poste de précepteur pour éduquer les enfants qu'il avait eus de sa

---

34 J. Paviot, « Mentions de livres, d'auteurs, de copistes, d'enlumineurs, de miniaturistes ("historieurs") et de libraires dans les comptes généraux du duc de Bourgogne Philippe le Bon (1419-1467) », *Miscellanea in memoriam Pierre Cockshaw (1938-2008) : aspects de la vie culturelle dans les Pays-Bas Méridionaux (XIVe-XVIIIe siècle)*, éd. F. Daelemans, A. Kelders, Bruxelles, Archives et bibliothèques de Belgique, 2009, document 131, p. 435.

35 P. Perdrizet, « Jean Miélot, l'un des traducteurs de Philippe le Bon », *Revue d'histoire littéraire de la France*, 14, 1907, p. 472-482, en particulier p. 474.

36 Héritier d'un patrimoine familial considérable, Louis de Luxembourg était l'un des plus riches et des plus puissants représentants de la noblesse de son temps : pour avoir essayé de mener une action indépendante entre France et Bourgogne, il fut accusé de haute trahison par le roi de France et décapité le 19 décembre 1475 sur la place de Grève. P. Cockshaw, « À propos des "éditeurs" à la cour de Bourgogne », *Le statut du scripteur au Moyen Âge, Actes du XIIe colloque scientifique du Comité international de paléographie latine [Cluny, 17-20 juillet 1998]*, éd. M.-C. Hubert, E. Poulle et M. Smith, Paris, École des Chartes, 2000 (« Matériaux pour l'histoire », 2), p. 283-289, notamment p. 285.

deuxième épouse, Marie de Savoie. Ce qui est sûr, c'est qu'il devint son chapelain, car dans la dédicace au comte contenue dans le manuscrit Copenhague, KB, Thott 1090, il se présente comme « prestre indigne, vostre treshumble chapellain » [f. 67v]. Après 1472, on ne possède plus de documents au sujet de Miélot et c'est pour cette raison qu'on suppose que son décès est survenu autour de cette date[37].

En considérant sa production littéraire, on peut affirmer qu'elle a presque exclusivement été destinée à l'entourage ducal, sans aucune prétention ou finalité commerciale[38]. Il est aisé de constater que Miélot a bénéficié de conditions de travail idéales : sans contrainte pécuniaire, les commandes provenant d'un public exclusif lui ont garanti une certaine liberté dans l'exécution des compilations.

L'activité de Jean Miélot comprend la composition[39], la traduction, la transcription et le remaniement de textes religieux, moraux et historiques[40]. Les études récentes qui, à partir de la fin des années 1990, ont complété les travaux pionniers réalisés dès le début du XXe siècle, ont pris en compte tant les quelques œuvres originales de l'« escripvant » que ses « translations » et son activité de copiste.

37 H. Wijsman, « Le connétable et le chanoine. Les ambitions bibliophiliques de Louis de Luxembourg au regard des manuscrits autographes de Jean Miélot », *Le livre au fil de ses pages, Actes de la 14e journée d'étude du Réseau des Médiévistes belges de Langue française [Liège, 18 novembre 2005]*, éd. R. Adam et A. Marchandisse, Bruxelles, Archives et bibliothèques de Belgique, 2009, p. 119-150, en particulier p. 120-121 et p. 136-138.

38 H. Wijsman, « Jean Miélot et son réseau. L'insertion à la cour de Bourgogne du traducteur-copiste », *Le Moyen Français*, 67, 2010, p. 129-156, en particulier p. 147-156.

39 À l'état actuel de la recherche, on lui attribue uniquement : deux chants royaux consacrés à la Vierge (1448) et insérés dans le manuscrit Paris, BnF, 9198 ; un recueil de proverbes (1456 ?) qui nous a été transmis par le manuscrit Paris, BnF, fr. 12441 ; quatre poèmes politiques en latins (avant 1471) conservés dans le manuscrit Paris, BnF, fr. 17001 [f. 33v-34r]. Sur ces ouvrages voir : G. Gros, *Lit preparé au fil du Roy des Roys, chant royal amiénois de l'année 1448 : un texte retrouvé*, publication disponible en ligne : http://www.aibl.fr/seances-et-manifestations/les-seances-du-vendredi/seances-2011/janvier-2011/article/vendredi-7-janvier-2011?lang=fr ; G. Gros, « Une paraphrase poétique de l'Ave Maria dans l'œuvre de Jean Miélot. Présentation, commentaire, édition », *Studi Francesi*, 166, 2012, p. 59-67 ; M. Colombo Timelli, « Les *Proverbes* en françois de Jean Miélot », *Romania*,125, 2007, p. 370-399 ; G. Mombello, « Quattro poesie latine di Jean Miélot », *Miscellanea di studi sul Quattrocento francese*, Torino, Giappichelli, 1967, p. 213-240.

40 On consultera la bibliographie détaillée réunie par O. Delsaux, « Bibliographie de et sur Jean Miélot », p. 157-173. Pour ce qui est de la question de l'autographie des manuscrits de Miélot voir l'ouvrage d'O. Delsaux et T. Van Hemelryck, *Les manuscrits autographes en français au Moyen Âge. Guide de recherches. Avec trois articles de Gilbert Ouy* (Texte, Codex & Contexte ; 15), Turnhout, Brepols, 2014.

Chargé de « faire translacions de livres de latin en français et iceulx escripre et historier[41] », notre « secrétaire aux honneurs » traduisit plusieurs ouvrages ; si l'on excepte les textes hagiographiques, dont il sera question dans un paragraphe à part, Miélot mit en français le *Miroir de la salvation humaine* (1448)[42], la *Controversie de noblesse entre P. Cornelius Scipion et C. Flaminius* et le *Debat de honneur entre Hannibal, Alixandre le Grant et Scipion* (1449-1450)[43], le *Miroir de l'ame pecheresse* (1451), *Des quatre choses advenir* (1455), le *Traité de la science de bien mourir* (1456 ?), les *Sermons sur l'oroison dominicale* (1457), le *Traité de la salutation angelique* (1458), la *Briefve compilation de toutes les histoires de la Bible* (1460)[44], les *Vaticinia de summis pontificibus* (1460)[45]. À ces textes il faut ajouter la traduction du *Romuleon* (1463-1465)[46], l'*Epistre que Tulle jadis envoia a*

41 A. Pinchart, *Archives des arts, sciences et lettres. Documents inédits publiés et annotés par Alexandre Pinchart*, Gand, Vanderhaegen, 1881, p. 46.

42 J. Miélot, *Speculum humanae salvationis. Texte critique. Traduction inédite. Les sources et l'influence iconographique principalement sur l'art alsacien du XIVe siècle*, éd. critique par Jules Lutz et Paul Perdrizet, Mulhouse, Meininger, 1907-1909. Le premier tome contient l'édition du texte latin du *Speculum* suivi de la traduction de Miélot, à partir du manuscrit Paris, BnF, fr. 6275. Voir aussi ces études : B. Cardon, « Jean Miélot als ontwerper van verluchte handschriften : De *Miroir de la salvation humaine* uit 1449 in de Koninklijke Bibliotheek te Brussel », *De Gulden Passer*, 64, 1986, p. 15-46 ; B. Cardon, *Manuscripts of the* Speculum humanae salvationis *in the Southern Netherlands (c. 1410-c. 1470). A Contribution to the Study of the 15th Century Book Illumination and of the Function and Meaning of Historical Symbolism*, Louvain, Peeters, 1996, p. 373-375 et 230-264 ; B. Cardon, « The *Miroir de la salvation humaine* revisited : Bibliothèque Nationale de France, ms. fr. 6275 », *Tributes in honor of James H. Marrow : Studies in Painting and Manuscript Illumination of the Late Middle Ages and Northern Renaissance*, éd. J. F. Hamburger, A. S. Korteweg, London, Harvey Miller, 2006, p. 127-138 ; O. Delsaux, « La traduction française du *Speculum humanae salvationis* de Jean Miélot : l'échec d'un traducteur à l'essai ? », *Le Moyen Français*, 67, 2010, p. 37-62.

43 A. Vanderjagt, *Qui sa vertu anoblist : the Concepts of « noblesse » and « chose publicque » in Burgundian Political Thought*, Groningen, J. Miélot & Co., 1981.

44 A. Schoysman, « Les minutes de Jean Miélot : le cas de la *Briefve compilation de toutes les histoires de la Bible* dans les mss Paris, BnF, fr. 17001 et Bruxelles, KBR, II, 239 », *Le Moyen Français*, 67, 2010, p. 79-100.

45 Le *Papaliste* nous est transmis par le manuscrit Giessen, Universitätsbibliothek, Hs 633°. Je me propose d'en réaliser une édition critique. *Cf.* E. Barale, « Un testo sconosciuto di Jean Miélot : la traduzione dei *Vaticinia de summis pontificibus* », *Studi Francesi*, 175, 2015, p. 59-70 et E. Barale, « À propos du corbeau dans la traduction des *Vaticinia de summis pontificibus* par Jean Miélot », *Reinardus*, 28, 2016, p. 1-22.

46 Une édition critique partielle a été réalisée par A. Diseur, *Le* Romuleon *de Roberto della Porta, traduit par Jean Miélot 1463, édition du premier livre*, mémoire de licence soutenu à l'Université Libre de Bruxelles, 1982. Une édition synoptique, également partielle, à partir du manuscrit de Florence (texte latin, traduction de Mamerot et traduction de Miélot du chapitre 21 du livre VII, chapitres 26-27 du livre VIII, chapitre 8 du livre IX,

son frere Quintus (1468)[47] et les *Invectives contre raillars* (1468)[48], pour lesquelles les études de G. Mombello, F. Duval, A. Schoysman et S. Lefèvre ont permis de mettre en évidence que Miélot a suivi une conception utilitaire de la traduction : en invitant à envisager l'Antiquité sous un angle différent[49], il a cherché à rendre compréhensibles en français tous les aspects des textes traduits.

Dans le cadre de son activité de copiste, Miélot a réalisé la transcription de textes traduits en langue vernaculaire par d'autres clercs, comme le *Gouvernement des princes* (1467), traduction par Henry de Gauchy du *De regimine principum* de Guido delle Colonne, ou d'œuvres composées en français dès l'origine, telles que le *Mors de la pomme* (1468 ?)[50] ou le *Traité de viellesse et de jeunesse* (1468 ?), version légèrement remaniée des

chapitre 4 du livre X) a été fournie par F. Duval, *La traduction du* Romuleon *par Sébastien Mamerot. Étude sur la diffusion de l'histoire romaine en langue vernaculaire à la fin du Moyen Âge*, Genève, Droz, 2001. Voir aussi P. Jodogne, « L'attribution erronée du *Romuleon* à Roberto dalla Porta », *"A l'heure encore de mon escrire". Aspects de la littérature de Bourgogne sous Philippe le Bon et Charles le Téméraire*, éd. C. Thiry, Louvain-la-Neuve, Les Belles Lettres, 1997, p. 87-97 ; F. Duval, « La connexion interphrastique dans deux traductions du *Romuleon* (XVe siècle) », *Le Moyen Français*, 51-52-53, 2002-2003, p. 211-247 ; F. Duval, « Le vocabulaire de la Rome ancienne chez Jean Miélot », *Le Moyen Français*, 67, 2010, p. 63-77.

47 S. Lefèvre, « Jean Miélot, traducteur de la première *Lettre* de Cicéron à son frère Quintus », *La traduction vers le moyen français, Actes du IIe Colloque de l'AIEMF [Poitiers, 27-29 avril 2006]*, éd. C. Galderisi et C. Pignatelli, Turnhout, Brepols, 2007, p. 126-127 ; R. Bossuat, « Jean Miélot traducteur de Cicéron », *Bibliothèque de l'École de Chartes*, 99, 1938, p. 1-45, notamment p. 94-96. S. Lefèvre a annoncé qu'elle entend procurer l'édition critique de cette traduction.

48 G. Mombello, « Per la fortuna del Boccaccio in Francia. Jean Miélot traduttore di due capitoli della *Genealogia* », *Studi sul Boccaccio*, I, 1963, p. 415-444, notamment p. 183-184 ; A. Schoysman, « L'écriture mythographique de l'histoire à la cour de Bourgogne. Les *Genealogie deorum gentilum* de Boccace exploitées par Miélot, remanieur de l'*Epitre Othea* de Christine de Pizan », *Écritures de l'histoire (XIVe-XVIe siècle), Actes du Colloque du Centre Montaigne [Bordeaux, 19-21 septembre 2002]*, éd. D. Bohler et C. Magnien-Simonin, Genève, Droz, 2005, p. 73-82, notamment p. 75.

49 J. Monfrin, « Humanisme et traductions au Moyen Âge », *Journal des Savants*, 3, 1963, p. 161-190, notamment p. 182-183 ; réédition dans *Études de philologie romane*, Genève, Droz, 2001, p. 757-786.

50 F. E. Schneegans, « Le Mors de la pomme », *Romania*, 46, 1920, p. 537-570. L'édition a été reprise dans J. M. Paquette, *Poèmes de la mort de Turold à Villon*, Paris, UGE, 1979, p. 225. En 1937, L. P. Kurtz a publié une édition diplomatique du manuscrit de Paris : L. P. Kurtz, *Le mors de la pōme*, New York, Publications of the Institute of French Studies, 1937. Signalons aussi l'édition de P. Morabito, *Jean Miélot, Mors de la pomme*, Messina, Peloritana 1968, p. 447-467 et M. Colombo Timelli, « Une nouvelle édition du *Mors de la pomme* », *Romania*, 130, 2012, p. 40-73. Voir aussi l'étude d'A. Monteverdi, « Le *Mors de la pomme*, texte du XVe siècle », *Archivum Romanicum*, 5, 1921, p. 110-134, notamment p. 118-120.

Echecs amoureux en vers ; il a également conçu des projets plus élaborés d'adaptation, qui ont concerné le *Traité de noblesse* à partir d'une traduction de Diego de Valera par Hugues de Salve (1499-1450)[51], celui de la *Consolation des desolez* (1451), un recueil de récits de voyage (1455), les *Moralités des philosophes* (1456 ?), le *Martyrologe romain* (1458), *Les VII Heures de la Passion* (1456 ?)[52] et surtout l'*Epistre Othea* de Christine de Pizan. Ce dernier remaniement en particulier, transmis par les manuscrits Bruxelles, KBR, 9392 et Aylesbury, Waddesdon Manor, 8 [f. 1-54][53], a suscité un intérêt particulier auprès des spécialistes, qui ont pu montrer que Miélot a amplifié le texte de Christine de Pizan en ajoutant aux gloses des observations supplémentaires s'expliquant surtout par un souci esthétique concernant la mise en page[54].

L'attention à l'aspect matériel du livre, qui se manifeste dans l'organisation d'espaces d'écriture réguliers, marque toute la production du chanoine de Lille. Dans *Les VII Sacremens de l'Eglise* copiés dans les manuscrits Paris, BnF, fr. 17001 [f. 99-106] et Aylesbury, Waddesdon Manor, 8 [f. 54-57], les enluminures et les lignes destinées aux textes (français et latin) se combinent selon des modalités différentes, dans le but de restituer une vision typologique de l'Ancien et du

51 O. Delsaux, « Bibliographie de et sur Jean Miélot », p. 159. Pour une opinion plus nuancée sur le remaniement de Miélot voir A. J. Vanderjagt, *Qui sa vertu anoblist*, p. 94-95.

52 Sur ce dernier, voir l'article de M. Boulton, « Jean Miélot : les *Contemplations sur les sept heures de la Passion* », *Le Moyen Français*, 67, 2010, p. 1-12.

53 Par contre, le codex Erlangen, UB, 2361 (1460) conserve une simple transcription de l'*Epistre Othea*.

54 Sur la question du rapport entre remaniement et mise en page, voir : G. Mombello, « Per un'edizione critica dell'*Epistre Othea* di Christine de Pizan », *Studi Francesi*, 24, 1964, p. 401-417 et 25, 1965, p. 1-12 ; R. Brown-Grant, « Illumination as Reception. Jean Miélot's Reworking of the *Épître Othéa* », *The City of Scholars. New Approaches to Christine de Pizan*, éd. M. Zimmermann et D. De Rentiis, Berlin, De Gruyter, 1994, p. 260-271 ; A. Schoysman, « Les deux manuscrits du remaniement de l'*Épître Othéa* de Christine de Pizan par Jean Miélot », *Le Moyen Français*, 51-53, 2002-2003, p. 505-528 ; A. Schoysman, « L'écriture mythographique de l'histoire à la cour de Bourgogne », p. 76-78 ; T. Van Hemelryck – C. Van Hoorebeeck, *op. cit.*, p. 111-128 ; M. E. Vaillancourt, *L'*Espistre Othea *ou* L'Epistre que Othea la deesse de prudence envoya jadis au preu et tresvaillant Hector de Troye fil du roy Priam lors qu'il estoit en son flourissant eage de XV ans *: version remaniée en 1460 par Jean Miélot, chanoine de Saint-Pierre à Lille*, thèse de doctorat, Université de Laval, 2001. Sur l'*Epistre Othea*, voir aussi : J. Van den Gheyn, *Christine de Pizan : épître d'Othéa, déesse de la prudence à Hector, chef des Troyens : reproduction des 100 miniatures du manuscrit 9392 de Jean Miélot*, Bruxelles, Vromant, 1913 ; M. E. Vaillancourt, « Jean Miélot et l'exemple féminin dans l'*Epistre Othea* »,*"Écrire et conter". Mélanges de rhétorique et d'histoire littéraire du XVIe siècle offerts à Jean-Claude Moisan*, éd. M. C. Malenfant et S. Vervacke, Québec, Presses de l'Université Laval, 2003, p. 193-216.

Nouveau Testament[55] ; de même, ce sont les contraintes codicologiques qui semblent avoir motivé l'insertion d'une mise en prose des *Vigiles de morts* de Pierre de Nesson dans la copie des *Grandes Heures de Nostre Dame* de Philippe le Hardi du manuscrit Bruxelles, KBR, 11035-37[56]. D'ailleurs, la prosification est une technique de réécriture que Miélot et ses commanditaires appréciaient particulièrement, comme le prouve aussi le recueil de miracles mariaux en deux volumes qu'il composa en 1456 et qui nous a été transmis par les manuscrits conservés à Paris (BnF, fr. 9198 et 9199) et à Oxford (Bodleian Library, Douce 374)[57].

---

55 Une édition critique du texte sur la base du ms. Aylesbury, Waddesdon Manor, 8 se lit dans M. Colombo Timelli, « *Les VII Sacremens de l'Eglise.* Édition critique », *Studi Francesi*, 163, p. 63-81. Voir aussi : M. Colombo Timelli, « *Les VII Sacremens* de Jean Miélot : une œuvre "originale" ? », *Original et originalité, Colloque international du Groupe de Recherche sur le Moyen Français et de l'AIEMF [Louvain-la-Neuve, 20-22 mai 2010]*, Louvain-la-Neuve, Presses Universitaires de Louvain, 2012, p. 45-52.

56 O. Delsaux prépare actuellement une édition des *Vigiles des morts. Cf.* O. Delsaux, « La mise en prose des *Vigiles des Morts* de Pierre de Nesson, texte inconnu attribuable à Jean Miélot », *Le Moyen Âge*, 119, 2013/1, p. 143-181 ; O. Delsaux, « De l'édition du texte-source à celle du texte-cible et vice versa. Le cas des *Vigiles des morts* de Pierre de Nesson copiées et dérimées par Jean Miélot », *Pour un nouveau répertoire des mises en prose. Romans, chansons de geste, autres genres*, éd. M. Colombo Timelli, B. Ferrari et A. Schoysman, Paris, Classiques Garnier, 2014, p. 117-138.

57 En voici les éditions : A. Laborde, *Les miracles de Nostre-Dame compilés par Jehan Miélot, secrétaire de Philippe le Bon, duc de Bourgogne. Étude concernant trois manuscrits du* XV*e siècle ornés de grisailles*, Paris, Société française de reproductions de manuscrits à peintures, 1929 (transcription sans apparat critique des miracles du ms. Paris, BnF, fr. 9198) ; P. Kunstmann (éd.), *Vierge et merveille. Les miracles de Notre-Dame narratifs au Moyen Âge*, Paris, Union générale d'éditions, 1981 (édition d'un miracle du ms. Paris, BnF, fr. 9198, c'est-à-dire celui *D'une grant dame de Rome qui fut par deux foiz faulsement accusee de adultere et de omicide*) ; J. Reuning, *La* Vie et Miracles de Nostre Dame *de Jean Miélot : a Partial Critical Edition*, mémoire de maîtrise soutenu à l'Université du North Carolina sous la direction de E. Montgomery, Chapel Hill, 2003 (édition de quarante-neuf folios de la *Vie*, des deux chansons et de dix miracles du ms. Paris, BnF, fr. 9198) ; L. Abd-Elrazak, *Édition critique du manuscrit français 9198 : la* Vie et Miracles de Nostre-Dame *de Jehan Miélot*, thèse de doctorat soutenue à l'Université d'Ottawa sous la direction de P. Kunstmann, 2012 (édition complète du ms. Paris, BnF, fr. 9198). Sur la mise en prose : E. Barale, « La réécriture de l'*Interpolation B* à la *Vie des Pères* par Jean Miélot », *Raconter en prose (*XIV*e-*XVI*e siècles)* éd. P. Cifarelli, M. Colombo Timelli, A. Schoysman, M. Milani, Paris, Classiques Garnier, 2017, p. 339-353.

LES ŒUVRES HAGIOGRAPHIQUES DE JEAN MIÉLOT

D'après T. Van Hemelryck et C. Van Hooreebeeck, « environ la moitié des textes écrits, traduits, remaniés ou transcrits par Miélot (ou qui lui sont attribués) » relève du registre religieux[58]. Parmi ces textes, les œuvres hagiographiques ont un caractère plus personnel car, tout en puisant aux sources antérieures et aux légendes qui avaient cours en son temps, le « translateur » picard paraît y avoir mis son intelligence.

Au début de sa carrière, lorsqu'il n'était encore qu'un employé payé à l'œuvre, il manifesta ce talent à Philippe le Bon en traduisant une *Vie et miracles de saint Josse*[59], le saint patron du deuxième enfant du duc et d'Isabelle de Portugal, né le 14 avril 1432 et mort la même année. Une lettre du 8 septembre 1451 contient la mention d'une somme payée pour les dix-huit mois de service prêtés à la cour de Bourgogne :

> A maistre Jehan Mielot, secretaire de mondit seigneur, la somme de soixante livres monnoie dicte, pour don a lui fait par icellui seigneur pour et en recompensacion d'aucuns services qu'il lui a fais par l'espace de xviij mois paravant le temps qu'il lui eust ordonné a avoir et prenre de lui aucuns gaiges pour translacion de livres de latin en françois, comme la *Vie de Saint Josse*, et aultres besoignes et escriptures, ainsi qu'il puet apparoir par mandement de mondit seigneur donné a Brouxelles le viij jour de septembre l'an mil iiij li, cy rendu avec quictance dudit maistre Jehan Mielot ; pour ce ycy ladicte somme de lx £ de xl gros[60].

Saint Josse, qui a vécu au VIIe siècle, représente une sorte de gloire locale pour les Pays-Bas bourguignons : il avait renoncé à la couronne

58 T. Van Hemelryck – C. Van Hoorebeeck, *op. cit.*, p. 115.

59 J. Miélot, *La Vie de saint Josse*, éd. critique par H. Crab, Louvain-la-Neuve, Université Catholique de Louvain, 1969 ; N.-O. Jönnson, Vie et miracles de saint Josse *de Jean Miélot*, Brepols, Turnhout, 2004 (édition sur la base du ms. Bruxelles, Bibliothèque Royale, 10958). La consultation de cette édition doit être complétée par la lecture du compte-rendu de C. Thiry, « Vie et miracles de saint Josse », *Le Moyen Français*, 67, 2010, p. 101-109 et de ceux de J.-P. Perrot (*Le Moyen Âge*, 113, 1 (2007), p. 182-183), M. Colombo Timelli (*Studi Francesi*, 50 (2006), p. 135-136), H. Wijsman (*Scriptorium*, 60/1 (2006), p. 71*), P. Cockshaw (*Scriptorium*, 60/2 (2006), p. 201*), A. Schoysman (*Zeitschrift für romanische Philologie*, 124 (2008), p. 360-362), T. Matsumura (*Revue de linguistique romane*, 71 (2007), p. 584-586).

60 J. Paviot, « Mentions de livres », p. 413-446, en particulier p. 437-438.

de Bretagne pour évangéliser le Ponthieu et avait laissé dans les diocèses d'Arras et d'Amiens le souvenir de ses miracles. La chapelle élevée sur son tombeau près d'Étaples devint un lieu de pèlerinage célèbre et l'on possède des mandements du duc et de son épouse témoignant de l'envoi d'objets précieux au sanctuaire[61]. Le texte relatant la biographie de saint Josse nous a été transmis par deux manuscrits[62] (Bruxelles, Bibliothèque Royale, 10958 et Valenciennes, Bibliothèque Municipale, 511). Le premier volume, en parchemin, aurait été copié de la main de Miélot[63] ; le deuxième, sur papier, est également daté du milieu du XVe siècle et mériterait un examen codicologique approfondi[64]. Le manuscrit de Bruxelles s'ouvre sur une messe en latin à l'intention du saint et sur une *Vie* en octosyllabes composée de quarante-sept quatrains, chacun accompagné d'une miniature[65]. Après la généalogie du saint, on trouve une nette articulation du texte en prose en quatre parties, chacune pourvue d'un prologue et d'un *explicit* en forme. On lit donc la traduction en français d'une version amplifiée de la *Vita Secunda* de saint Josse due au moine Isembard, puis un traité sur le miracle eucharistique (*L'apparition de la main de Nostre Seigneur*), un récit des retrouvailles des reliques de saint Josse (*L'invention du corps*) et enfin une liste des miracles posthumes (*Les miracles de saint Josse*). Le contenu du manuscrit de Valenciennes est le même, exception faite pour la première messe en latin et le poème en quatrains ; il ne contient donc que de la prose française.

61 G. Doutrepont, *La littérature française à la cour des ducs de Bourgogne : Philippe le Hardi, Jean sans Peur, Philippe le Bon, Charles le Téméraire*, Paris, Champion, 1909, p. 223.

62 Un résumé de la vie de saint Josse ainsi qu'un tableau généalogique renfermant sa lignée ont également été insérés dans le *Martyrologe des saints de juillet à décembre* transmis par le ms. Bruxelles, Bibliothèque Royale, 9946-48, à la date du 13 janvier [f. 159v-161r]. *Cf.* N.-O. Jönnson, *op. cit.*, p. VIII.

63 O. Delsaux – T. Van Hemelryck, *op. cit.*, p. 102, note 5. Je remercie vivement Dominic Eric Delarue pour m'avoir transmis son mémoire de maîtrise consacré à l'étude de ce cycle de miniatures. *Cf.* D. E. Delarue, *Jean Miélots* Vie de saint Josse *für Philipp den Guten*, mémoire de maîtrise soutenu à la Ruprecht-Karls-Universität de Heidelberg sous la direction de L. E. Saurma et D. Eichberger, 2010.

64 N.-O. Jönnson suppose que le ms. de Valenciennes est une copie du ms. de Bruxelles, probablement réalisée avant que les différentes parties du manuscrit original n'aient été reliées. Par contre, C. Thiry affirme : « B et V partagent un nombre peu élevé de fautes communes, qui ne prouvent rien quant à la filiation : tout au plus peut-on supposer un brouillon négligé qui a surnagé ». *Cf.* N.-O. Jönnson, *op. cit.*, p. X-XI et C. Thiry, *op. cit.*, p. 108.

65 J. Trier, « Der Heilige Jodocus. Sein Leben und seine Verehrung zugleich ein Beitrag zur Geschichte der deutschen Namengebung », *Germanistische Abhandlungen*, 56, 1924, p. 54 *sq.* ; N.-O. Jönnson, *op. cit.*, p. XII ; C. Thiry, *op. cit.*, p. 102-104.

En 1449 Miélot publia un ouvrage hagiographique, dont le sujet était lié à la Terre Sainte et, indirectement, aux croisades ; en effet, dans le duché de Bourgogne la décennie 1440-1450 fut marquée par un intérêt profond pour l'Orient, qui se traduisit bientôt en projets de croisade[66]. Ce 'désir d'Outre-mer', combiné avec le patriotisme national, fut traduit en expressions artistiques dans lesquelles les suggestions d'un Orient mythique se mêlent à celles d'une chevalerie de rêve et à celles de la « matière de Bretagne[67] ». D'après B. Schnerb[68], ce mouvement ne fut pourtant pas un simple « fantasme chevaleresque », mais, au contraire, il prit naissance tant de la dévotion personnelle de Philippe le Bon vis-à-vis des Lieux Saints[69] que d'une prise de conscience précoce de la réalité de la menace ottomane. Le désir d'intervenir sous la bannière de Dieu dans la défense des Lieux Saints et de l'Occident menacés par les Turcs trouva son expression dans une campagne de propagande qui s'exprima non seulement à travers des ouvrages délibérément politiques ou historiques[70], mais aussi dans d'autres genres littéraires, parmi lesquels l'hagiographie.

C'est dans ce contexte que Miélot réalisa une petite traduction en français intitulée *Rapport sur les faits et miracles de saint Thomas l'apostre*

66 J. Paviot, *Les ducs de Bourgogne, la croisade et l'Orient*, Paris, Presses Universitaires de Paris-Sorbonne, 2004.

67 On peut parler d'un véritable amalgame celto-byzantin. À l'heure où Constantinople succombait, la « matière de Bretagne » n'était plus simplement destinée à nourrir les rêveries des nobles, mais elle s'insérait dans le vaste mouvement de propagande ducale en faveur du voyage d'Outre-mer. C'est ainsi que Cligès, fils d'un empereur de Constantinople, sert dans les armées du roi Arthur et que le thème classique du père incestueux de la *Belle Hélène de Constantinople*, mise en prose à deux reprises, s'accompagne du problème du siège de Rome par les Sarrasins. *Cf.* Y. Lacaze, « Le rôle des traditions dans la genèse d'un sentiment national au XVe siècle. La Bourgogne de Philippe le Bon », *Bulletin de l'École des Chartes*, 129, 1971, p. 302-385, notamment p. 365-366 et p. 375-376.

68 B. Schnerb, *L'état bourguignon*, cit., p. 305.

69 J. Paviot, « La dévotion vis-à-vis de la Terre Sainte au XVe siècle : l'exemple de Philippe le Bon, duc de Bourgogne (1396-1467) », *Autour de la première croisade, Actes du Colloque de la Society for the Study of the Crusades and the Latin East [Clermont-Ferrand, 22-25 juin 1995]*, éd. M. Balard, Paris, Publications de la Sorbonne, 1996, p. 401-411.

70 Je me bornerai ici à évoquer les ouvrages exécutés par Miélot et consacrés aux voyages en Orient : la *Description de la Terre Sainte*, l'*Advis directif pour faire le passage d'oultremer*, l'*Advis et advertissement de Bertrandon de la Broquiere*, le *Voyage de Bertrandon de la Broquiere*, l'*Advis de Jean de Rolzeo* ; ils sont tous conservés dans les mss suivants : Bruxelles, Bibliothèque Royale, 9095 ; Paris, Arsenal, 4798 ; Paris, BnF, f. fr. 5593 ; Paris, BnF, f. fr. 9087. *Cf.* O. Delsaux, « Bibliographie de et sur Jean Miélot », p. 157-202.

et patriarche des Indes et exécutée à partir d'un texte latin anonyme[71]. L'ouvrage, qui a été édité par M. Crosio[72], nous a été transmis par deux manuscrits conservés à la Bibliothèque Royale de Bruxelles (mss 9278-9280, f. 45-48 et 9946-9948, f. 182-184)[73]. D'après la légende, saint Thomas aurait beaucoup voyagé en Orient et, en prêchant la foi chrétienne chez les Parthes, il aurait enfin été considéré comme le fondateur de l'église des chrétiens de la Syrie qui habitaient l'Inde. Ses exploits courageux fascinaient sans doute Philippe le Bon et, en effet, on retrouve dans la littérature bourguignonne plusieurs allusions au saint évangélisateur[74].

Le duc était également séduit par sainte Catherine d'Alexandrie, une vierge martyre vénérée en Orient et célébrée en Occident par l'érection d'un grand nombre d'églises, ainsi que par la fondation d'un lieu de pèlerinage, Sainte-Catherine de Fierbois en Touraine. Le culte de la princesse orientale, prisée pour sa beauté et pour sa sagesse, s'était en effet répandu rapidement en France après les premières croisades[75]. L'histoire de sa vie, racontée en latin en vers et en prose, se matérialisa bientôt dans des sculptures, des fresques, des tapisseries et elle fut naturellement traduite en langue vernaculaire. Philippe le Bon même, dont l'une de ses maîtresses et une sœur cadette morte en 1414 se prénommaient Catherine, reçut des mains de Miélot une traduction de la *Vie de sainte Katherine*[76] en 1457. Grâce aux recherches de Maria

71 *Ivi*, p. 159.

72 M. Crosio, *Édition critique de la* Passion *de saint Adrien*, thèse de doctorat soutenue à l'Université de Turin sous la direction de M. Colombo Timelli et de G. M. Roccati, 2018, p. 223-229.

73 Dans le ms. Bruxelles, Bibliothèque Royale, 9946-9948, le *Rapport sur les faits et miracles de saint Thomas* suit le *Martyrologe des saints* (partie octobre-décembre) et occupe donc les derniers feuillets du volume, avec le *Testament et vie de sainte Aldegonde*.

74 Antoine de la Sale, par exemple, dans son *Jean de Saintré*, illustre le pays des infidèles et parle de la cité de Gellone qui, selon la tradition, aurait été convertie par saint Thomas. G. Doutrepont, *op. cit.*, p. 223-224.

75 J. Jenkins, K. J. Lewis, *St. Katherine of Alexandria, Texts and Contexts in Western Medieval Europe*, Turnhout, Brepols, 2003, p. 34-35.

76 M. Colombo Timelli, Katherine *de Jean Miélot, édition critique*, Paris, Classiques Garnier, 2015. Une édition non philologique, dans laquelle l'éditeur a rajeuni la langue et supprimé les récits d'histoire romaine ainsi que les passages considérés comme des « débordements », fut publiée par M. Sepet, *Vie de sainte Catherine d'Alexandrie par Jean Miélot*, Paris, Hutrel, 1881 ; ensuite : M. Sepet, *Jean Miélot, Vie de sainte Catherine d'Alexandrie*, Nantes, Les Éditions Maison, 2007. Voir aussi : M. Colombo Timelli, « La *Vie de sainte Katherine* de Jean Miélot (1457). Prolégomènes à une édition critique », *Le Moyen Français*, 67, 2010, Turnhout, Brepols, 2010, p. 13-35.

Colombo Timelli, on sait que la source de la traduction est constituée par un texte latin du XIIIe siècle, la *Nova quedam singularis atque rara legenda ex aliis sex legendis collecta et perfecta*, écrit par un certain Frater Petrus. Aujourd'hui l'on possède deux exemplaires de la *Vie de sainte Katherine*[77] : le ms. Paris, BnF, f. fr. 6449 et le ms. Paris, BnF, n. a. f. 28650. Le premier volume, destiné à Philippe le Bon, contient soixante miniatures en grisaille dont la plupart sont dues à Willem Vrelant[78]. Le second volume réalisé pour Marguerite d'York, troisième épouse de Charles le Téméraire, a été transcrit par David Aubert vers 1475 ; il est illustré de quatorze miniatures par Simon Marmion[79]. Le manuscrit fr. 6449 transmet une biographie complète de la sainte (enfance, conversion, mariage mystique et martyre insérés dans un contexte tiré de l'histoire romaine), tandis qu'à l'état actuel, celui de David Aubert, acéphale suite à un accident matériel, s'ouvre sur le mariage mystique.

Dans les années 1460 Philippe le Bon dut faire face aux révoltes dans les principautés du Nord[80]. Les tensions avec les villes flamandes troublèrent donc la fin de son règne et constituèrent le premier obstacle à surmonter pour son fils, Charles le Téméraire. Un reflet de l'intérêt que la maison de Bourgogne a porté sur la Flandre à cette période transparaît aussi de la littérature hagiographique.

Ce fut en effet en 1458 que Miélot rédigea une traduction en français de la *Passion de saint Adrien*[81]. Le nom de ce saint est vénéré surtout dans les régions du Nord et de l'Est de la France : en Flandre, Picardie, Normandie et Champagne, il est invoqué contre la mort subite dès le XIIe siècle et

---

77 Il faut pourtant remarquer que dans le *Martyrologe des saints de juillet à décembre*, transmis par le ms. Bruxelles, Bibliothèque Royale, 9946-48, Miélot insère à la date du 25 novembre un long résumé de la *Vie* de la sainte, comprenant sa généalogie et reproduisant son arbre généalogique [f. 120v-123v].

78 *Miniatures flamandes 1404-1482*, éd. B. Bousmanne et T. Delcourt, Bibliothèque Nationale de France-Bibliothèque Royale de Belgique, 2011, p. 252-253.

79 M. Colombo Timelli – T. Kren, « La vie de sainte Catherine d'Alexandrie. Un manuscrit du XVe siècle illustré par Simon Marmion », *Art de l'enluminure*, 45, 2013, p. 4-65.

80 P. Bonenfant – A.-M. Bonenfant-Feytmans, *Philippe le Bon. Sa politique, son action*, Bruxelles, De Boeck, 1996, p. 72-84.

81 Édition critique par M. Crosio, *op. cit.* Il faut aussi rectifier les données enregistrées par O. Delsaux à la p. 168 de la « Bibliographie de et sur Jean Miélot ». Le volume *Le livre et mystère du glorieux seigneur et martyr Saint Adrien publié d'après un manuscrit de Chantilly aux frais du duc d'Aumale*, imprimé pour le Roxburghe Club par E. Picot, Macon, Imprimerie Protat Frères, 1895, ne contient pas l'édition de la *Passion de saint Adrien* de Miélot. Il transmet par contre le *Mystère de saint Adrien*, ouvrage dramatique probablement composé aux Pays-Bas au XVe siècle.

contre la peste à partir du XIVe. Selon la légende, Adrien, condamné à mort par l'empereur Maximien à Nicomédie, fut encouragé à endurer le martyre par sa femme Nathalie ; selon une tradition plus récente, avant de mourir, il aurait obtenu de Dieu le privilège de protéger contre la mort subite et les maladies tous ceux qui le prieraient avec confiance[82]. C'est pour cette raison qu'en temps d'épidémies, les pèlerins affluaient nombreux à Grammont, où était situé le monastère qui conservait ses reliques. Héritier des comtés de Hainaut et de Flandre, Philippe le Bon n'oubliait pas que le comte Baudouin fit transporter la châsse de ce martyr de Constantinople à Grammont ; il destina alors plusieurs offrandes à l'établissement religieux dans lequel elle était conservée[83] et commandita à Miélot la traduction de la passion du saint. Ce texte est actuellement transmis par deux manuscrits : le codex 749 de la Bibliothèque du Château du Musée Condé à Chantilly et un volume appartenant à la collection particulière de M. de Waziers[84]. Le manuscrit de Chantilly a fait partie de la bibliothèque des ducs de Bourbon, car il a très probablement été acquis par Agnès de Bourgogne, sœur de Philippe le Bon, durant son séjour dans les Pays-Bas méridionaux en 1462-1465[85]. Par contre, le manuscrit en mains privées est une copie de dédicace destinée à Philippe le Bon[86].

En 1462[87] Miélot réalisa une nouvelle traduction en français qui s'inscrit dans le même sillage de production pieuse à caractère régional : il s'agit

---

82 É. Mâle, *L'art religieux de la fin du Moyen Âge en France. Étude sur l'iconographie du Moyen Âge et sur ses sources d'inspirations*, Paris, Colin, 1902, p. 188-192.

83 Dans un article sur la comptabilité ducale on lit : « A Guillaume Doré, cler de la chappelle, domestique de mondit seigneur, pour avoir fait faire ung personnage d'homme de cire à genoulx, pesant soixante livres, que mondit seigneur a nagaires fait présenter son nom à monseigneur saint Adrian à Grantmont, qui, à quatre sols, comprins la façon, pour livre, sont xii l., et pour xxiiii l. que icellui seigneur a fait donner pour son offrannde aux reliquaires à mondit seigneur saint Adrian ». G. Doutrepont, *op. cit.*, p. 224-225.

84 P. Perdrizet, *op. cit.*, p. 479.

85 H. Wijsman, « Jean Miélot et son réseau », p. 152-153.

86 L'abbé Deshaines croyait que le manuscrit de Chantilly était un autographe de Miélot, mais ses conclusions ont été contestées par C. Chabouillet. *Cf.* C. Deshaines, « Étude sur la *Passion de saint Adrien et de sainte Nathalie*, manuscrit du XVe siècle », *Mémoires lus à la Sorbonne. Archéologie, [30, 31 mars et 1er avril 1864]*, 1865, p. 171-180 ; A. Chabouillet, « Séances extraordinaires du Comité Imperial des travaux historiques et de Sociétés Savantes tenues à la Sorbonne les 30, 31 mars et 1er avril 1864. Section d'archéologie », *Revue des Sociétés Savantes des Départements*, 3e série, III, 1864, 1er semestre, p. 437-438. À propos du manuscrit en mains privées *cf.* M. Crosio, *Édition critique de la* Passion *de saint Adrien*, p. 56-58.

87 C'est ce qu'on peut lire dans l'explicit du texte dans le ms. Bruxelles, Bibliothèque Royale, 9946-48 : « Cy fine le testament de madame sainte Aldegonde vierge et abbesse de Maubeuge ou paiïs de Haynau qu'elle fonda en son vivant et le decora mult richement

du *Testament et vie de sainte Aldegonde*[88]. Le texte est conservé dans le ms. Bruxelles, Bibliothèque Royale, 9946-48 et se compose de deux parties qui se situent à la suite du *Rapport sur les faits et miracles de saint Thomas* ; la première section contient le testament de la sainte (f. 184-186), la seconde, la narration de cinq miracles (f. 186-187). Sainte Aldegonde était née dans le Hainaut et sous l'influence de sa sœur, sainte Waudru, abbesse à Mons, elle s'était consacrée à Dieu et avait fondé le monastère de Maubeuge. Son culte, tout comme celui de saint Adrien, était très répandu dans les Pays-Bas bourguignons, et surtout en Flandre, à l'époque de Philippe le Bon[89].

En 1463, après plusieurs négociations, le duc de Bourgogne céda à Louis XI les villes de la Somme. Toutefois, deux ans plus tard, la ligue du Bien public donna au futur Charles le Téméraire, alors comte de Charolais, l'occasion de reprendre les armes pour défier le roi de France, dont la politique économique visait à la destruction de la maison de Bourgogne[90]. Les entreprises militaires en Picardie se terminèrent avec une bataille indécise à Montlhéry (16 juillet 1465) et avec le traité de Conflans (5 octobre 1465) qui remit le duc en possession des terres perdues.

Ces données historiques expliquent vraisemblablement le fait que le dernier ouvrage hagiographique sorti de l'atelier de Miélot soit consacré à la mémoire de saint Fursy, un saint célébré dans la région picarde ravagée par des années de guerre, mais fortement liée à la présence du divin. D. Vanwijnsberghe suggère que ce ne fut probablement pas un hasard si Philippe le Bon passa trois jours à Péronne en octobre 1461, à son retour du sacre de Louis XI[91] : à cette occasion le duc aurait pu

---

de ses biens comme il appert cy dessus. Et fu translaté de latin en français par Jehan Miélot chanonne de Lille en Flandres, l'an de grace mil iiii^{c} lxii ».

88 Signalons l'édition critique de M. Crosio, *op. cit.*, p. 230-252 et un ouvrage du XIXe siècle contenant la publication du testament de la sainte : A. Estienne, *Vie admirable de la très-illustre princesse sainte Aldegonde, vierge angélique, miroir de vertus, patronne de Maubeuge*, Maubeuge, Levecque, 1837.

89 En 1439 une nouvelle translation du corps de la sainte eut lieu en présence des évêques de Cambrai et de Laon. De plus, dans la cité de Maubeuge, une confrérie était chargée d'organiser une procession solennelle pour vénérer ses reliques et dans plus de quarante villages flamands des églises ou des chapelles avaient été érigées en son honneur. G. Doutrepont, *op. cit.*, p. 225.

90 Le programme de la Ligue du Bien public était de remettre l'ordre dans l'état bourguignon, de reformer les finances et de mettre le roi sous la tutelle de la féodalité. *Cf.* E. Bourassin, *Philippe le Bon. Le grand lion des Flandres*, Paris, Tallandier, 1983, p. 352.

91 Philippe le Bon se trouve à Péronne du 8 au 10 octobre 1461. *Cf.* H. Van der Linden, *Itinéraires de Philippe le Bon, duc de Bourgogne (1419-1467) et de Charles, comte de Charolais (1433-1467)*, Bruxelles, Palais des Académies, 1940, p. 433.

concevoir le projet d'enrichir sa bibliothèque avec la *Vie* d'un saint vénéré en marge de ses États, dans un territoire qui pouvait à tout moment être racheté par le roi de France, comme il s'avéra par la suite[92].

La renommée de Fursy en tant que saint guérisseur pourrait également constituer l'une des raisons qui ont déterminé la rédaction de l'œuvre. En effet, en février 1462, Philippe le Bon tomba gravement malade et huit médecins furent appelés à Bruxelles en son château du Coudenberg. Pendant cette maladie, dont le stade aigu dura quatre mois, le duc fut en danger de mort et, dans ses dernières années, il fut constamment souffrant. D'après Chastelain, Philippe le Bon aurait été plusieurs fois sauvé par les prières ardentes de son peuple, bien plus que par les médecins[93]. Souvent malade depuis l'enfance, le duc était constamment préoccupé pour sa santé : il avait donc décidé d'attacher à sa personne une soixantaine de spécialistes (chirurgiens, médecins, barbiers, astronomes) qu'il consultait ponctuellement et récompensait par des titres de conseiller, d'ambassadeur ou des anoblissements. Il ne serait donc peut-être pas trop hasardeux de supposer que, parmi les raisons qui ont poussé Miélot à travailler à la *Vie* de saint Fursy, il y avait aussi le désir d'adresser ses meilleurs vœux à son mécène.

Miélot lui-même a été très dévot à ce saint ; plusieurs éléments nous font en effet supposer que le chanoine voua un culte particulier au missionnaire d'origine irlandaise[94]. En premier lieu, le *Cartulaire de l'église collégiale de Saint-Pierre de Lille*, dont Miélot était chanoine dès 1453, révèle que vers 1470 celui-ci fonda à l'autel de saint Adrien une chapellenie sous le vocable de saint Fursy, qui fut confirmée le 26 août 1492 par une bulle du pape Alexandre VI[95]. Les chapellenies de Saint-Pierre de Lille avaient une grande valeur et leur fondation était due pour une partie considérable aux largesses de ses dignitaires : les biens de

---

92 D. Vanwijnsberghe, *"Ung bon ouvrier nommé Marquet Caussin". Peinture et enluminure en Hainaut avant Simon Marmion*, Bruxelles, Institut Royale du Patrimoine artistique, 2013, p. 281.

93 R. Jansen-Sieben, « La médecine sous Philippe le Bon. La médecine et Philippe le Bon », *Sartoniana*, 10, 1997, p. 117-162, notamment p. 130-131 ; J. Huzinga, « La physionomie morale de Philippe le Bon », *Annales de Bourgogne*, 1932, p. 101-139.

94 Il s'agit notamment des paroisses de Authuille, Les Bœufs, Frohen-le-Grand, Frohen-le-Petit, Gueschart, Le Meillard et Pys. *Cf.* J. Corblet, « S. Fursy, abbé de Lagny, patron de Péronne », *Hagiographie du diocèse d'Amiens*, t. 2, Paris-Amiens, Dumoulin-Prévost, 1870, p. 232-298, notamment p. 285.

95 *Cartulaire de l'église collégiale de Saint-Pierre de Lille*, éd. E. Hautcœur, Paris, Picard, 1894, t. 2, p. 1056.

la chapelle de saint Fursy consistaient en cinq bonniers quatorze cents de terre[96] à Frelinghien et vingt cents de terre à Annappes ; ces terres furent accrues par l'héritage de Miélot[97]. Deuxièmement, on remarque que le tombeau de saint Fursy à Péronne est situé dans l'église de Saint-Pierre, placée sous le même patronage que la collégiale de Lille. Enfin, on sait que l'église de Gueschart, village natal de Miélot, abrite encore aujourd'hui une petite châsse en forme de maison montée sur quatre lions couchés, contenant les reliques de saint Fursy et datée du commencement du XIVe siècle. Sur l'un des côtés de ce reliquaire, la plaque en argent représente le corps de Fursy couché sur un char attelé des deux taureaux qui l'amenèrent aux portes de Péronne ; sur l'autre côté, elle représente le donateur agenouillé offrant la châsse au saint, debout et bénissant[98]. Miélot, qui connaissait sans doute ce reliquaire, a probablement décidé d'écrire une version de la *Vie* de saint Fursy dans le but d'offrir à ses mécènes une légende liée à l'histoire de la Somme et pour rendre un hommage au saint protecteur de son village natal.

LE MANUSCRIT WIEN, ÖSTERREICHISCHE NATIONALBIBLIOTHEK, SERIES NOVA 2731

Le manuscrit Wien, Österreichische Nationalbibliothek, Series Nova 2731 contient une version complète de la *Vie* à laquelle Jean Miélot a donné comme titre *La genealogie, la vie, les miracles et les merites de saint*

96 Le bonnier et le cent de terre sont des unités de mesure de surface anciennement utilisées dans le Nord. Le bonnier vaut 1 hectare 42 ares environ, c'est-à-dire 14.200 m^2 ; le cent de terre vaut 8,9 ares environ, c'est à dire 890 m^2. *Cf. La Loi du 18 Germinal an III.*

97 La chapelle a été redotée par Jean Durlin, chanoine à la collégiale de Lille, en 1501 et elle a enfin été supprimée par Charles, prince d'Espagne, en 1515. *Cf.* E. Hautcœur, *Histoire de l'église collégiale et du chapitre de Saint-Pierre de Lille*, t. 2, Paris, Picard, 1897, p. 197-204 ; E. Hautcœur, *Documents liturgiques et nécrologiques de l'église collégiale de Saint-Pierre de Lille*, Paris, Picard, 1895, p. 277.

98 Société des Antiquaires de Picardie, « Album archéologique », 17, Amiens, Yvert et Tellier, 1886-1898 (pages non numérotées) ; G. Durand, « La châsse de saint Fursy à Gueschart (Somme) », *Bulletin archéologique du Comité des Travaux Historiques et Scientifiques*, 1890, p. 42-45 ; *Les trésors des églises de France*, Catalogue de l'exposition au Musée des arts décoratifs, Mulhouse, Caisse Nationale des Monuments Historiques, 1965.

Foursy. Le caractère autographe du codex a été discuté, mais il n'a jamais été prouvé[99]. D'après O. Delsaux et T. Van Hemelryck, ce manuscrit constituerait un exemple de manufacture auctoriale, « supervisé par l'auteur, où son intervention est présumée (pas de traces observables dans le témoin)[100] ».

LES ÉLÉMENTS MATÉRIELS ET L'HISTOIRE DU MANUSCRIT

Le manuscrit viennois se présente avec une reliure en maroquin brun qui remonte au XIXe siècle[101].

Réalisé sur parchemin, le volume se compose de 96 feuillets (12 quaternions) mesurant 315 x 210 mm en moyenne. Deux bifeuillets n'appartenant pas à la structure primitive du volume sont placés respectivement au début et à la fin du codex ; pour chacun de ces bifeuillets, un feuillet sert de contre-garde collée au plat de la reliure, tandis que les trois autres forment des gardes volantes ; un feuillet isolé originaire en parchemin a été inséré avant le premier cahier avec la technique du talon.

Tous les feuillets de garde sont numérotés au recto en chiffres romains : de I à IV pour ceux qui ouvrent le livre, de I* à III* pour ceux qui le terminent. Le feuillet de garde original numéroté IV et les feuillets 1, 2 et 3 ont été particulièrement endommagés : la garde présente de nombreux trous attribuables à l'usure du parchemin et les premiers feuillets ont souvent été abîmés par l'encre ou par la plume en correspondance de plusieurs mots. Les feuillets 91 à 96 présentent de larges taches brunâtres qui s'ajoutent à la salissure caractérisant le verso du dernier feuillet du volume. Lorsque le parchemin est très fin, les instruments d'écriture ont causé des déchirures (f. 7, 13, 17). Le f. 83 a été coupé

99 L'opinion de L. M. J. Delaissé selon laquelle l'écriture ne serait pas « de la main du pieux chanoine » a été revue dans les études de P. Schandel. *Cf. Le siècle d'or de la miniature flamande : le mécenat de Philippe le Bon, Catalogue de l'exposition organisée à l'occasion du 400e anniversaire de la fondation de la Bibliothèque Royale de Philippe II à Bruxelles, le 12 avril 1559 [Palais des beaux-arts, Bruxelles ; Rijksmuseum, Amsterdam 26 juin-13 septembre 1959 ; Bibliothèque Nationale, Paris, octobre-novembre 1959]*, éd. L. M. J. Delaissé, Bruxelles, Bibliothèque Royale, 1959, p. 85 et P. Schandel, *Les images de dédicace à la cour de Bourgogne, ressources et enjeux d'un genre*, dans *Miniatures flamandes 1404-1482*, *op. cit.*, p. 78.

100 O. Delsaux – T. Van Hemelryck, *op. cit.*, p. 54-55, p. 105 et note 3.

101 O. Pächt, U. Jenni, D. Thoss, *Die Illuminierte Handschriften und Inkunabeln der Österreichische Nationalbibliothek, Flämische Schule*, I, Wien, s.n., 1983, p. 82. La marque du relieur (Weber Rel.) en capitales figure sur la contre-garde antérieure, à gauche en haut de la page.

dans le coin droit en bas de la page[102]. Afin de protéger le support, les restaurateurs ont collé un feuillet en parchemin sur la garde originale et des bandes de parchemin pour reconstituer les marges inférieures (f. 1 et 2) et supérieures (f. 1) ou pour réparer les déchirures au fil de la reliure (f. 91 et 94) ; du papier-calque a été collé sur la garde IVv et sur la surface écrite des f. 1r, 1v, 2r, 2v, 3r, 3v ainsi que dans le coin gauche en bas des f. 57-58 et 59 au fil de la reliure.

À partir du premier cahier, les feuillets sont numérotés au recto avec des chiffres arabes modernes marqués au crayon dans le coin droit en haut de la page. Jusqu'au cinquième cahier, dans plusieurs cas, la numérotation a été coupée par l'intervention du relieur. Au recto des feuillets, les traces occasionnelles d'une foliotation plus ancienne, à l'encre et en chiffres arabes figurent dans le coin droit en bas de la page (f. 8, 9, 11, 12, 14, 75-85, 87-88, 90). Les deux numérotations concordent entre elles. Une signature (« liiii ») réalisée à la plume et à l'encre brune est présente au f. 76r, à côté de la foliotation en bas de page. Au f. 16v, une réclame de fin de cahier a été coupée par l'intervention du relieur (« En ma jen[...] »). C'est la seule réclame du manuscrit.

La réglure est à longues lignes, tracée à l'encre rouge sur chaque feuillet (21 lignes horizontales et 2 de justification verticales). L'unité de réglure est de 8,9 mm et la surface écrite mesure 177 x 125 mm, avec 20 lignes de texte ; les recherches de L. Gilissen ont mis en évidence qu'il s'agit d'une formule de réglure caractéristique de l'« atelier » de Miélot[103].

Une encre brun foncé a été utilisée pour la réalisation de la copie. Il s'agit d'une encre mate qui s'est écaillée par endroits, en laissant subsister un tracé brunâtre (par exemple aux f. 11r, 12r, 15r, 20v, 28r, 29r...). Dans bien des cas, la trace de l'écriture du recto transparaît au verso et vice-versa. Pour les rubriques marquant les chapitres, le scribe a utilisé une encre rouge et il a employé un module d'écriture légèrement plus grand.

---

102 Signalons, à ce propos, que tandis que la foliotation en haut de la page indique le numéro 83, la foliotation à l'encre en bas de la page indique le numéro 93.

103 En particulier, L. Gilissen a observé que « l'atelier » a produit douze manuscrits à 20 lignes de texte (21 réglures horizontales), dont l'unité de réglure varie entre 8,3 mm (Bruxelles, KBR, 11035-7, f. 99-144, Additions aux *Grandes Heures* de Philippe le Hardi) et 10,7 mm (*Vie de saint Adrien* de la bibliothèque du comte de Wazier). Le chercheur a aussi remarqué que les autres techniques du livre (lettrines, signes de paragraphe, bouts de lignes, marges) se retrouvent également avec des mêmes variantes. *Cf.* L. Gilissen, « Un élément codicologique trop peu exploité : la réglure », *Scriptorium*, 23, 1969, p. 150-162.

L'écriture utilisée est une pseudo-cursive gothique bâtarde bourguignonne d'un niveau d'exécution très élevé et qui ne subit pas de variations significatives au long du texte[104] ; les lettres occupent un peu plus de la moitié de la hauteur de l'interligne (soit 5 mm).

L'attitude du copiste en bout de ligne fait ressortir la tendance à ne pas scinder les mots et à remplir tout l'espace disponible, en diminuant la dimension des blancs de séparation en fin de ligne ou en traçant la dernière lettre avec un module plus petit en exposant et légèrement en dehors de l'espace d'écriture. Les rares césures syllabiques sont marquées par un double trait oblique (//). En revanche, si l'espace au bout de la ligne ne permet pas de commencer un nouveau mot, le vide est rempli avec un point noir.

Même si l'absence d'armoiries et de devises empêche d'identifier le premier possesseur de l'ouvrage[105], de nombreuses marques de possession révèlent l'itinéraire que le manuscrit a suivi à partir du XVIe siècle. Au f. 96v, en haut de la page, une note cursive à l'encre brune permet de savoir que le 13 janvier 1563 Jehan de Has, marchand de Lille, donna le livre à Adrian de la Wepière : « Je suis a Adrian de la Wepierre, marchant hostellain demeurant a l'hostel du cigne a Peronne par donacion a luy faicte par Jehan de Has, marchant demeurant a Lille, le XIIIe jour du moys de janvier l'an mil cinq cens soixante trois, présent Bonaventure Gontier demeurant en la ville d'Arras et aultres. ». La note a été biffée, ainsi que la signature de son rédacteur, pour être finalement substituée par une autre signature illisible ; le nom d'Adrian de la Wepière (« A. de la Wepière ») apparaît encore au f. 95v, où il a également été biffé et remplacé par un autre nom à l'encre brune. Une copie imparfaite et incomplète de la note de possession est reproduite sur un papier collé au bas de la page dans une écriture cursive à l'encre brun foncé qui semblerait remonter au XIXe siècle ; dans cette note on lit : « Tracée au XVIe siècle, je suis à Adrian de la Wepière. (Cette même signature se retrouve au bas de la page 95v marchant hostellain demeurant à

104 A. Derolez, *The Paleography of Gothic Manuscript Books from the Twelfth to the early Sixteenth Century*, Cambridge, Cambridge University Press, 2003, p. 157-160.

105 En l'absence d'armoiries et de mentions dans les inventaires de la bibliothèque ducale, il semble improbable que l'exemplaire ait effectivement été offert au duc Philippe le Bon, comme la dédicace le laisserait supposer. H. Wijsmann a supposé qu'il aurait pu faire partie de la bibliothèque de Louis de Luxembourg, mais, pour l'instant, cette hypothèse ne peut pas être prouvée. *Cf.* H. Wijsman, « Le connétable et le chanoine », p. 140.

Péronne l'Hotel du Cygne par donacion a lui faite par Jehan de Gau[106] marchand demeurant à Lille le XIII jour du mois de janvier l'an mil cinq cent soixante trois, présent… gontier marchant demourant en la ville d'Arras et autres. De la Weipière (signature effacée)[107] ».

Un essai de plume tracé avec une écriture cursive du XVIe siècle à l'encre brune figure en dessous de la note : « *Spes mea deus. Sy deus pro nobis, quis contra nos ? Nemo* ». Le mot « *Nemo* » semblerait avoir été biffé par une autre main du XVIe siècle, la même main qui a laissé au-dessous une nouvelle marque de possession cursive à l'encre brune : « Arthus de St. Just, pretre, chanoine de St. Foursy de Perone, dioc. de Noyon ».

Une marque de possession consistant en une signature écrite au XIXe siècle à l'encre noire est présente sur le même feuillet : « Appartient actuellement à l'abbé Cardon, vicaire de St. Quentin ». La même main rajoute à l'encre bleue : « 1855. L'a rendu a l'Église de Peronne, 19 février 1880 ». Le nom de l'abbé Cardon[108] apparaît également à l'encre noire au f. 95v, au-dessous de la signature à l'encre brune : « L'abbé Cardon ». La cession du livre à la communauté de Péronne est par ailleurs attestée par l'ex-libris armorié du chanoine Cardon[109], collé en tête [feuillet de garde IVv], sous lequel on lit cette mention cursive à l'encre bleue : « Rendu par M. Cardon à l'Église de Péronne, 19 février 1880. A. Cardon aumônier du lycée chan. de Soissons ». Comme l'ex-libris est collé au-dessus du papier-calque qui protège le feuillet de garde, on peut supposer que l'ancienne restauration du volume a eu lieu avant sa cession à l'Église de Péronne.

En 1870, l'abbé Corblet, auteur d'une *Hagiographie du diocèse d'Amiens*[110], cita le manuscrit, auquel il fit de larges emprunts pour la rédaction de la vie de saint Fursy. Il écrivit alors à juste titre que « le manuscrit original appartient à M. Cardon, aumônier du lycée de Saint

---

106 Il s'agit bien évidemment d'une faute de lecture.

107 Il n'a malheureusement pas été possible de repérer plus d'informations sur Adrian de la Wepière, Jean de Has et Bonaventure Gontier.

108 À sa sortie du Grand Séminaire, l'abbé Louis Armand Isidor Cardon (1809-1895) fut nommé vicaire de Laon et, en 1839, il fut envoyé comme vicaire à Saint-Quentin. Il s'occupa en même temps de l'aumônerie du collège, successivement transformé en lycée, et réunit une très belle bibliothèque d'histoire locale. Il fut également chanoine honoraire de Soissons et officier de l'Instruction publique. *Cf.* http://picardie.genfrance.org/index.php?showtopic=279. Dernière visite : le 9 février 2013.

109 On lit aussi assez clairement sa devise : « *Tangentis pungii stimulat pigros* ».

110 J. Corblet, *op. cit.*

Quentin ». À la Société des Antiquaires de Picardie, lors de la séance du 22 février 1872, la proposition fut avancée de publier une transcription du manuscrit, mais l'abbé Corblet ne réalisa pas ce projet. En 1906, Pierre Dubois photographia les dessins à la plume qui ornent le volume et il les fit publier en 1909 dans le XIXe fascicule de l'« Album archéologique ». Le 22 janvier 1936, dans sa communication au Comité Péronnais des Antiquaires, il avança une hypothèse à propos de la genèse du manuscrit, en se fondant sur les notes qu'il avait prises trente ans auparavant ; selon Dubois, le codex aurait été commandé par le Chapitre de la Collégiale Saint-Fursy de Péronne[111]. Ces études montrent aussi que le codex est considéré comme définitivement perdu à partir de 1916. On peut alors supposer que, après la retraite des troupes qui ont occupé Péronne pendant la bataille meurtrière de la Somme, pendant la Première Guerre Mondiale, le manuscrit ait été volé et vendu plus tard, quand les poursuites n'étaient plus à redouter. En effet, le catalogue de la Österreichische Nationalbibliothek indique que le manuscrit a été acheté chez Naubert, antiquaire à Leipzig, en 1938. Après l'inscription aux nouvelles acquisitions en 1948, le codex a été exposé à Vienne en 1952, à Bruxelles en 1959 et il a été enregistré dans l'inventaire 1 à la page 178. En 1959, à l'occasion du IVe centenaire de la fondation de la Bibliothèque royale de Philippe II, il a été emprunté pour une exposition à Bruxelles sur « La Miniature Flamande : le Mécénat de Philippe le Bon » et il a été inscrit au n° 82 du catalogue.

LA STRUCTURE DU TEXTE

Le manuscrit viennois se caractérise par la présence de plusieurs textes rédigés à des époques différentes, entre 1462 et 1469 ; la structure est la suivante :

- f. 1r-8r : Table des matières (1468)
  Au f. 8r, le colophon révèle que la table des matières a été rédigée par Jean Miélot à Lille en 1468 : « Cy finent la genealogie, la vie, les miracles et merites du glorieux confés monseigneur saint Foursy de Peronne. Escript a Lille en Flandres l'an mil.cccc lx viii. » ;

111 « Séance ordinaire du 11 février 1936 », *Bulletin de la Société des Antiquaires de Picardie*, 1er trimestre, 1936, p. 353.

- f. 9r-11r : Prologue du translateur (1462)
  Inc. « Les autentiques hystoires et croniques de France… ».
  Expl. « … ou repose aujourd'huy, mil quatre cens soixante deux, son benoit corps ».
  L'explicit restitue donc la date de composition du prologue : l'année 1462 ;
- f. 11v-14r : Dédicace à Philippe le Bon, duc de Bourgogne et présentation de la généalogie de saint Fursy (1462)
  Inc. « Pour demerir benivolence grace envers vous… ».
  Expl. « … regnant et seigourissant [sic] en paix et prosperité ».
  Au f. 14r, l'auteur mentionne la date de la traduction, c'est-à-dire 1462 : « Et ainsy appert qu'il y a environ .viii^{c} x. ans depuis l'advenement de saint Foursy jusques a l'an present mil.cccc. soixante deux, que [fu] faitte ceste translacion par Jehan Mielot dessus nommé » ;
- f. 14v-90r : Généalogie, vie et miracles de saint Fursy (1462)
  Inc. « Au temps que le roy Fondloge gouvernoit le royaume des Mumnensiens… ».
  Expl. « … en la grande eglise de la ville de Peronne, sur la riviere de Somme ».
  Au f. 90r, le colophon atteste que la traduction a été réalisée par Jean Miélot à Lille en 1462 : « Ce fu fait et translaté[112] par Jean Mielot prebstre chanoine de Lille en Flandres. L'an de grace mil .iiii^{c}. soixante deux » ;
- f. 90v-95v : Énumération en vers et commentaire en prose des maladies que saint Fursy est réputé guérir (1469)
  Inc. « Les seigneurs d'Eglise a Peronne afferment que toute personne… ».
  Expl. « … devotement et de bon cuer te requerrunt et reclamerunt en toutte confidence ».
  Le texte a été rédigé en 1469 : « … monseigneur saint Foursy de Peronne, prelat et en son vivant abbé de Laigny sur Marne, qui trespasa de ce siecle le .ix. jour de fevrier l'an .vi^{c} lii. ou environ

112 Le verbe « faire » n'a pas ici le sens de « créer matériellement » ; au contraire, il serait utilisé pour désigner l'objet produit par une activité de l'esprit et il se réfère donc au travail de Miélot. Voir, par exemple, cette citation tirée des *Éthiques d'Aristote* de Nicole Oresme : « je propose translater de latin en françois aucuns livres lesquelx fist Aristote le souverain philosophe » (c. 1370). *Cf. Infra* p. 152.

et ad present, l'an mil .iiii^{c} lxix., repose son precieux corps en la grande eglise de laditte ville de Peronne » [f. 95v] ;

– f. 95v-96r : Les fêtes de saint Fursy (s.d.)
Inc. « Nota que le natal… ».
Expl. « … lors qui fu eslevé en hault dessus le grant autel ».

Même si les *explicit* attestent que les différentes parties qui forment le volume ont été composées entre 1462 et 1469, les critiques ont plusieurs fois affirmé que le manuscrit a été copié en 1468 ; cette supposition est très probablement basée sur le fait que la table des matières est datée de 1468 et qu'elle prend en compte le prologue, la dédicace et la vie du saint, tout en omettant le commentaire sur les maladies et la liste des fêtes, qui ont d'ailleurs été composés en 1469. Depuis que L. M. J. Delaissé a proposé cette datation[113], les critiques ne l'ont jamais mise en question. Nous croyons cependant que le fait d'estimer le manuscrit viennois comme une copie exécutée en 1468 devrait être considéré comme une hypothèse de travail plutôt qu'une certitude. En premier lieu, la vie de saint Fursy est explicitement dédiée à Philippe le Bon ; en 1468, c'est-à-dire une année après la mort du Grand Duc d'Occident, l'idée de copier une ancienne dédicace n'aurait pas eu beaucoup de sens. Deuxièmement, s'il est vrai que le prologue, la dédicace et la vie du saint, rédigés en 1462, occupent neuf cahiers (du deuxième au onzième) et un feuillet et demi du douzième cahier, la table des matières occupe un cahier entier (le premier du volume) et laisse le f. 8v blanc. On pourrait donc supposer que c'est au moment de la reliure que la table des matières a été rédigée sur un nouveau cahier pour être finalement placée en tête de la légende, qui avait déjà été écrite en 1462, l'année pendant laquelle le Duc était tombé gravement malade. Cette table se caractérise notamment par des titres qui ne coïncident pas toujours avec ceux de la légende[114] ou qui sont plus dévéloppés par rapport à eux[115].

113 *Le siècle d'or de la miniature flamande*, p. 85.

114 Les titres de la table des matières : « Comment contre ung chacun vice doit estre ballie la medechine de la vertu qui luy est contraire affin d'en avoir bonne guarison tant du corps comme de l'ame » [f. 4r] ; « Comment ung homme tout effraié tolli a saint Foursy son mantel dont il estoit affublé et le baty cruelement a tort en ung village nommé Antuille emprés Corbie » [f. 5r] ne sont pas présents dans la légende.

115 Par exemple, le titre de la légende : « Comment le trois feus furent estains par les larmes de la mere saint Foursy nommee Gelgehes » [f. 21r] est moins développé par rapport au titre de la table des matières : « Comment les trois feus furent estains incontinent par la

Pour ce qui est de l'hymne de saint Fursy, du commentaire des maladies et de l'énumération des fêtes, on pourrait avancer l'hypothèse qu'ils ont été rajoutés après coup dans le but de remplir l'espace disponible du douzième cahier[116].

En conclusion, il faudrait peut-être supposer que Miélot a désiré offrir à Philippe le Bon un manuscrit contenant un ouvrage sur saint Fursy, mais que pour une raison inconnue le projet n'a pu aboutir ; le codex aurait été complété après coup avec une table des matières placée avant la *Vie* et d'autres courts textes destinés à remplir les derniers feuillets. C'est pour cette raison que nous ne croyons pas pouvoir partager l'opinion avancée par L. M. J. Delaissé, et reprise par l'abbé Desobry[117], selon laquelle le manuscrit viennois constituerait un intermédiaire entre la minute d'atelier et la copie de luxe, car ce sont les circonstances qui ont modifié le statut du manuscrit. Au départ, il a été confectionné comme un volume à offrir, mais la « monographie hagiographique » de 1462 a évolué vers un recueil organique et cumulatif[118], dans lequel un hymne en vers sur les vertus thaumaturgiques du saint suit de près une légende en prose, un traité de médecine va de pair avec un récit visionnaire. Le seul élément qui indique la logique de cette succession est l'intitulé évoquant presque toutes les composantes de l'œuvre : la généalogie, la vie, les miracles et les mérites.

LA DÉCORATION DU MANUSCRIT

Le manuscrit viennois contient trois grands dessins à la plume (f. 9r, 11v, 90v) réalisés à l'encre brune ; ils occupent seize lignes d'écriture, ce qui laisse la place pour quatre lignes de texte au-dessous. Dans l'espace

superhabundance d'une fontaine qui sailli des larmes de Gelgehes, mere de saint Foursy, par quoy elle fu [de]livree de mort honteuse » [f. 1v].

116 Une comparaison avec d'autres manuscrits provenant de l'atelier de Miélot met en évidence qu'on utilisait volontiers les feuillets laissés libres à la fin des ouvrages. Si on considère par exemple le ms. Bruxelles, Bibliothèque Royale, 9946-48, on peut observer que la traduction des miracles de saint Thomas et du testament de sainte Aldegonde ont été écrits sur les derniers feuillets du manuscrit qui demeuraient blancs. D'ailleurs, une copie des *VII Sacremens de l'Eglise* nous est parvenue après l'*Epistre Othea* dans le ms. Aylesbury, Waddesdon Manor, 8 [f. 54v-57v].

117 *Le siècle d'or de la miniature flamande*, p. 85 ; J. Desobry, « Deux manuscrits péronnais du XVe siècle », *Bulletin trimestriel de la Société des Antiquaires de Picardie*, I, 1972, p. 283.

118 I. Short, « L'avènement du texte vernaculaire : la mise en recueil », *Théories et pratique de l'écriture au Moyen Âge*, éd. E. Baumgartner et C. Marchello-Nizia, *Littérales*, 4, 1988, p. 11-24.

réservé aux images la réglure est absente et la technique se caractérise par une finesse qui, grâce à des traits parallèles ou croisés, marque les demi-teintes et les ombres des sujets représentés. La beauté des dessins n'est que partiellement diminuée par la trace de l'écriture du recto qui s'entrevoit au verso et, dans le cas de la troisième miniature, par la couleur rouge de la rubrique du feuillet en regard qui est venue se superposer au tracé du dessin.

Les deux premières illustrations peuvent être définies comme des images préliminaires, car elles rappellent l'histoire du manuscrit en évoquant les circonstances de son exécution. Au f. 9r, avant le début du « Prologue du translateur », Jean Miélot est représenté dans son *scriptorium*. La surface du dessin mesure 132 x 115 mm. Le chanoine picard est en position centrale, assis sur un escabeau à la table de travail. Il est habillé d'une longue robe, coiffé d'un bonnet et chaussé de socques ; d'après l'abbé Desobry, la grande aumônière suspendue à sa ceinture confirmerait qu'il ne travaille pas gratuitement[119]. Il est visiblement en train de composer un livre dont la page de gauche n'est qu'à moitié couverte de caractères, alors que celle de droite est encore vierge ; le volume est posé sur un pupitre très incliné qui surmonte un bureau. Au premier plan, un chien ronge un os ; selon P. Dubois, il y aurait là le nom de l'auteur, figuré en rébus : en picard le verbe « manger » se rend par « mier » et « mier l'os » consonne avec Miélot[120]. La scène se déroule dans l'intimité d'une chambre caractérisée par un grand désordre : les livres consultés sont répandus aux pieds de l'auteur et un rouleau de parchemin surgit d'une ouverture latérale du bureau. En effet, lorsqu'ils représentent l'image du scribe au travail, qui fait partie d'un répertoire standardisé et continuellement repris[121], les miniaturistes septentrionaux s'attardent volontiers sur la réalité du cabinet de travail animé par l'utilisation quotidienne : la quantité de livres semble ainsi rappeler l'activité de compilation des ouvrages, en évoquant en même temps le foisonnement de la pensée savante[122]. Au fond de la

119 J. Desobry, *op. cit.*, p. 281.

120 Société des Antiquaires de Picardie, *op. cit.*

121 C. De Hamel, *Scribes and Illuminators*, London, The British Museum Press, 2006, en particulier p. 29-51.

122 C. Rabel, « "L'estude d'un tres noble seigneur garny a planté de plusieurs beaulx livres". L'iconographie des bibliothèques médiévales dans les manuscrits enluminés », *Le goût du lecteur au Moyen Âge*, éd. D. Bohler, Paris, Le Léopard d'Or, 2006, p. 245-289, en particulier p. 266-268.

pièce, une porte ouverte permet d'entrevoir un petit couloir, carrelé à la manière flamande, qui donne de la profondeur à la scène. Une fenêtre à croisillon s'ouvre sur la campagne ; au-dessous, une sorte de canapé en bois, muni d'un dossier mobile, est recouvert d'une étoffe et pourvu d'un coussin. Ce dessin représente un contexte similaire à celui qui est peint dans l'illustration figurant au f. 1r du ms. Bruxelles, Bibliothèque Royale, 9095, écrit à Lille en 1455 et conservant l'*Advis directif pour faire le passage d'oultremer* de Miélot ; dans ce dernier manuscrit, la miniature, attribuée à Jean le Tavernier[123], dépeint le dominicain allemand Brochard rédigeant son traité : plusieurs volumes fermés sont épars sur le plancher et le canapé au dossier mobile relève du souci de réalisme du peintre. L'image du manuscrit viennois manifeste en outre une grande similitude avec le dessin qui précède la traduction de la *Lettre de Cicéron à son frère Quintus*, également de Miélot, dans le ms. Paris, BnF, f. fr. 17001 au f. 7v ; on y retrouve en effet le chanoine assis à son bureau, les livres éparpillés à ses pieds et la banquette à l'arrière-plan sous la fenêtre ; les seules différences sont la présence de deux couloirs symétriques et de deux chiens qui jouent au premier plan. La similitude avec le frontispice de la *Lettre de Cicéron à son frère Quintus* transmise par le ms. Copenhague, KB, Thott 1090 q° (f. 45r) est encore plus frappante ; en effet, si l'on exclut l'absence du chien au premier plan, les deux scènes sont presque identiques.

La deuxième illustration du codex viennois a comme sujet la présentation du manuscrit à Philippe le Bon (f. 11v) ; elle mesure 132 x 117 mm et elle a été insérée avant le début de la dédicace au duc. L'artiste reprend un schéma iconographique courant : l'auteur, à demi agenouillé, offre le livre fermé à son mécène qui, debout, demeure inaccessible, figé dans l'attitude qui convient à un personnage de haut rang. L'iconographie participe donc à la représentation idéalisée du destinataire auquel l'illustrateur veut adresser un éloge[124]. La scène a pour cadre une chambre à coucher ; l'espace est très ouvert, car deux

---

123 Jean le Tavernier est un peintre d'Audenarde dont l'activité peut être située entre 1449 et 1461, et qui a essentiellement travaillé sur des projets commandités par Philippe le Bon et concrétisés par Miélot. Au début, la collaboration entre le « translateur » picard et l'enlumineur se limite à quelques miniatures et non pas à l'illustration complète des manuscrits ; entre 1452 et 1457, les rapports s'intensifient et Miélot paraît reconnaître dans Le Tavernier un maître de style.

124 B. Beys, « La valeur des gestes dans les miniatures de dédicace (fin du XIVe siècle – début du XVIe siècle), dans *Le geste et les gestes au Moyen Âge, Actes du vingt-deuxième Colloque*

fenêtres donnent sur l'extérieur et une porte ouvre sur une autre pièce, d'où afflue l'assemblée de courtisans. Les études de C. Stroo[125] et de P. Schandel[126] ont mis en évidence les rapports entre ce dessin et quatre autres miniatures, qui décorent des manuscrits attribués à Miélot et dans lesquelles figure un baldaquin : le *Traité de l'oraison dominicale* (Bruxelles, Bibliothèque Royale, 9092, f. 1r), la *Briefve compilation de toutes les histoires de la Bible* (Bruxelles, Bibliothèque Royale, II 239, f. 1r et Paris, BnF, f. fr. 17001, f. 42v) et le *Débat d'honneur* (Copenhague, KB, Thott 1090 q°, f. 1v). La miniature du *Traité de l'oraison dominicale*, réalisée par Jean le Tavernier, paraît constituer le prototype : le duc et le chanoine sont isolés au premier plan, les témoins de la scène, animés par des mouvements naturels, se tiennent regroupés sur la droite, tandis que le chancelier Rolin et l'évêque Chevrot, à gauche, s'entretiennent de manière animée. Les dessins présentent de petites variations par rapport au modèle. Dans le manuscrit viennois, par exemple, Rolin et Chevrot ont été substitués par un homme revêtu d'un manteau dont l'identité est incertaine, Philippe le Bon est habillé en robe longue et la paroi gauche est ajourée de deux fenêtres. Les courtisans ont perdu la richesse expressive qui leur était propre chez Le Tavernier et leurs gestes se font plus contrôlés. La présence d'un homme qui lève son chapeau se se remarque égalemenent dans la *Briefve compilation de toutes les histoires de la Bible* bruxelloise et dans le codex de Copenhague. P. Schandel a souligné que les scènes qui se déroulent dans une chambre à coucher conviennent particulièrement aux ouvrages de piété et aux traités moraux. L'atmosphère plus conviviale dans la scène de présentation du manuscrit de Vienne serait donc à attribuer à la nature même de l'ouvrage, une légende pieuse qui ne touche ni aux questions du pouvoir ni aux conquêtes du duc.

Le troisième dessin, qui précède l'énumération des maladies, montre saint Fursy en évêque (f. 90v). Devant une riche tenture, le saint bénit de la main droite et tient de la gauche une croix fixée au sommet d'une

du Centre Universitaire d'Études et de Recherches Médiévales [Aix-en-Provence, février 1997], Aix-en-Provence, Université de Provence, 1998, p. 71-89.

125 C. Stroo, *De celebratie van de macht, Presentatieminiaturen en aanverwante voorstellingen in handschriften van Filips de Goede (1419-1467) en Karel de Stoute*, Bruxelles, Paleis der Academiën, 2002, p. 66-68.

126 P. Schandel, *Les images de dédicace à la cour de Bourgogne*, *op. cit.*, p. 66-80, en particulier p. 78-80.

longue hampe. Derrière lui on aperçoit les têtes des deux taureaux qui, comme on le verra, interviennent dans la légende. Tout autour de lui, des personnages en guenilles incarnent les maladies que le saint est réputé guérir, c'est-à-dire la fièvre, les syncopes, la paralysie, les calculs rénaux, l'hydropisie et la hernie. La surface du dessin est sensiblement plus large par rapport à celle des autres miniatures (135 x 123 mm). En outre, la technique utilisée paraît plus hâtive par rapport à celle qui a été employée auparavant : les hachures ne sont pas assez définies, le sol semble s'enfoncer au milieu et les murs menacent de s'écrouler. Ce dessin ne dérive pas d'un modèle connu. La disposition des personnages évoque néanmoins la scène de dédicace de la *Lettre de Cicéron à son frère Quintus* du ms. Paris, BnF, f. fr. 17001 (f. 5v)[127]. L'importance du protagoniste principal, saint Fursy dans le codex viennois et Charles le Téméraire dans le codex parisien, est soulignée par sa position centrale, par sa dimension agrandie par rapport à celle des autres intervenants et par la tenture en brocart qui l'entoure comme s'il s'agissait d'un cadre.

Tous les dessins sont doublement encadrés par une bordure qui contribue à les isoler du texte et à leur conférer l'indépendance d'un objet, comme s'il s'agissait en fait d'une peinture sur panneau[128]. La bordure est bleue (en haut et en bas) et rose (à droite et à gauche), parcourue d'un filet blanc, et reprise par une bordure dorée externe à la première ; l'ensemble est encore cerné par une ligne noire. Par delà le caractère ornemental, il ne faut pas oublier que ces bordures se prêtent aux jeux de la perspective : leur traitement en relief aboutit à rompre l'unité du plan et poussent vers le dépassement de la surface à deux dimensions.

L'identité de l'artiste qui a réalisé les dessins demeure malheureusement obscure, mais la reprise ponctuelle de certains modèles ferait notamment penser à une sorte de production en série influencée par le style de Jean Le Tavernier[129].

---

127 Je tiens à remercier vivement Pascal Schandel pour ses conseils avisés dans le domaine de l'histoire de l'art.

128 H. Toubert, « Formes et fonctions de l'enluminure », *Histoire de l'édition française*, t. 1 : *Le livre conquérant : du Moyen Âge au milieu du* XVIIe *siècle*, Paris, Promodis, 1982, p. 87-129, en particulier p. 90.

129 Pour expliquer la différence entre l'exécution des deux premiers dessins et le troisième dans le manuscrit de Vienne, on pourrait supposer que la scène qui représente l'auteur au travail et celle qui illustre la remise de l'ouvrage au duc sont de bonne qualité parce que le dessinateur se serait conformé aux compositions de Le Tavernier ; au contraire, l'absence d'un modèle précis pour la figure de saint Fursy pourrait être la cause de la réalisation

Au f. 14v, un arbre généalogique vise à mettre en relief le double lignage royal de saint Fursy[130]. Il occupe un feuillet déjà réglé et s'étale sur la surface habituellement consacrée à l'écriture : les racines et les sommets dépassent même la bordure de la page. Il peut être comparé à l'arbre généalogique du ms. Paris, BnF, f. fr. 17001 [f. 96r], dont il paraît constituer une évolution. Deux arbres renversés présentent aux lecteurs des cercles concentriques qui contiennent les noms des ancêtres de saint Fursy : les lignées masculines sont peintes en noir, les lignées féminines en rouge; la racine qui constitue la base de la généalogie de Philtan est plus grande par rapport à celle qui alimente la généalogie de Gelgehes. Le cercle qui enclot le nom de « saint Brandain oncle » est surmonté par une mitre, qui symbolise son épiscopat, et il a été placé à côté des cercles qui abritent les noms du roi Fondeloge et de sa femme afin de souligner le lien de parenté qui les unit. Quatre cercles isolés, disposés de façon symétrique, renferment enfin les noms du pape Martin, de l'empereur Constantin, du roi de France Clovis II[131] et d'Haymon comte de Ponthieu, personnages historiques qui permettent de situer chronologiquement la légende du saint. Miélot, comme plusieurs de ses contemporains, est très intéressé par l'étude de la généalogie, branche cadette de la science héraldique[132] : il revendique énergiquement son métier de « compilateur de généalogies » dans la traduction des deux chapitres du livre XIV des *Genealogiae deorum gentilum*, qui nous a été transmise par le ms. Paris, BnF, fr. 17001[133]et d'autres arbres

---

d'un produit artistiquement inférieur; on n'oubliera pourtant pas de remarquer que les deux taureaux aux pieds du saint ressemblent beaucoup au bœuf qui accompagne saint Luc dans l'aquarelle de Le Tavernier. On pourrait également supposer que le dernier dessin a été exécuté par une autre main, moins habile.

130 Voir la reproduction de l'arbre généalogique, p. 199.

131 Au dessus du cercle qui contient le nom du roi Clovis il y a le tracé d'une écriture très petite et presque impossible à déchiffrer.

132 A. Schoysman, « L'écriture mythographique de l'histoire à la cour de Bourgogne », p. 73-82.

133 Après le texte de Boccace, Miélot reprend encore une fois les *Genealogiae* et le *Catholicon* de Giovanni Balbi de Gênes afin de rédiger une sorte de manuel ayant un but à la fois théorique et technique [f. 29r-30r]. Du point de vue théorique, Miélot revient sur le concept de noblesse et parvient à une conclusion très influencée par les auteurs italiens. La théorie médiévale établit que seule la noblesse est digne d'avoir une généalogie parce qu'elle a inventé et cultivé les sept arts libéraux, qui donnent à l'homme la possibilité de devenir savant et donc de découvrir sa lignée dans le passé. Or, Miélot observe habilement qu'au XVe siècle les arts libéraux sont enseignés dans toutes les universités, fréquentées par des étudiants qui proviennent de toutes les classes sociales. Par conséquent, après une

généalogiques se trouvent dans les manuscrits de Miélot, notamment dans ceux qui transmettent le *Martyrologe* et la *Vie de sainte Katherine*. La création d'un arbre généalogique permet à Miélot d'entrer dans le domaine de l'exégèse visuelle[134]. En d'autres mots, l'auteur propose d'adopter une méthode didactique qui privilégie l'effet du coup d'œil, tout en renversant le rapport traditionnel entre parole et image : les mots interviennent uniquement sous forme d'inscriptions explicatives ou de commentaires brefs.

Le manuscrit de Vienne est en outre ornementé par des lettrines. Trois initiales peintes avec un décor végétal, dont la hauteur correspond à quatre lignes de texte sont présentes dans le manuscrit (f. 9r, 12r, 15r) ; elles ont une fonction à la fois décorative et structurante, puisqu'elles indiquent le commencement de trois parties fondamentales dans l'œuvre : le prologue du traducteur, la dédicace au duc et la vie du saint. Chaque chapitre s'ouvre avec une initiale champie dorée sur un fond peint bleu et rose, parcouru d'une grande variété de motifs filiformes dessinés en blanc, dont la hauteur correspond à deux lignes de texte. Une fine ligne verticale tracée à la plume délimite occasionnellement l'espace destiné à la réalisation de l'initiale champie (f. 23r, 91r, 94r) ; plus souvent, à côté de l'initiale champie figurent des lettres d'attente (f. 17v, 17r, 19r,

---

bonne instruction, chacun peut construire sa propre généalogie. Comme A. Schoysman l'a souligné, ce raisonnement implique par ailleurs que toutes les généalogies, mythologiques ou réelles, ont une même dignité historiographique. Du point de vue technique, Miélot explique les démarches qu'il faut effectuer pour décrire les généalogies et les transformer en arborescences. Tout d'abord, il spécifie que chaque lignée doit être caractérisée par douze degrés de parenté, du « tritave » jusqu'au « tripneveu ». Ensuite, il dit que l'arbre généalogique doit être un arbre renversé, car « l'omme est ung arbre renversé et sont les cheveux les racines, et le chief et le corps sont le tronc et le bras, les jambes, les dois et les orteulx sont les branches et rainceaulx de l'arbre » [A. Schoysman, « Jean Miélot, Jean Boccace et les généalogies. Notes sur le ms. BnF, f. fr. 17001 », *"Pour acquerir honneur et pris". Mélanges de moyen français offerts à Giuseppe Di Stefano*, éd. M. Colombo Timelli et C. Galderisi, Montréal, Ceres, 2004, p. 483-489, notamment p. 487-489]. Cette formulation, anticipée dans la philosophie grecque, a souvent été reprise dans les traités médiévaux. Étroitement liée à la célèbre image de l'arbre de Jessé, elle illustre une conception mystique de l'homme marchant sur la terre, mais enraciné dans les cieux. *Cf.* A. Guerreau-Jalabert, « L'Arbre de Jessé et l'ordre chrétien de la parenté », *Marie. Le culte de la Vierge dans la société médiévale*, éd. D. I. Prat, E. Palazzo, D. Russo, Paris, Beauchesne, 1996, p. 137-170 ; H. Schadt, *Die Darstellungen der Arbores Consanguinitatis und der Arbores Affinitiatis : Bildschemata in juristischen Handschriften*, Tübingen, E. Wasmuth, 1982, en particulier p. 314-326.

134 A. C. Esmeyer, *Divina Quaternitas, een onderzoek naar methode en toepassing der visuele exegese*, Utrecht, Rijksuniversiteit te Utrecht, 1973.

22v, 23r, 24v, 25v…). Enfin, les lettres majuscules qui suivent un signe de ponctuation sont mises en relief grâce à des touches à l'encre rouge, identique à celle employée pour les rubriques.

Six pages sont bordées d'une fine dentelle de feuillages et fleurettes. Ces bordures ornent des pages particulièrement importantes, c'est-à-dire les trois qui présentent les dessins à la plume (f. 11v, 15v et 90v) plus les feuillets en regard des deux premiers (f. 12r et 14v) ; ces pages sont donc entourées d'un seul décor harmonisé dans une disposition qui rappelle les diptyques et qui souligne l'importance attribuée par le rédacteur de l'ouvrage aux sujets présentés[135]. Le tracé de la dentelle qui entoure les miniatures sur trois côtés au f. 9v et 11v est à l'encre brune ; en revanche, celui qui complète la bordure en bas du f. 9v et qui entoure les f. 12r, 15r (sur deux côtés), 90v (sur trois côtés) et 14v (sur quatre côtés) est à l'encre noire. Dans plusieurs cas la décoration des fleurettes se superpose à celle de l'initiale ornée : on peut donc penser qu'elle a été exécutée après celle de la lettre.

Le début des paragraphes est marqué par l'insertion de pieds-de-mouche dorés sur un fond peint en bleu ou en rose et parcouru de motifs dessinés en blanc. De très nombreux bouts-de-ligne permettent d'atteindre la justification tout en attestant que le texte est complet ; ils font alterner les couleurs or, bleu et rose de façon variée et sont dessinés en blanc avec des motifs géométriques ou filiformes. Dans le cas de l'hymne de saint Fursy (f. 91v), chaque vers se clôt avec un bout-de-ligne à l'exception de celui qui se termine par le mot « physicque » (l. 2018) et qui n'offre pas l'espace nécessaire à la décoration ; cette dernière est alors remplacée par un signe graphique (✓) à l'encre noire.

LES ÉDITIONS PARTIELLES DU MANUSCRIT

Le récit transmis par le manuscrit viennois n'a jamais fait l'objet d'une édition moderne. Il faut cependant signaler qu'au cours des siècles il a été repris partiellement par quatre savants qui se sont plus intéressés au caractère prodigieux de la légende qu'aux aspects philologiques de la transmission du texte.

En 1607, Jacques Desmay, chanoine de la collégiale de Péronne, écrivit une *Vie miraculeuse de saint Fursy* qu'il dédia au doyen et aux chanoines

135 H. Toubert, « Formes et fonctions de l'enluminure », *op. cit.*, p. 90.

de son chapitre[136]. Dans l'introduction, il affirme que pour rédiger son histoire il s'est servi « de l'autorité des auteurs non suspects » ; parmi ses sources il faut sans doute nommer Miélot, car ce nom revient plusieurs fois dans l'ouvrage, même si son texte n'a pas été cité directement. Le succès de cet ouvrage fut considérable et une seconde édition parut en 1623. En 1645, Eugène Gaucher, frère mineur du couvent de Louvain, en publia une traduction latine dans les *Acta sanctorum veteris et maioris Scotiae seu Hiberniae sanctorum insulae* au neuvième jour de février[137]. En 1714, Honoré Le Beau reprit l'ouvrage de Desmay et publia une nouvelle édition « mise en meilleur français » qu'il dédia aux membres de la collégiale de Péronne, en exprimant son désir de faire en sorte que la légende parle la « langue d'une manière plus pure et plus conforme au goût de notre siècle » et en avouant l'ajout de quelques réflexions morales tirées des Pères de l'Église. Cette version fut rééditée en 1715[138] ; la même année un abrégé très sommaire par l'abbé Mignon, docteur en Sorbonne, parut chez Honoré Le Beau sous le titre *Histoire de saint Fursy, patron de Péronne, avec les vies des saints Foillain et Ultain*[139].

La première transcription de quelques extraits du récit de Miélot fut publiée dans un article du baron Alexandre de la Fons de Mélicocq, membre du Comité de la Langue, de l'Histoire et des Arts de la France, en 1857[140]. L'auteur choisit trois chapitres du manuscrit viennois (qui correspondent aux chapitres XVI, XVII et XVIII dans notre édition) : *Comment saint Foursy fu ravy en esperit et vit deux angeles qui emportoient son ame* ; *Comment les angeles rendirent a saint Foursy l'ame au corps, et puis se departirent de luy, ja soit qu'il ne le voulsist mie* ; *Comment saint Fousry exposa au pueple la segnificacion des pennes des angeles.* Les notes en bas de pages fournissent un commentaire historique plutôt pauvre ; la première

---

136 J. Desmay, *La vie miraculeuse de saint Fursy, religieux de l'ordre de Saint Benoit, co-evesque en France, et les révélations à luy faictes sur la vie humaine ; recueillie de plusieurs anciens autheurs par Jacques Desmay, docteur en théologie, et chanoine de Péronne*, Paris, Eustache Foucault, 1607.

137 J. Colgan, *op. cit.*, p. 282-300.

138 *La Vie miraculeuse de S. Fursy, […] et les révélations à lui faites sur la vie humaine […]* par J. Desmay, 3e édition, Péronne, H. Le Beau, 1714. *La Vie miraculeuse de S. Fursy, […] et les révélations à lui faites sur la vie humaine […]* par J. Desmay, nouvelle édition augmentée et mise en meilleur français, par M. ***, Péronne, H. Le Beau, 1715.

139 Abbé V. Mignon, *Histoire de saint Fursy, patron de Péronne, avec les vies de saints Foillain et Ultain*, Péronne, Honoré le Beau, 1715.

140 A. de la Fons de Mélicocq, « Quelques chapitres de la légende de saint Fursy, traduction de Jehan Miélot, XVe siècle », *La Picardie*, I, 1857, p. 423-427.

note contient aussi la transcription de la dernière partie du manuscrit de Vienne, c'est-à-dire le chapitre sur les fêtes du saint.

Lorsque l'abbé Jules Corblet, chanoine honoraire du diocèse d'Amiens, compila une légende de saint Fursy pour l'insérer dans l'*Hagiographie du diocèse d'Amiens* en 1870, il connaissait bien l'ouvrage de Desmay, qu'il jugea très sévèrement, ainsi que la transcription du baron de la Fons de Mélicocq[141]. À propos de sa propre rédaction, il dit que, afin de garder un langage naïf, il a souvent cédé la parole au texte de Miélot, « en respectant l'orthographe, mais en modifiant, pour la facilité de la lecture, la ponctuation et l'accentuation ». C'est ainsi que la transcription « très-exacte » exécutée pour lui par M. Turquet, archiprêtre de Péronne, s'entremêle au récit du XIXe siècle.

Le texte de Miélot a enfin été pris en considération en 1913 par Norbert Friart, chapelain de Bonvouloir. Au cours de la rédaction de l'*Histoire de saint Fursy et de ses deux frères saint Feuillien, évêque et martyr, et saint Ultain*[142], l'auteur fait mention du chanoine picard à propos du miracle de la cloche portée par les anges (p. 151-153) ; il cite en outre l'incipit du manuscrit viennois (p. 451-453), ce qui prouve que le manuscrit n'avait pas quitté la France encore, et un court passage à propos de l'apparition des cierges au duc Haymon (p. 212).

LA *VIE* DE SAINT FURSY DE MIÉLOT ET SES SOURCES

Dans le manuscrit de Vienne, la *Vie* de saint Fursy commence par une généalogie, après laquelle l'auteur décrit la rencontre en Irlande de Gelgehes, fille du roi Aelfind, avec Philtan, fils du roi Fondloge, futurs père et mère de Fursy. À la suite de leur mariage, célébré sans que le roi Aelfind en soit informé, Gelgehes est condamnée à mort par ce dernier, mais Fursy adresse une réprimande au roi en parlant à travers le ventre de sa mère, tandis que le bûcher allumé pour exécuter la condamnation

141 J. Corblet, *op. cit.*, p. 232-298.

142 N. Friart, *Histoire de saint Fursy et de ses deux frères saint Feuillien, évêque et martyr, et saint Ultain*, Lille-Paris-Bruges-Bruxelles, Desclée-De Brouwer, Société Saint-Augustin, 1913.

à mort de Gelgehes est éteint par les larmes de la jeune femme. Exilés, Gelgehes et Philtan sont accueillis par l'évêque Brendan, oncle de Philtan. La naissance de Fursy est accompagnée d'une grande lumière et, dès sa première jeunesse, le futur saint accomplit des miracles. Le premier est celui de la résurrection des deux enfants du roi Brandain, frère aîné d'Aelfind et oncle de Gelgehes.

Ce premier miracle est suivi des visions de Fursy, traditionnellement réparties en deux épisodes distincts. Premièrement, notre saint est emporté dans les cieux par deux anges et, après avoir été entouré des ténèbres, il assiste à l'apparition de trois autres anges signifiant la Trinté. Ensuite, après avoir expliqué le sens de sa vision aux fidèles, Fursy a une deuxième vision au cours de laquelle il assiste à un combat théologique entre anges et diables se disputant au sujet du salut de son âme. Le combat terminé, Fursy voit les feux du péché qui embrasent le monde et rencontre les saints Beodain et Meldain. Finalement, les diables jettent contre lui un usurier, ce qui a comme effet de procurer à Fursy les écrouelles.

Le récit continue par l'évocation de la construction d'une église en Angleterre, dans le royaume de Sigebert, puis par la narration de quatre miracles : la résurrection d'un jeune homme par la cloche apportée par un ange, le déplacement d'une fontaine pour punir ceux qui ont essayé de tromper le saint, l'apparition d'une moisson abondante dans un champ de blé aride, le don aux confrères de Fursy d'une ceinture ayant le pouvoir de renforcer la chasteté et de protéger leur église. Après une année d'ermitage, le saint est appelé par Sigebert afin de le conseiller dans des questions concernant le royaume.

Fursy accomplit ensuite un pèlerinage à Rome, où il a l'occasion de rencontrer le Pape ; pendant le voyage il ressuscite le fils du duc Haymon de Normandie, puis il fait retrouver la raison à un homme devenu fou pour avoir volé le manteau du saint et à une femme qui avait refusé de l'héberger. Lors du colloque avec le Pontife, Fursy lui révèle ses visions, ainsi que la maladie qu'il a contractée ; le mal se transfère au Pape à cause de son incrédulité, mais il guérit grâce à l'intervention du saint. Celui-ci est donc fait évêque.

Pendant le chemin du retour, Fursy séjourne auprès du roi Sigebert d'Austrasie et fonde une église, qu'il confie à son frère Foillain. En France il est reçu par Clovis II et donne le baptême au fils de Herceval, seigneur de Péronne ; dans cette ville, il rend la liberté à six prisonniers.

À Lagny-sur-Marne, il fonde trois églises et accomplit plusieurs miracles, parmi lesquels la création d'une source d'eau vive ayant le pouvoir de guérir les malades. Pendant le voyage vers l'Angleterre, il tombe malade et meurt à Péronne.

Le trépas de saint Fursy est suivi par deux conflits. Celui de Haymon contre Herceval, au sujet de la possession du corps du saint : il se termine par la décision d'attacher le char transportant les reliques à deux taureaux sauvages. La seconde querelle oppose Herceval à Berchaire, et porte sur le même différend. Elle s'achève par la substitution des taureaux par deux enfants de sept ans. Entre temps, trois guérisons sont encore accomplies : celle d'une femme aveugle, celle d'un paralytique et celle de la femme de Herceval. Le chariot traîné miraculeusement par les deux enfants s'arrête à Péronne : saint Fursy y est enterré dans l'église Saint Pierre. Quatre ans plus tard, le corps est retrouvé intact lors de sa translation dans la châsse commandée par Herceval. La *Vie* se termine par une dernière guérison.

Le récit contenu dans le manuscrit de Vienne permet de rapprocher le texte français de la *Vita Secunda* en latin ; toutefois, dans celle-ci aucune mention n'est faite des quatre miracles accomplis par le saint avant d'entrer en France (la cloche, la fontaine, la moisson, la ceinture), ni du transfert de la maladie de Fursy au Pape. Ces épisodes se retrouvent pourtant dans les autres légendiers qui nous transmettent la vie de saint Fursy en langue française, enregistrés dans la base de données *Jonas*[143]. Il s'agit de trois versions indépendantes les unes des autres. Elles n'ont pas fait l'objet d'une édition moderne ; on abordera donc cette analyse par la présentation des témoins.

LES AUTRES LÉGENDIERS EN FRANÇAIS TRANSMETTANT LA *VIE DE SAINT FURSY*

Le manuscrit Cambrai, Bibliothèque Municipale, 811 (719) (C) fait partie d'un groupe de cinq recueils hagiographiques qui a été l'objet de la thèse de doctorat de A.-F. Leurquin-Labie[144]. Il s'agit de compositions écrites dans la seconde moitié du XVe siècle qui contiennent un important

143 Voir le site *Jonas. Répertoire des textes et manuscrits médievaux en langue d'oc et d'oïl* : http://jonas.irht.cnrs.fr/consulter/oeuvre/recherche_oeuvre.php?tri=titre. Dernière visite : le 2 janvier 2017.

144 A.-F. Leurquin-Labie, *Les légendiers en prose française à la fin du Moyen Age (région picarde et Flandre française)*, thèse de doctorat soutenue à Paris IV sous la direction de J. Monfrin, 1985.

corpus de saints régionaux du Hainaut Cambrésis et de la Flandre française appartenant à l'époque carolingienne et mérovingienne[145]. Deux des cinq volumes sont conservés à Cambrai (Cambrai, Bibliothèque municipale, 811 et 812), deux autres à Lille (Lille, Bibliothèque municipale, 452 (795) et 453 (383)) et le dernier à Douai (Douai, Bibliothèque municipale, 869). Lorsque la vie d'un saint est présente dans plusieurs manuscrits, les textes ne sont pas toujours identiques ; contrairement aux manuscrits de Lille, qui ne contiennent pas la légende de saint Fursy, le manuscrit de Douai conserve une traduction de la *Vie* telle qu'elle apparaît dans la *Legenda aurea*. Les manuscrits de Cambrai sont par contre des témoins presque jumeaux qui nous transmettent une traduction de la *Vita Secunda* très abrégée, probablement tirée d'un ouvrage liturgique antérieur. Le manuscrit Cambrai, Bibliothèque municipale, 811 compte 511 feuillets en papier (290-95 x 210 mm) où le texte est disposé sur deux colonnes avec 28-32 lignes par colonne. La décoration est très simple : seule la lettrine filigranée à l'encre bleue et rouge à l'incipit mérite d'être distinguée. Le manuscrit contient 172 vies classées suivant l'ordre liturgique, du 30 novembre à la fin du mois de juin ; la fin de l'année liturgique devait figurer dans un second volume, aujourd'hui disparu. On sait que le codex a appartenu au moine Guillaume Courtois, devenu en 1482 abbé de l'abbaye bénédictine du Saint-Sépulcre de Cambrai ; il a donc certainement été copié dans le *scriptorium* de cette abbaye, qui a connu une activité intense à la fin du XVe siècle. Une note sur le feuillet initial informe que, au XVIIIe siècle, le manuscrit appartenait toujours à la même fondation monastique ; ensuite on peut imaginer qu'il a partagé le sort des livres des collections ecclésiastiques et qu'il a été l'objet des saisies révolutionnaires[146]. Le manuscrit Cambrai, Bibliothèque municipale 812 est un autre exemplaire courant qui compte 170 légendes sur 459 feuillets en papier (297 x 215 mm) ; il provient du même milieu monastique et il a partagé la même destinée que le manuscrit 811[147].

---

145 A.-F. Leurquin-Labie, « La promotion de l'hagiographie régionale au XVe siècle : l'exemple du Hainaut et du Cambrésis », *Richesses médiévales du Nord et du Hainaut*, éd. J.-C. Herbin, Valenciennes, Camélia-Presses Universitaires de Valenciennes, 2002, p. 253-267.

146 D. Muzerelle, *Manuscrits datés des bibliothèques de France*, t. 1, *Cambrai*, Paris, Éditions du CNRS, 2000, p. 91-92.

147 P. Tylus, *Légendes dominicaines dans la littérature française du Moyen Âge. Tradition manuscrite, transformations, diffusion, accueil*, Krakóv, Wydawnictwo Uniwersytetu Jagiellonskiego, 2007, p. 103-111.

L'absence d'édition critique de la vie de saint Fursy transmise par ces deux manuscrits empêche l'utilisation d'un texte de référence qui tienne compte des variantes, mais l'étude de la version contenue dans le manuscrit 811 met en évidence l'existence de moments-clés qui ne font pas partie du texte latin de base et qui présentent par contre plusieurs correspondances avec les versions de deux autres manuscrits contenant la *Vie* en français, conservés respectivement à Florence et à Arras.

Le manuscrit 141 de la collection mediceo-palatine de la Laurentienne de Florence (F) est un codex très soigné, composé de 337 feuillets de parchemin (340 x 250mm) écrits en gothique livresque à deux colonnes, avec 42 lignes par colonne. La décoration est d'une exécution très fine[148] : en tête du recueil, une belle miniature à fond quadrillé représente le Jugement Dernier, tandis que les débuts de chapitres sont marqués par des initiales champies et les sous-chapitres par des lettres filigranées[149]. Aujourd'hui le manuscrit est relié en deux tomes : le premier s'arrête au f. 161, le second est formé des f. 162 à 330[150]. Le premier tome s'ouvre sur une table des matières, tandis que le second est suivi de cinq feuillets réglés, dont quatre sont occupés par une table des pâques de 1426 à 1507, avec l'indication de la lettre dominicale pour chaque année. La reliure, qui remonte au XVIIIe siècle, est aux armes de Louis de Gand-Vilain XIV de Mérode de Montmorency, prince d'Isenghien et maréchal de France[151] ; en outre, à l'intérieur de chacun des deux volumes figurent les armes d'un célèbre bibliophile du XVIIIe siècle, Paul Girardot de Préfond. Pour ce qui est du contenu, la situation est très complexe. Le légendier contient 203 morceaux qui ne sont pas tous des vies de saints. Parmi celles-ci, la grande majorité est traduite de la *Legenda aurea* de Jacques de Voragine[152], mais

148 *Mostra di codici romanzi delle biblioteche fiorentine, Catalogo della mostra (Firenze, Biblioteca Medicea Laurenziana, 1956), VIII Congresso internazionale di studi romanzi (3-8 aprile 1956)*, Firenze, Sansoni, 1957, p. 67-68. Le manuscrit a également été décrit dans H. B. Sol, *La Vie du Pape Saint Grégoire : huit versions françaises médiévales de la légende du bon pécheur*, Amsterdam, Rodopi, 1977, p. XXII.

149 P. Tylus, *op. cit.*, p. 61.

150 Une foliotation ancienne en chiffres romains atteste qu'à l'époque de rédaction l'œuvre formait un seul gros volume in-folio.

151 En effet, le manuscrit figure dans son catalogue de livres, sous le n° 55, où il est décrit avec cette brève mention : « ms. en 1399. 2 vol. in-fol. ». *Cf.* P. Meyer, « Notice du ms. med.-pal. 141 de la Laurentienne (vies des saints) », *Romania*, 33, 1904, p. 1-49, notamment p. 2.

152 Après avoir comparé les légendes tirées de la *Legenda aurea* du témoin de Florence avec celles du manuscrit gall. f° 0156 de la Staatsbibliothek zu Berlin, en dépôt à la Biblioteka Jagiellonska de Cracovie et du manuscrit 127 (021) de la Bibliothèque de la ville de

un certain nombre d'entre elles a une autre origine qu'il n'est pas toujours possible de déterminer[153]. Les légendes qui ne viennent pas de Jacques de Voragine sont parfois intercalées dans les vies traduites de la *Legenda aurea*, à la place que leur assigne la fête du saint et parfois rassemblées à la fin du recueil comme un supplément non classé. Toutefois, d'après P. Meyer il ne paraît pas possible qu'elles aient été traduites spécifiquement pour prendre place dans le recueil et il serait plus vraisemblable de supposer qu'elles faisaient déjà partie d'un légendier antérieur actuellement inconnu[154]. La date du manuscrit est fournie par le colophon au f. 330r :

> Sachent tout cil qui ceste legende liront qu'ele fu parescripte le xiiii[e] jour du mois d'Aoust, nuit de le assomption de la benoite Vierge Marie, l'an de grasce mil iii[c] iiii[xx] et xix. Et l'escripsi Jehans li Escholers, demourans Arras en la rue de l'abeye, entre l'ospital S. Juliien et le rue du Pré.

Le manuscrit a donc été exécuté en 1399 par un certain « Jean li Escholers », qui n'est point connu par ailleurs, mais dont on peut déterminer l'adresse exacte : il habitait du côté de la porte de Méaulens à Arras. D'autre part, les caractéristiques régionales du texte des légendes renvoient clairement à l'Artois. À ce propos il faudrait peut-être se demander si la couleur picarde est due aux habitudes linguistiques du copiste ou bien si la traduction elle-même a été accomplie par un auteur originaire de la région. Si pour les vies empruntées à la *Legenda aurea* on peut considérer qu'elles ont été traduites par un artésien, pour les vies étrangères au *corpus* de Jacques de Voragine l'absence d'études sur les sources empêche la formulation d'hypothèses convaincantes. En ce qui concerne la vie de saint Fursy, P. Meyer affirme que la version du manuscrit de Florence est très différente de celle contenue dans la *Legenda aurea* et identifie comme source latine la *Vita Secunda* publiée par les Bollandistes au 16 janvier, ce qui n'est vrai qu'en partie. La sincère

---

Tournai, P. Tylus a avancé l'hypothèse que le recueil de Florence comporte deux traductions indépendantes du recueil de Jacques de Voragine. *Cf.* P. Tylus, *op. cit.*, p. 69-71.

153 Parmi ces légendes qui ont une origine étrangère à la *Legenda aurea* on remarque notamment des vies des saints régionaux ; par ailleurs, la légende de saint Vaast, évêque d'Arras et de Cambrai, n'est pas celle de la *Legenda aurea*, mais une version indépendante fortement développée. *Cf.* O. Collet, S. Messerli, *Vies médiévales de Marie-Madeleine*, Turnhout, Brepols, 2008, p. 452.

154 Selon P. Meyer, les morceaux traduits de Jacques de Voragine seraient les plus récents et pourraient être datés du commencement du XIVe siècle, sinon de la fin du XIIIe. P. Meyer, « Notice du ms. med.-pal. 141 de la Laurentienne », *op. cit.*, cit., p. 8.

modestie du chercheur qui admet au début de sa notice : « le temps m'a manqué à Florence pour faire une comparaison minutieuse des versions avec les diverses rédactions latines[155] » n'a pu que nous inviter à suivre ses traces et à pousser un peu plus loin les recherches. Nous y reviendrons donc, après avoir décrit le manuscrit arrageois.

Le manuscrit 307 (851) conservé à la Bibliothèque municipale d'Arras (A) est un volume en parchemin (320 x 225 mm) ; l'écriture est disposée sur deux colonnes par page contenant 38 à 40 lignes par colonne[156]. Il se compose actuellement de 209 feuillets, mais il est amputé du début et il a souffert de nombreuses mutilations[157]. Une ancienne pagination en chiffres romains (fin du XIVe siècle) permet de rendre compte des pertes subies ; la pagination moderne s'arrête au feuillet 207, mais celui-ci conserve les traces d'une numérotation plus ancienne (« cccxx ») qui montre que 113 feuillets manquent : les lacunes sont éparses dans le manuscrit. Le catalogue de Quicherat attribuait au codex une reliure en veau brun, mais il est maintenant recouvert en parchemin ; il est donc à craindre que la nouvelle reliure ait fait disparaître d'anciennes marques de propriété, car Quicherat citait l'inscription suivante, aujourd'hui disparue : « *Bibliothecae monasterii Sancti Vedasti Atrebatensis, F. 10*[158] ». Le manuscrit a été daté de la seconde moitié du XIIIe siècle et on y distingue trois mains ; en revanche, les miniatures semblent avoir été exécutées toutes par le même artiste. Pour ce qui est du contenu, le manuscrit renferme 25 vies de saints en prose[159] qui se rencontrent presque toutes dans d'assez nombreux recueils[160]. D'après

155 *Ibid.*, p. 3.

156 P. Meyer, « Notice sur le manuscrit 307 (ancien 851) de la bibliothèque d'Arras, recueil de vies de saints en prose et en vers », *Romania*, 17, 1888, p. 366-400.

157 P. Meyer, « Légendes hagiographiques en français. II : Légendes en prose », *Histoire littéraire de la France*, 33, 1906, p. 429-431.

158 J. Quicherat, *Catalogue général des manuscrits des bibliothèques publiques des départements*, t. IV, Paris, Imprimerie Nationale, 1872, p. 337-338.

159 Ce *corpus* peut passer pour l'un des plus anciens légendiers en langue française. P. Meyer a remarqué une grande ressemblance avec le légendier du manuscrit Bruxelles, Bibliothèque Royale, 9225 ; il a donc avancé l'hypothèse qu'il soit fondé sur une compilation antérieure qui n'a pas été conservée jusqu'à nos jours, mais qui devait être apparentée de près au légendier de Bruxelles. Le compilateur du témoin d'Arras aurait ensuite ajouté certaines légendes à ce recueil primitif, comme, par exemple, la vie de saint Fursy qui ne fait pas partie de la collection bruxelloise. *Cf.* P. Meyer, « Notice du ms. 9225 de la Bibliothèque Royale de Belgique », *Romania*, 34, 1905, p. 24-42.

160 La seule exception est peut-être représentée par la légende de saint Vaast qui, ayant un intérêt tout spécial pour les Artésiens, ne paraît pas se rencontrer ailleurs. P. Meyer, « Notice sur le manuscrit 307 (ancien 851) de la bibliothèque d'Arras », p. 369.

P. Meyer, le codex aurait été exécuté en Artois, probablement à Arras ; les traits linguistiques ne fournissent pourtant pas de preuves significatives : les textes transcrits ont sans doute été composés en un français standard et les copistes paraissent avoir suivi assez fidèlement les originaux[161].

UNE SOURCE VERNACULAIRE POUR LA *VIE* DE MIÉLOT ?

L'analyse comparée entre le texte latin de la *Vita Secunda* et les versions vernaculaires contenues tant dans le codex de Vienne que dans les manuscrits F, A et C, montre que les textes vernaculaires contiennent cinq passages nouveaux par rapport à la version latine :

I. Le miracle de la cloche : saint Fursy arrive dans un village où l'église n'a pas de cloche ; un ange apporte une cloche du Ciel et la dépose à côté d'un jeune homme qui vient de mourir ; le jeune homme ressuscite et la cloche garde son pouvoir miraculeux en protégeant le pays des tempêtes.

II. Le miracle du champ de blé : il n'y a pas de blé dans les champs ; saint Fursy invite à semer un champ qui, au tiers jour, est plein d'épis ; le miracle se répète et tous les champs peuvent être moissonnés.

III. La vengeance de la fontaine : un sacristain trompe saint Fursy en sonnant en avance nonne un samedi ; le saint le punit en emportant ailleurs la fontaine du village.

IV. Les vertus de la ceinture du saint : avant de partir en pèlerinage à Rome, saint Fursy confie sa ceinture à ses frères ; cet objet miraculeux aide les jeunes religieux à respecter le vœu de chasteté.

V. La transmission de la maladie au Pape : comme le Pape n'approuve pas que saint Fursy mange de la viande crue pour apaiser la souffrance causée par le « leu », il reçoit par punition divine la même maladie ; c'est seulement après avoir supplié saint Fursy de le libérer que la maladie l'abandonne en sortant de sa bouche sous la forme d'une petite bête.

Ces ajouts n'apparaissent pourtant pas dans toutes les versions. Seules la version de Miélot (M) et celle de C les contiennent tous ; cependant, comme l'auteur de C adopte des procédés d'abréviation extrêmes, son

161 Ce n'est que dans la vie de saint Vaast qu'on trouve des traits artésiens en assez grand nombre. *Cf. Ibid.*

texte ne pourra pas faire l'objet d'une comparaison détaillée. Quant à la version F, le récit des vertus de la ceinture ne figure pas. La version A, très lacunaire à cause des nombreux feuillets manquants, ne transmet ni le miracle de la cloche, ni la vengeance de la fontaine, ni la maladie du Pape.

Nous commencerons par l'analyse de la macrostructure des versions de Miélot (M), Florence (F) et Arras (A).

Dans la notice consacrée à F, P. Meyer souligne que par rapport à F, A constitue « une autre version du même original[162] », mais les similitudes apparentes cachent des différences plus profondes.

La première différence qui distingue A de M et de F est le fait que l'auteur de A fait plusieurs références à Bède. Il cite sept fois le nom du célèbre historien anglais, en lui attribuant le mérite d'avoir gardé le souvenir de saint Fursy : « et se mesires Bedes n'eust tesmoignié la vie et le vision de cest saint home, petit est de ciaus qui le creissent qu'elle fust tele » [f. 135ra] ; souvent, il lie le nom de Bède à des appels sous forme de discours direct visant à attirer l'attention du public : « oéz, fait mesires saint Bedes » [f. 128vb], « voiéz, fait mesires saint Bedes » [f. 139va]. Pourtant, le lien entre A et l'*Historia ecclesiastica gentis Anglorum* se limite à la description de la souffrance physique endurée par Fursy en plein hiver ; quant aux citations invoquant Bède figurant dans A, elles n'apparaissent pas dans l'*Historia* et participent donc, selon nous, d'une volonté d'augmenter le prestige de la traduction en recourant à cette *auctoritas*.

Un deuxième élément de différenciation est constitué par la conclusion de la légende. Tandis que M et F se terminent avec le miracle d'une noble femme de Péronne guérie par l'eau transformée en vin, A – qui ne présente pas de lacune à cet endroit – se clôt sur une dédicace aux jeunes femmes enceintes. En effet, l'intervention miraculeuse de saint Fursy qui parle dans le ventre de sa mère avant sa propre naissance, qui est un trait commun à toutes les versions de la légende, semble motiver l'auteur de A à s'adresser directement à un auditoire féminin (« toutes les femes puceles et dames qui sont ou qui atendent a estre en aage de porter et d'avoir enfans doivent avoir a memoire le haut confessor monseignor saint Forsi par atendre a avoir parfaite joie et parfaite esperance de leurs mesmes et de leur fruis au point et a l'eure que

162 P. Meyer, « Notice du ms. med.-pal. 141 de la Laurentienne », p. 13.

eles travaillent de le doleur d'enfanter » [f. 139vb]). La conclusion de A remplace donc le miracle de la noble femme de Péronne par une autre « référence féminine », qui rappelle la grossesse de Gelgehes évoquée au début de la légende.

Enfin, dans A, certaines séquences du récit s'enchaînent selon un ordre différent de celui choisi par l'auteur de F ainsi que par Miélot : cet écart entre les deux versions pourrait pourtant être imputable aux interventions des restaurateurs modernes, chargés de remettre en ordre un texte extrêmement lacunaire.

Cette étude nous a permis de rapprocher les versions M et F contre A. Une comparaison microstructurale permet de constater en outre que le rapport entre M et F, déjà mis en évidence par la macrostructure, est très étroit.

En premier lieu, dans F et dans M on trouve aux mêmes endroits des articulations identiques du discours, qui ne figurent ni dans la *Vita Secunda* ni dans A :

> F : Or lairons ci de Philtan si parlerons de saint Foursy sen fil. [f. 58va]
> M : Ores lairons nous cy du roy Philtain et parlerons de saint Foursy, son benoit fil. [f. 30r]
>
> F : Si comme vous avés oy. [f. 58va]
> M : Comme il appert ci dessus. [f. 30v]
>
> F : Or oiies quel vengement Dieus prist de l'apostole. [f. 60vb]
> M : Or oyéz le vengement que Nostre Seigneur print de nostre Saint Pere. [f. 67r]
>
> F : Or oiies comme .ii. biaus miracles par les merites de saint Foursi qui fist de l'iaulle vin. [f. 62vb]
> M : Or oyéz comment Nostre Seigneur Dieu fist de beaulx miracles par les merites de son glorieux confés monseigneur saint Foursy. [f. 90r]

Deuxièmement, certains choix lexicaux constituent des indices du rapport entre M et F. Le tableau suivant montre que, pour les passages qui ont un correspondant exact dans la *Vita Secunda*, la mise en français qui figure dans le manuscrit de Miélot et dans F concorde parfois dans les moindres détails :

Vita Secunda	M	F	A	C
Stabilisque connubio (J. Bolland, *op. cit.*, p. 45)	Par loyale beneiçon et par estable mariage [f. 17v]	Par loyal beneichon et par mariage [f. 57rb]	Par estabilité de mariage, par loyal beneiçon [f. 127vb]	*Absent*

Ignorantibus patribus (p. 45)	Sans le sceu de leurs peres et de leurs meres [f. 17v]	Sans le seu de leur peres et de leur meres [f. 57rb]	Mais li pere et les meres ne sorent mot [f. 127vb]	Sans le sceu des perez [f. 164vb]
Sub signo (p. 49)	Luy donna enseigne [f. 61r]	Il donna enseignes [f. 60rb]	*Absent* [lacune]	*Absent*
Per domus errantes (p. 49)	Qui aloient foliant avant la maison [f. 62r]	Qui aloient foliant par le maison [f. 60rb]	*Absent* [lacune]	*Absent*
Coepit lamentabilibus vocibus (p. 50)	Elle commença a plourer et a crier [f. 63r]	Si commencha a plourer et a crier [f. 60rb]	Ele comença a plorer [f. 134ra]	*Absent*
Quod penes se habebat viaticum (p. 50)	Ce qui lui estoit demouré de soustenance temporele [f. 65r]	Ce qui li estoit demouré de temporel [f. 60va]	Cel tant peu de vivre que il avoit [f. 134 va]	*Absent*
Postpositis omnibus vani seculi oblectamentis (p. 51)	Et mirent jus tous les embrachemens du vain siecle [f. 72v]	Mirent jus tous les embracemens de cest vain siecle [f. 60vb]	*Absent*	*Absent*
Veluti damnationi adiudicatos (p. 51)	Qui estoient aussy comme jugiéz a mort [f. 75r]	Qui estoient aussi comme jugiet a mort [f. 61ra]	Qui por lor meffait estoient jugié a mort [f. 135va]	*Absent*

Les exemples de ce genre pourraient être multipliés.

La ressemblance est encore plus significative si l'on prend en considération le passage dans lequel on décrit la brûlure reçue par saint Fursy au contact de l'âme d'un usurier :

> *Vita Secunda* : Atque vivam superfusus aquam, **incendium inter scapulas sensit**, quod de iniquo sumpsit viro, et **in facie eius apparuit** mirumque in modum quod anima sola sustinuit in carne demonstrabatur [Colgan, *op. cit.*, p. 81]
>
> M : **Lors apparu en la face l'embrasement du felon homme qu'il avoit reçut en esperit sur son espaule** [f. 52v]
>
> F : **Lors li apparut en le fache li embrasemens de l'homme felon qu'il avoit recheu en esprit sur l'espaule** [f. 59rb]

A : Ce que l'ame saint Forsi soustint et souffri en la vision apparut **en se char et en son cors** [f. 132vb]

C : Et li apparut **en la fache et entres .ii. espaulez** li arsure du pecheour [f. 167rb]

Parfois, la ressemblance s'étend à des passages entiers qui constituent une traduction de la *Vita Secunda*, et que l'on retrouve presque identiques dans les deux versions de F et M :

Vita Secunda	M	F
Igitur tempore quo apud Hiberniam insulam, quae Scotia est contigua, rex Fundloga Mumiensium regna regebat ; et Brendinus rex tertius fratrum Magmurtennica sceptra gerebat ; superna clementia provindens multorum populorum saluti in futuro, regi Fundlogae filium, nomine Philtanum, contulit ; iuniori quoque fratri Brendini regis, Aelfiud nuncupato, filiam Gelgehen vocitatam dedit. (J. Bolland, *op. cit.*, p. 45)[i]	Au temps que le roy Fondloge gouvernoit le royaume des Mumnensiens en l'isle d'Irlande, qui est pres d'Escoce, et que le roy Brandin, lui troisiesme de freres, portoient les septres royaulx des Maumurteniens, Nostre Seigneur Dieu, qui tousjours a pourveu au salut de maintz pueples, donna au roy Fondloge ung filz qui ot nom Philtan et au plus jenne frere du roy Brandin, qui ot nom Aelfind, donna une fille nommee Gelgehes. [f. 15v]	En cel tamps que li rois Fondloghes gouvernoit les regnes des Munimentiens en l'isle de Illande, qui est continuee a Escoche, et que li rois Brandis, lui tierch de freres, portoit les ceptres des Magmurtemiens, Dieu, qui a porveu le salu de maint pule, donna au roy Fonloghe .i. fil qui ot a nom Philtans et au plus jouene frere le roy Brandin, que on appeloit Elphind, donna une fille qui ot nom Gelgehes. [f. 57rb]
Exurgens autem vir sanctus quasi ex profunda mortis quiete, et conspiciens multitudinem parentum, vel vicinorum, sive etiam clericorum ; ingemiscens magnitudinem humanae stultitiae. (Colgan, *op. cit.*, p. 81)[ii]	Adoncques resuscita le saint homme comme d'un parfond repos de mort et regarda la multitude de ses parens et de ses voisins et des clercz qui la estoient assamblés ; si se commença a complaindre et a esmerveillier de la grant follie du monde. [f. 52v-53r]	Ressuscita li saint hom aussi comme d'un profont repos et regarda le multitude de les parens et de les voisins et de clers qui la estoient assaulé ; si commencha a li plaindre et a esmervillier de la grant folie du monde. [f. 59va]

Ad ducis aulam pervenit, ibique eius unicum filium mortuum reperit ; quem, compatiens doloribus patris et matris et coadunatae plebis, confestim facta cum lacrymis oratione de lacu mortis erexit. (J. Bolland, *op. cit.*, p. 49)[iii]	Sy parvint jusques a la sale du duc et illec trouva mort ung seul filz que le duc avoit ; mais monseigneur saint Foursy, aiant pitié des doleurs du pere et de la mere et du pueple qui la estoit assamblé, se mist tantost en larmes et en oroisons envers Nostre Seigneur Jhesu Crist et resuscita l'enfant de cruelle mort. [f. 60v]	Ala jusques en le sale le duc et la trouva mort .i. fil que li dus avoit ; et saint Foursis, qui ot pitié du pere et de le mere et du pule qui la estoit assamblé, se mist en orisons a Jhesuscris et par le pere Dieu ressuscita l'enfant. [f. 60rb]

i. Voici ce que donne A : « Il avint ça en arriere en la terre d'Yrlande, qui est .i. grans illes et tant est grans qu'il contient en soi .iiii. roiaumes. En ceste partie d'Yrlande ki se trait vers Escoche, ke li Yrois apeloient adonques Muminenche et ore l'apelent Monestere, regna .i. rois qui ot nom Fondloga ; et Brendin, .i. autres rois, son tiers de freres, regna el roiaume de Magmurtaigne. Icil rois estoit moult curieus de faire les œuvres qui appartenoient a Deu Nostres Sires, qui moult est porveaus au porfit et au salut des gens es choses presentes et en celes qui sont n'avenir. Par la grace et par la volonté de lui meisme, si dona au roi Fondloga .i. fil qui fu apeléz par nom de baptesme Philtans et au menor frere Brendin, le roi Aelfus, qui ensement fu rois d'un roialme c'on apele Cognast, donna une fille qui ot a nom Gelgehes » [f. 127ra]. Le texte de C est le suivant : « En ce tampz que li rois Fondloges gouvernoit une partie de Yberne et li rois Brandis, luy .iii.[e] de frerez, l'autre partie, envoya Nostre Seigneur .i. fil au roy Fondloge lequel il appella Philtan et au maisnet des frerez le roy Brandin, nommé Alphius, donna une fille qui ot a nom Gelgehes » [f. 164va].

ii. Voici ce que donne A : « Or se leva li sains ausi comme s'il levast del parfont repos de le mort et vit entor lui grant multitude de gens, de clers et de lais et de parens. Il gemi en sen cuer por le grant folie qu'il demenoient de lui plorer et si s'emerveilla moult en lui meisme de l'estroit et del grief passage qu'il avoit passé et se commença moult a esmerveillier de la grant remuneration et de le grant joie » [f. 132va]. Dans C on lit : « Et se leva ainsy comme de mort devant tous ceulz qui la furent present » [f. 167va].

iii. On ne peut pas lire ce que donne A à cause d'une lacune dans le manuscrit ; voici, par contre, ce que donne C : « Quant il fu la venus, il oy grans pleurs car li fieux de ce signeur estoit mors ; lequel il ressuscita par sen orison » [f. 167vb].

Puisqu'il est hautement improbable que deux traducteurs complètement indépendants l'un de l'autre aient pu traduire de la même façon tant d'expressions latines, il faut supposer que Miélot a pu avoir accès à une copie du texte qui nous a été transmis par F ou bien que M et F ont un modèle commun.

Toutefois, la comparaison microstructurale permet aussi de montrer que M ne suit pas systématiquement le texte de F. En effet, F présente des lacunes par rapport au texte latin de la *Vita Secunda*, lacunes dont M est exempt[163] :

Vita Secunda	M	F	A
« *Noli timere* » *inquit* « *hoc suscipere corpus quod sine ulla repugnatione infirmitatis, vel vitiorum repugnantium, quamvis invalidum habere poteris. Concupicentias enim illicitas in hac tribulatione superast, ut vetera non praevaleant contra te* ». (Colgan, *op. cit.*, p. 81)	« Ne redoubte mie de reprendre ton corps, car tu le pouras avoir sans enfermeté et sans vice tant que tu viveras ; tu as surmonté les pechiéz en ceste tribulacion tellement que les vices n'auront pouoir encontre toy ». [f. 52r]	*Absent*	« Ne doute mie a reprendre ten cors, car sanz nul contredit d'enferté et sanz repunance de malvais visce tu porra avoir ten cors tout delivrement. Après saches que tu as sormonté toutes les convoitises qu'il ne te loisoit mie avoir en ceste tribulation, et saches bien que les anciennes choses qui ont esté selonc pechié ne te puent nuire... ». [f. 132vb]
« *Multa* » *inquit* « *decentissime iuvenis, est operatio divinae dispositionis,* ***cuius moderamine reguntur universa quae sunt in caelo et in terra, in mari et in omnibus abyssis*** ». (J. Bolland, *op. cit.*, p. 45)	« O tresbeau jouvencel, moult grandes sont les œuvres de Notreseigneur **qui gouverne toutes les choses qui sont ou ciel, en la terre et en la mer et en tous les abismes** ». [f. 17v]	« O tres biaus damoisiaux, moult sont grans les œuvres de Nostresignur, et saches [...] ». [f. 57va]	« Biaus dous jovenciaus, les oevres de Damedeu Jhesu Crist et a le volonté de lui **qui a pooir en ciel et en terre et en mer et en toutes les parfondeces c'on apele abisme** ». [f. 128ra]

163 Le deuxième extrait manque dans C, qui propose d'ailleurs des versions très abrégées du premier et du troisième passage : « Philtan, qui lez parolles oy, s'aprocha de la pucelle et dist que la maniere des noblez hommes estoit de aller en divers pays pour anter chevalerie et acquerre le congnissance des noblez » [f. 164vb] ; « Il espouserent li uns l'autre et fu la dame enchainte » [f. 164vb].

Cognovit ergo Phyltanus Gelgehen coniugem suam clam patre suo : quae mox concepit, ***ut rei exitus probavit, puerum dignum Deo.*** (J. Bolland, *op. cit.*, p. 45)	Aprés ce, Philtain congnut charnelement sa femme Gelgehes sans le sceu de son pere et conceut ung enfant **digne devant Dieu, comme la chose le demoustra en la fin.** [f. 17 r-v]	Aprés ce, Philtans avec Gelgehes se [sic] femme vit carnelment et celle conchut assés tost .i. enfant [...]. [f. 57va]	Aprés avint que Philtains jut a sa feme Gelgehes charnelment que ses peres ne le seut pas et ele tantost conçut .i. fil **si comme li fais de l'oevre le prova qui fu moult dignes a Damedeu.** [f. 128ra]

En outre, dans la légende de Miélot on lit une phrase qui est absente dans les versions vernaculaires retenues et dans le texte latin. Il s'agit d'un ajout assez insolite, car il affirme que saint Fursy, après le départ pour l'Angleterre, établit une autre église en Irlande : « puis advint que saint Foursy fist une nouvelle eglise en Yllande, en une cité qui ot nom Clummet, ou il mist ung nouvel convent de freres » [f. 58v].

Quelques faits de copie corroborent l'hypothèse selon laquelle que M n'a pas utilisé F comme texte source, mais a disposé, plutôt, d'un modèle proche, mais différent. Deux exemples en particulier, tirés des passages figurant uniquement dans les versions vernaculaires, montrent que pour des *loci* ne présentant pas de problèmes de sens ou de lecture dans F, le texte de M contient des variantes attestant de la nécessité d'obvier à des fautes présentes dans le modèle[164].

Le premier figure dans le récit du miracle de la cloche, où le texte de M contient le mot « choses » à la place de « cloques », présent dans F et dans C :

M	F	C
Et puis il y estably ung abbé en ung bourg qui estoit appellé Themanaheram ; et	Aprés establi une abbeye en .i. bos qui estoit appelles Themanaheram et quant	Devant ce avoit saint Foursy edefiié en .i. lieu de son patrimoine nommé

164 D'autres variantes par rapport à F, toujours attribuables à des faits de copie, sont présentes dans M. *Cf.* par exemple, « maladie trenchant » (M, f. 55r) / « fievre terchaine » (F, f. 59vb) / « *infirmitate triduana* » (*Vita Secunda*, éd. Colgan, *op. cit.*, p. 81) ; « en la moyenne de Rome » (M, f. 64v) / « a la Montjoie de Romme » (F, f. 60vb) / « *Montem Gaudii* » (J. Bolland, *op. cit.*, p. 50).

quant il y eut mis pluseurs religieux hommes pour servir Dieu, il leur pourchaça rentes pour eulx ; et n'y eut nulles **choses**, par deffault de matiere ne de maistre qui le sceust faire, **pour sonner les sains aux services des mors**. Lors apporta l'angele de Nostre Seigneur une cloche de l'air, voians moult de gens qui la estoient. En verité c'estoit une merveilleuse chose a le ouÿr et a le veoir ! Et le mist d'encoste le fil Anne, vesve femme, qui estoit mort et ensevely, lequel renesqui au premier coup qu'elle sonna ; et quant il fu resuscité, il se donna au service de l'eglise et a l'office de ladicte cloche et promist de religieusement servir toute sa vie durant. Ceste cloche est de si grande auctorité qu'elle garde et a gardé le paiis ou elle est jusques a ores de tonoire, de tempeste et de fouldre et d'embrasement aussy loingz comme le son en peut estre ouy. [f. 55r-55v]	il y ot mis religieus hommes pour Dieu servir et rentes pourchachies, si n'y ot nulles **cloques** pour souffraite de matere et de maistre que les seuist faire. Lors aporta li angles Nostreseignur veant moult de gens une cloque de l'air qui estoit merveilleuse a oïr et le mist d'encoste le fil a une vefve femme que mors estoit et au prumier cop que li cloque sonna chis ressuscita, liquelz se donna au service de l'Eglize et de la cloque. Ceste est de si grant vertu qu'ele garde tout le païs la ou elle est de tonnoile, de foudre et de tempés si loing comme li son peut estre oïs. [f. 59vb]	Themanaheron en la quelle abye il faloit **cloques** pour sonner ; laquelle cloques li anglez apporta en l'air et est encore celle cloques de telle vertu que si loingz que li sons d'elle se puet estendre tonnoirez ne tempestez n'i a pooir. [f. 168ra-rb]

Le mot « choses », sans doute jugé trop générique, est accompagné d'une petite phrase (« pour sonner les sains aux services des mors ») dont la raison d'être est de préciser la fonction de ces objets indéterminés afin de redonner un peu plus de sens à une construction que la faute de copie rendait obscure.

Le deuxième exemple est contenu dans le récit du miracle du champ de blé : le mot-clé « messon », qui figure correctement dans F ainsi que dans A, est remplacé par « maison » dans M, mais pour rétablir le sens de la phrase, le copiste intervient avec une conjecture :

M : ara et sema ung camp de ceulx de la **maison** [f. 57v]

F : ahaner et semer .i. camp au tamps de **messon** [f. 60rb]

A : areer .i. champ el tanz de **messons** [f. 133va]

En conclusion, nous croyons pouvoir confirmer l'hypothèse selon laquelle Miélot a consulté et reproduit une version vernaculaire qui a des rapports très étroits avec la version contenue dans le recueil de Florence. Cette méthode de travail n'aurait pas été insolite chez le « translateur » picard : d'après le Répertoire *Transmedie*, il se serait fondé sur d'anciennes traductions en français lors de la rédaction de la *Consolation des desolez* (1451) et des *Moralités des philosophes* (1456)[165]. Toutefois la présence, dans le prologue, dans la dédicace et à l'*incipit* de la *Vie*, de termes se référant à l'activité de traduction (*Prologue du translateur*, f. 9r, l. 217 ; « convertir en cler langaige de France », f. 12v, l. 276 ; « fu faitte cette translacion par Jehan Mielot », f. 14r, l. 309) invite à ne pas exclure que Miélot ait travaillé parallèlement sur un ou plusieurs textes latins, qu'il aurait utilisés et peut-être compilés pour compléter le texte vernaculaire. En effet, à l'état actuel de la recherche il est impossible de déterminer si les parties qui manquent dans le manuscrit de Florence sont le résultat du choix d'un copiste particulier ou une caractéristique propre à la mise en français. Quant à la compilation par Miélot de sources diverses, elle est évoquée dans un manuscrit actuellement en mains privées contenant la vie de saint Fursy par images, dont il sera question dans le paragraphe suivant (« lesquelles genealogie, vie, miracles et merites ledit Immelot a extraict du *Miroir hystorial* et d'autres anciennes escriptures », *cf. Infra*, p. 193).

165 La *Consolation des desolez* constituerait le remaniement de la traduction française anonyme datant de la fin du XIIe siècle du *De XII utilitatibus tribulationis* de Pierre de Blois, même si Miélot aurait aussi pu traduire directement du latin ; les *Moralités des philosophes* ne seraient pas une traduction au sens propre, mais la modernisation d'une version française anonyme plus ancienne et en prose des *Moralium dogma philosophorum* attribués à Guillaume de Conches. *Cf. Translations médiévales. Cinq siècles de traductions en français au Moyen Âge (XIe-XVe siècles). Étude et répertoire*, éd. C. Galderisi, t. 2, Turnhout, Brepols, 2011, 436 (*Consolation des desolez*), nos 67/78/459 (*Moralités des philosophes*).

LES AUTRES VERSIONS DE LA *VIE* DE SAINT FURSY PAR JEAN MIÉLOT

Le sujet de la *Vie* de saint Fursy semble avoir intéressé Miélot à plusieurs reprises ; en plus du texte conservé dans le manuscrit de Vienne, que nous éditons dans le présent travail, on connaît trois versions courtes de la légende dues à sa plume : un abrégé de la *Vie* figurant dans le manuscrit Bruxelles, Bibliothèque Royale, 9945 (1462-1463, f. 50v-51r), un récit encore plus succinct inséré dans le célèbre manuscrit 17001 de la Bibliothèque Nationale de France (1463, f. 95v) et un texte minimal, destiné à accompagner des enluminures dans une sorte de récit par images, conservé dans un manuscrit privé.

LE MANUSCRIT BRUXELLES, BIBLIOTHÈQUE ROYALE, 9945

Entre 1462 et 1463, Jean Miélot traduisit du latin en français un grand « martyrologe » ; aujourd'hui, seulement trois des quatre trimestres prévus par Miélot sont connus et conservés à la Bibliothèque Royale de Bruxelles sous les cotes 9945 (janvier-juin) et 9946-9948 (octobre-décembre)[166]. Le codex 9945 est un grand volume in-folio en papier (385x270 mm) composé de 235 feuillets[167] qui a fait partie de la bibliothèque de Philippe le Bon ; l'inventaire de 1467-1468 le cite en le présentant comme : « un grant livre de papier escript a longue ligne, couvert de parchemin, contenant le Catalogue de janvier, fevrier,

---

166 Dans chacun des prologues qui ouvrent les deux manuscrits actuellement conservés, Miélot parle d'un ouvrage en quatre volumes : « Item il [Jo. Mielot] a departy ledit *Martyrologe* en .iiii. volumes particuliers contenant chascun trois moys de l'an y appliquant a chascun volume une table particuliere procedant selon l'ordre de l'abc » [Bruxelles, Bibliothèque Royale, 9945, f. 1v]. L'inventaire de Barrois enregistre pourtant trois volumes (1231-1233) et les notices de *La Librairie des ducs de Bourgogne* n'ajoutent aucune précision à cet égard. *Cf.* J. B. J. Barrois, *Bibliothèque protypographique, ou Librairies des fils du roi Jean, Charles V, Jean de Berri, Philippe de Bourgogne et les siens*, Paris, Treuttel et Würtz, 1830, p. 181 et *La librairie des ducs de Bourgogne. Manuscrits conservés à la Bibliothèque Royale de Belgique*, éd. B. Bousmanne et C. Van Hoorebeeck, vol. 1, *Textes liturgiques, ascétiques, théologiques, philosophiques et moraux*, Turnhout, Brepols, 2000, p. 175-179.

167 Voir la notice rédigée par A. Arnould. *Ibid.* p. 175-176.

mars, apvril, may et juing, selon alphabeta[168] ». Le texte s'ouvre sur un prologue étymologique qui explique le but de l'œuvre [f. 1r] : en se référant aux trois grandes autorités qui ont rédigé les martyrologes les plus connus, c'est-à-dire saint Jérôme, Bède le Vénérable et Usuard de Saint-Germain-des-Prés, Miélot affirme que dans sa compilation il rapportera les témoignages offerts par deux types de martyrs, ceux qui ont enduré la passion « en pensee seulement » et ceux qui l'ont endurée « en fait et en pensee », selon la célèbre distinction proposée par saint Grégoire. Au f. 1v, un second prologue évoque le nom du destinataire de l'œuvre, le duc Philippe le Bon, et spécifie les méthodes de rédaction que Miélot se propose de suivre à l'instar de Vincent de Beauvais. Une table avec les noms des saints et les jours de leur fête occupe les f. 2r-31r et se termine avec l'explicit : « explicit l'an de grace mil .iiii^{c} lxii. ». On lit ensuite les vies des saints de janvier à juin. Chaque mois s'ouvre sur une petite introduction qui expose le nombre des jours et des heures de lumière et d'obscurité pour chaque jour, suivie des biographies classées par jour.

Au f. 49v, un arbre généalogique de saint Fursy remplit un peu plus de la moitié de la page. Il s'agit du premier schéma que l'on rencontre dans ce volume ; il sera suivi par ceux de sainte Aldegonde [f. 68v] et de saint Riquier [f. 164r]. Comme pour la généalogie figurant le manuscrit de Vienne, dans cet arbre généalogique les noms des personnages, qui remontent jusqu'à la lignée des grands-parents, sont inscrits dans des cercles, à l'encre noire pour les hommes et à l'encre rouge pour les femmes. Les cercles sont liés entre eux par des flèches noires et révèlent l'importance de l'individu dont ils portent le nom grâce à leur dimension : le cercle le plus grand est celui qui contient les mots « saint Foursy confés et abbé ». Sur les deux côtés du schéma, on remarque la présence de cercles isolés qui gardent les noms de personnages secondaires par rapport à la famille du saint : le pape Martin, l'empereur Constantin, le roi Clovis et l'évêque Brendan. En haut, au niveau des « aves », deux cercles isolés transmettent en outre les noms du « roy Brandin bel oncle » et du « roy Feradac bel oncle ». La seule incohérence est constituée par le fait que les légendes affirment que les jumeaux Florel et Rosette sont les fils du roi Brandin, tandis que dans cet arbre, les flèches lient leur nom au roi Feradac.

168 J. B. J. Barrois, *op. cit.*, n° 1231. La description a été reprise dans l'inventaire de 1485-1487 au n° 1891.

La *Vie* de saint Fursy figure au seizième jour du mois de janvier[169] ; elle occupe les f. 50r-51v et raconte la même légende que celle contenue dans le ms. Wien, Österreichische Nationalbibliothek, Series Nova 2731, selon un ordre des événements strictement identique[170] : après une courte présentation généalogique, l'auteur décrit la condamnation à mort de Gelgehes, le miracle de saint Fursy qui adresse une réprimande au grand-père du ventre de sa mère, sa naissance chez saint Brendan et l'épisode des jumeaux ressuscités[171]. Les visions de saint Fursy sont divisées en deux parties : dans un premier moment les anges parlent au discours direct, tandis que la querelle théologique avec les démons est synthétisée dans l'expression « en disputant et allegant la Sainte Escripture ». Rien ne manque au déroulement du récit visionnaire, car Fursy voit les feux du péché qui embrasent le monde, rencontre les saints Beodain et Meldain et reçoit enfin le coup de l'usurier. Les miracles que le saint accomplit pendant sa vie s'ensuivent rapidement après son retour sur terre : le miracle de la vengeance de la fontaine, celui du champ de blé, le don de la ceinture, la restitution à la vie du fils d'Haymon, le miracle de l'homme qui lui vole le manteau et celui de la dame qui refuse de l'accueillir dans sa maison ; Miélot omet seulement le miracle de la cloche portée par les anges. Une section du texte est réservée à la description du pèlerinage à Rome et à la rencontre avec le Pape ainsi qu'aux actions de Fursy après son retour en France (le baptême du fils d'Herceval et la libération des prisonniers). Dans la dernière partie, l'auteur se concentre sur la mort du saint, mais sa volonté de synthèse modifie légèrement le déroulement des funérailles. Miélot rapporte uniquement le premier conflit et la première solution ; le texte s'achève sur l'entrée du char à Péronne et l'édification d'une église consacrée à saint Fursy. Tandis que l'irritation de la femme d'Herceval est évoquée rapidement, les miracles *post-mortem* n'ont pas été repris ici. La rédaction du texte a donc visiblement été guidée par le désir d'abréger une matière hagiographique très riche. Si du point de vue du contenu Miélot a dû sacrifier certains épisodes, du point de vue syntaxique il a fait un grand

169 Dans la table qui contient les noms de tous les saints, saint Fursy a pourtant été enregistré comme « abbé et conféz a Peronne » le 16 janvier, comme « conféz a Peronne » le 9 fevrier et comme « conféz et abbé de Laigny » le 17 septembre.

170 Voir l'édition du texte en Annexe I, *Infra* p. 187-190.

171 À ce propos on observera que le nom « Brandain » a été employé pour se référer au roi aussi bien qu'à l'évêque.

usage de la coordination et il a adopté une série de locutions permettant un avancement rapide du récit, comme par exemple « et puis », « en aprés » et « de quoy ».

LE MANUSCRIT PARIS, BNF, FR. 17001

Désigné par Miélot même comme une « minute[172] », le ms. Paris, BnF, f. fr. 17001 a longtemps retenu l'attention des savants[173]. Sur le plan artistique, le volume est un cas d'école ; si Miélot n'a pas été miniaturiste, il a néanmoins manifesté dans ce recueil tout son amour pour le livre à travers un programme iconographique et des mises en page novatrices. Il a érigé le codex en un « temple à sa propre gloire[174] », car à plusieurs endroits, à l'occasion de prologues, de dédicaces, de colophons et par le biais de jeux calligraphiques, il a revendiqué son rôle de scribe.

Au début du manuscrit, Miélot donne les clés pour approfondir quelques aspects de son histoire personnelle. C'est à travers un rébus très astucieux, déployé sur cinq pages [f. 3r-5r], qu'il crée un colophon

172 Grâce aux travaux d'O. Delsaux et d'A. Schoysman, nous disposons enfin d'une nouvelle définition du concept de « minute » chez Miélot. Ses minutes sont des exemplaires sur papier, vraisemblablement autographes, caractérisés par une écriture bâtarde cursive plus négligée, dont les « lettres minutes » s'opposent aux lettres « grossoyées » des copies définitives. Décorés de lettrines cadelées parfois très élaborées, ces ouvrages sont souvent illustrés de dessins plus élémentaires par rapport aux miniatures traditionnelles, parfois rehaussés d'un peu de couleur à l'aquarelle. L'utilisation du mot « minute » à l'époque de notre scribe correspond généralement à quatre types de documents : un brouillon, une maquette éventuellement destinée à la prélecture en vue de mises au net, un travail encore en attente d'achèvement, un ouvrage délibérément inachevé. C'est alors évident que la minute ne se définit pas d'emblée par sa fonction. Elle doit en revanche être considérée comme un ouvrage qui relève du domaine de l'édition, et non du domaine de la composition. *Cf.* O. Delsaux, *Le manuscrit autographe en moyen français. Imaginaires et pratiques. L'exemple de Christine de Pizan*, thèse de doctorat soutenue à l'Université Catholique de Louvain-la-Neuve sous la direction de Tania Van Hemelryck, 2011 et O. Delsaux, *Manuscrits et pratiques autographes chez les écrivains français de la fin du Moyen Âge. L'exemple de Christine de Pizan*, Genève, Droz, 2013 ; A. Schoysman, « Les minutes de Jean Miélot : le cas de la *Briefve compilation de toutes les histoires de la Bible* dans les mss. Paris, BnF, fr. 17001 et Bruxelles, KBR, II 239 », *Le Moyen Français*, 67, 2010, p. 79-100 ; O. Delsaux, « La traduction française du *Speculum humanae salvationis* de Jean Miélot », p. 39-40 ; T. Van Hemelryck – C. Van Hoorebeeck, *op. cit.*, notamment p. 128.

173 Voir : H. Omont, *Catalogue général des manuscrits français, Ancien Saint-Germain français*, t. 1, Paris, Ernest Leroux, 1898-1900, p. 638-640 ; H. Wijsman, « Le connétable et le chanoine », p. 139.

174 P. Schandel, « "A l'euvre congnoist on l'ouvrier". Labyrinthes, jeux d'esprits et rébus chez Jean Miélot », *Quand la peinture était dans les livres. Mélanges en l'honneur de François Avril*, éd. M. Hoffmann, C. Zöhl, Turnhout, Brepols, 2007, p. 295-302.

ornemental d'une qualité plastique extraordinaire : « copye d'une belle minute minutee par Johannes Mielot[175] ». Par ailleurs, on sait bien qu'en Picardie et dans le Nord de la France la pratique du rébus a été courante à la fin du Moyen Âge[176] et que cette passion locale s'est mêlée chez Miélot au goût pour la calligraphie enrubannée et pour les grandes lettres cadelées qui occupent des pleines pages[177]. L'aspect le plus intéressant pour notre propos est constitué par les dessins aquarellés qui trouvent place à l'intérieur des lettres du colophon. Les initiales historiées, dont la décoration est attribuée au Maître aux grisailles fleurdelisées[178], se rapportent toutes à la vie de saint Fursy et révèlent aussi bien l'origine géographique de Miélot que sa profonde dévotion au missionnaire irlandais. La lettre C du mot « copye » abrite les parents de saint Fursy [f. 3r] ; bien que R. Bossuat y ait vu les portraits de Charles le Téméraire et de Marguerite d'York[179], P. Schandel a proposé une nouvelle identification après avoir étudié les attributs et la gestuelle des personnages : il s'agit de Philtan et Gelgehes, les parents du saint[180]. En effet, la présence des emblèmes royaux (la couronne, le sceptre, l'épée de justice et le manteau d'hermine) est peu compatible avec la réalité de la cour bourguignonne. C'est bien pour cette raison qu'il faut voir dans les deux personnages, issus chacun d'une lignée royale, le couple qui a donné naissance à saint Fursy. La lettre D est occupée par saint Fursy lui-même (*saint Foursy confés*) [f. 3v] : le saint bénissant est habillé en évêque et les taureaux

175 C'est P. Schandel qui a trouvé la solution du rébus cachant l'adjectif « belle » sous une lune et le nom de Miélot sous une série de pictogrammes, à savoir une notation musicale à lire comme un mi, un gabarit taillé dans le bois et une sorte d'aiguière avec la capacité d'un lot. *Cf. Ibid.*, p. 298.

176 O. Thorel, « Le rébus de Picardie. Étude historique et philologique », *Mémoires de la société des antiquaires de Picardie*, 4, 1903, p. 499-700 ; J. Céard – J.-C. Margolin, *Rébus de la Renaissance. Des images qui parlent*, 2 vol., Paris, Maisonneuve et Larose, 1986.

177 Voir notamment les études sur les lettres cadelées qui ornent le ms. Bruxelles, Bibliothèque Royale, 9249-50, conservant la minute du *Miroir de l'humaine salvation*. La fantaisie et l'originalité de Miélot envahissent ici les lettrines qui prennent la forme d'un dragon ailé, de masques spéculaires et de personnages énigmatiques ressemblant parfois à des juifs et à des musulmans. *Cf.* A. et J. L. Wilson, *A Medieval Mirror : Speculum Humanae Salvationis, 1324-1500*, Bekerley and Los Angeles, The University of California Press, 1984, en particulier p. 50-55 ; B. Cardon, *Manuscripts of the* Speculum Humanae Salvationis *in the Southern Netherlands (c. 1410-c. 1470)*, p. 230-237.

178 L'artiste sera aussi chargé de la décoration du ms. *olim* Anvers, Collection "Blondeel Antiek" qui transmet une autre version de la *Vie* de saint Fursy par Miélot. *Cf. Infra*, p. 69-78.

179 R. Bossuat, *Jean Miélot, traducteur de Cicéron*, p. 87-88.

180 P. Schandel, « "A l'euvre congnoist on l'ouvrier" », *op. cit.*, p. 299.

qui tirèrent le char portant sa dépouille sont couchés à ses pieds. Les deux frères de saint Fursy, saint Foillain (*saint Foillain martir, frere a saint Foursy*) et saint Ultain (*saint Ultain confés, frere a saint Foursy*), sont logés à l'intérieur d'un M comme sous les arcs d'un relief sculpté [f. 4v] : saint Foillain est habillé en évêque, tandis que saint Ultain porte le froc et la tonsure. Tout en marquant la prééminence de saint Fursy sur ses deux frères, la disposition de ces figures transpose sur le plan horizontal la lecture verticale d'un arbre généalogique.

Miélot insère aussi un arbre généalogique au f. 96r : très différent de celui qu'on trouve dans le manuscrit bruxellois, il ressemble davantage à celui du manuscrit viennois. En effet, le schéma est constitué par deux *arbores conversae* avec les racines vers le ciel et les branches vers le bas. C'est bien à partir de ces racines que se développent les lignées masculines, des « tritaves » jusqu'aux « tripneveux ». Les noms des ancêtres sont traditionnellement inscrits à l'intérieur de cercles concentriques qui s'insèrent l'un dans l'autre dans le but de représenter les mariages ; les rapports de descendance sont par contre spécifiés par le biais de troncs et de branches riches de bourgeons. À côté de l'arbre, quatre cercles isolés conservent les noms de personnages historiques qui, n'appartenant pas à la lignée du saint, ont pourtant été mis en relation avec sa biographie : le pape Martin, l'empereur Constantin, le roi de France Clovis et Haymon comte du Ponthieu. On remarque enfin que cet arbre demeure inachevé car, si l'on exclut le cas d'une « tritaive », les cercles qui devraient abriter les noms des généalogies féminines n'ont pas été remplis.

Le verso du feuillet qui précède cet arbre généalogique transmet une brève *Vie* de saint Fursy datée de 1463. Le récit se compose de 40 lignes de texte sans alinéas, rédigées en écriture bâtarde cursive de petit module ; l'incipit est marqué par un S majuscule finement décoré.

Le texte[181] peut idéalement être divisé en quatre séquences qui font référence aux sources employées et parfois citées par Miélot. Dans la première séquence, l'auteur présente la généalogie de saint Fursy ; là aussi, il tire ses informations de la source qu'il a eue sous les yeux pendant l'écriture de la *Vie* du saint conservée dans le manuscrit de Vienne. Dans cet abrégé, Miélot retient un seul épisode miraculeux, c'est-à-dire la scène dans laquelle le saint ressuscite les jumeaux du roy Brandin. La deuxième séquence, qui commence par « et fault noter », contient des

181 Voir l'édition du texte en Annexe II, *Infra* p. 191-192.

repères chronologiques tirés du *Speculum historiale* de Vincent de Beauvais. Miélot se réfère notamment au livre XXIV dans lequel, avant d'aborder la vie de saint Fursy, Vincent de Beauvais illustre la période historique. Notre auteur garde une attitude dynamique face à l'*auctoritas* représentée par l'ouvrage du célèbre Dominicain : il sélectionne certains passages des chapitres LXXIX et LXXX, les extrait de leur contexte et les recompose dans le but de donner un aperçu temporel synthétique. Par exemple, il écrit que la mort de Dagobert a lieu deux ans après l'avènement de Constantin, mais, n'étant pas intéressé par les événements des années suivantes, il les omet et retient uniquement le fait que la naissance de Fursy a lieu cinq ans après. Par ailleurs, lorsqu'il traduit les extraits du texte de Vincent de Beauvais, il garde une grande fidélité à sa source, comme on peut le constater dans l'exemple suivant :

> *Anno quinto sanctus Furseus in Hibernia claruit, qui peregrinationem pro Christo aggressus, ad Gallias usque pervenit, et a Clodoveo Rege honorifice susceptus, Latiniacum caenobium fundavit; quem non multo post fratres sui Foillanus, et Ultanus, pari peregrinandi voto secuti, per Gallia claruerunt.* (Vincent de Beauvais, *op. cit.*, l. 23, c. LXXX)
>
> « Ou .v^e^. an de sondit empire, floury en Hibernie ce gracieux confés et amy de Dieu, monseigneur saint Foursy, fil de Philtan, comme dit est cy dessus. Or advint que ce saint homme entreprint a faire ung pelerinage pour l'amour de Dieu. Et tant ala qu'il parvint au royaume de France ou il fu honnourablement receu du roy Clovis le .iie. de ce nom, fil dudit roy Dagobert, et fonda a Laigny sur Marne ung monastere ou il mist pluseurs religieux; et, par un mesmes veu de pelerinage, saint Foillain et saint Ultain, ses deux freres germains, le sieuvirent un pou de temps aprés en France ou ilz resplendirent de vertus et de sainte vie. » [f. 95v]

Miélot avait déjà inséré ces citations de Vincent de Beauvais dans la dédicace à Philippe le Bon du manuscrit de Vienne (*Infra* p. 103). Les deux traductions sont presque identiques et dans le manuscrit parisien on peut seulement remarquer quelques petits changements formels : la substitution du mot « Jhesu Crist » par « Dieu » et l'omission de la spécification « dont il fu abbé » après le mot « monastere ».

Dans la troisième séquence, Miélot insère d'autres repères chronologiques tirés de la *Chronique* de Martin de Pologne : les gestes des rois Dagobert et Clovis, l'hommage de saint Josse à Dagobert, les évêchés de saint Éloy et de saint Aubert. C'est seulement dans la dernière séquence que l'auteur revient sur la biographie de saint Fursy ; il reprend donc la légende utilisée pour la rédaction du manuscrit viennois et décrit le voyage du saint vers l'Angleterre, sa mort à Masières et ses funérailles à Péronne.

LE MANUSCRIT PRIVÉ *OLIM* ANVERS, COLLECTION « BLONDEEL ANTIEK »

Un manuscrit en main privée, dont le lieu de conservation est inconnu[182], contient une autre version[183] de la *Vie* de saint Fursy attribuée par C. Stroo[184] à Jean Miélot. Quelques années après avoir acheté le volume, l'antiquaire Bernard Blondeel, qui l'a conservé dans sa collection à Anvers jusqu'en 1986[185], l'avait proposé à plusieurs bibliothèques ; n'ayant pas reçu de réponse favorable, il l'avait enfin vendu à un marchand d'art, aujourd'hui décédé, qui habitait dans le Limbourg et qui l'avait à son tour vendu à un collectionneur privé en Flandre. Malgré plusieurs tentatives, il nous a été impossible de repérer le nom du propriétaire actuel. « Illuminare », le centre de recherche sur l'art médiéval de l'Université de Leuven, possède fort heureusement la reproduction photographique en couleurs des vingt-deux dessins du manuscrit, les clichés en noir et blanc des parties contenant uniquement du texte et les notes manuscrites que Maurits Smeyers, professeur en histoire de l'art et de l'enluminure à l'Université de Leuven, avait prises en septembre 1986 lors d'une expertise pour « Blondeel Antiek[186] ». C'est grâce à cette

182 H. Wijsman, « Le connétable et le chanoine », p. 140-141.

183 Il faut également noter que le *Bulletin de la Société des Antiquaires de Picardie* du 11 février 1936 signalait qu'un autre exemplaire de la *Vie* de saint Fursy, dépourvu d'illustrations, avait été conservé à Montdidier dans la bibliothèque de Victor de Beauvillé jusqu'en 1918 et que l'exécution de ce codex était attribuée à Jean Miélot ; l'abbé Desobry reprenait ce témoignage, mais il se limitait à constater que « un manuscrit en français du XVe siècle, non illustré, existait également avant 1914 à Montdidier, dans la collection de Beauvillé. Il a disparu lors de la Ire guerre mondiale ». Les deux sources paraissent donc faire allusion à l'existence, dans la région picarde, d'un autre témoin qui aurait disparu, sans que l'on puisse savoir exactement quel texte il conserverait. *Cf.* « Séance ordinaire du 11 février 1936 », p. 354 ; J. Desobry, *op. cit.*, p. 286.

184 C. Stroo, *op. cit.*, p. 70-73 et p. 243-245 ; ces données ont été reprises par H. Wijsman (« Le connétable et le chanoine », p. 140-141) et par O. Delsaux (« Bibliographie de et sur Jean Miélot », p. 170).

185 Nous tenons ici à remercier vivement Monsieur Blondeel pour sa collaboration si précieuse à l'avancement des recherches.

186 Nous adressons un remerciement tout aussi chaleureux à Hanno Wijsmann et à Cyriel Stroo pour leur aide et leurs conseils.

documentation qu'il nous a été possible d'effectuer une description du volume et la transcription du texte[187].

Il s'agit d'un codex en parchemin (287 x 209 mm), dont la surface écrite occupe 175 x 133 mm et peut accueillir 20 longues lignes de texte. Il se compose de trois feuillets de garde, de 14 feuillets contenant les dessins et le texte, plus un feuillet de garde final ; aucune foliotation n'a été éxécutée[188]. Pour ce qui est de la décoration, outre les vingt-deux dessins hauts de 16 lignes d'écriture, le manuscrit contient trois grandes lettrines décorées avec des motifs végétaux (hauteur : cinq lignes d'écriture) et des lettrines plus petites peintes en or, azur ou rouge au début de chaque chapitre. Plusieurs marques de possession figurent dans le codex, pour la plupart d'une lecture très malaisée ; parmi celles qu'on peut déchiffrer, il y a la devise « *Post mortem, fama resurgit.* 1610 » et le nom « J. B. Snijers, 1669 » sur un feuillet de garde ; le sigle « DB » inscrit dans un cercle imprimé à l'encre apparaît en revanche sur la reliure. Le volume renferme également des remarques en latin sur la vie de saint Fursy et des notes en latin sur les fêtes du saint et de ses frères, tracées par des mains différentes sur un feuillet de garde différent de celui qui présente le nom de J. B. Snijers[189].

S'il est vrai que le petit nombre de feuillets pourrait faire penser à un manuscrit mutilé et lacunaire, l'examen des photographies révèle qu'il est complet, au moins pour ce qui concerne la vie du saint : les cinq premiers feuillets, illustrés uniquement au recto, contiennent l'évocation des circonstances de la présentation du texte et une brève description de celui-ci (f. 1r-v), puis la mention de l'auteur, des sources utilisées et de l'utilité de l'ouvrage (f. 2r) ainsi que trois prières en latin destinées à accompagner autant d'images reproduisant respectivement saint Fursy (f. 3r, fig. 9), saint Foillain (f. 4r, fig. 10) et saint Ultain (f. 5r, fig. 11) ; les huit feuillets suivants (f. 6r-13v) contiennent dix-sept dessins qui se succèdent tant sur le recto que sur le verso et qui suivent l'ordre chronologique du récit ; chacun d'eux est accompagnés d'un court texte (4 lignes) faisant fonction de didascalie. Le dernier feuillet (f. 14r-v) est occupé par la description des événements faisant suite au trépas du saint. Le codex constituerait donc une version abrégée du récit transmis par

---

187 Voir l'édition du texte en Annexe III, p. 193-198.

188 Nous avons numéroté les feuillets dans cette édition.

189 Sur ce feuillet de garde, on lit encore la devise : « *Post mortem, fama resurgit* ».

le manuscrit de Vienne[190] et son programme iconographique semblerait répondre au désir de réaliser un récit en images[191]. Cependant, la partie du texte consacrée à la description de l'ouvrage fait mention aussi de la « declaration des enfermetez et maladies » que saint Fursy est censé guérir (f. 1v), dont on ne trouve aucune trace dans la documentation photographique conservée à Leuven. Aucune hypothèse fiable ne peut être formulée à propos de cette absence, qui pourrait être causée soit par le manque des clichés correspondants, soit par une mutilation du codex, soit encore par le caractère inachevé de celui-ci. On peut estimer, d'après la dimension du court poème sur les maladies guéries par le saint dans le manuscrit de Vienne (f. 90v), que cette « declaracion » aurait pu occuper douze lignes de texte et figurer sur un feuillet supplémentaire.

Le texte accompagnant la miniature initiale fait mention de Charles le Téméraire[192] ; la référence à son gouvernement pose nécessairement un *terminus post quem* à la réalisation de l'ouvrage : le 21 juin 1467, date de son avènement au trône de Bourgogne. Entre 1468 et 1472, le nouveau duc s'engagea dans une série d'entreprises militaires en Picardie contre son cousin, le roi Louis XI. Après le traité de Conflans[193], les rapports entre les deux souverains étaient devenus plus tendus et ils s'accusaient mutuellement de préparatifs d'agression : Charles reprochait à Louis de n'avoir pas mis à sa disposition l'ensemble des états cédés à Conflans et de recruter des troupes dans la partie du pays picard qui était placée sous son pouvoir ; Louis prétendait n'avoir consenti au traité de Conflans que sous la pression des circonstances et que toutes les cessions étaient

190 En effet, on lit dans la dédicace que le duc « reçoit benignement la genealogie et la vie abregie du glorieux confés et amy de Dieu saint Foursy de Peronne ». Une comparaison entre cet abrégé et les titres de la table des matières du codex viennois permet d'exclure un lien direct entre eux. Le rédacteur de l'abrégé semble réélaborer le titres de la table en les synthétisant, en puisant au texte dans le but d'insérer un événement qui ne fait pas partie de la table (le couronnement de Philtan et Gelgehes) et en introduisant même une interversion, lorsqu'il fait précéder le miracle des deux enfants jumeaux par la première phase du ravissement mystique.

191 La réalisation de récits en image est une pratique connue au XVe siècle. *Cf.* l'*Histoire d'amour sans paroles* du ms. Chantilly, Musée Condé, 388 (début du XVIe siècle) reproduite dans « Art de l'enluminure », 5, 2003 ; A. Velissariou, *Aspects dramatiques et écriture de l'oralité dans les* Cent Nouvelles Nouvelles, Paris, Champion, 2012, p. 214-215.

192 « Comment treshaut, trespuissant et tresexcellent prince Charles [...] reçoit benignement la genealogie et la vie abregie du glorieux confés et amy de Dieu monseiugneur saint Fursy... » (f. 1r).

193 Par le traité de Conflans, signé le 5 octobre 1465, le roi de France Louis XI rend les villes de la Somme à Charles le Téméraire et cède la Normandie à son frère Charles.

sans valeur ni légitimité. Les escarmouches cachaient en fait d'un côté le désir bourguignon de préserver la totalité du domaine et, de l'autre côté, les intérêts économiques de la France. Les villes de la Somme, qui s'étendaient entre les Flandres et la Normandie, constituaient une entrave au projet de Louis XI de déplacer le centre des commerces avec les îles britanniques du littoral flamand aux côtes de la Normandie[194]. Pendant l'été 1468, les armées de France et de Bourgogne s'affrontèrent sur l'Oise et sur la Somme ; au mois d'octobre, au cours d'une trêve de six mois, le roi et le duc s'accordèrent pour se rencontrer. Du 9 au 14 octobre, ils se rassurèrent réciproquement avec un traité : il s'agit de la célèbre entrevue au château de Péronne décrite en des termes dramatiques par Philippe de Commynes dans ses *Mémoires*. Cette entrevue représentait la première action diplomatique du règne de Charles le Téméraire. Bien que R. Vaughan ait souligné l'impact « politiquement insignifiant » du traité, relégué par l'historiographie au rang d'« incident banal[195] », les études de J.-M. Cauchies sur les actes liés à l'accord ont mis en relief la naissance d'une stratégie politique bourguignonne plus autonome, désormais détachée « des carcans du royaume[196] ». Une série de dispositions montre en effet que toute la Flandre, flamingante et gallicante, fut exemptée par ce traité de la juridiction du Parlement de Paris. Voilà donc l'essentiel de l'entrevue de Péronne : dans le cadre d'une politique de centralisation régie par le roi de France, le duc de Bourgogne revendiquait le droit d'être seul maître de la justice dans ses états. On pourrait donc considérer que l'allusion à l'offre d'une vie de saint Fursy à Charles le Téméraire contenue au f. 1r répondait à la volonté de souligner que le premier acte politique important du duc avait eu lieu dans la ville dont le saint était le patron. Toutefois, l'absence des riches armoiries ducales rend improbable l'hypothèse que le manuscrit privé ait été commandité par Charles le Téméraire ou qu'il lui ait réellement été offert ; d'autre part, dans les inventaires de la bibliothèque des ducs de Bourgogne, il n'y a aucune trace de ce texte. En effet, l'étude du manuscrit soulève deux questions concernant tant l'identité du rédacteur de l'abrégé que celle de son commanditaire.

Tout d'abord, le texte présente Miélot à la troisième personne, comme d'ailleurs l'*explicit* du manuscrit de Vienne (« ce fu fait et translaté par

194 J.-M. Cauchies, *Louis XI et Charles le Hardi. De Péronne à Nancy (1468-1477) : le conflit*, Bruxelles, De Boeck Université, 1996, p. 37-38.

195 R. Vaughan, *Philip the Good. The apogee of Burgundy*, London, Longmans, 1970, p. 56-57.

196 J.-M. Cauchies, *op. cit.*, p. 25-26 et p. 56.

Jean Mielot prebstre chanoine de Lille en Flandres. L'an de grace mil .iiii^c^. soixante deux » [90r][197]). Cependant son nom, qui paraît trois fois dans le texte, est toujours orthographié « Immelot » avec un seul « m » et un tilde au dessus de l'initiale.

Un autre détail du manuscrit privé soulève une question intéressante à propos du destinataire de l'ouvrage ; il s'agit de l'insertion, dans le dessin montrant l'auteur dans son atelier, d'un petit écu échiqueté d'or et d'azur. On sait que, au XVe siècle, dans les Pays-Bas méridionaux, la place de l'héraldique devient envahissante et les artistes aiment introduire les armes des commanditaires ou des destinataires dans les miniatures elles-mêmes, en en faisant un élément de la composition ou en les intégrant tout simplement aux scènes[198]. Compte tenu du caractère « mouvant » de l'héraldique médiévale[199], des recherches menées dans les fichiers de l'IRHT nous ont permis d'identifier deux écus qui ressemblent à celui de notre manuscrit et qui ont appartenu à des familles flamandes. Il s'agit des armoiries des familles d'Immeloot et de Lannoy d'Ameraucourt[200].

On connaît vraiment très peu de choses au sujet de la famille d'Immeloot : au XVe siècle, Nicolas Immeloot épouse Claire Hagebart et il en a un fils, Jean Immeloot, qui a une rente viagère à la charge de la

---

197 Le rapport entre le texte du manuscrit privé et celui transmis par le codex de Vienne se manifeste aussi dans le choix de reproduire certaines expressions, comme la sentence « car non faillir appartient a Dieu seulement et non aux hommes mortelz » [ms. Wien, Österreichische Nationalbibliothek, Series Nova 2731, 12v ; ms. *olim* Anvers, Collection « Blondeel Antiek », 2v].

198 M. Pastoureau, *Armoiries, devises, emblèmes. Usages et décors héraldiques à la cour de Bourgogne et dans les Pays-Bas méridionaux au* XVe *siècle*, dans *Miniatures flamandes 1404-1482*, *op. cit.*, p. 89-102, en particulier p. 89-91 ; *La librairie des ducs de* Bourgogne, *op. cit.*, Introduction.

199 D'après M. Pastoureau, l'héraldique médiévale est qualifiée de « mouvante » en raison de la diversité des armoiries portées par les membres d'une même famille ou par le même personnage au cours de sa vie et en raison de la variété de la façon de représenter les mêmes armoiries. *Cf.* M. Pastoureau, « L'héraldique au service de la codicologie », *Codicologica : towards a Science of Handwritten Books*, t. 4 : *Essais méthodologiques*, éd. A. Gruyus, J. P. Gumbert, Leiden, Brill, 1978, p. 76-82. *Cf.* aussi M. Pastoureau, *L'art héraldique au Moyen Âge*, Paris, Seuil, 2009, p. 77-88 et p. 131 ; M. Pastoureau, *Armoiries, devises, emblèmes*, *op. cit.*, p. 91.

200 J. B. Rietstap, *Armorial général*, IIe édition, 1884, réédition London, Heraldry Today, 1972, t. 2, p. 23, pl. XXI. On peut voir l'écu échiqueté d'or et d'azur de la famille de Lannoy dans le manuscrit Los Angeles, J. Paul Getty Museum, Ludwig XIII 5, réalisé à Gand vers 1475 et contenant le premier volume du *Miroir Historial* traduit par Jean de Vignay [f. 1r] ; l'ouvrage a toujours appartenu à la famille de Lannoy. *Cf.* A. Von Euw – J. M. Plotzek, *Die Handschriften der Sammlung Ludwig*, Köln, Schnütgen-Museum der Stadt Köln, 1985, p. 243-249 et fig. 168.

ville d'Ypres et qui partage les fiefs avec la sœur Françoise Hagebaerts, religieuse aux Sœurs grises d'Ypres[201]. Aucune liaison de cette famille avec les ducs de Bourgogne n'a jusqu'à présent été documentée. Toutefois, des études ultérieures pourront peut-être vérifier si la correspondance entre ce personnage et le « Jehan Immelot prestre indigne » cité dans notre codex n'est qu'un hasard. Par contre, la famille de Lannoy est l'une des lignées les plus prestigieuses de Flandres, dont les membres ont plusieurs fois été décorés du collier de la Toison d'Or[202]. Le fondateur de la branche d'Ameraucourt est Thomas, dit le « Flameng », chambellan du duc de Bourgogne et gouverneur de la ville et du château de Hesdin, qu'il remet en 1477 à Louis XI, après la mort de Charles le Téméraire, tué au siège de Nancy. Les seigneurs de Lannoy ont possédé un grand nombre de manuscrits de luxe ; selon H. Wijsmann[203], la bibliothèque de Baudoin II (c. 1436-1501) comprenait une copie du *Speculum humanae salvationis* traduit par Miélot (ms. Paris, BnF, fr. 6275) et le manuscrit contenant la *Passion de saint Adrien* faisant partie aujourd'hui de la collection privée de M. de Waziers. De plus, le chercheur a remarqué que la miniature isolée Paris, Musée Marmottan, Wildenstein 151, attribuée au Maître d'Édouard IV et représentant la remise d'un manuscrit à Baudoin II de Lannoy, met en scène un donataire dont les traits physiques ressemblent beaucoup à ceux de Miélot ; comme la miniature est datée de 1495, le don du volume à Baudouin par Miélot serait évidemment anachronique, mais le fait que le livre offert contienne une généalogie pourrait représenter une allusion aux ouvrages du chanoine de Lille. En outre, la structure de la scène de dédicace présente des ressemblances étonnantes avec celle du volume qui contient la *Vie* abrégée de saint Fursy[204]. Pourrait-on supposer que la curieuse légende par images transmise par le manuscrit privé

201 Notice extraite du dossier consacré à la famille Immeloot et conservé dans les archives d'héraldique de l'IRHT. Elle est tirée de *Nobiliaire des Pays-Bas et du comté de Bourgogne*, éd. M. de Vegiano, Gand, Impr. Gyselinck, 1865, vol. 2, p. 1099. La généalogie de la famille Immeloot est contenue dans le ms. Lille, BM, Godefroy 182 et dans *Les Tablettes de Flandre*, éd. C. Van Renynghe De Voxvrie, t. 3, Bruges, s.n., 1950, p. 9-68.

202 *Les chevaliers de l'ordre de la Toison d'Or au* XV*e* *siècle. Notices bio-bibliographiques*, éd. R. De Smedt, Frankfurt am Main, Peter Lang, 2000.

203 H. Wijsman, *Luxury Bound : Illustrated Manuscript Production and Noble and Princely Book Ownership in the Burgundian Netherlands (1400-1550)*, Turnhout, Brepols, 2010, p. 407-427.

204 *Ibid.*

pourrait avoir circulé dans le cercle de la famille de Lannoy ? Face au foisonnement de questions ouvertes, celle de l'identification du possesseur de l'armoirie demeure pour l'instant irrésolue, mais le volume ne pouvant pas avoir été destiné au duc de Bourgogne, il faudrait peut-être prendre en considération l'hypothèse que cet exemplaire ait pu avoir été commandité par un patricien flamand faisant partie de l'entourage du duc Charles, qui s'est montré par l'insertion d'un petit écu caché dans l'un des premiers dessins de l'ouvrage et par la reprise de ses couleurs dans les feuillets du volume[205].

Les vingt-deux grandes miniatures qui agrémentent la légende de saint Fursy dans le manuscrit privé sont encadrées d'une bordure, occasionnellement rehaussée d'or ou d'azur, qui contribue à renforcer l'effet de perspective, et par une dentelle de feuillage et fleurettes sur trois côtés, dans le style de celles que l'on trouve dans le manuscrit de Vienne. Au dessous de chaque image, quatre lignes d'écriture à l'encre brune décrivent le contenu de la représentation graphique ; lorsque la description risque d'être trop longue, elle est tranchée à l'aide d'un « etcetera » ; dans un seul cas, la description continue à la page suivante, car l'auteur doit nécessairement raconter le miracle essentiel de la translation des reliques. On s'aperçoit immédiatement que les images occupent dans le volume une position prédominante, car elles précèdent le texte dont elles illustrent le contenu et se donnent à voir avant même que la lecture soit entamée. Elles synthétisent le récit et s'interposent entre le lecteur et le texte en conditionnant l'expérience de lecture à travers l'exercice des quatre fonctions complémentaires (esthétique, mnémotechnique, religieuse et structurale)[206].

---

205 On ne peut pas exclure non plus qu'à l'origine, le manuscrit ait été exécuté dans le but d'être offert au duc Charles le Téméraire, mais qu'il soit resté inachevé, comme le prouverait l'absence de la partie sur les maladies, ainsi qu'un détail de la décoration sur lequel nous reviendrons. Il aurait alors été gardé par Jean Miélot/Immeloot, qui en aurait marqué la possession par ses armoiries.

206 M. Rus, « Fonctions de l'image dans les textes manuscrits et imprimés », *Der Ursprung von Literatur. Medien, Rollen. Kommunikationsituationen zwischen 1450 und 1650*, éd. G. Smolka-Koerdt, P. M. Spangenberg et D. Tillmann-Bartylla, München, W. Fink, 1989, p. 106-118, en particulier p. 107-109 et 115-116 ; M. Carruthers, "Machina memorialis". *Meditazione, retorica e costruzione delle immagini (400-1200)*, trad. it. L. Iseppi, Pisa, Edizioni della Normale, 2006, p. 192-196 et p. 309-316 ; H. Toubert, *Un art dirigé : réforme grégorienne et iconographie*, Paris, Éditions du Cerf, 1990, p. 19-36 ; M. Smeyers, *La miniature*, Turnhout, Brepols, 1974 (« Typologie des sources du Moyen Âge occidental », t. 8), p. 96-101.

Finement dessinées, elles mettent l'accent sur la troisième dimension et suggèrent les jeux d'ombre et de lumière par des traits croisés, plus ou moins marqués. Deux seulement parmi ces miniatures ont été coloriées. On pourrait alors avancer deux hypothèses : le manuscrit n'a pas été achevé (comme on pourrait le supposer aussi par l'absence du poème sur les maladies) ou bien il a été colorié dans un second temps. Il faut néanmoins préciser que les illustrations dessinées ne constitueraient ni une forme d'art primitif ni une alternative d'une qualité artistique inférieure[207]. En effet, au XVe siècle, les bibliophiles avertis commencent à porter un intérêt spécial au dessin qui, perçu comme une œuvre d'art achevée, rivalise avec les scènes coloriées dans les manuscrits de luxe[208]. Un dessin est clair et lisible, manifeste immédiatement le talent de l'artiste, assure un meilleur moyen de dramatisation, permet de travailler plus rapidement et plus économiquement et offre enfin la possibilité de garder une plus grande continuité entre le parchemin et l'illustration. Les recherches ont aussi permis de constater que les dessins sont utilisés de préférence dans la décoration des textes qui n'ont jamais été enluminés avant, comme si les artistes cherchaient en premier lieu à travers le trait à la plume des formes imagées adaptées[209]. Le cas du cycle iconographique de la *Vie* de saint Fursy contenu dans le manuscrit privé, étant sans précédents jusqu'ici, pourrait bien appuyer cette constatation.

Nous sommes très redevables à Pascal Schandel pour l'attribution des dessins au Maître aux grisailles fleurdelisées, un enlumineur identifié récemment par les historiens de l'art. L'activité de cet enlumineur est localisée à Lille[210] entre les décennies 1460 et 1470 et prend place à

207 M. Smeyers – B. Cardon, « À propos du dessin dans les manuscrits enluminés », *Le dessin sous-jacent dans la peinture, Colloque V [Louvain-la-Neuve, 29-30 septembre – 1er octobre 1983]*, éd. R. Van Schoute et D. Hollanders-Favart, Louvain-la-Neuve, Université Catholique de Louvain, 1985, p. 103-117 ; C. De Tolany, *History and Technique of Old Masters Drawings*, New York, Hacker Art Books, 1983.

208 On remarque notamment que le contraste du noir et du blanc est prisé à la cour de Bourgogne et que le duc Philippe le Bon est toujours habillé en noir depuis la mort de son père. La technique de la grisaille, qui se distingue par l'absence de couleurs, est aussi très utilisée par les enlumineurs et l'esthétique du monochrome dont elle relève s'étend à plusieurs manifestations visuelles. *Cf.* Abd-Elrazak, *op. cit.*, p. 161-162.

209 M. Smeyers – B. Cardon, *op. cit.*, p. 116.

210 Néanmoins, la collaboration avec des artistes plus évidemment brugeois laisse supposer une certaine mobilité. *Cf.* I. Hans-Collans – P. Schandel, *Manuscrits enluminés des anciens Pays-Bas méridionaux*, t. 1 : *Manuscrits de Louis de Bruges*, Paris, Bibliothèque Nationale de France, 2009, p. 164-165.

côté de celle du Maître de Wavrin et du Maître du *Champion des Dames*, avec lesquels il a en commun certains commanditaires et partage en outre de nombreux traits stylistiques. On sait que le Maître aux grisailles fleurdelisées a travaillé en collaboration avec d'autres peintres pour l'exécution d'un même manuscrit ou bien en se concentrant sur un volume particulier pour la réalisation d'un ouvrage en plusieurs tomes[211]. Il n'est pas sans intérêt pour notre propos de remarquer que, parmi ses travaux, deux volumes contiennent des traductions de Jean Miélot (le *Romuleon* et le *Traité des quatre dernières choses*). La proximité géographique a probablement favorisé les liens personnels entre le Maître et le « translateur » picard ; leur rapport peut même avoir abouti à une espèce de confraternité, car les dessins aquarellés qui ornent les lettrines gigantesques dans le colophon du ms. Paris, BnF, f. fr. 17001 sont de la plume du Maître aux grisailles fleurdelisées[212]. Les illustrations de ces volumes témoignent notamment d'une prédilection pour la technique de la grisaille et de la semi-grisaille : le Maître réalise des camaïeux soyeux, gris ou bleutés, à la mise en page singulière. En effet, les bords extérieurs de ses miniatures sont parfois ornés de fioritures filigranées. Le fleuron, et notamment la fleur de lis, devient la signature de l'artiste et, n'étant pas réservé au seul dessin du cadre, il prolifère à l'intérieur des miniatures, évoqué par l'architecture, par les meubles et par les tenues vestimentaires des personnages[213].

Quant au contenu de l'ouvrage, quelques remarques compléteront les observations déjà formulées à ce propos. Premièrement, des trois

211 On lui attribue actuellement la décoration partielle d'une dizaine de manuscrits : le livre III du *Perceforest* (ms. Paris, BnF, f. fr. 347), la *Chronique dite de Baudouin d'Avesnes* (ms. Paris, BnF, f. fr. 279, f. 169), le *Recueil des histoires de Troie* (ms. Paris, Arsenal, 3692), le *Romuleon* d'Antoine de Bourgogne traduit par Jean Miélot et copié par David Aubert (ms. Bruxelles, Bibliothèque Royale, 9055), le livre I du *Froissart de Breslau* (ms. Berlin, SPK, Dep. Breslau 1), le *Traité des quatre dernières choses* de Jean Miélot (ms. Bruxelles, Bibliothèque Royale, 9048), l'*Invention et translation du corps de saint Antoine* (ms. Los Angeles, J. Paul Getty Museum, Ludwig XI 8), les *Chroniques de Pise* (ms. Darmstadt, ULB, 133), l'*Enseignement de saint Pierre de Luxembourg* (ms. Paris, Arsenal, 2066), la *Bulla aurea* (ms. Oxford, Bodleian Library, Rawlinson C. 29). *Cf.* P. Schandel, *Le Maître aux grisailles fleurdelisées*, dans *Miniatures flamandes 1404-1482*, *op. cit.*, p. 372-377.

212 M. Colombo Timelli, P. Schandel, *Jean Miélot*, dans *Miniatures flamandes 1404-1482*, *op. cit.*, p. 353.

213 Il faut remarquer que le fleuron pourrait constituer un trait d'union supplémentaire du Maître aux grisailles fleurdelisées avec la ville de Lille. En effet, Lille avait une fleur de lis pour armoiries et les relieurs lillois recouraient au fleuron comme motif pour les reliures de cuir estampé. *Cf.* P. Schandel, *Le Maître aux grisailles fleurdelisées*, *op. cit.*, p. 372.

prières contenues aux f. 3-5, au moins deux ne sont pas des *unica* : la première, consacrée à saint Fursy, est un hymne dont le texte se lit aussi dans le manuscrit Cambrai, Bibliothèque Municipale, Impr XVI C 4[214] ; la deuxième, destinée à saint Follian, frère de saint Fursy, est présente dans plusieurs témoins[215]. Dans la représentation iconographique de la généalogie de saint Fursy, l'arbre généalogique perd ici ses racines et ses branches pour présenter les figures mêmes des personnages qui, à l'exception de Philtan et Gelgehes, sont inscrits dans des cercles concentriques évoquant davantage l'ovale symbolique de la mandorle chrétienne. C'est en obéissant aux principes de la synthèse que le texte se borne par la suite à évoquer les moments fondamentaux de la légende ; on remarquera en particulier qu'aucune référence n'est faite à l'épisode de l'usurier lancé contre Fursy par le démons et qu'on passe très vite sur les miracles accomplis par le saint : parmi les événements miraculeux, ce n'est que la résurrection des deux enfants jumeaux qui est retenue. Le rédacteur semblerait être plus intéressé par les aspects sacrementaires de la vie de Fursy (tels que le mariage des parents de Fursy, le baptême du saint, la rencontre avec les evêques dans l'Au-delà) : seulement dans la conclusion, l'auteur s'attarde sur quelques aspects narratifs, à propos des funerailles miraculeusement guidées par les taureaux sauvages.

214 La base de données « Cantus » date la prière de 1508 parce qu'elle est attestée dans l'antiphonaire de Simon Vostre, imprimé entre 1508 et 1518. *Cf.* http://cantusdatabase.org/id/203444. Consulté le 23 juin 2015.

215 La prière de saint Ultain est enregistrée dans les bases de données « Cantus » et « Gregorien ». *Cf.* http://cantusdatabase.org/search?title_op=allwords&title=Iste+est+qui+ante+deum+&field_genre_value_many_to_one_op=or&field_feastref_nid_op=or&mode= ; http://gregorien.info/index.php/full_text/index/fr. Consulté le 23 juin 2015.

COMMENTAIRE LINGUISTIQUE

GRAPHIE

- *Em*, *om* devant consonne occlusive (*omcques* [50v, 66v], *emconbrees* [44r]) ;
- *e* long / *i* bref tonique + nasale > *-ain(e)*[1] : *applain* [10v], *estains* [1v], *chainture* [5r], *plain* [14r], *plaine* [36r], *plainement* [32r] (mais *reins*, [93v]) ;
- *ee* occasionnel dans *cueers* [44v], *meectre* [36v], *meerites* [77v] ;
- *ii* marque la diérèse[2] dans *paiis* [2r] et alterne avec la forme *ie* dans *liié* [64r], *liiéz* [27v] (*liéz* [21r, 22v, 78r]) ;
- *g* + *a, o*[3] avec valeur de fricative [ζ] : *herberga* [22r], *juga* [18r], *loga* [80v], *mengassent* [28r], *vengance* [36v] ;
- *c* + *u* orthographié *quu* dans *vainquu* [36r], *convainquue* [49v] ;
- alternance de *s* et *ss* en position intervocalique[4] : *angoise* [19v] / *angoisse* [26v] ; formes du subjonctif imparfait : *alaisent* [84r] et *donnasent* [62v], *fusent* [76r] / *fussent* [10r] (9 occ.) et du participe passé : *suppossész* [93r] ;
- alternance de *s* et *z* en finale atone pour marquer le pluriel, même en l'absence de *t* dans l'étymon : *doctez* [81v], *euvez* [72r], *levrez* [92v].

1 C. T. Gossen, *Grammaire de l'ancien picard*, Paris, Klincksieck, § 19.

2 R. Mantou, *Actes originaux rédigés en français dans la partie flamingante du comté de Flandres (1250-1350). Étude linguistique*, Liège, George Michiels, 1972, p. 177-178.

3 C. T. Gossen, *op. cit.*, § 42.

4 *Ibid.*, § 49.

PHONÉTIQUE

- Fermeture de *a* en syllabe tonique par l'effet des consonnes palatalisées[5] : *traveil* [41r] et par extension *traveiller* [46v], *traveillerent* [60r] ;
- *yod* + *-ata* > *ie*[6] : *appareillie* [32r], *attouchie* [63v], *drechie* [33r], *exauchie* [64v], *jugie* [1v] ;
- ouverture de *e* en *a* devant *r*[7] : *mare* [18r], *arrestarent* [76r] ;
- fermeture de *e* prétonique par l'effet des consonnes palatalisées[8] : *consillers* (1 occ., 1v) contre *conseilliers* (2 occ., 17v) ; *grigneur* [3r] ;
- *e* bref + *l* entravé > *iau*[9] : *biau* (3 occ.) contre *beau* (6 occ.) / *bel* (3 occ.) ;
- attestation de la prononciation [e][10] pour la diphtongue issue de *-ŏ* + *n* dans les mots de la famille de **jovenem* > *juefne* : *jenne* [15r], *jennesse* [17r] ;
- réduction de *oi* à *o*[11] : *patrimone* [49r] ; les formes *chanonnes* [87r] et *chanoine* [90r] coexistent ;
- attestation de la forme *envolopé(z)* [10r*, 70v] en alternance avec *envelopé* [31v][12] ;
- absence de syncope dans les groupes *dr*, *tr*, *vr*[13] : conditionnel du verbe *revenir* (*revenderoient*, 31v), futur des verbes *croître* et *recevoir* (*receverons*, 52r ; *croistera*, 58v) ;
- assimilation du groupe *rl* en *ll* : *hullement* [35r], *Illande* [49v] ;
- amuïssement du groupe *-re* en position finale produisant une graphie phonétique[14] : *particulié* [93v] (mais *particuliere* [93r]) ;
- propagation du *r* dans *destrourbement* [88v], *tristre* [24r], *tritresse* [27v].

5 P. Fouché, *Phonétique historique du français*, vol. II : *Les voyelles*, Paris, Klincksieck, p. 346.

6 C. T. Gossen, *op. cit.*, § 8. Le phénomène connaît la plus grande régularité dans les textes picards et il est très répandu dans les textes de Miélot.

7 *Ibid.*, § 3 ; E. et J. Bourciez, *Phonétique française, étude historique*, Paris, Klincksieck, 1971, § 47, II ; P. Fouché, *Phonétique historique du français*, vol. II, *op. cit.*, p. 250.

8 C. T. Gossen, *op. cit.*, § 34.

9 *Ibid.*, § 12 a.

10 E. et J. Bourciez, *op. cit.*, § 72, I ; P. Fouché, *Phonétique historique du français*, vol. II, *op. cit.*, p. 295.

11 R. Mantou, *op. cit.*, p. 138.

12 FEW III, p. 398, s. v. *falŭppa*. Voir cependant P. Fouché, *Phonétique historique du français*, vol. II, *op. cit.*, p. 480.

13 C. T. Gossen, *op. cit.*, § 44.

14 *Le Cheval volant en bois. Édition des deux mises en prose du* Cleomadès *d'après le manuscrit Paris, BnF fr. 12561 et l'imprimé de Guillaume Leroy (Lyon, ca. 1480)*, éd. critique par Fanny Maillet et Richard Trachsler, Paris, Classiques Garnier, 2010, p. 105.

MORPHOSYNTAXE

ARTICLES

- L'article défini féminin prend parfois la forme picarde *le*[15] : *le humilité* [49v], *le honnourable matrone* [89v], *le humidité du corps* [93r] ;
- les constructions qui sont formées d'un verbe et d'un substantif complément ne comportent pas de déterminant lorsqu'elles constituent des locutions : *[elle eut] conceu enfant* [1v], *[Gelghes] fait priere* [1v].

SUBSTANTIFS

- On relève quelques traces de l'ancienne déclinaison : *nulz cueur* [19r], *le temps est pesmes* [41r].

ADJECTIFS

Qualificatifs

- Les adjectifs en *-ant* sont invariables au féminin[16] : *la glaive resplendissant* [3r] ;
- l'adjectif *doulce* peut ne pas être accordé au pluriel : *par doulce paroles* [60r] (mais *doulces melodies* [21r], *doulces paroles* [33r] ;
- le comparatif et le superlatif sont suivis de la préposition *de* : *son benoit hoste n'estoit mie de moins grande auctorité des grans patrons* [67r] ; *la tresmauvaise de toutes les femmes du monde* [85r] ; *sont trouvees fontaines les plus belles des autres* [66r] ;
- le superlatif absolu synthétique de *mauvais*, *pesme*, mérite d'être signalé[17] : *car le temps est pesmes* [41r].

---

15 C. T. Gossen, *op. cit.*, § 63.

16 C. Marchello-Nizia, *La langue française aux* XIV*e* *et* XV*e* *siècle*, Paris, Nathan, 1997, p. 131.

17 *Ibid.*, p. 133.

Relatifs

- *Lequel*, éloigné de son antécédent avec reprise du substantif : *et puis le mirent derriere l'autel saint Pierre, le prince des apostres, devers Orient, emprés lequel autel il avoit geu longuement* [88r].

Indéfinis

- Emploi du pluriel de l'indéfini *tout* : *touts leurs dars* [35v] ;
- *quelconques* précède le déterminant : *en quelconques maniere* [40v] ; *par quelconques autre evacuacion* [93r].

PRONOMS

Personnels

- Le pronom personnel *ilz* alterne avec *il* au cas sujet singulier[18], par exemple : *pour la vilenie qu'il luy avoit faitte quant ilz le voult ardoir* (= le roi Aelfind) [29r]. Dans trois cas, le pronom pluriel *il* est employé à la place de *ilz*, utilisé couramment[19], par exemple : *ne quilz il devoient honnourer ne supplier* (= les jumeaux) [26r-v] ;
- le pronom régime direct *le* est parfois utilisé au lieu de la forme du féminin *la*[20], par exemple : *le bannist de sa terre* (= Gelgehes) [21v] ; *les enfans le sieuvirent* (= la règle) [27r] ; *ilz le voult ardoir* (= Gelgehes) [29r] ;
- le pronom tonique est agent de la forme verbale en *-ant* dans une proposition participiale[21] : *il vint encontre lui ung mauvais homme tout effraié et, lui estant tout foursené, regarda le saint homme* [61v] ;
- emploi de formes de la série I au lieu de formes de la série III dans les systèmes prédicatifs[22] : *ilz se arresterent tous quois pour savoir mon se c'estoient ilz* [27r] ; *tu qui as esté bon et feal* [79v] ;

---

18 C. Marchello-Nizia, *op. cit.*, p. 223.

19 *Ibid.*, p. 223. D'après C. Marchello-Nizia, il s'agirait d'une forme présente surtout dans des textes archaïsants ou à prétentions littéraires.

20 Cette caractéristique constitue un trait typique du picard. Voir : E. Gamillscheg, *Historische französische syntax*, Tübingen, Niemeyer, 1957, p. 119 ; C. T. Gossen, *op. cit.*, § 63 ; R. Martin – M. Wilmet, *Manuel du français du Moyen Âge : syntaxe du moyen français*, Bordeaux, Sobodi, 1980, p. 149.

21 C. Marchello-Nizia, *op. cit.*, p. 245-247.

22 *Ibid.*, p. 221-239 ; R. Martin – M. Wilmet, *op. cit.*, p. 151.

- l'emploi du pronom *enn'* [27v] pour *en*, typique du picard et du wallon[23], mérite d'être signalé.

Relatifs

- Attestation de la forme *quil(z)* pour le relatif sujet *qui*[24] : *ne quilz il devoient honnourer ne supplier* [26v] ; *et ilz en cousirent des rongneures des ongles et de ses cheveulx qu'ilz avoient receu de lui quil ne savoit riens* [58v] ; *ou nom de Jhesu Crist quil commanda qu'il fust honnouré en ses povres* [70v].

Indéfinis

- *Aucun(s)/e(s)* est employé en proposition affirmative au sens de *quelqu'un* tant au singulier (*se aucun te donne*, 48v ; *se aucune est bonne*, 85v) qu'au pluriel (*aucuns*, 48v ; *aucuns de ceulx*, 16r ; *les aucuns*, 45r ; *se aucunes en y a*, 12v) ;
- emploi systématique des formes sigmatiques *riens* (10 occ.) et *quanques* (9 occ.).

Numéraux ordinaux

- Emploi des formes *second* (3 occ.), *quart* (2 occ., [37v], [95r]), mais coexistence de *tiers* (4 occ.) / *troisiesme* (1 occ., [15r])[25].

VERBES

Auxiliaires

- Emploi de l'auxiliaire *avoir* avec le verbe intransitif de mouvement *aller* : *avoit alé* [62v], *eurent alé* [79r].

Radicaux

- Forme en -*e*- du radical dans le verbe *venir*[26] : *revenderoit* [31v] ;

23 FEW IV, p. 365.
24 C. Marchello-Nizia, *op. cit.*, p. 204 et FEW II/2, p. 1465.
25 *Ibid.*, p. 199-200.
26 C. Marchello-Nizia, *op. cit.*, p. 275-276.

- formes en *-ie-* du radical dans le verbe *suivre* : *s'ensieut* [14r, 90v], *sieut* [72r] ;
- formes en *-u-* du verbe *mengier* : *menguent* [45v, 48v][27].

Modes personnels

- L'indicatif présent du verbe *dire*, P6 se présente sous la forme asigmatique : *dient*[28] [43v, 49r, 91v, 94r] ;
- l'indicatif imparfait de *valoir*, P3 présente un radical palatalisé : *vailloit* [20r][29] ;
- le passé simple du verbe *courir*, P6 présente une désinence en *-erent* : *courerent* [27r] ;
- passé simple, P3 de *battre*, *cheoir*, *vivre*, *combattre*, *corrompre* et *servir* : *baty* [5r], *cheÿ* [6r, 34v, 60v, 64r, 67v, 75v], *vesqui* [10v], *se combaty* [37r], *corrompi* [47v] et *servi* [85v][30] ;
- le futur et le conditionnel des verbes dont le radical se termine par une consonne (*-t*, *-d*, *-p*, *-v*) présentent un *e* intercalé entre le radical et la désinence *-ra* / *-roit*[31] : *deveroit* [74r] (mais *devroit*, [47r]), *rendera* [40r], *viveroit* [4v] ;
- effacement de *e* entre *r* du radical et *r* de désinence au futur et au conditionnel[32] : *demoustra* [18r][33], *entra* [36v], *demourroit* [78r] ;
- désinence *-ons* du subjonctif dans *affin que nous puissons rappeller* [f. 71r] ;
- dans la subordonnée concessive introduite par *ja soit ce que*, l'indicatif concurrence le subjonctif[34] : *ja soit ce que le roy en fu couroucié* [73r] ;
- le subjonctif présent de *aller* présente uniquement la forme ayant pour radical la première personne du singulier de l'indicatif présent[35] : *voisent* [16v] ;

27 *Ibid.*, p. 277.
28 P. Fouché, *Le verbe français, étude morphologique*, Paris, Les Belles Lettres, 1931, p. 87.
29 *Ibid.*, p. 172-173.
30 *Ibid.*, p. 246.
31 C. Marchello-Nizia, *op. cit.*, p. 278-279.
32 *Ibid.*, p. 279.
33 Il pourrait pourtant s'agir d'un parfait : le contexte ne permet pas de le déterminer avec certitude.
34 R. Martin – M. Wilmet, *op. cit.*, p. 233-234.
35 C. Marchello-Nizia, *op. cit.*, p. 264.

– le subjonctif imparfait est utilisé pour marquer l'opposition dans cette coordonnée adversative[36] : *ne fu nul qui les peust mectre en terre, ains eussent bien voulu tous qu'ilz eussent esté ravis par menbres* [24v].

Modes impersonnels

– Emploi de l'infinitif présent à la place de l'infinitif passé[37] : *pour boire* (au lieu de *pour avoir bu*) [8r] ; *pour enterrer* (au lieu de *pour avoir enterré*) [51v] ;
– présence de constructions latinisantes dans lesquelles le participe présent est employé en fonction d'adjectif : *chaleur agente* [93v], *flamme conscendente* [91v], *chaleur excedente* [91v] ;
– le participe présent est toujours accordé en nombre : *sur ledit Philtan et sur Gelgehes sa femme dormans* [2r] ; *certaines causes touchans le royaume* [5r] ;
– avec l'auxiliaire *avoir*, le participe passé n'est parfois pas accordé lorsque le COD précède le verbe : *une regle de bois que saint Foursy y avoit jetté* [2v], *de ses yeulx qu'i luy avoit rendu* [82r] (mais : *les merveilles qu'il avoit veues*, [4v] ; *l'eglise que saint Foursy [...] avoit nouvellement edefiee*, [6r] ; *ilz les ont laissiéz* [45r]) ; en revanche, il est parfois accordé lorsque le COD suit le verbe : *qui ont mise leur esperance en luy* [63r] (mais : *ont mis toute leur cure* [47r]).

ADVERBES

Adverbes d'intensité

– L'adverbe *tres* garde son statut de préfixe[38] : *treshault et trespuissant prince* [1r], *tresjoyeuse vision* [34v], *tressaint homme* [58r] ;
– au neutre, devant un substantif, il est suivi de la préposition *de*[39] : *moult de religieux* [21v], *moult de parens* [23r], *moult de fois* [34r], *moult de gens* [55r], *moult de riches dons* [60r], *moult de prieres* [65r], *moult des miracles* [76r], [77v], [87]v], *moult de larmes* [84v].

---

36 P. Ménard, *Manuel du français du Moyen Âge : syntaxe de l'ancien français*, Bordeaux, Sobodi, 1976, p. 240, § 269.
37 *Ibid.*, p. 159.
38 C. Marchello-Nizia, *op. cit.*, p. 299.
39 R. Martin – M. Wilmet, *op. cit.*, p. 264 ; C. Marchello-Nizia, *op. cit.*, p. 149.

Adverbes d'affirmation

- L'adverbe *mon*, qui équivaut à *réellement*, fait partie de l'expression figée *savoir mon se*, annonçant simplement l'énoncé d'un problème[40] : *ilz se arresterent tous quois pour savoir mon se c'estoient ilz* [27r].

Prépositions

- Absence de la préposition *a* entre le verbe *commencer* et l'infinitif : *ilz commencerent adoncques demander* [27v] ;
- la préposition *par* peut introduire une durée à l'intérieur de laquelle un processus se situe de façon indéterminée[41] : *il ouy sonner nonne par ung samedy* [56r] ;
- *et* peut être l'équivalent de *en*, suivant un trait typique du parler wallon[42] : *et ce lieu edefia il .iii. eglises* [76v], *et ce lieu a fait Nostre Seigneur moult de miracles* [76v], *superfluités diverses et visqueuses et reins* [93v].

40 C. Marchello-Nizia, *op. cit.*, p. 319. Pour une analyse plus complète des fonctions de l'adverbe *mon*, voir les toutes dernières études : A. Rodríguez Somolinos, « *C'est mon, ce avez mon, ce ne fist mon* en ancien français : modalisation assertive et confirmation », *À la quête su sens. Études littéraires, historiques et linguistiques en hommage à Christiane Marchello-Nizia*, éd. C. Guillot, S. Heiden, S. Prévost Lyon, ENS-Éditions, 2006, p. 217-230 ; A. Rodríguez Somolinos, « L'évolution des expressions confirmatives négatives *ce n'est mon, ce n'a mon, ce ne fait mon* en français (XIIe-XVIe siècles) », *Évolutions en français. Études de linguistique diachronique*, éd. B. Combettes, Berne, Peter Lang, 2008, p. 329-244 ; M. Saiz Sánchez, « *Si ferai je, non ferai* : l'expression de l'accord et du désaccord dans le dialogue médiéval », *Le discours et la langue*, 8/1, 2016, p. 135-156.

41 C. Marchello-Nizia, *op. cit.*, p. 335.

42 La préposition lat. *in*, comme le préfixe *in-*, aboutit à *e* ouvert, qui est homophone de la prononciation de la conjonction de coordination *et* (*Cf. Atlas linguistque de la Wallonie*, t. 1, notice 34 ensemble). C'est pourquoi on rencontre dans les textes anciens des graphies *et* pour transcrire la préposition issue du lat. *in* (fr. *en*). On en trouve quelques exemples dans les ouvrages de Louis Remacle sur les textes d'archives (L. Remacle, *Documents lexicaux des archives scabinales de Roanne (La Gleize)* 1492-1794, Paris, 1967, p. 203).

SYNTAXE

COORDINATION ET SUBORDINATION

- Les locutions conjonctives pour exprimer les relations logiques fondamentales ne sont pas nombreuses :
  temps : *tantost que* [1v, 4v etc.], *quant* [11r, 15v etc.], *incontinent que* [12v], *ainçois que* [12v], *ains que* [23r, 79v], *tandis que* + imparfait [24v, 35v, 77v], *jusques a tant que* [26r], *aprés ce que* [37r, 72v], *puis que* [55v], *depuis que* [77v] ;
  cause : *pour ce que* [15v, 27v etc.] ;
  but : *pour* + infinitif [1v, 7r etc.], *affin de* + infinitif [4r, 6r etc.], *affin que* + subjonctif [6r, 17r etc.] ;
  concession : *ja soit ce que* [10r, 22r etc.] ;
  conséquence : *tant que* [13v, 15v etc.], *telement que* [2r, 23v, 25r, 88v] / *tellement que* [51v] ;
  similitude : *ainsy comme* [27r, 36r etc.], *aussy comme* [37r, 48r, 50v, 75r, 75v] / *aussi comme* [83r] ;
- *car* a une valeur de transition introduisant un commentaire explicatif dans la phrase[43] : *or est ainsy que les fievres pourries sont diversifiees en mainte diverseté, mais le plus generale est ceste cy, car la matiere des fievres pourries l'une est constrainte et l'autre est esparse* [92r] ;
- la conjonction de subordination *se* est reprise après une série de relatives coordonnées dans le passage suivant : *Quelle merveille estoit ce, se ceulx cy, qui estoient néz de royale lignie et souefvement nourris entre leurs riches parens, qui oncques n'avoient eu mesaise, et qui estoient en estrange paiis ne ne savoient par quelle adventure, ne comment se devoient contenir ne quilz il devoient honnourer ne supplier, et <ne> seurent ou ilz sont, ne qu'ilz doivent devenir, se ilz avoient angoisse et destresse en leurs cuers ?* [26r-v].

43 R. Martin, M. Wilmet, *op. cit.*, p. 211.

CONSTRUCTIONS HYPOTHÉTIQUES

- Dans cette phrase hypothétique portant sur le passé, le système des deux propositions est au subjonctif plus-que-parfait et au subjonctif imparfait[44] : *se tu ne eusses receu le vestement de cest homme qui est mort en pechié, ses paines ne arsissent ja en ton corps* [50v].

ORDRE DES MEMBRES DE LA PHRASE

- Parfois toute une phrase joue par rapport à une autre le rôle d'un adverbe ; une subordonnée causale commençant par « pour ce que » peut entraîner l'inversion dans la principale : *et pour ce que une tele armure puet valoir a l'encontre des agaitz du dyable, admonnesta saint Foursy le peuple* [32v-33r].

TMÈSE

- Le verbe *entreregarder* est scindé en deux parties dans la phrase : *et s'entre commencerent a regarder* [25v][45].

HYPERBATES

- Ruptures syntaxiques sous la forme d'hyperbates : *la fontaine de pitié ne vous soit tollue qui vous est appareillie* [56v], *si que auctorité ne te puist ja abaissier, qui jusques a ores a esté en force de la dignité et de la sapience des sains peres* [64v], *comment il avoit esté feru en esperit du mauvais homme sur l'espaule, que les dyables lui jecterent sur luy* [65v], *ung contrait gesoit en my la voie, qui appelloit les trespassans et ceulx qui sieuvoient le corps saint* [82v] ;
- dans l'hypothétique, lorsque le sujet de la protase est éloigné du verbe par un ou plusieurs mots intercalés, il est repris par un pronom et la conjonction *si* est répétée : *car il est vraiement notoire en toute Yllande que se aucun, de quelque eage qu'il soit et tant soit il jenne, s'il est chaint d'icelle chainture et il a fait le veu de chasteté ou de virginité, ses moueles sont chastiees ainsy comme par nouvelle circuncision* [58v].

---

44 *Ibid.*, p. 64.

45 Signalons pourtant que le verbe *entrecommencer* est attesté dans les *Contes* de Cholières (« entrecommencer des propos à demy entrecoupez »). *Cf.* J. B. La Curne de Sainte-Palaye, *Dictionnaire historique de l'ancien langage françois*, Niort, L. Favre, 1875-1882, t. VIII, voir *noix* 2, p. 42.

LEXIQUE[46]

GENRE DES NOMS

- dans une occurrence sur sept, le mot *salut* est au féminin, comme en ancien français[47] : *pour la salut de l'umain lignage* [20v]. Le DMF spécifie que la forme au féminin est rare[48] ; elle aurait pourtant pu subir l'influence du mot latin[49] ;
- emploi au féminin des mots *glaive* [3r, 31r, 32v *et passim*] et *amour* [17v, 32v] ;
- *miracle* est employé au féminin dans la phrase[50] : *Nostre Seigneur fist moult de miracles a Laigny par ses meerites tant qu'il fu en la ville et moult en y a faittes depuis que sa glorieuse ame fu receue en la grant joie de Paradis* [77v].

FORMES OU SENS NON ATTESTÉS

- *celebrité* [9v] : caractère de ce qui est célèbre (sens attesté depuis le XVIe siècle[51]) ;
- *demerir* [12r] : mériter pleinement (*infra*, p. 159) ;
- *couvertures* [54v] : parements d'autel ;

46 L'étude d'Annemarie Heinz, parue en 1964, constitue le point de départ de toute analyse sur le vocabulaire de Miélot ; à partir d'un corpus très riche de textes traduits ou remaniés (*Advis directif pour faire le voyage d'oultremer* ; *Miracles de Nostre Dame* ; *Proverbes procedant selon l'ordre de l'A B C* ; *Miroir de la Salvation humaine*), la chercheuse propose aussi bien une analyse des latinismes et des picardismes qu'une classification du vocabulaire selon le système Hallig-Wartburg. En nous appuyant sur ce travail, nous formulerons quelques observations à propos du lexique de Miélot dans la *Vie de saint Foursy*, en renvoyant aux notes du texte pour un commentaire plus détaillé. *Cf.* A. Heinz, *Der Wortschatz des Jean Miélot, Übersetzer im Dienste Philipps des Guten von Burgund*, Wien, Braumüller, 1964 et R. Hallig, W. von Wartburg, *Begriffssystem als Grundlage für die Lexikographie, Versuch eines Ordnungsschemas*, Berlin, Akademie der Wissenschaften zu Berlin Verlag, 1952.

47 FEW XI, p. 125 ; GDF X, p. 619.

48 DMF 2015, voir *salut*.

49 Elle est attestée dans *Les VII Sacremens de l'Eglise*. *Cf.* M. Colombo Timelli, *Les VII Sacremens de l'Eglise. Édition critique*, p. 65.

50 DMF 2015, voir *miracle* ; GDF X, p. 156.

51 GDFC IX, p. 14.

- *temperelement* [56v] : durant la vie sur terre ;
- *aguillement* [67r] : tourment (*infra*, p. 176) ;
- *repenser* [76r] : méditer[52].

TERMES MÉDICAUX

L'une des particularités principales de la *Vie de saint Foursy* est qu'elle se termine par un petit traité médical visant à décrire les maladies dont le saint est traditionnellement le guérisseur. La lemmatisation de cet extrait réalisée par le groupe d'Analyse et Traitement Informatique de la Langue Française de l'Université de Nancy[53] a mis en évidence l'emploi de mots qui présentent des variantes graphiques (*vuideur*, *affimere*, *artifficiale* etc.) ou phonétiques (*secceresse*, *mahoitres*, *envillie* etc.). En tenant compte du fait que le champ lexical de la médecine médiévale en langue vernaculaire n'a pas encore été suffisamment étudié[54], la terminologie scientifique a été commentée dans les notes au texte[55].

52 Le sens le plus proche est enregistré par Cotgrave, voir *repensé* : « seriously considered, advisedly thought of, revolved often, discussed much in the thoughts ».

53 Je tiens à adresser un remerciement particulier à Sylvie Bazin-Tacchella et à Gilles Souvay, qui ont bien voulu se charger de la lemmatisation.

54 Signalons l'étude pionnière de Paul Meyer, qui s'était concentré sur une série de traités médicaux en ancien français (P. Meyer, « Manuscrits médicaux en français », *Romania*, 44, 1915, p. 161-214) et les recherches de Tony Hunt (T. Hunt, « Old French Translations of Medical Texts », *Forum for Modern Language Studies*, 35, 1999, p. 350-357 ; T. Hunt, « The Beginnings of Medical Instruction in Medieval France », *Romania*, 131, 2013, p. 409-451).

55 Je remercie vivement Alessandro Vitale Brovarone pour la relecture de ces notes et pour ses précieuses remarques.

PRINCIPES D'ÉDITION

PRÉSENTATION DU TEXTE ÉDITÉ

La disposition du texte dans la page a été respectée. Dans les cas de mots coupés, les deux parties sont affectées chacune d'un trait d'union. Les titres des chapitres sont transcrits en italiques.

La description synthétique des images, la foliotation du manuscrit, la numérotation des chapitres ont été insérées entre crochets carrés []. Les lacunes et les mots illisibles à cause du mauvais état de conservation des feuillets 1, 2 et 3 ont été rétablis grâce au contexte ou au contenu des chapitres qui suivent et transcrits entre accolades {} (ex. « {Brabant etc.} » [f. 1r]). Les interventions portant sur des mots qui présentent des fautes évidentes ont été insérées entre crochets aigus <> (ex. « nomme<e> Hermesent » [f. 5v]. Les mots en interligne ont été transcrits entre barres obliques \ / (ex. « Se tu \ne/ menaces » [f. 40v]). Les lettres en exposant renvoient aux notes philologiques, historiques et littéraires qui font suite au texte.

L'apparat en bas de page signale les leçons sur lesquelles une intervention est apparue nécessaire et fournit des remarques paléographiques complémentaires.

TRANSCRIPTION

Les abréviations, assez rares et conformes aux usages scribaux du xve siècle, ont été résolues.

La distinction *i* et *j*, *u* et *v* a été introduite, conformément aux usages du français contemporain ; lorsqu'un doute surgit sur la valeur consonantique ou vocalique de la graphie *u*, le *u* a été conservé, comme dans le cas du verbe « pouoir » [6r, 19r, 24v]. En cas de doute pour la transcription des graphies *-cion* et *-tion*, on a généralisé « *-cion* », qui est la forme la plus fréquente (ex. « congregacion [f. 28v]). Pour les groupes *-ct-* / *-tt-*, dans les cas douteux, on a décidé au cas par cas, en tenant compte de l'étymologie du mot concerné (ex. « sainctes » [f. 28r]).

Les majuscules ont été normalisées suivant l'usage moderne[1]. Les chiffres romains ont été transcrits en minuscules, encadrés par deux points, et les exposants abréviatifs ont été reproduits.

L'accent aigu marque le *-e* tonique en syllabe finale. Le tréma a été utilisé pour marquer les diphtongues. La cédille a été introduite, conformément à l'usage moderne, pour donner au graphème *c* la valeur phonétique de [s] devant *a*, *o* et *u* (ex. « recommença », « reçut », « mençongiers »).

Quant à la séparation des mots, comme principe général la graphie du manuscrit a été respectée. Pour les formes du type « par dessus » et « si comme », « a paine », « a plain », « ad venir », « en tant (que) » et les composés avec « plus », qui se présentent tantôt soudés, tantôt séparés, la forme séparée qui prévaut dans le manuscrit a été généralisée.

Une apostrophe signale les voyelles élidées dans les mots monosyllabiques accolés au mot suivant ; c'est le cas des articles définis, des pronoms personnels, des pronoms relatifs « qui » et « que », de la conjonction « se » et du pronom démonstratif « ce ».

Les citations textuelles annoncées ont été placées entre guillemets « » et introduites par l'utilisation des deux points et de la majuscule au premier mot. Les guillemets servent également à marquer le début et la fin des dialogues. Les citations en latin sont en italique.

L'usage moderne a été rétabli quant à la ponctuation, mais un effort a été fait pour reproduire, autant que possible, les pauses de lecture prévues par le scribe[2]. Des parenthèses () ont occasionnellement été insérées dans le but d'isoler une explication ou un commentaire destinés à préciser le sens de la phrase principale.

---

1 Dans le manuscrit, les majuscules sont utilisées au début de chaque paragraphe, après les pieds-de-mouches et après les pauses prévues pour la lecture, normalement signalées par un point, un colon ou des traits obliques après le mot.

2 Trois signes de ponctuation figurent dans le manuscrit, à savoir le point, le colon et la barre double, avec les valeurs respectives de pause légère, moyenne et forte ; le pied-de-mouche indique normalement une articulation plus importante du texte.

LA GENEALOGIE, LA VIE, LES MIRACLES ET LES MERITES DE SAINT FOURSY

LA GENEALOGIE, LA VIE, LES MIRACLES ET LES MERITES DE SAINT FOURSY

Ms. Wien, Österreichische Nationalbibliothek, Series Nova 2731

[f. 1r] Cy commencent la genealogie, la vie, les miracles et les merites du glorieux confés et amy de Dieu monseigneur saint Foursy prelat et abbé, natif de Hibernie[a]

Comment treshault et trespuissant prince Phelippe, par la grace de Dieu duc de Bourgogne et de {Brabant etc}[1], reçoit benignement la Vie saint Foursy mise par escrit par Jean Mielot prestre et secretaire etc.

Comment la genealogie, c'est a dire la lignie, de monseigneur saint Foursy, est extraitte de roys et de roynes et d'autres sainctes personnes tant de par son pere Philtan comme de par sa mere.

Comment Philtan, pere de saint Foursy, fu fil du roy Fondloge, roy des Mumnesiens en Irlande, et Gelgehes, sa mere, fu fille du roy Aelfind, roy des Mamurteniens.

Comment Gelgehes se devise avecques ses gens de la venue de Philtan a la court du roy Aelfind son pere, et des parolles que ledit Philtan et elle eurent premierement ensamble.

[f. 1v] Comment Philtan et Gelgehes furent conjointz par mariage sans le sceu de leurs peres et de leurs meres, par le consentement de leurs plus sages consillers et familiers.

Comment saint Foursy {parla} ou ventre de sa mere qui fu jugie {a ard} oir par son pere le roy Aelfind tantost qu'il {sceut qu'elle eut} conceu enfant comme celle qui se estoit fourfaitte[2].

1 *Cf.* : *par la grace de Dieu duc de Bourgogne, de Brabant etc.* [12r].

2 *Cf.* : *comment saint Foursy parla ou ventre de sa mare jugie a ardoir* [18r] ; *nouvelles vindrent au pere de la damoiselle qu'elle estoit enchainte et, si tost qu'il le sceut [...]* [18r].

Comment le roy Aelfind tayon de saint Foursy fist fayre trois grans feus pour ardoir Gelgehes sa fille et mere dudit glorieux confés et amy de Dieu monseigneur saint Foursy.

Comment Gelgehes fait priere a nostre Seigneur Jhesu Crist pour elle et pour le benoit fruit de son ventre, saint Foursy, qu'elle luy avoit voué et dedié pour le servir et honnourer.

Comment les trois feus furent estains incontinent par la superhabundance d'une fontaine qui sailli des larmes de Gelgehes, mere de saint Foursy, par quoy elle fu {de}livree de mort honteuse.

[f. 2r] Comment P<h>iltan et Gelgehes furent bannis hors de leurs paiis et puis s'en vindrent devers saint Brandain evesque, grant oncle de saint Foursy, qui les reçut benignement et doulcement.

Comment saint Brandain, oncle de Philtan, vit une grande clareté qui descendoit du ciel sur ledit Philtan et sur Gelgehes sa femme dormans en la maison aux hostes.

Comment saint Foursy fu né, et comment il fu baillié a son oncle saint Brandain pour le baptizier ou nom de la Trinité en l'appellant Foursy, qui est nom de vertus.

Comment les deux enfans du roy Brandin, c'est assavoir filz et fille, furent portéz mortz oultre mer devers saint Foursy et laissiéz devant sa chambrette telement qu'il n'en savoit riens.

Comment saint Foursy resuscita les deux enfans du roy Brandin, c'est assavoir Floret et Rosette[b], et comment il les revesti depuis, dont ilz rendirent graces et loenges a nostre Seigneur.

[f. 2v] Comment les deux enfans du roy Brandin resuscitéz s'en alerent par dessus la mer aprés[3] une regle de bois que saint Foursy y avoit jetté pour eulx guider seurement.

Comment le roy Brandin, accompaignié des plus nobles de son paiis, s'en vint viseter le glorieux confés saint Foursy et luy porterent grant honneur et grande reverence.

Comment le roy Aelfind, tayon de saint Foursy, le roy Brandin et le roy Feradach, freres germains, s'en vindrent veoir saint Foursy en l'isle de Rachimach ou il estoit demourant.

---

3 *Aprés* exponctué et présence de *dessus* dans l'interligne. Je n'ai pas tenu compte de cette correction, qui constituerait une répétition, parce qu'on lit dans le texte : *Comment les deux enfans resuscitéz alerent par dessus la mer aprés la reigle de bois que saint Foursy y avoit jecté* [26v]. On peut néanmoins souligner que le sens (les deux enfants sur la planche) serait mieux porté par *dessus*, bien que *aprés* puisse se justifier par rapport au geste de Fursy.

Comment saint Foursy fu ravy en esperit[c] depuis l'eure de nonne jusques aux coqz chantans et vit deux angeles couvers de blanches pennes qui l'emportoient.
Comment les angeles rendirent a saint Foursy l'ame au corps et puis se departirent, et comment il enseigna au pueple les visions qu'il ot veues en dormant.
[f. 3r] Comment saint Foursy exposa au pueple la significacion des pennes des deux angeles et du blanc escu et de la glaive resplendissant qui est la parole de Dieu.
Comment saint Foursy amonnestoit le pueple de tousjours penser a bien faire, et comment il devoit avoir encores bataille contre les dyables grigneur que devant.
Comment saint Foursy receut le precieux corps et digne sang de Jhesu Crist {avant}[4] son trespas, et comment il fu .iiii. jours et .iiii. nuytz en jeunes et en oroisons.
Comment saint Foursy vit les dyables qui se combatoient contre les sains angeles qui deffendoient son ame qu'ilz ne luy feissent grevance par leurs dars de feu.
Comment le saint angele de Paradis dispute contre les dyables d'Enfer pour l'ame saint Foursy, en disant que le jugement en seroit ouy devant d{iverses} parties ouyes.
[f. 3v] Comment saint Foursy vit .iiii. feus qui embrasent tout le monde, c'est assavoir le feu des mençongiers, de convoitise, de courrouchier son prosme et de felonnie.
Comment le saint angele se combati contre les dyables en la moyenne du feu qui croissoit moult durement et approchoit fort saint Foursy, ouquel il vit .iiii. dyables.
Comment le dyable d'Enfer argue contre le saint angele en blasmant nostre Seigneur, en disant qu'il cuidoit jusques a ores que Dieu fust vray, juste, fort et toutpuissant.
Comment ung autre dyable parla contre le saint angele qui deffendoit saint Foursy, en disant que encores luy restoit une porte bien estroitte a passer.
Comment le dyable vainquu par le saint angele recommença a accuser saint Foursy, en alegant la Sainte Escripture des prophetes David, Ysaïe, Jhesu Crist et autres.

---

4 Lacune comblée à partir de la mention *avant son trespas* figurant au f. 34r.

[f. 4r] Comment saint Foursy, entre diverses visions des angles de Paradis et des dyables d'Enfer, vit deux sains evesques, saint Beodain et saint Meldain, hommes de grande veneration.
Comment saint Foursy ouyt la doulceur du chant des angeles de Paradis qui chantoient : « *Sanctus, sanctus, sanctus Dominus Deus Sabbaoth ! Osanna in excelsis !* »[d].
Comment saint Beodain et saint Meldain parlerent a saint Foursy avant son retour de saditte vision et luy dirent que la fin des choses estoit prochaine ad venir etc.
Comment contre ung chacun vice doit estre baillie la medechine de la vertu qui luy est contraire affin d'en avoir bonne guarison tant du corps comme de l'ame.
Comment saint Beodain dist encores plusieurs bonnes paroles a saint Foursy, c'est assavoir qu'il use sa vie en bien et qu'il refuse tout mal affin de parvenir a vie eternelle.
[f. 4v] Comment l'espaule de saint Foursy fu embrasee du feu dont ardoit ung homme usurier que les dyables jectterent encontre luy, dont luy vint grande angoisse.
Comment l'embrasement du pervers homme apparu en la face de saint Foursy par l'arrousement d'eaue vive, qui fu une chose merveilleuse a veoir a pluseurs.
Comment saint Foursy prescha au pueple les merveilles qu'il avoit veues, et comment l'angele luy dist qu'il viveroit encoires .xii. ans sain et haitié en ce monde.
Comment saint Foursy fist une moult belle eglise en ung lieu que le roy Sigebert luy avoit donné en son royaume d'Angleterre et y estably ung abbé cloistrier.
Comment saint Foursy se arresta emprés une fontaine tantost qu'il ouy sonner nonne par ung samedy, et comment il l'emporta ailleurs .ii. lieues loingz dudit lieu.
[f. 5r] Comment saint Foursy sema ung champ de blé qui fu au .iiie. jour plain d'espis et de blé tout prest a soier, dont il rendy graces a nostre Seigneur Jhesu Crist.
Comment saint Foursy laissa le siecle, et comment il s'en ala en l'ermitage avecques son frere germain saint Ultain[e], ou il fu ung an entier ou service de Dieu.

Comment saint Foursy s'en ala a Romme et laissa a ses freres une chainture dont il se chaingnoit, en ramenbrance de luy, laquelle fu depuis aornee d'or et de pierres etc.
Comment saint Foursy fu appellé au conseil du roy Sigebert et des primatz du grant conseil pour certaines causes touchans le royaume, sy laissa l'ermitage qu'il avoit tant desiré.
Comment ung homme tout effraié tolli a saint Foursy son mantel dont il estoit affublé et le baty cruelement a tort en ung village nommé Antuille emprés Corbie.
[f. 5v] Comment une riche dame du paiis d'Arras, nomme<e> Hermesent, ne voult herbergier saint Foursy, pour quoy elle devint demoniacle et languy malade moult durement.
Comment saint Foursy renvoia son baston pour en attouchier Hermesent, de quoy elle fu guarie de sa male foursenerie et se party tantost le dyable hors de son corps.
Comment saint Foursy viseta devotement la cité de Romme pour y aourer saint Pierre et saint Pol et les autres sains martirs dont laditte cité est grandement decoree.
Comment le saint angele dist a saint Foursy qu'il revelast a nostre Saint Pere le pape les visions qu'il avoit veues en esperit et la maladie qu'il soustenoit en son col.
Comment nostre Saint Pere le pappe eut la cruele maladie royale appellee leu[f] que saint Foursy souffroit en son col, qui luy faisoit chacun jour mengier char par contrainte.
[f. 6r] Comment nostre Saint Pere le pape cheÿ aux piéz de saint Foursy, en luy requierant pardon, affin qu'il le delivrast de celle grant douleur qu'il soustenoit et ainsy lui fu fait.
Comment nostre Saint Pere le pape consacra saint Foursy, et comment il le fist evesque en luy baillant pouoir papal par le bourdon qu'il tenoit en lieu de croche pastorale.
Comment le roy Sigebert vint a l'encontre de saint Foursy qui s'en retournoit de Romme et le reçut moult honnourablement en son palais, luy offrant or, argent etc.
Comment le roy Sygebert ottroia a saint Foursy ung beau lieu plaisant et delictable pour y edefier une eglise atout rentes et revenues affin de mieulx y servir nostre Seigneur.

Comment saint Foillain[g] fu fait abbé de l'eglise que saint Fursy son frere avoit nouvellement edefiee, et comment saint Ultain ala en l'ermitage pour y servir Dieu.

[f. 6v] Comment le roy de France, nommé Clovis le .iie. de ce nom, reçut moult honnourablement saint Foursy et ses disciples en son palais royal ou il acquist grant grace.

Comment saint Foursy baptiza es sains fons de baptesme le fil de Herceval[h], seigneur de Peronne, et comment .vi. prisonniers furent delivréz de la prison.

Comment Herceval s'ebahy moult des .vi. prisonniers qui furent delivréz par les prieres du glorieux confés monseigneur saint Foursy, luy en requerant pardon, dont il fu absolt.

Comment saint Foursy ficha son baston en terre et incontinent il en sailly une belle clere fontaine qui oncques puis ne failly, et les malades qui s'i baignent sont souvent guaris.

Comment Herceval s'en ala devers saint Foursy a Laigny sur Marne pour les miracles que nostre Seigneur faisoit par luy ou lieu qu'il luy avoit donné joyeusement a tousjours.

[f. 7r] Comment saint Foursy fist saint Emelien abbé de Laigny sur Marne, et comment il trespassa en la ville de Masieres qui estoit au duc Haymon, seigneur de Pontieu, comme dit est.

Comment saint Foursy avecques deux diacres se apparu, aprés sa mort, au duc Haymon seant a table, ainsy que par avant il luy avoit promis, et mirent devant luy .iii. cierges etc.

Comment Herceval et le duc Haymon se mirent en armes pour avoir le corps saint Foursy, trespassé a Masieres sur la riviere d'Authie, ou il fu honnourablement ensevely.

Comment deux toreaulx sauvages furent ateléz au chariot ou estoit le corps de saint Foursy, et comment ilz s'en alerent droitte voye a Peronne et illec se arresterent sans passer oultre.

Comment ung contrait de ses menbres fu guary tantost qu'il attoucha a la fiertre du corps saint Foursy, dont il rendy graces a nostre Seigneur et au corps saint.

[f. 7v] Comment Berchaire, duc de Laon, s'en vint a grant armes contre Herceval pour avoir par force le corps de saint Foursy ; si furent ostéz les .ii. toreaulx du chariot et y furent atteléz .ii. enfans chacun de .vii. ans.

Comment Lethuhis, femme Herceval, fu toute esmeue pour la grant despense que son mary faisoit pour exauchier les vertus et miracles de saint Foursy glorieux confés de Dieu.
Comment saint Eloy et saint Aubert dedierent l'eglise de saint Foursy et puis tirerent le corps saint hors de terre pour le porter en l'eglise en grant honneur et en grant reverence.
Comment saint Eloy et saint Aubert enterrerent le corps saint Foursy emprés l'autel de saint Pierre dedens l'eglise en grant honneur et en grant reverence de devocion.
Comment Herceval et sa femme baillierent a saint Eloy tout leur tresor pour faire une belle et riche fiertre[i] au corps saint de monseigneur saint Foursy de Peronne.
[f. 8r] Comment une noble dame de Peronne fu guarie de sa griefve maladie pour boire de l'eaue de la fontaine saint Foursy et luy sambla estre tresbon vin et le meilleur qu'elle but oncques.
Cy finent la genealogie, la vie, les miracles et merites du glorieux confés monseigneur saint Foursy de Peronne. Escript a Lille en Flandres l'an mil.cccc lx viii.

[f. 9r] [Jean Miélot dans son *scriptorium*]

Prologue du translateur sur la vie, miracles et merites de saint Foursy confés

Les autentiques hystoires et [f. 9v] croniques de France nagaires faictes et aussi celles que ont escript gens estranges, qui semblent estre ung pou plus anciennes, moustrent comment les barons du royaume de France, des leurs commencement, sont tousjours parvenus a tele haultesse que, tant par la vaillance et beauté de leurs corps et par la celebrité de leur nom, comme aussy par la vertu et dignité de richesses et par l'abondance de toutes autres choses, ilz ont surmonté toutes manieres de gens des nations qui leur sont voisines. Pour quoy, et non sans cause, il fault croire qu'il a pleu a Dieu, le souverain faiseur de toutes choses, ainsy enrichir de ses dons ceulx qui long temps par avant il savoit que tresbien ilz garderoient la religion de [f. 10r] son cultivement et pourroient tantost estre espris de l'ardant chaleur de son amour, car ilz ont sieuvy non pas seulement les prescheurs de la parole divine qui leur estoient envoyés de par Dieu, ja soit ce qu'ilz fussent encores envolopéz[j] en l'erreur des payens, ains ont voulentiers presté l'oreille de leur cuer a ouyr, entendre et retenir leurs bonnes doctrines. Et ainsy, par droit, habondance de toutes choses les accompaigne, qui puis aprés devoient devotement recevoir Jhesu Crist en ses menbres. Certes ceste gent franchoise, entre et par dessus tous autres royaumes, a et possesse ausy presques ce previlege, c'est assavoir qu'elle a tousjours eu et receu pluseurs sains et sainctes de tresgrande auctorité et merite, [f. 10v] et non pas tant seulement du royaume de France, ains aussy des empires, royaumes, nations, paiis, regions et provinces loingtaines et voisines ; si comme monseigneur saint Denis[k] et ses compaignons, qui vint ja pieça de Grece[5], de la cité d'Athaines, pour preschier et exauchier la foy catholique en ce noble royaume ou il repose a Saint Denis en France. Pareillement saint Piat[l], saint Quentin[m], saint Lucian[n], saint Aubin[o], saint Crespin et saint Crespinian[p] se partirent de Romme pour venir extirper les erreurs qui lors avoient tresgrant vigueur en ce royaume et pour y semer la parole divine, comme il est plus applain contenu en leurs vies et legendes. Saint Julien[q], natif de Romme, passa les montz et vint en la cité du Mans, ou il vesqui moult [f. 11r] saintement apostre du paiis. Saint Josse[r] aussy, qui fut second filz de Juthaël, roy de Bretaigne la Grant, qu'on dist maintenant Angleterre, refusa la couronne aprés le trespas de son pere et s'en vint en Pontieu pour servir Dieu son createur et y mena si sainte vie qu'il deservi estre couronné en la gloire des cieulx. Et le glorieux conféz et amy de Dieu monseigneur saint Foursy laissa son paiis de Hibernie et, quant il eut passé la mer, il vint en France ou il fu moult honnourablement receu du roy Clovis le .iie. de ce nom, de Haymon, conte de Pontieu, et de Herceval, chancellier dudit Clovis roy de France, et seigneur de Peronne, ou repose aujourd'huy, mil quatre cens soixante deux, son benoit corps.

[f. 11v] [Scène de présentation : Miélot, à genoux, offre son livre à Philippe le Bon]

Comment treshault et trespuissant prince Phelippe, par la grace de Dieu duc de Bourgogne et de Brabant etc., reçoit benignement la genealogie, [f. 12r] la vie et miracles de monseigneur saint Foursy de Peronne, mise par escript par Jehan Mielot, prestre indigne, secretaire d'icelluy seigneur etc.[s]

5 Ms. : *de grace*. *Cf.* le parallélisme que suggère la suite : *saint Crespin et saint Crespinian se partirent de Romme*.

Pour demerir[t] benivolence, grace envers vous, treshault, trespuissant et mon tresredoubté seigneur et prince Philippe, par la grace de Dieu duc de Bourgogne, de Brabant, de Lothriich et de Lembourg, conte de Flandres, d'Artois de Bourgogne, palatin de Haynnau, de Hollande, de Zelande et de Namur, marquis du Saint Empire, seigneur de Frise, de Salins et de Malines, je, Jehan Mielot, prestre, vostre treshumble orateur et le moindre de voz secretaires ay, a l'ayde de Dieu, selon mon petit entendement, entrepris de convertir [f. 12v] en cler langaige de France[u] et declarier la genealogie, la vie, les miracles et les merites du glorieux confés et amy de Dieu monseigneur saint Foursy de Peronne, affin de vous rendre aucun petit service quy de par moy vous est deu. Si vous supplie treshumblement, mon tresredoubté seigneur et prince, que, incontinent que laditte genealogie, vie et miracles parvendront en vos mains, ainçois qu'elles soient extendues ailleurs, ne ça ne la, par vostre benigne grace vous plaise les regarder ou fayre regarder bien au long pour viseter et examiner les faultes, se aucunes en y a, car non faillir appartient a Dieu plus que aux hommes mortelz, affin de les corrigier et amender ; et, au plaisir [f. 13r] de Notreseigneur, vous y pourréz prendre quelque bonne doctrine prouffitable au salut de vostre ame. Or doncques, touchant laditte genealogie de saint Foursy, Maistre Vincent, qui compila jadis quatre solennelz volumes nomméz le *Miroir Hystorial*[v], ou .xxiiiie. livre dudit *Miroir*, [dit] que l'empereur Constant, qui fu aussy dit Constantin[w], filz de l'empereur Constantin le .iiie. de ce nom, fil de l'empereur Heracle, regna .xxvi. ans et commença son empire l'an de la nativité Notreseigneur .vi^{c} xliii., c'est assavoir l'an de la creation du monde .iiii^{m} vi^{c} et vi. Ou second an de l'empire de cestuy Constant moru Dagobert, roy des François et, ou .v^{e}. an de sondit empire, floury en Hybernie le glorieux conféz monseigneur saint Foursy, fil de [f. 13v] Philtan, fil du roy Fondloge, et engendré de Gelgehes, fille du roy Aelfind. Or advint que ce saint homme entreprint a faire ung pelerinage pour l'amour de Jhesu Crist, tant qu'il parvint jusques au royaulme de France, ou il fu honnourablement re<c>eu du roy Clovis .iie. de ce nom, filz dudit Dagobert, et puis fonda a Laigny sur Marne ung mounastere dont il fu abbé, ou il mist pluseurs religieux. Son pere ot nom Philtan et sa mere fu appellee Gelgehes, fille du roy Alfind, le moinsné frere du roy Brandin et du roy Feradach ; et eut deux freres germains, c'est assavoir saint Foillain, esvesque et martir, et saint Ultain, conféz heremitain, comme [f. 14r] plus a plain il appert cy aprés en la figure de l'arbre de la genealogie de monseigneur saint Foursy conféz. Et ainsy appert qu'il y a environ .viii[c] x. ans depuis l'advenement de saint Foursy jusques a l'an present mil.cccc. soixante deux, que [fu] faitte ceste translacion par Jehan Mielot dessus nommé, Pius le second de ce nom estant pape de Romme le .v[e]. annee de son papat[x], Frederic le tiers, empereur d'Alemaigne, le .xii[e]. an de son empire[y], Loys le .xie. de ce nom, roy de France, le premier an de son regne[z] et mondit tresredoubté seigneur Philippe etc. le .xliii. an de sa duchié de Bourgongne et .lxvie. an de son eage, regnant et seignourissant[6] en paix et prosperité.

Cy aprés s'ensieut la genealogie de saint Foursy, saint Foillain et saint Ultain[7aa]

[f. 14v] Saint Brandain oncle[ab]
Martin pappe premier[ac]
Clovis roy de France .ii.[ad]

Nomen[8] Tritaive[ae] de saint Foursy
Nomen Actaive de saint Foursy
Nomen Abaive de saint Fousry
Nomen Proaive de saint Foursy
Nomen Royne taye a saint Foursy

Nomen Tritave de saint Foursy
Nomen Actave de saint Foursy
Nomen Abave de saint Foursy
Nomen Proave de saint Foursy
Fondeloge Roy tayon a saint Foursy
Philtan Roy pere de saint Foursy[af]

Nomen Tritave de saint Foursy
Nomen Actave de saint Foursy

6 Ms. : *seigourissant*. *Cf. ligage* corrigé en *lignage* [20v].

7 Voir la reproduction de l'arbre généalogique, p. 199.

8 Dans l'arbre généalogique, on lit un .N. majuscule, encadré de deux points, qui rend l'abréviation du mot latin *nomen*. En effet, la généalogie ne précise qu'à partir d'un certain niveau les noms réels des ascendants de saint Fursy ; pour les étages supérieurs, *nomen* équivaut à un « à préciser ».

Nomen Abave de saint Fousy
Nomen Proave de saint Fousry
Aelfind Roy taion de saint Foursy
Gelgehes Royne mere a saint Foursy[ag]

Nomen Tritaive de saint Foursy
Nomen Actaive de saint Foursy
Nomen Abaive de saint Foursy
Nomen Proaive de saint Foursy
Nomen Royne taye a saint Foursy

Saint Foillain martir frere .ii.
Saint Foursy confés fil .i.
Saint Ultain confés frere .iii.

Constant dit Constantin empereur
Haymon conte de Pontieu

[f. 15r] Cy commenchent la vie, les miracles et les merites du glorieux confés monseigneur saint Foursy de Peronne

[I] Comment Philtan, pere de saint Foursy, fu fil du roy Fondloge et Gelgehes sa mere fille du roy Aelfind[ah]

Au temps que le roy Fondloge gouvernoit le royaume des Mumnensiens en l'isle d'Irlande[ai], qui est pres d'Escoce, et que le roy Brandin, lui troisiesme de freres, portoit[9] les septres royaulx des Mamurteniens, nostre Seigneur Dieu, qui tousjours a pourveu au salut de maintz pueples, donna au roy Fondloge ung filz qui ot nom Philtan et au plus jenne frere du roy Brandin, qui ot nom Aelfind[aj], donna une fille nommee Gelgehes. [f. 15v] Cestui Philtan, ainsné filz du roy Fondloge, qui fist moult a loer et a prisier en son enfance, quant il vint en l'eage de .xxv. ans, il laissa le royaume de son pere et s'en ala servir le roy Brandin, qui le receut moult voulentiers. Et pour ce qu'il estoit ung beau jouvencel, gent de corps et sage de parole et de glorieux courage, le roy Brandin l'ama tant qu'il le fist presques son pareil en son royaume. Aprés ce, comme Dieu le amonnesta, il delaissa ledit roy Brandin avecques qui

9 Ms. : *portoient.*

il avoit esté moult honnourablement et s'en ala servir le roy Aelfind, le plus jenne frere du roy Brandin, pour ce qu'il estoit de plus grant renom ; et autant de grace ou plus comme il avoit acquis entour le roy Bran- [f. 16r] -din, acquist il entour le roy Aelfind, car il estoit saige, preu, vaillant et bien enseignié de chevalerie.

[II] Comment Gelgehes se devise avec ses gens de la venue de Philtan en la court du roy Aelfind son pere

Or, si comme il pleut a Dieu, advint ung jour que Gelgehes, fille du roy Aelfind, a qui nulle ne se pouoit comparer[10] en beauté, s'en vint en ung lieu ou les gens se devisoient. Si commença a parler de pluseurs choses et, entre ces paroles, aucuns de ceulx qui estoient avecques elle parlerent de Philtan, qui il estoit et comment il estoit venu a la court de son pere. Et ainsy qu'ilz parloient dudit Philtan, qui estoit beau en son venir et sage de parler, il sourvint en la pla- [f. 16v] -ce et dist a la pucelle : « Il appartient aux jovenceaulx filz de roy qu'ilz voisent par diverses terres et par divers royaumes pour acquerir victoire de chevalerie et pour estre congneus des nobles pucelles. Pour laquelle cause je viens en ce paiis ou j'ay acquis la grace de vostre pere et de vostre mere et, par dessus toutes les autres, je desire a avoir vostre grace et couvoite a estre vostre premier mary, s'il se puet faire, car je ne me suis estrangié si loing de mon paiis pour nulle autre chose se non pour la voulenté de mon cuer, qui est tel comme je vous ay dit. Et sachiéz que je suis l'ainsné filz de Fondloge, roy des Mumnensiens et, selon la loy des anchiens peres, je doy estre roy aprés luy ; pour ceste cause, je vueil congnoistre [f. 17r] en ma jennesse les diverses coustumes et manieres de pluseurs royaulmes et vueil estre congneu des princes et des barons, affin que je sache gouverner sagement, se je vis, ce que je doy avoir de mon heritage et que je le puisse vigoureusement deffendre et maintenir et mectre les autres dessoubz moy comme la chose le requerra ». La pucelle respondi et dist : « O tresbeau jouvencel, moult grande sont les œuvres de nostre Seigneur qui gouverne toutes les choses qui sont ou ciel, en la terre et en la mer et en tous les abismes ; et saches, se tu crois fermement en lui et metz en lui toute ton esperance, que sans faillir tu auras ou ciel et en la terre la gloire que tu desires [f. 17v] et la victoire que tu requiers ».

---

10 Un *en* a été effacé par grattage pour éviter la répétition erronée.

[III] Comment Philtan et Gelgehes furent conjointz par mariage par le consentement de leurs plussages conseilliers sans le sceu de pere et de mere

Quant ilz eurent ainsy parlé longuement ensamble et que leur courage et leurs paroles prouffitoient ja en religion de sainte chrestienté[ak], la chose parvint a ce, par le plaisir de nostre Seigneur, qu'ilz s'entreamerent d'amour enterine et furent joinctz ensamble par loyale beneiçon et par estable mariage, selon l'ordonnance du saint Euvangile, sans le sceu de leurs peres et de leurs meres ; et a ce faire furent aucuns de leurs sages conseilliers, qui savoient les secrés. Aprés ce, Philtain congnut [f. 18r] charnelement sa femme Gelgehes sans le sceu de son pere et conceut ung enfant digne devant Dieu, comme la chose le demoustra en la fin. Si ne tarda gueres que nouvelles vindrent au pere de la damoiselle qu'elle estoit enchainte et, si tost qu'il le sceut, il devint tout dervé et, par la grant cruauté qu'il enprint en son cuer, il juga sa fille a ardoir[al].

[IV] Comment saint Foursy parla ou ventre de sa mare jugie a ardoir

Quant la damoiselle fu jugie a ardoir en la presance de son pere, l'enfant qui estoit encores en son ventre l'entendi[am]. Si dist a son tayon qu'il estoit tout foursené, de quoy tous ceulx qui estoient en la place furent tous esbahis : [f. 18v] « Certes », dist l'enfant, « il n'appartient mie ne ce n'est pas digne chose en nul homme, quel qu'il soit, qu'il face ardoir sa fille s'il ne scet raisonnablement cause pour quoy elle l'ait deservy ». Ce miracle vint comme ung fantosme a tous ceulx qui ne creoient point que nostre Seigneur Dieu puist faire toutes choses a sa voulenté ; mais ilz se ramenbrerent maintenant de ce que dist David en son Psaultier, que nostre Seigneur fist tout quanques il voult ou ciel et en la terre. Cellui qui donna a saincte Elizabeth, qui estoit brehaigne, concepvoir enfant en la fin de son eage contre nature, et qui donna a saint Baptiste soy esleschir ou ventre de sa mere encontre la venue de Jhesu Crist, et qui enseigna a saint Nicolay[an], encores alait- [f. 19r] -ant les mamelles de sa mere, jeuner deux jours en la sepmaine, c'est assavoir le mercredi et le vendredi de alaictier seulement une fois le jour, doncques puet il donner a cest enfant pouoir de parler ou ventre de sa mere. Si doivent tous croire fermement que les vertus de nostre Seigneur sont si grandes que nulz cuer d'omme ne les pouroit penser ne dire. Chacun doncques doit loer les grans merveilles de nostre Seigneur et nul ne desloe cellui qui fist toutes choses et les deffera quant il lui plaira.

[V] Comment le roy Aelfind fist faire .iii. grans feus pour ardoir la mere de saint Foursy nommee Gelgehes

Quant le roy Aelfind ouyt l'enfant parler, il cuida que ce fust fantosme ; si fist le plus tost [f. 19v] qu'il peut embraser trois grans feus. De ceste chose vindrent nouvelles au roy Brandin, qui nota que ce que son frere avoit entreprins a faire estoit euvre du diable ; pour ceste cause, il s'en vint le plus hastivement qu'il peut devers son frere Aelfind et luy dist que ceste chose estoit de par Dieu ; si lui pria, plourant tendrement, qu'il fesist destruire ces trois feus, mais il ne le volt ouyr. La peust on veoir le pueple qui la estoit assamblé au dampnement de la pucelle si angoisseusement rempli de pleurs, de gemissemens, de larmes et d'angoise de cuer que ce seroit griefve chose de nombrer les hommes et les femmes qui gesoient a la terre[ao], que leurs cuers aloient deffaillans [f. 20r] pour les pleurs et pour les cris qu'ilz avoient fais. La peust on aussy veoir Philtan si angoisseux pour l'amour[11] et paour de sa femme Gelgehes, mais nulle paour ne lui vailloit. Et si avoit la jouvencele son tendre pis si estaint de souspirs et de pleurs que a paine pouoit elle dire une seule parole.

[VI] Comment Gelgehes fist sa priere a nostre Seigneur pour elle et pour le benoit fruit de son ventre

Et quant elle peut parler, si commença a prier nostre Seigneur Dieu en telle maniere : « Biau sire Dieu, qui es fontaine de tous biens et si piteux et misericors que nul ne le pouroit nombrer, qui daignastes naistre de la saincte Vierge pour la salut de l'umain li- [f. 20v] -gnage[12] et qui savéz que je ne me mariay mie a mon loyal espeux pour lecherie de ma char, mais pour la devote lignie[ap] a vous servir par vostre commandement, se mon corps est destiné a destruire, biau sire Dieu, prengne vous pitié de moy, en telle maniere que ne perisse l'enfant que je porte en mon ventre ; car aussy tost que je sceus que je l'avoie conceu, je le vous avoie voué pour vous servir comme vostre devote ancelle ». Adoncques furent les trois feus appareilliéz et embraséz, et Gelgehes fu amenee pour estre arse. En verité, s'elle fu espouentee a la maniere de femme, ce ne fu pas merveille, quant elle veit la flamme des feus. Lors elle espandi sur

---

11 Répétition dans le ms. : *et pour l'amour.*

12 Ms. : *ligage*. La correction se justifie par la présence de la forme *lignage* dans trois occurrences [28r, 43v, 70r].

la terre une pluye [f. 21r] de larmes si grande que toutte la terre en fu moillie, comme il vint a plaisir nostre Seigneur, et en sailly une fontaine qui surhabonda tant qu'elle estaindy les trois feus dessusdiz.

[VII] Comment les trois feus furent estains par les larmes de la mere saint Foursy nommee Gelgehes

Quant le pueple qui la estoit present veit ce miracle que nostre Seigneur Dieu avoit fait pour son ancelle, si commencerent tous a louer nostre Seigneur et a le glorifier ; et de tant comme ilz avoient esté plus angoisseux, de autant furent ilz plus liéz et plus joyeulx, en chantant a haulte voix et en doulces melodies : « Eslechiéz vous tous, justes, en nostre Seigneur, car la louenge de Dieu vient aux droitturiers » ; et se Saincte Eglise, [f. 21v] qui dist qu'il ne loist mie aler contre puissance de roy, ne le deffendist, tout le peuple qui la estoit eust couru sus au roy pour le destruire de corps et de biens. Quant le roy Aelfind veit que sa fille Gelgehes fu delivree d'ardoir par la vertu de nostre Seigneur, il ne osa plus mectre la main a elle, ains le bannist de sa terre, et son mary Philtan aussy atout leur mesnie. Cestui Philtan avoit de par son pere ung oncle en l'isle de Breen[aq] qui avoit nom[13] Brandain, lequel estoit saint homme, evesque plain de science et de bonnes meurs, et entendoit du tout a prier nostre Seigneur ; il avoit fondé une eglise en une isle nommee Cluanferte[ar] ou il estoit, et avoit avecques lui moult de religieux tresdevotz et ententifz a servir Dieu et estoit plus en oroison [f. 22r] que en nulle autre maniere.

[VIII] Comment Philtan et Gelgehes s'en vindrent devers saint Brandain

Philtan vint celle part comme il pleut a Dieu et dist a son oncle, l'evesque saint Brandain, en plourant, les aventures qui lui estoient avenues et a sa femme aussy, et lui pria moult doulcement qu'i les aydast a ce besoing, tant que nostre Seigneur les eust secouru ; et doncques les receut le saint evesque, qui eut pitié des ennuis qu'ilz avoient eu. Si les herberga en la maison aux hostes et leur donna assés a mengier[as], ja soit ce qu'ilz se feussent bien passéz de moins de viandes. Quant ilz eurent mengié, ilz s'en alerent couchier ; et quant ilz furent endormis comme ceulx qui estoient lasséz et travailléz, une si grande clareté descendi [f. 22v]

13 Le mot *nom* a été ajouté en marge en une encre plus pâle.

du ciel[at] la ou ilz estoient, que le procureur de la maison cuida que tout l'ostel fust embrasé, et fu si espouenté qu'il se leva et s'en couru a l'evesque aussy tost qu'il peut ; si le trouva ou monstier et luy raconta tout en plourant la chose ainsy qu'il l'avoit veue.

[IX] Comment saint Brandain vit la clareté qui descendoit du ciel sur Philtan et sur sa femme Gelgehes

Quant le saint evesque entendi que la garde du ciel estoit avecques ses hostes, il appella quoyement des plus religieux de ses moynes et les mena avecques luy jusques a ladicte maison des hostes et ne senty nulle chaleur. Adoncques il entra dedens a grande reboubtance et les trouva tous dormans ; si fu liéz et joyeulx et fist le si- [f. 23r] -gne de la croix de chacune part sur eulx, en leur donnant sa beneiçon, et puis s'en revint au moustier et se remist en oroisons comme il avoit accoustumé. Quant ce vint au matin, ains qu'il fust jour, il fu nouvelles par tout le paiis que Philtan, filz du roy Fondloge, et Gelgehes sa femme, fille du roy Aelfind, estoient la venus. Or avoit ledit Ph\i/ltan[14] en ce paiis moult de parens ; si s'appareillerent les nobles du royaulme et alerent veoir les bienneureux estrangiers et leur donnerent de beauz et riches dons et les honnourerent moult grandement.

[X] Comment saint Foursy fu né et comment il fu baptizié par l'evesque saint Brandain, son grant oncle

Aprés toutes ces choses, advint [f. 23v] que Gelgehes, qui ot porté .ix. mois en son precieux ventre son benoit enfant, le enfanta et le bailla a baptisier a l'evesque saint Brandain ou nom de la Saincte Trinité. Lors fist l'evesque jeuner lui et tout son clergié .vi. jours entiers, puis baptiza l'enfant et lui mist a nom Foursy, qui est nom de vertus[au]. Ce saint evesque nourry l'enfant en la doctrine de la Saincte Escripture et des enseignemens de Saincte Eglise telement que le benoit enfant fu bieneuré en toutes choses, et fu sy remply de la grace de nostre Seigneur qu'il se fist amer a toutes gens et entendoit a tous bons enseignemens plus que nul ne pouroit croire ne dire. Certes il recevoit en son cuer tout quanques il aprenoit sans [f. 24r] riens oublier, et tout ce qui estoit repuns en luy ne fu pas perdu ; et affin qu'il ne despleust a Dieu se la

14 Le manuscrit porte *Phailtan*, avec *i* en interligne ; la correction se justifie par la forme sous laquelle se présente ce nom propre dans toutes les autres occurrences.

monnoie qui luy estoit baillie ne multiplia entour luy tant comme son jenne eage peut souffrir[av], il s'estudioit chacun jour d'en faire fruit a Dieu de la saincte divinité et sermonnoit assiduelement pour destruire les vices qui abatoient les maisons de Jhesu Crist. Il accomplissoit par euvre tout quanques il enseignoit en sermonnant, et se efforchoit plus que nul autre de repaistre les fameilleux, de abuvrer les ayans soifz, de revestir les nudz, de herbergier les deshosteléz, de reconforter les tristres, de conseillier les desconseilliés, de aidier les foibles, et de relever ceulx qui cheoient et de faire [f. 24v] les povres riches a son pouoir[aw]. Qu'en pouroit on plus dire ? Il faisoit le conmandement de l'apostre quant il faisoit ce que tous vouloient, affin que ung chacun y eust son preu[ax].

[XI] Comment les deux enfans du roy Brandin furent portés mortz oultre mer devers saint Foursy leur cousin

Tandis que ces choses se faisoient, il advint que le roy Brandin eut deux enfans jumeaulx, c'est assavoir ung filz et une fille, qui morurent tous deux ensemble, de quoy furent dolans tous ceulx du paiis ; et tant pour la beaulté comme pour la prouesse dont ilz estoient plains, ne fu nul qui les peust mectre en terre, ains eussent bien voulu tous qu'ilz eussent esté ravis par menbres[ay]. Le roy Brandin[15] fist par le conseil des sa- [f. 25r] -ges qu'ilz fussent menéz oultre la mer[az] a l'evesque Brandain pour les ensevelir en larrecin, et que, par robeurs ou escumeurs de mer, ilz fussent enmenéz de nuit. Or furent ilz mandéz, si vindrent et mirent en leurs nefz les jennes corps ainsy qu'il leur fu commandé, puis prindrent leur oyrre et s'en alerent ; mais ilz ne parvindrent mie jusques au lieu ou ilz avoient proposé de aler tant eussent ilz bon vent, ains muerent leur sentence si comme il pleut a Dieu[ba], sy s'en alerent la ou saint Foursy demouroit, et mirent lesdiz tendres corps jus de leurs nefz et les laisserent devant la cele saint Foursy telement qu'il n'en sceut mot, et puis s'en ralerent au plus tost qu'ilz peurent arriere dont ilz estoient venus.

[XII] Comment saint Foursy resuscita ses [f. 25v] deux cousins, les deux enfans du roy Brandin ainsné frere du roy Aelfind

Le matin, quant le jour fu adjourné, vecy le benoit jouvencel saint Foursy qui vouloit aler a l'eglise, ainsy qu'il avoit accoustumé. Quant il ouvry

15 Ms. : *Aelfind.*

son huysselet, il vit les corps de ses deux cousin et cousine tous nudz, de quoy il fu tout esbahi et commença a plourer de pitié, et pria nostre Seigneur devotement en disant : « Biau sire Dieu, par qui toutes choses ont leur estre, faittes par vostre misericorde que les ames reviengent a ces corps ! ». A paines eut il accomply sa priere, quant les enfans se leverent tous sains et tous haittiéz et s'entre commencerent a regarder ; sy ne virent nulle ame, fors le benoit saint, dont ilz s'esmerveillerent et eu- [f. 26r] -rent grant honte entr'eulx. Lors les print le saint homme et les enclost en sa cele jusques a tant qu'il eut trouvé des vestemens co<n>venables ; et puis les mena en l'eglise pour rendre graces a nostre Seigneur et illecques rendirent toutte jour[bb] loenges et graces. Aprés ce, demanda le saint preudomme aux enfans de leur affaire et quel courage ilz avoient, et ilz respondirent qu'ilz avoient moult grant desir de repairier en leur paiis ; si luy prierent pour Dieu qu'i les conseillast comment ilz y retourneroient. Quelle merveille estoit ce, se ceulx cy, qui estoient néz de royale lignie et souefvement nourris entre leurs riches parens, qui oncques n'avoient eu mesaise, et qui estoient en estrange paiis ne ne savoient par quelle adventure, ne comment [f. 26v] se devoient contenir ne quilz il devoient honnourer ne supplier, et <ne> seurent ou ilz sont, ne qu'ilz doivent devenir, se ilz avoient angoisse et destresse en leurs cuers ? Quelle merveille estoit ce ?[bc]

[XIII] Comment les deux enfans resuscitéz alerent par dessus la mer aprés la reigle de bois que saint Foursy y avoit jecté[bd]

Le benoit jouvencel saint Foursy ot pitié des enffans qu'il vit sy desconseilliéz. Lors il print une reigle d'escripvent qu'il tenoit en sa main, si le jecta en la mer et luy commanda qu'elle s'en alast droit au port de la terre dont les enfans estoient venus et commanda aux enffans que, au nom de Jhesu Crist, ilz alassent sans arrester aprés la reigle tout seurement. Or oyés une chose qui fait moult a mer- [f. 27r] -veillier et qui doit bien estre recitee es euvres de nostre Seigneur. Car la reigle s'en ala devant par le commandement du saint homme tout ainsy comme s'elle eust sens et entendement, et les enfans le sieuvirent hardiement par la mer, tant qu'ilz vindrent en leur paiis et qu'ilz recongnurent leurs gens ; et quant leurs parens et leurs amys les virent venir, ilz se assamblerent de toutes pars et coururent[be] a l'encontre le plus tost qu'ilz peurent ; et quant ilz furent au plus pres d'eulx, ilz se arresterent tous quois pour savoir mon se c'estoient ilz ; mais quant ilz eurent esprouvé la verité de la chose, ilz furent tous esbahis. Quelle merveille fut ce ! Car ilz virent iceulx, et allegres contre la naturele droitture, qu'ilz avoient veuz mortz [f. 27v] et qu'ilz avoient ja tous plouréz ; et pour ce qu'ilz enn'avoient mené sy grant dueil et sy grant tritresse, et les virent liiéz et joyeux et venir a pié sec parmy la mer et ne savoient par qui ung si grant miracle et sy merveilleux signe estoit advenu, ilz commencerent adoncques demander aux enffans comment et par quelle conduite ilz estoient venus et par quel moyen ilz estoient revestus ; ausquelx les enfans respondirent qu'ilz estoient resuscitéz de mort a vie par les merite<s> du benoit jouvencel saint Foursy, et requirent lors pour Dieu que la reigle qui les avoit conduitz par les perilz de la mer fust mise et gardee moult honnourablement pour l'onneur de Jhesu Crist et pour la memoire de leur patron [f. 28r] monseigneur saint Foursy.

[XIV] Comment le roy Brandin et ceulx de son paiis vindrent visiter saint Foursy

Quant le roy et ceulx de la terre ouyrent la dignité du glorieux saint et son nom, ilz se appareillerent bien et richement et alerent visiter le saint homme, si se recommanderent a ses sainctes oroisons de jour et de nuit et luy porterent grant honneur et grande reverence. Dont il advint que l'ennemy de l'umain lignage mist une ragerie et une haine es cuers de ses moynes qui avecques luy estoient sy grande, et si grande envie eurent sur luy qu'ilz le lapidassent plus voulentiers qu'ilz ne mengassent[bf]. Et le doulx sire, qui congnut leur foursenage, print [f. 28v] congié au benoit evesque saint Brandain, comme cellui qui toudis ouvroit par son conseil et par le conseil des siens. Lors s'en passa en une autre isle appellee Rathimath, en laquelle il edifia une eglise moult honnourable et les maisons d'encostes teles qu'il appartenoit, en ung lieu nommé Esbren, et estably illecques, a l'aide de Dieu, une grande congregacion de moynes devotz et moult religieux.

[XV] Comment le roy Brandin et le roy Feradach, freres germains, vindrent devers monseigneur saint Foursy

Entre ces choses, avint que la renommee d'un si grant seigneur esmeut par vray rapport le roy son tayon, qui n'en estoit mie digne ; lequel se humilia et devint simple, et osta la felonnie de son cuer par la grace [f. 29r] du Saint Esperit et print avecques luy ses freres, le roy Brandin et le roy Feradach, et moult d'autres ses amis, pour aler veoir son chier nepveu. Et s'en ala asés honnourablement et vint la ou le saint homme estoit et, aussy tost qu'il le vit, il se mist devant luy a la terre, pareillement tous ceulx qui avecques luy estoient, et avoit son chief espars de pouldre et son corps couvert de[16] la haire[bg] pour ses pechiéz et pour le couroux qu'il avoit eu envers sa fille et aussy pour la vilenie qu'il luy avoit faitte quant ilz le voult ardoir[bh]. Si cria mercy au saint homme que pour Dieu qu'il luy pardonnast, et le saint homme lui blasma moult la cruaulté qu'il avoit faitte a sa fille quant il la juga a ardoir, et aprés le reconforta [f. 29v] doulcement des parolles qu'il lui dist de nostre Seigneur. Puis aprés, le roy pria sa fille qu'elle luy pardonnast son maltalent et ainsy le fist elle bonnement. Quant le roy fu absoubz de son doulz nepveu et que tout luy fu pardonné, il ramena en sa terre liement Gelgehes sa fille et Philtan son mary et toutte leur mesnie aussy. En cellui temps moru le roy Fondloge. Si alerent les barons de la terre querir Philtan et luy requirent qu'il presinst sa terre ; et il y ala et fu roy. Ores lairons nous cy du roy Philtain et parlerons de saint Foursy, son benoit fil.

[XVI] Comment saint Foursy fu ravy en esperit[bi] et vit deux angeles qui emportoient son ame

Le bieneuré monseigneur saint Foursy [f. 30r] estoit tout remply de grace et de bonnes euvres et entendoit tant diligamment a l'estude de la divine Escripture qu'il avoit ja tout oublié, ses parens et son paiis ; et demouroit en l'eglise qu'il avoit fondee, comme il appert ci dessus. La venoient pluseurs hommes religieux de touttes pars devers luy, et illecques il [avoit] aucuns de ses parens, c'est assavoir ses .ii. freres germains qu'il avoit, dont l'un avoit nom saint Foillain et l'autre saint Ultain, et leur enseignoit illecques les enseignemens divins. Et puis aprés, il proposa de aler en son paiis veoir ses autres parens pour semer en eulx la semence de la divine Escripture, mais adoncques il accoucha malade[bj]. Et quant ses compaignons le veirent si malade, il luy [f. 30v] prierent qu'il s'en revenist a sa propre eglise, a laquelle il s'en retourna. Et quant ilz eurent raporté en sa cele[bk] tout plourant, il advint qu'il fu ravy en esperit depuis l'eure de nonne jusques aux coqz chantans. Et lui fu en advis qu'il veoit en l'air une grande obscureté, et vit deux

16 Ms. : *da.*

angeles couvers de blances pennes[bl] qui l'emportoient en leurs mains[bm]. Ilz veoient bien leurs mains, mais ilz ne pouoient veoir leurs corps[bn], qui estoient couvers de pennes, pour la grande clareté qu'ilz avoient. Et selon la vision de Ezechiel le prophete, les deux de ces pennes tendoient vers le ciel et les deux autres couvroient leurs corps[bo]. Il vit aussy, par ceste obscureté d'air, le tiers angele qui s'en aloit armé d'un escu blanc et d'une [f. 31r] glaive de fouldre. Ces angeles estoient si doulx et si bien flairans que nul ne le pouroit dire, si emportoient l'ame saint Foursy par ce tenebreux air et chantoient plus doulcement que nulle melodie ne pourroit faire, et disoient : « Les sains s'en yront de vertu en vertu et le Dieu des Dieux sera veu en vision de paix[bp] ». Quant ilz eurent tout finé, ilz dirent a saint Foursy a une voix : « Ces choses que tu as ouyes et veues, recongnois les en espirituele entencion et, quant tu seras revenu en ton corps, soies desormais bon ouvrier et bien congnoissant en la maison de nostre Seigneur ».

[XVII] Comment les angeles rendirent a saint Foursy l'ame au corps et puis se departirent de luy ja soit ce qu'il ne le voulsist mie

Quant les angeles eurent ce [f. 31v] dit, ilz rendirent l'ame au corps et s'en departirent, ja soit qu'il ne le voulsist mie, et luy dirent qu'ilz revenderoient devers luy prochainement. Adoncques se releva le serviteur de Dieu et tous ceulx qui estoient entour luy n'avoient ja nul espoir de sa vie, ains cuidoient tous qu'il fust mort sans retour. Et quant il fu resuscité de mort a vie, il appella le pueple en sa compaignie, quant le jour fu adjourné, et leur demoustra par ordre tout quanques il avoit veu et ouy en esperit, en disant que ces tenebres ou il avoit esté signiffioient le monde qui estoit envelopé en l'obscureté des pechiéz originaulx ; et que les trois angeles qu'il avoit regardé tous d'une face et d'une samblance et d'une clareté signiffioient la Saincte Trinité, qui est une chose neant devisee[bq] [f. 32r] selon la foy de Abraham le patriarche[br], et ainsy le doit on croire ; et les corps des deux angeles, qui estoient couvers de pennes, que nul ne pouoit plainement regarder, segniffioient la tresgrande parfonde divinité que saint Jehan l'evangeliste sentoit quant il dist que nul homme ne vit onques Dieu ainsy qu'il est[bs] ; et les deux pennes qui couvroient les corps des angeles segniffioient la paour et la penance des feaulx amis de Dieu, et d'icelle paour dist l'apostre saint Pol : « Je ne suis mie digne d'estre appellé appostre pour ce que j'ay guerroié la Saincte Eglise de Jhesu Crist[bt] » ; et de la penance dist il aussy : « Les passions de ce siecle ne sont mie asséz dignes d'avoir la gloire qui nous est appareillie[bu] ».

[XVIII] Comment saint Foursy exposa [f. 32v] **au pueple la segnificacion des pennes des angeles**

Aprés ce, dist monseigneur saint Foursy que les deux pennes qui tendoient vers le ciel segnifioient amour et esperance. De celle amour dist saint Pol l'apostre : « Ja ne ay joïi gloire fors en la croix de Jhesu Crist[bv] » ; et saint Gregoire en dist que l'amour de Dieu ne sera oyseuse, ains fait grant euvre la ou elle est. De l'esperance dist saint Pol que nostre repair est es cieulx[bw]. Encoires entendi saint Foursy que le blanc escu et la glaive resplendissant segnifioient l'escu de la foy et la glaive du Saint Esperit, qui est la parolle de Dieu[bx]. Et pour ce que une tele armure puet valoir a l'encontre des agaitz du dyable, admonnesta saint Foursy [f. 33r] le peuple qu'il veillast ; et leur enseigna par doulces paroles les[17] vers que les angeles avoient chanté, en disant qu'ilz segnifioient l'eschiele que Jacob le patriarche vit drechie au ciel[by], de laquelle les eschaillons sont[18] fais de pacience, de charité, de concordance et d'umilité et des autres vertus, et les estaches sont drechies de l'amour de Dieu et de son prosme et, de tant comme chacun l'embrache, d'autant luy est plus appareillie la voie du ciel.

[XIX] Comment saint Foursy amonnestoit le pueple de tousjours penser a bien faire

Quant saint Foursy eut amonnesté le pueple par teles et maintes autres paroles et il leur dist, si comme les angeles [f. 33v] l'avoient enseignié, qu'il devoit avoir entre les dyables bataille qu'il n'avoit oncques eue, il donna sa beneiçon au peuple et leur donna congié d'aler en leurs maisons ; et le saint homme demoura en sa cele et recorda souvent la clareté des angeles qu'il avoit veue et la doulceur qu'il avoit sentie et fu pensif ; et moult souvent se ramenbroit de l'accoustumance d'estre avecques ceulx qui estoient si subgetz. Et plouroit et se complaignoit de ce qu'il n'avoit avecques lui aucun bon preudomme qui fust de si grant dignité et si[19] grande sapience qu'i luy peust convenablement demander conseil de l'un et de l'autre salut, et affin que les angeles ne

17 Ms. : *lers.*

18 Ms. : *dont.*

19 Ms. : *se.*

le trouvassent mauvaisement appareillié contre la bataille qu'il avoit [f. 34r] promise, comme dit est cy dessus.

[XX] Comment saint Foursy reçut le precieux corps de Jhesu Crist avant son trespas de ce monde

En la parfin, quant il eut asséz plouré et souspiré et qu'il eut fait ses oroisons a nostre Seigneur a genoulx moult de fois, il requist qu'il fust accommunié du benoit corps de Jhesu Crist et de son precieulx sang. Adoncques fu il accommunié et reçut moult doulcement son Sauveur et fu trois jours et trois nuitz en veilles, en jeunes et en oroisons, et se n'estoit mie encoires guari de la maladie qu'il avoit eue. A la tierce nuit avint tout soudainement, ainsy que ses parens et ses cousins le visitoient, que ses piéz commencerent a enroidir de froidure et tous ses menbres [f. 34v] furent extendus en oroisons, et reçut la mort a droite heure liement et recordoit la tresjoyeuse vision qu'il avoit veue devant par ces signes. Adoncques il cheÿ en son lit et oÿt une grande multitude de voix horribles qui l'angoissoient de yssir hors du corps ; lors il ouvry les yeulx : si ne vit riens fors les .iii. angeles, dont l'un estoit a son dextre costé et l'autre a senestre et l'autre estoit a son chief tout armé. Ce fu grant merveille que il vit les sains angeles, touteffois il avoit perdu la voix et la veue du corps et ouyt leurs chantz qui estoient plains de doulceur. Adoncques le reconforta l'angele qui estoit a sa dextre et lui dist : « Ne doubtes riens car tu auras deffense ».

[f. 35r] [XXI] Comment saint Foursy vit les dyables qui se combatoient contre les angeles deffendans son ame

Quant les angeles le leverent en l'air, il ne regarda maison ne chose qui fust leans. Si trespassa ung grand hullement et ung grant cry de dyables et ouyt ung dyable qui disoit : « Alons devant et commençons une bataille face a face ». Lors vit il une noire nuee a senestre qui establissoit une haulte bataille devant luy[bz] et les corps des dyables d'autant qu'ilz pouoient a l'ame de luy ; et estoient plains de trop grant noireté, et avoient les colz estendus et estoient si laitz et si espoentables quant ilz vouloient que nul ne le pourroit dire ; et quant ilz se batilloient, il ne veoit fors une fourme de corps [f. 35v] umbrageux et horribles. Certes il ne pouoit veoir les faces des dyables pour les tenebres et, tandis qu'il ne regardoit point les angeles pour leur tresgrande admirable clareté, les dyables qui se combatoient gettoient saiettes de feu encontre luy, mais les escus de<s> angeles recevoient touts leurs dars ; et cheoient les adversaires devant l'angele qui se combatoit a eulx. Si leur dist l'angele[ca] : « Ne regardéz point nostre voyage, car cest homme n'est mie parçonnier de vostre perdition ». Lors le blasma ung des dyables et luy dist que n'estoit mie droicturiere chose a Dieu que celluy qui se consent a pechié ne soit dampné, car l'Escripture dist que ceulx qui font le mal ne seront mie dampnéz tant seulement, mais ceulx qui [f. 36r] le consentent a faire. Quant l'angele se combatoit aux dyables, saint Foursy cuidoit bien que les voix des dyables fussent ouys par toutes terres[cb]. Quant le dyable fu vainquu, ainsy comme le serpent qui, au dessoubz, releva sa teste plaine de venin, et luy dist que saint Foursy avoit maintes fois dit pluseurs paroles oyseuses et pour ce ne devoit il pas avoir ame pardurable qu'il ne le comparast par avant, le saint angele respondy : « Il ne sera mie dampné pour les pechiés veniaulx se tu ne sces dire les creminaulx ». A quoy respondy le dyable : « L'Escripture dist que Dieu ne pardonnera ja ses pechiéz a cellui qui ne pardonnera ce que on luy a meffait[cc] ». Le saint angele respondy : « Ou se venga il, ne a qui [f. 36v] fist il tort ? ». Le dyable respondi : « L'Escripture ne dist mie s'il ne se venge, mais s'il ne le pardonne de bon cuer[cd] ».

[XXII] La disputacion entre le saint angele de Paradis et[20] le dyable d'Enfer pour l'ame de saint Foursy

Le saint angele respondi : « Il a eu repentance en son cuer, mais il le laissa pour l'accoustumence du siecle ». Lors respondy le dyable : « Ainsy comme il a pris le mal d'accoustumance, aussy recevra il la vengance du Souverain Juge ». Le saint angele respondy : « Nous en orrons le jugement devant Dieu ». Lors reconmença le vaincu ennemy a meectre hors ses venins en disant : « Se Dieu est droitturier[21], cest homme ne entra ja au royaume du ciel, car l'Escripture dist : 'qui ne se convertira et sera fait [f. 37r] aussy comme ung petit enfant, il ne entra ja en Paradis'[ce]. Ceste parole n'a il pas bien accomplie ». A quoy le saint angele dist : « Le jugement en sera fait devant Dieu ». Tant se combaty le saint angele que le dyable fu vaincu. Lors dist le saint angele qui estoit a sa dextre : « Regarde le monde ».

---

20 Répétition dans le ms. : *entre*.

21 Ms. : *troitturier*. *Cf.* *droituriers* [38v].

[XXIII] Comment saint Foursy vit .iiii. feus qui embrasoient tout le monde[cf]

Adoncques le saint homme regarda le monde dessoubz luy, si vit une vallee tenebreuse et vit .iiii. feus en l'air d'encoste luy[cg] et y avoit aucuns espaces de l'un feu a l'autre ; et l'angele luy demanda quelz feus c'estoient, et luy dist qu'il ne savoit. Lors luy dist le saint angele : « Ce sont les .iiii. feus qui embrasent le monde, aprés ce que tous les pe- [f. 37v] -chiés sont pardonnés en baptesme, aprés la confession et le renoncement du dyable et de ses euvres. L'un de ces .iiii. feus est des mençongeurs, pour ce qu'ilz ont promis en baptesme de renonchier au dyable et a ses euvres et ilz ne l'ont mie bien accompli. L'autre feu est de convoitise, pour ceulx qui ayment mieulx les richesses du monde qu'ilz ne font l'amour de Dieu. Le tiers feu est pour ceulx qui ne doubtent point a couroucier leur prosme pour les vanités des choses terriennes, et le quart feu est de felonnie, pour ceulx qui despoullent les non puissans et leur font tricherie pour neant ».

[XXIV] Comment le saint angele se combat contre les dyables en la moyenne du feu qui croissoit moult durement

Le feu croissoit moult dure- [f. 38r] -ment et approchit le saint homme. Si dist a l'angele qui parloit a luy, tout tramblant pour la paour qu'il avoit du feu qui le manaçoit : « Sire », dist il, « ce feu me approche fort ». Et l'angele luy respondy : « Ce que tu ne embrasas oncques, ne ardera mie en toy. Et ja soit ce que ce feu soit grand et espoentable, si esprent il chascun selon les merites de ses euvres, car la couvoitise de chascun ardera en ce feu. Ainsy comme le corps art par le delit de pechié, ainsy ardera l'ame par paine deue ». Lors vit il le saint angele aler devant et deviser la flamme en deux murs et deffendre soy de l'un et de l'autre costé ; et puis vit .iiii. dyables volans qui establissoient par le feu une horrible bataille. Desquelz l'un dist a l'autre : « Le serviteur qui scet la voulenté [f. 38v] de son maistre et ne la fait sera a droit navré de maintes playes[ch] ». Auquel le saint angele respondy : « Que s'en fault il que cestui n'a accomply la voulenté de son maistre ? ». Le dyable respondi : « Il a receu les dons des felons ». Lors dist le saint angele : « Il cuida que chascun feist penitance ». Le dyable dist : « Il deust avant esprouver la perseverance de la penitance et puis recevoir le fruit, mais les dons aveuglent les yeulx des saiges et destournent les paroles des droituriers[ci] ». Le saint angele luy respondy : « Le jugement en sera fait devant Dieu »[cj].

[XXV] Comment le dyable d'Enfer argue contre le saint angele en blasmant nostre Seigneur Dieu

Lors commença le dyable a blasmer nostre Seigneur et a dire encontre [f. 39r] luy : « Nous cuidions jusques a ores que Dieu fust vray ». Le saint angele respondy : « Quele chose est il doncques ? ». Le dyable dist : « Par Ysaïe le prophete, que tous les pechiéz qui seront purgiéz sur la terre seront jugiéz ou ciel ; et dist ceste auctorité : 'Se vous me voulés ouyr, vous mengerés les biens de terre, et <se> vous ne me voulés ouyr et me courouchiéz, mon glave vous devourera'[ck]. Comment se fait il que cest homme <qui> n'a mie espurgé ses pechiéz en terre, ne prengne cy vengence et la justice de Dieu[cl] ? Et la vengance, ou est elle doncques ? ». Lors le saint angele le blasma et luy dist : « Ne blasméz mie Dieu quant vous ne savéz mie les jugemens repuns en nostre Seigneur[cm] ». Le dyable respondy : « Quele chose est[22] cy repunse ? ». Le saint angele [f. 39v] dist : « La pourveance divine est avecques l'omme tant comme il a esperance de faire penitance aprés la mort. Vous mescongnoissiéz la parfondesse du mistere de nostre Seigneur. Par aventure le fera il ». Adoncques dist le dyable : « Alons nous ent, puisque raison de jugier est faillie ».

[XXVI] Comment ung autre dyable parla contre le saint angele qui deffendoit saint Foursy

Lors parla ung autre dyable et dist : « Encoires lui remaint une porte moult estroitte, et la le pourrons bien surmonter, car peu de gens y passent. Ceste porte[23] cy est que on doit amer son prosme comme soy mesmes[cn] ». Le saint angele respondy : « Cest homme a bien ouvré en ses prosmes ». Le dyable dist : « Il ne souffist de bien ouvrer, se on ne aime son prosme [f. 40r] comme soy mesmes ». Le saint angele respondy : « Bien ouvrer est le fruit d'amour, car Dieu rendera a chascun selon ses merites[co] ». Le dyable dist : « Pour ce doit il estre dampné, car il n'a mie bien accomply la parole de Dieu en amer ». Quant les dyables se furent tant combatus, les sains angeles furent vainqueurs. Et le dyable vainquu par .iii. fois recommença a blasmer nostre Seigneur Dieu en

22 Répétition dans le ms. : *est.*

23 Répétition dans le ms. : *porte.*

disant : « Se Dieu n'est fel et meçongier en trespassement de parole, cest homme ne sera sans paine, car il promist de renonchier au siecle, et il a amé le siecle contre le commandement de l'apostre qui dist : 'Ne amés mie le siecle, ne les choses qui sont en luy ![cp]'. Ne cest homme n'en laissa oncques riens ne pour sa predicacion, ne pour la sentence de l'apostre ». Le [f. 40v] saint angele respondy : « Il ne ama mie les choses du monde pour luy seulement, mais pour en donner a tous ceulx qui mestier en avoient ». Le dyable dist : « En quelconques maniere que on ayme les choses terriennes, c'est contre le commandement de Dieu et contre la promesse faitte en baptesme ».

[XXVII] Comment le dyable vainquu par le saint angele recommença a accuser saint Foursy

Quant ce dyable fu vainquu et que le saint angele l'eut surmonté, il recommença derechief a fayre d'autres accusations en disant : « L'Escripture dist : 'Se tu \ne/ menaces au felon sa felonnie, je requerray son sang de ta main'[cq]. Cestui ne annunça mie doulcement penitance ». Le saint angele respondy : « De ce dist l'Escripture : [f. 41r] 'Le saige se taira en ce temps, car le temps est pesmes[cr]. Quant les escouteurs despisent la parole de leur Seigneur et la langue, il est enpechié, quant il voit que sa predicacion est despitee'[cs] ». Le dyable dist : « Il doit tousjours annuncier penitance jusques a la mort et ne se doit mie taire, ne consentir en nulle maniere ». En toute la contradicion des dyables fu la bataille trop forte jusques a icelle heure que les angeles eurent la victoire et que les adversaires furent vainquus et desconfis par le jugement de nostre Seigneur. Lors une tresgrande clareté avironna le saint homme et chantoient les compaignies des sains angeles : « Nul traveil ne doit sambler dur, ne nul temps ne doit estre veu long, se la gloire pardurable est acquise et se [f. 41v] la grant joye et la grant doulceur est ensamble acomplie ».

[XXVIII] Comment saint Foursy, entre diverses visions, vit deux sains evesques, saint Beodain et saint Meldain

Lors regarda dessoubz luy monseigneur saint Foursy et vit une grande compaignie de angeles et de sains volans entour luy, qui resplendissoient d'une tresgrande clareté ; et puis vit une confusion et une paour de feu[ct] et de dyables qui l'espoentoient et manaçoient de loingz ; et entre ces choses, il vit deux preudommes d'icelle province, ou ilz estoient bien congneus, et cuidoit on qu'ilz feussent mors. Ces deux furent evesques et les eurent toutes gens en grande veneracion. Ilz les vit approchier de soy <et> par grande familiarité luy [f. 42r] dirent leurs noms : ilz estoient appelléz Beodain et Meldain[cu]. Si commencerent a parler a luy. Et il regarda, se vit une grande clareté ou ciel et deux angeles qui recommençoient a fayre la joye du ciel et entroient ainsy que par ung huys de l'air. Et vit une moult grande clareté entour eulx, et estoient ainsy comme par .iiii. compaignies les angeles qui chantoient et disoient le glorieux chant qui est chanté en la messe chascun jour, c'est assavoir : « *Sanctus, sanctus, sanctus Dominus Deus Sabbaoth*[cv] ». Et maintenant entendi saint Foursy la doulceur du chant et le son de la tresgrande liesse qui sonnoit oultre le ciel.

[XXIX] Comment saint Foursy ouyt la doulceur du chant des angeles de Paradis

[f. 42v] Lors le avironna une tresgrande compaignie d'angeles qui estoient devant luy et le saint angele qui estoit a sa dextre luy dist : « Sces tu point ou ceste grant joye et liesse est faitte ? », auquel saint Foursy dist qu'il ne savoit ; et le saint angele luy dist : « C'est ou grant couvent[cw] dont nous sommes ». Adoncques eut il oublié tous travaulx et toutes tribulacions et fu remply de tresgrant joie, car il cuidoit que ce doulx chant qu'il ouoit fust plus clerement et plus doulcement chanté pour luy seulement, et dist en s'emerveillant : « C'est une moult grant joye de escouter ces chantz », et le saint angele luy dist : « Nous sommes souvent estrangiéz de ceste joye par le mistere de l'umaine dispensation et, la ou nous la- [f. 43r] -bourons en annunchant, les dyables corrumpent les cuers des chrestiens ». Le saint angele dist derechief a saint Foursy qui entendoit a escouter les chantz du ciel : « En ce royaume celestien ne peut estre nulle tri<s>tesse[cx] ne perdicion de l'homme ». Lors vit saint Foursy les deux evesques qu'il avoit paravant veu yssir hors des secréz du ciel ou estoit une moult grant clareté qui respendissoit[cy] en forme d'angeles, et les veoit venir a luy. Si luy commanderent qu'il retournast au siecle ; il se teut et fu espouenté pour la tristesse de ce message et fu tout trestourné en ung moment.

[XXX] Comment saint Beodain et saint Meldain parlerent a saint Foursy avant son retour de laditte vision

Et quant les sains angeles le [f. 43v] remportoient, les deux sains evesques demanderent espace de parler a luy et luy dirent : « Que doubtes tu ? Ton travail n'est que d'un jour, mais va preschier et anunchier a tous que la fin est prochaine ». Lors demanda saint Foursy de la fin du monde, et ilz luy dirent que la fin de toute creature ne seroit mie encores, mais elle ne tarderoit gueres et que lors seroit l'umain lignage tourmenté de fain, de guerres et de mortalité ; laquelle chose fu segnifiee en l'an qui est passé, quant le soleil repunt ses rais en maniere de la lune luisant[cz]. Et dient les sages qu'ilz sont deux manieres de faim : l'une en habondance de sapience, de entendre la parole de Dieu sans l'accomplir ; et l'autre de la despense[da] qui se tient en habondance [f. 44r] des richesses terriennes ; lesquelles deux choses sont engendrees d'une racine d'amertume. Ainsy comme l'avaricieux ne puet estre saoulé d'avoir, pour ce que l'amertume de l'avaricieux ne scet mie la doulceur des biens qu'il a receus, ains tent a ce qui luy est donné, tout ainsy les ames qui sont emconbrees et detenues par l'amertume de malice ne scevent mie la doulceur de la parole de Dieu. La mortalité est ung peu detenue[db] pour la pacience de Dieu, mais quiconques vuelt fuyr ces signes ou qui despite les commandemens de l'Escripture Saincte, s'il n'en fait penitance, sa mort est prochaine. Et ja soit ce que Dieu monstre souvent son courroux a tous ceulx qui desprisent les divins commandemens et qu'il soit iré durement sur les [f. 44v] maistres de Saincte Eglise et sur les princés terriennes, pour ce perissent les ames par les vices de ce monde, par l'amonnestement du dyable, par la negligence des enseigneurs et par les mauvais examples des felons et pervers princes. Car les maistres qui entendent les livres et les Escriptures et congnoissent quel temps il est, sont une gent de divine euvre. Car, par la grace de nostre Seigneur, les uns sont larges, mais ilz n'ont mie continence de char ; les autres chastes de corps, mais ilz sont plains d'avarice et de convoitise ; les autres ont la grace de debonnaireté, mais leurs couraiges sont souvent en rancune ; les autres pardonnent tost et ne leur souvient de leurs meffais, mais ilz ne gardent mie saigement leurs cueers[dc] et, en se courouchant, ilz [f. 45r] esmeuvent souvent discortz ; les autres donnent largement a tous et s'en glorefient ainsy comme s'ilz l'eussent acquis de leur propre labeur ; les autres sont qui se combatent en vainquant ceulx de cuer volage et laissent a vaincre ceulx d'enchantement de bonnes euvres[dd] ; les aucuns sont qui se combatent aux vices espirituelz et, quant ilz les ont laissiéz, ilz travaillent leurs corps par abstinence et tiennent les petis pechiéz a grans et comptent a neant orgueil, par qui les angeles cheirent ja pieça du Ciel, et avarice, qui jecta le premier homme hors de Paradis, et faulx tesmoignage, par qui le Sauveur du monde fu condempné a mort, et blasmer autruy et envie, par qui Kaïn oc- [f. 45v] -cist Abel son frere ; lesquelles choses ilz doivent fuyr et eschever et ilz ne s'en gardent mie, et ne pensent point quelle vengance nostre Seigneur Dieu prendra de ceulx qui font toutes ces choses. Maint en y a qui sont entechiéz de ces vices et font abstinence des viandes que nostre Seigneur Dieu a octroiees pour soustenir chrestienté, desquelles doivent rendre graces a leur createur ceulx qui les reçoivent, c'est assavoir d'orgueil, d'avarice, d'envie, de faulx tesmoingnage et de blasme, par quoy ilz menguent la char et le sang de leurs prosmes et les desprisent tous en medisant de eulx en derriere ; et ce qu'ilz jugent le plus legier, c'est ce qui est le plus grief au jugement de nostre Seigneur ; et ce qui est le plus grief, ilz jugent le plus legier. Tous [f. 46r] les enseigneurs doivent mectre medecine convenable a chascun vice, et ceulx qui sont legier<s> de gloutonnie ou de fornicacion ou des autres vices <d>evant[24] nommés doivent mieulx estre appelléz ennemis d'ames que enseigneurs. Medecine encontre orgueil est se blasmer devant aultruy et soy humilier durement en pleur et en penitance. Medecine contre avarice est donner largement aux diseteux par bonne voulenté et par debonnaireté. Medecine contre faulx tesmoignaige est humblement requerir a celluy de quy on a dit faulses paroles et requerre pardon souplement. Medecine contre blasme est humilité de subjection et refrener sa langue de toutes mauvaises paroles et estre souvent [f. 46v] en oroisons et en bienfais. Medecine contre envie est charité d'amer son prosme et son bien autant comme le sien, et qui voit son frere faire aucun bien, il doit avoir envie de fayre pareillement. Les vices <sont> contraires <a> vertus ; ne il ne souffist mie traveillier soy par penitance, se l'ame n'est par avant nette de felonnie grande et de mauvaistié. Doncques doivent les princes et les maistres de Saincte Eglise appeller les feaulx et amis de Dieu a penitance, aprés la coulpe des pechiéz, et les doivent raffermer de la viande de saincte doctrine et du precieux corps de Jhesu Crist, et doivent excommunier ceulx qui ne vouldront fayre cecy, affin qu'ilz ne soustiengent la coulpe de leur dampnement que ilz ont deservy pour leurs mes- [f. 47r] -fais.

---

24 Ms. : *evant*. Le texte a été corrigé en *<d>evant* parce que le texte de la *Vie de sainte Katherine* présente trois fois l'expression *devantdit* [36r, 45v, 50r], tandis que l'occurrence *avant* n'est jamais attestée. *Cf.* M. Colombo Timelli, *Vie de sainte Katherine*.

Cellui plante ulme pour vigne et alme pour olive qui ayme mieulx le labeur terrien ou il n'a nul fruit[25] que charité, qui est racine et fruit de tous biens[de]. Nostre Seigneur Dieu est iré contre les prelas et contre les maistres de Saincte Eglise pour ce qu'ilz desprisent la divinité et ont mis toute leur cure en la vanité de ce monde. Se ceulx qui lisent les prophecies les entendoient bien, ung qui resusciteroit de mort a vie ne pourroit mectre plusgrant paour ne plusgrande compunction en ceulx qui ce orroient, s'ilz l'entendoient a droit ; mais nul ne entent a bien faire ainsy comme on devroit. Les princes et les prelas font ce qu'ilz cuident qui soit droit. Orgueil est cause et racine de tous maulx[df] ; [f. 47v] par orgueil se rebelle le peuple encontre le roy, le clerc encontre le prelat, le moyne encontre l'abbé, le filz encontre le pere et le jenne encontre le vieil. Mais ainsy comme le subget au prelat n'a mie aprins d'estre obedient a luy par humilité, aussy ne doit nul autre estre subget a lui par humilité ; et le mal que ung autre a soustenu par son orgueil, souffrira il dolant par la destroitte justice de nostre Seigneur. Doncques destruit ce siecle le mal d'orgueil qui corrompi la haulte compaignie des angeles ».

[XXXI] Comment saint Beodain dist encoires pluseurs bonnes paroles a saint Foursy des terriennes choses

Quant saint Beodain eut dit toutes ces choses a saint Foursy, il luy dist aprés : « Use ta vie [f. 48r] en bien et le recommande a nostre Seigneur ton createur ; refuse tout mal et soies franc despensier et ne retiens des terriennes choses fors que ton vivre et ton vestement ; et soies actempré de donner aussy comme de prendre, car celluy qui donne aussy volentiers qu'il prent puet faire parler les muyaulx. Nostre Seigneur het celluy qui convoite la chose d'aultruy et qui retient le sien propre qu'il convient donner aux povres et aux non puissans ; et se convient aux riches qu'ilz leur donnent ce dont ilz ont mestier, car on doit donner les aumosnes sans demander, et se doit on bien faire a toutes gens, singulierement a ceulx qui maintiennent la foy ; on doit donner aux povres et aux desconseilliéz les dons des felons. Nulle discorde ne [f. 48v] doit estre en Saincte Eglise. Mais ceulx qui sont en siecle se tiennent aux ordonnances et a la doctrine de l'Apostre ; ceulx qui servent Dieu es eglises et es religions tiennent silence et menguent leur pain en paix. Aucuns sont qui s'excusent de l'office de doctrine et se mettent plainement au

25 Répétition dans le ms. : *fruit.*

neant pour les vanités du siecle qui leur espandent es cuers le venin de la mortele convoitise par leur malicieuse vie et par leur mauvais exemples. Ores te garde desormais en avant en tele maniere que nul ne puist prendre nul mauvais exemples[dg] en tes euvres et garde bien tous les commandemens de nostre Seigneur. Et quant tu vouldras faire le preu des ames, ne te tiens mie au prouffit des choses terriennes, mais, se aucun te donne [f. 49r] a prime quelque don et il s'en repent avant le vespre, rens le aussy liement comme tu l'auras voulentiers receut. Ne metz pas ta cure a garder ton patrimone. Mais se aucun te contrarie, ne luy rens mie mal, ains lui pardonne de bon ceur, et prie Dieu pour tes annemis, car cellui qui garde la paix de son ceur sans se tourbler contre ceulx qui mal luy font et dient pourra bien tourner les bestes sauvages en debonnaireté. Certes nul sacrefice plaist tant a Dieu[dh] comme font actemprement de debonnaireté de cuer qui sueffre en paix tous les torfais qu'on luy fait, pour laquelle chose cellui qui est bon receut toutes les adversitéz et tous les dommages aussy bien comme il seroit ung grant bien, se Dieu lui envoioit ou donnoit par l'esperance [f. 49v] de la remuneracion et vie pardurable. Chascune ame a deux annemis, c'est assavvoir le monde et le dyable ; et chascun demoustre l'amour de l'un a l'autre a la fois, pour ce que l'ame est subjecte a ce monde et en la passion est convainquue au diable. Or annunche doncques la parole de nostre Seigneur aux princes de ceste terre qui est appellee Illande, affin qu'ilz delaissent leurs mauvaistiés et que, par penitance, ilz viengnent au salut des ames ; et puis annunche ces mesmes choses aux plus haulx menistres de Saincte Eglise, car nostre Seigneur est courroucié a eulx s'ilz ayment[26] plus le monde que le sauvement de leurs ames, et se ilz desprisent le humilité des ames et desirent les gaingz de ce siecle, et s'ilz preschent penitance a mort tardive[di] et prennent [f. 50r] les dons des mauvais et ainsy les mainent a tourment avecques eulx ».

[XXXII] Comment l'espaule de saint Foursy fu embrasee du feu dont ardoit ung homme que les dyables jecterent contre luy

Quant ces choses furent dictes, celle haulte compagnie des angeles fu receue ou ciel et monseigneur saint Foursy devoit lors revenir a terre. Si s'approcha ung tresgrant feu[dj]. Lors n'avoit il mais avecques luy que les .iii. angeles qui le conduisoient, et l'un des angeles fendoit le feu comme

26 Répétition dans le ms. : *ayment.*

par le milieu. Et les dyables en getterent ung homme qui trebucha sur l'espaule saint Foursy[dk], et en fu embrasee l'espaule du feu dont cest homme ardoit[dl] ; et saint Foursy le recongnut et se recorda que cellui homme luy avoit donné ung sien propre vestement [f. 50v] quant il moru. Et l'angele qui estoit a sa dextre le regarda au feu, et l'angele qui estoit a senestre estoit aussy comme ung mur entre luy et le feu. Lors dist le dyable a saint Foursy : « Ne doubte mie ensus de toy cellui de qui tu as receu le don car, ainsy comme tu as receu le don, dois tu estre parçonnier de ses meffais ». Le saint angele respondy : « Il ne print mie ses dons pour avarice, mais pour delivrer l'ame de luy ». Lors cessa le feu, et le saint angele dist a monseigneur saint Foursy : « Ce que tu ne embrasas omcques, ne ardera ja en toy. Se tu ne eusses receu le vestement de cest homme qui est mort en pechié, ses paines ne arsissent ja en ton corps. Ores presche doncques a tous que chascun doit faire penitance, et que nul ne [f. 51r] doit riens prendre de celluy qui muert en pechié, ne son corps ne doit point estre ensevely en lieu benit ; car, tant comme le pecheur vit, on luy doit aigrement preschier son pechié, affin que l'amertume de compunction luy puist perchier le ceur et le purgier de mauvaistié. Renunche doncques a tous maulx et donne plentureusement aumosnes aux povres. Quant l'omme est mort, les prestres ne doivent point prendre le sien, ains le doivent departir aux povres emprés la fosse, affin, s'ilz muert en pechié, qu'ilz ne soient mie parçonniers de ses maulx ». Quant les angeles eurent amonnesté et sermonné le benoit saint Foursy comme nous avons compté cy dessus, il se arresta entre les sains angeles sur le toit de l'eglise ou son [f. 51v] corps estoit apporté pour enterrer et commença a penser a sondit corps, mais il ne pouoit veoir les parois de la maison, ne les gens qui parloient, ne les vestemens de son corps. Lors luy commanda le saint angele qu'il recongnust et reprint son propre corps, mais il doubta tant en courage qu'il n'y vault approchier. Adoncques luy dist le saint angele : « Ne redoubte mie de reprendre ton corps, car tu le pouras avoir sans enfermeté et sans vice tant que tu viveras ; tu as surmonté les pechiéz en ceste tribulacion tellement que les vices n'auront pouoir encontre toy ». Lors vit il le pis de son corps ouvrir et le saint angele qui dist : « Arrouse ton corps des eaues de fontaine tant comme tu seras vivant et tu ne sentiras nulle dou- [f. 52r] -leur[dm], fors de l'arrousement tant seulement. Fais tousjours bien car nous verrons toutes tes euvres jusques en la fin, et lors te receverons nous liement comme ouvrier ».

[XXXIII] Comment l'embrasement du pervers homme qu'il avoit reçut[dn] en esperit apparu en la face de saint Foursy par l'arrousement d'eaue vive etc.

Adoncques resuscita le saint homme comme d'un parfond repos de mort et regarda la multitude de ses parens et de ses voisins et des clercz qui la estoient assamblés ; si se commença a complaindre et a esmerveillier de la grant follie du monde et du grief trespassement de ce siecle, et leur annunça tout par ordre la grant joye qui est appareillie a ceulx qui yront en Paradis, et [f. 52v] puis il se arrousa de vive eaue. Lors apparu en la face l'embrasement du felon homme qu'il avoit reçut en esperit sur son espaule. Certes ce fut grant merveille que le coup que l'ame avoit soustenu apparu en sa char ![do] Ceste chose merveilleuse fu demonstree de par Dieu pour confermer la foy de la vision du saint homme, et c'est bien prouvable chose car, ainsy comme le riche homme par sa gloutonnie avoit degasté les delicieuses viandes et n'en voult mie donner aux povres ladres, il ne pouoit avoir une seule goute d'eaue pour reffroidier sa langue[dp] quant l'ame de luy, qui n'avoit ne char ne os, estoit tourmentee en flamme perpertuele et que sa gloutonnie luy apparu en la langue, samblablement la [f. 53r] maladie du coup saint Foursy, qu'il eut en esperit, apparu en la face quant il fu revenu ou corps.

[XXXIV] Comment saint Foursy prescha au pueple les merveilles qu'il avoit veues et comment l'angele luy dist qu'il viveroit encoires .xii. ans

Lors commença monseigneur saint Foursy a preschier la parole de nostre Seigneur et annunchier a toutes gens les merveilles qu'il avoit veues. Certes il avoit en luy grace par dessus toutes gens. Il ne retenoit nulle terrienne chose : il donnoit a tous ceulx qui le requeroient. Les prelas, les roys, les grans seigneurs, les humbles qui cremoient Dieu, les subgetz et les despriseurs du monde, tous l'ensieuvoient. Il estoit amé de tous les bons. Il estoit espoentable aux [f. 53v] felons et aux pecheurs. Il estoit cler en divines vertus. Il chaçoit les dyables hors des corps ou ilz estoient et recreoit les povres. Et quant il eut estudié ung an entier a avironner l'ille d'Irlandie par l'estude de doctrine, approcha l'anniversaire du jour que la vie se parti de son corps. Il avoit lors en sa compaignie de moult saiges hommes et moult religieux. Et celle nuit lui print une maladie si grande qu'il ne sambloit mie qu'il eust vie ou corps, fors en souspirs tant seulement[dq].

Adoncques vint l'angele de nostre Seigneur qui luy annuncha ung jour, toute jour, les choses qui sont convenables a l'onneur de predicacion, et lui dist qu'il viveroit .xii. ans et qu'il prescheroit et accompliroit l'euvre de predicacion. Et ainsy [f. 54r] advint il, car tous les .xii. ans accomplis, il annuncha a toutes gens la parole de nostre Seigneur, sans acceptacion de personnes. Et se ne pouoit mie souffrir la multitude des pueples qui accouroient a luy, et apperçut bien que en ce temps l'aguillonnement d'envie avoit esmeu encontre lui les courages de maintes gens, si laissa quanques il avoit et s'en ala en une petite isle en la mer atout ung pou de ses freres ; et de la trespassa il les rivages de pluseurs ysles comme pelerin, et le mena nostre Seigneur Dieu en une partie d'Angleterre devers Orient. La le reçut honnourablement le roy Sigebert et la assoulaga il les cuers des barbarins par la parole de nostre Seigneur.

[XXXV] Comment saint Foursy fist une eglise en ung lieu bel et plaisant [f. 54v] que le roy Sigebert lui avoit donné en son royaume d'Angleterre

Outre ces choses, le saint homme fu sourprins de maladie trenchant[dr] et usa derechief de vision angelique[27], en laquelle il fu amonnesté de l'enchantement de predicacion et ouyt ce que dist l'Euvangille : « Veilliéz et oréz car vous ne savéz le jour ne l'eure de la mort[ds] ». Quant le saint homme ouy ceste chose, il ot grant desir de l'accomplir et se hasta moult de faire une eglise en ung lieu que le roy Sigebert lui avoit donné, et le parfist en ung chastel delictable de bois et pres de la mer. Et le roy et les nobles barons du paiis le aornerent de riches dons et de bonnes et belles couvertures ; et puis il y estably ung abbé en ung bourg qui estoit appellé Thema- [f. 55r] -naheram ; et quant il y eut mis pluseurs religieux hommes pour servir Dieu, il leur pourchaça rentes pour eulx ; et n'y eut nulles choses, par deffault de matiere ne de maistre qui le sceust faire, pour sonner les sains aux services des mors[dt]. Lors apporta l'angele de nostre Seigneur une cloche de l'air, voians moult de gens qui la estoient. En verité c'estoit une merveilleuse chose a le ouyr et a le veoir ! Et le mist d'encoste le fil Anne, vesve femme, qui estoit mort et ensevely, lequel revesqui au premier coup qu'elle sonna ; et quant il fu resuscité, il se donna au service de l'eglise et a l'office de ladicte cloche et promist de religieusement servir toute sa vie durant. Ceste cloche est de si grande auctorité qu'elle

27 Répétition dans le ms. : *angelique*.

garde et a gardé le paiis ou elle est jusques [f. 55v] a ores de tonoire, de tempeste et de fouldre et d'embrasement aussy loingz comme le son en peut estre ouy. Monseigneur saint Foursy avoit en si grande reverence le samedi[du] que, puis que nonne estoit sonnee, il n'avoit mie acoustumé de enter en nulle ville, ne a en yssir devant le lundi. Ains il entendoit adonc a oroison ou a predicacion et, pour ce, se pourveoit il ou il se herbergast le samedi devant nonne. Et ainsy qu'il se hastoit une foys pour venir en une cité d'Illande dont saint Permedin[dv] estoit evesque, le[28] maneglier[dw] de la grande eglise, qui savoit la coustume de saint Foursy, sceut qu'il devoit venir en la ville, sonna nonne plus tost qu'il n'avoit accoustumé.

[XXXVI] Comment saint Foursy s'arresta encoste une fontaine tantost qu'il [f. 56r] ouyt sonner nonne par ung samedy et puis l'emporta ailleurs

Et quant le saint homme, qui riens ne trespassoit des commandemens de nostre Seigneur, ouyt sonner, il se arresta et congnut par le Saint Esperit dont il estoit tout plain qu'il l'avoit fait par mauvaistié et par tricherie. Lors il se assist d'encoste une fontaine que nostre Seigneur avoit donné pour la seccheresse de icelle cité a la priere de saint Permedin et, aussy tost qu'il se leva, il print toute l'eaue d'icelle fontaine et tout le sourgon et le mist en son geron si que riens n'y demoura et l'emporta deux lieux loingz[dx] de ce lieu en une autre place ; et, ainsy comme nostre Seigneur Dieu l'avoit merveilleusement faitte par les prieres de saint Permedin, le reforma il en ce lieu mesmes ou il le porta. Lors prierent les [f. 56v] clers et le pueple de la cité monseigneur saint Foursy qu'il leur rendist leur fontaine et offrirent de amender leur meffait ; et il leur respondi : « Ce n'est mie fraternité de chrestiens de rendre la moquerie que vous m'avés fait. Vous souffreréz la divine vengance temperelement, en example de la terrienne[dy], affin que la fontaine de pitié ne vous soit tollue qui vous est appareillie se en vous ne remaint ».

[XXXVII] Comment saint Foursy sema ung champ de blé qui fu au troiziesme jour tout plain d'epis et de blé prest a soier

Les vrays riches sont les povres de Jhesu Crist a qui l'abondance des richesses muchies ne pueut faillir en l'article de neccesité, et bien le demoustra nostre Seigneur Dieu par vray et commen- [f. 57r] -dable experiment au

---

28 Ms. : *la.*

bieneuré monseigneur saint Foursy et a saint Lactain[dz] son menistre, en Illande, car tous les champs de son abbaye ne peurent estre labourés pour la tribulacion[ea] qui fu ou paiis, qui gasta tout ; si eurent grant paour tous les freres et cuiderent qu'il leur convenist morir de faim pour la grant disecte, povreté et desconfort qu'ilz eurent pour ce qu'ilz n'eurent point de blé. Adoncques ce bon menistre monseigneur saint Foursy ara et sema ung camp de ceulx de la maison[eb] qui fu au tiers jour tout plain d'epis et de blé. Quant saint Foursy ouyt et vit cecy, il rendi graces a Dieu et commanda que tous les freres et les serviteurs alaissent arer toutes les autres terres ou de charrues ou de rateaulx. Quant ce fu fait, il commanda a semer ce tant [f. 57v] de blé[ec] qu'ilz avoient ; et quant les semeurs eurent semé et espandu tout leur blé et ilz s'en aloient, leurs blefz[ed] vindrent tous meurs et aprestéz pour soier et les champs tous plains. Adoncques ilz retournerent a grant joye et mirent tous les mains aux fauchilles.

[XXXVIII] Comment saint Foursy laissa le siecle et s'en ala a l'ermitage avecques son frere saint Ultain

Quant ces choses furent faittes, le saint homme eut voulenté de laissier la cure du siecle d'icelle eglise et entra avecques ses sages freres[ef]. Il avoit avecques luy de tresesperitueulx hommes et qui moult faisoient a honnourer et qui, pour l'example d'un si grant seigneur comme il estoit, prouffiterent en la pourveance de l'eglise et en divers labeurs de vie et de humi- [f. 58r] -lité, de grace et de charité ; entre lesquelz il avoit deux germains, c'est assavoir saint Foillain, qui estoit tressaint homme, auquel il laissa la cure des ames de son eglise, et saint Ultain, qui par la pourveance et inspiration divine estoit venu a la vie de hermitaige passé longtemps. Lors il laissa toutes cures et toutes choses et s'en ala avecques son frere en l'hermitaige, qui ja estoit repeus de vie celestienne tout seul. Et la furent ilz ung an entier ou service de Dieu ou ilz travaillerent et furent chascun jour continuelement en oroisons ; et puis advint que saint Foursy fist une nouvelle eglise en Yllande, en une cité qui ot nom Clummet, ou il mist ung nouvel convent de freres.

[XXXIX] Comment saint Foursy s'en ala a [f. 58v] Romme et laissa a ses freres une chainture dont il se chaingnoit

Adoncques luy prinst voulenté d'aler a Romme en pelerinage[eg], si laissa a ses freres, par leurs prieres, une chainture dont il se chaingnoit, en ramenbrance de lui ; et ilz en cousirent des rongneures des ongles et de ses cheveulx qu'ilz avoient receu de lui quil ne savoit riens. Ceste chainture fu depuis aornee d'or et de pierres precieuses pour les miracles qui en sont advenus ; car il est vraiement notoire en toute Yllande que se aucun, de quelque eage qu'il soit et tant soit il jenne, s'il est chaint d'icelle chainture et il a fait le veu de chasteté ou de virginité, ses moueles sont chastiees ainsy comme par nouvelle circuncision ; jamais ne croistera, ne grace ne mesure ne perdra ; [f. 59r] ne nul ne ose parjurer ung si grant saintuaire de tout le paiis, et se n'a prince ne tirant qui ose fayre tort a ladicte eglise ou ses reliques sont, ne a chose quy y apende, pour les cruelz vengemens que nostre Seigneur Dieu prent de ceulx qui y font tort, et n'ose nul homme armé entrer ne trespasser les lieux de celle eglise, s'il n'est du paiis ou se il ne prent congié a ceulx qu'il appartient.

[XL] Comment saint Foursy fu appellé au conseil du roy Sigebert et des primatz du grant conseil pour certaines causes touchant le royaume

Aprés toutes ces choses, fu saint Foursy appellé au conseil du roy Sigebert et de son pueple et des primatz du plus grant conseil pour aucunes causes ; si laissa le lieu de l'ermitage qu'il avoit tant desiré et commença a [f. 59v] pourpenser en son courage de pluseurs choses et regarda que la province estoit durement troublee pour les assaultz des mescreans et vit bien qu'il ne pouroit faire nulle eglise ne religion oudit paiis ; si eut voulenté de viseter le siege apostolique. Quant ilz eut bien ordonné ses eglises qu'il avoit edifiees en Yllande et es regions qui sont la oultre, lors il s'en party et s'en vint par les regnes des ysles atout pou de compaignie de ses disciples, et passerent la mer et tout par tout semoient la parole de nostre Seigneur sans cesser. Et tant ala qu'il parvint en la province de Bretaigne qui maintenant est appellee Normendie ; et ainsy comme il vint en Pontieu, en une possession du duc Haymon qui estoit appellee Maisieres et Mayoc, il fu tout esmeu pour ce [f. 60r] que il y ouyt grans cris et grans pleurs ; sy parvint jusques a la sale du duc et illec trouva mort ung seul filz que le duc avoit ; mais monseigneur saint Foursy, aiant pitié des doleurs du pere et de la mere et du pueple qui la estoit assamblé, se mist tantost en larmes et en oroisons envers nostre Seigneur Jhesu Crist et resuscita l'enfant de cruelle mort[eh]. De laquelle chose le duc Haymon s'esmerveilla plus que on ne pouroit dire, et commencerent liement a louer Dieu et ses sains et se traveillerent tant qu'ilz peurent, le duc et sa femme et tout le pueple, par doulce paroles de retenir le saint homme ; et lui mirent devant lui moult de riches dons d'or et d'argent et luy octroierent leur possession et toutes leurs choses[29] a faire son commandement et, entre au- [f. 60v] -tres choses, lui donna le duc pour possesser perpetuelement icelle possession qui est appellee Maisieres ; mais le saint homme, remply de la grace de nostre Seigneur, qui pour l'amour de Jhesu Crist avoit mesprisié et relenqui les royaumes parternelz et toute la gloire de ce monde, ainsy comme il estoit doulx en paroles, descouvry a ceulx qui le vouloient detenir la cause pour quoy il estoit la venu et laissa tout quanques on luy avoit presenté. Lors le bon duc cheÿ a ses piéz tout plourant, et son pueple avecques luy, qui tous estoient tristes et doulans de son departement, et le pria devotement qu'il fist memoire de lui et des siens en ses sainctes oroisons ; et quant il aura fait son saint pelerinage, se nostre Seigneur le ramaine vif, qu'il reviengne par luy ; et s'il [f. 61r] muert par le plaisir de nostre Seigneur Dieu et le duc remaint vif, qu'il luy face savoir en aucune maniere l'eure de son trespas.

[XLI] Comment saint Foursy octroia au duc Haymon sa requeste

Lors luy octroia le saint pelerin plain de pitié ce qu'i lui requist, luy donna enseigne qu'il verroit[ei] mectre .iii. luminaires devant luy en icelle heure qu'il departiroit de ce siecle ; et puis le saint homme donna sa beneiçon au duc et a sa femme et a son fil nouvellement resuscité de mort et a tous les autres en les saluant et prenant congié d'eulx ; et appareilla pour aler viseter les benois appostres, monseigneur saint Pierre et saint Pol, et les autres benois corps sains qui reposoient a Romme. Lors s'en [f. 61v] ala le saint homme et passa par la terre d'Amiens et, ainsy qu'il s'en aloit d'encoste une ville qui sciet sur le fleuve de Somme emprés Corbie, qui ot a nom Antuille, il vint encontre lui ung mauvais homme tout effraié et, lui estant tout foursené, regarda le saint homme qui s'en aloit simplement et doulcement ; si lui couru sus et lui tolli son mantel dont il estoit affublé et le bati cruelement comme cellui qui ne se revengoit point, et enporta en sa maison le mantel qu'il avoit ravy et

29 Ms. : *closes*, corrigé selon la leçon : *les autres y donnerent eulx mesmes et toutes leurs choses* [f. 72r].

tollu au saint homme et le jecta a sa femme entre les bras, de quoy elle faisoit grant joye. Or ne demoura mie granment que le mauvais esperit, par qui[ej] amonnestement il avoit mal mené le saint homme, entra en lui et en sa femme et en une fille qu'il avoit, et les tourmenta si angoiseu- [f. 62r] -sement[ek] qu'i leur tolli la parole et l'ouye et la veue. Adoncques vint le saint homme de Dieu qui sceut par le Saint Esperit la douleur que cest homme soustenoit, si s'en ala en sa maison, ainsy comme pour y herbergier et, si comme il estoit simple, il regarda ceulx qui aloient foliant avant la maison et vit qu'ilz despeschoient l'un l'autre. Il cria quant il vit qu'il ne trouva qui lui respondist, si soupira tendrement. En la fin il fu esmeu de pitié sur celle maison desconfortee et se mist a terre en faisant moult doulcement ses prieres et ses oroisons a nostre Seigneur Jhesu Crist qu'il pardonnast ce meffait a celle chetive maisnie et qu'il leur rendist leur sens ; et nostre Seigneur, par sa priere, leur donna santé. Lors il les commença a enseignier comment ilz devoient vivre et les sermonna toute [f. 62v] nuit et leur commanda qu'ilz donnasent pour Dieu aux povres de ce qu'ilz avoient et que jamais ne presissent riens de l'autry[el] mauvaisement. Au matin il les baptisa et lava d'eaue de baptesme que ilz n'avoient oncques receu et les commanda a la foy de chrestienté et les salua, puis se remist a la voie qu'il avoit entreprise.

[XLII] Comment saint Foursy vint au paiis d'Arras en une ville appellee Grantcourt[em] ou Hermesent ne le voult herbergier

Lors se tourna le glorieux serviteur de Jhesu Crist vers le paiis d'Arras, et s'en vint en une ville appellee Grantcourt. Se esconsoit ja le soleil, et fu moult lassé pour le chemin qu'il avoit alé[en], si requist a une riche dame qui surhabondoit de trop grandes richesses qu'elle le herbergast [f. 63r] une seule nuit ; et elle ne le voult herbergier, dont l'Escripture dist que nulle chose n'est moins souffrable que riche femme[eo]. Aussy tost que le saint homme s'en party, l'esperit du dyable entra en sa maison et envahy la dame et le tourmenta moult griefment de divers tourmens ; et de tant que le saint homme de nostre Seigneur eslongoit plus, d'autant le dyable tourmentoit plus icelle dame qui avoit nom Hermesent. Quant elle congnut qu'elle avoit couroucié le Souverain Roy pour ce qu'elle ne voult recevoir le saint homme en son hostel, comme chetive qu'elle estoit, elle commença a plourer et a crier aprés le saint homme ; et le sieuvirent ses serviteurs, dont elle avoit assés, le plus tost qu'ilz peurent et lui notifierent ceste chose tout en souspirant et plourant [f. 63v] et le prierent pour Dieu qu'il reviengne arriere et qu'il sequeure leur dame de celle maladie dont elle languist si durement.

[XLIII] Comment saint Foursy renvoia son baston pour en attouchier la riche dame Hermesent, de quoy elle fu guarie de sa foursenerie

Le bon pelerin ne s'en volt pas retourner ; ainsy il se confia en icellui Seigneur qui ne relenquist jamais ceulx qui ont mise leur esperance en luy[ep], auquel il servoit par jour et par nuit de toute l'intencion de son ceur, et lui renvoia son baston dont il se appoyoit par ung de ses disciples et commanda qu'elle en fust attouchie ou nom de Jhesu Crist. Quant elle fu attouchie dudit baston, le dyable s'en fuy et elle se leva tantost et s'en [f. 64r] couru aprés monseigneur saint Foursy avecques aucun de ses amis ; et tantost qu'elle vint a luy, elle cheÿ a ses piéz et toute sa mesnie et ses amis et voua soy a toutes ses choses au service de nostre Seigneur et donna tout pour l'amour de Dieu et vesqui depuis longtemps loyalement es services de nostre Seigneur Dieu et ses sains. Le bieneuré saint Foursy voult accomplir le pelerinage qu'il avoit encommencié et s'en ala par les conrois de Bourgoingne, par les perilz de Ytalie, par les agaitz de Carbonnelle[eq] ; et s'en aloit liié et joieulx, visetant les corps sains par les eglises des cités par ou il passoit et les prioit pour le salut de tout le pueple pecheur. Et tant ala qu'il parvint jusques en la moyenne de Romme[er] ; si se arresta et regarda la cité ou il y avoit moult [f. 64v] de pelerins autour, si comme il estoit accoustumé. Lors dist le saint homme en ceste maniere.

[XLIV] Comment saint Foursy visita devotement la cité de Romme pour y aourer saint Pierre et saint Pol et les aultres sains lieux des martirs

« O Romme qui es exauchie des appostres, embellie des roses des martires, blanchie des lis des confés, adoulcie des paines des vierges, et es fournie des merites de tous sains, tu soies sauvee si que auctorité ne te puist ja abaissier, qui jusques a ores a esté en force de la dignité et de la sapience des sains peres, laquelle le precieux corps de Jhesu Crist et nostre mere Saincte Eglise vueille garder fermement ». Et en parlant ainsy, il s'agenoulloit bien souvent, et puis [f. 65r] s'en ala, tant qu'il parvint jusques aux degrés de l'eglise Saint Pierre, et la donna il aux povres tout ce qui lui estoit demouré de soustenance temporele ; puis se mist a genoulx et arrousa de larmes le pavement qui est de mabre. En aprés, il parvint jusques au corps de monseigneur saint Pierre, et la espandi il moult de prieres et d'oroisons pour luy et pour le salut de tout le monde. Aprés, il s'en ala par la cité avironnant toutes les eglises et prioit assiduelement pour tout le pueple pecheur, et mena ceste vie en ladicte cité maint jour.

[XLV] Comment le saint angele dist a saint Foursy qu'il revelast a nostre Saint Pere[es] les visions qu'il avoit veues

Entre ces choses, le saint angele [f. 65v] luy amonnesta qu'il dist a nostre Saint Pere les visions qu'il avoit veues en esperit et la maladie qu'il soustenoit. Quant il eut dit touttes ses visions a nostre Saint Pere, et toute sa vie, et les miracles que nostre Seigneur Dieu avoit fait pour luy, et luy compta comment lui[30] estoit advenue la maladie qu'il avoit, et comment il avoit esté feru en esperit du mauvais homme sur l'espaule, que les dyables lui jecterent sur luy quant les angeles le ramenoient au corps, et comment le coup qu'il avoit soustenu en l'ame luy apparu en la face quant il fu revenu en vie ; et luy dist que, pour le coup qu'il receut du pecheur de qui il avoit eu le vestement, voult nostre Seigneur Dieu qu'il eust ceste maladie royale que on appelle leu, et l'avoit ou col, mais ja soit ce qu'elle ne apparust mie [f. 66r] par dehors, se le sentoit il moult cruelement par dedens ; et le convenoit paistre de trois bouchies de char qu'il mectoit[31] en sa bouche trois fois la sepmaine, non mie affin qu'il eust delit de la char, mais affin qu'il en soustenist et rassasiast ladicte maladie, et non pour tant, toutes les fois qu'il vouloit estre plus priveement pour mieulx entendre a oroison ou a leçons ou a predicacions, il avoit accoustumé qu'il se arrousoit d'eaue de fontaine, comme il avoit esté amonnesté par l'angele ; et ce puet on bien savoir parce que partout la ou il habita et ou il establi eglises jusques en Occident sont trouvees fontaines les plus belles des autres et de pluseurs miracles exauchiez, desquelz il fu faiseur si comme l'escripture le tesmoigne.

---

30 Ms. : *comment qui.*

31 Ms. : *mectois.*

[f. 66v] [XLVI] Comment nostre Saint Pere le pape eut la cruele maladie que saint Foursy avoit en son col

Quant nostre Saint Pere le pappe eut ouy les merveilles que monseigneur saint Foursy lui eut comptees, il ne le creÿ mie, tant pour ce qu'il n'avoit omcques ouyes si grandes merveilles comme pour ce que la maladie ne apparoit point ; et si ne le mescreÿ mie tant seulement, ains dist que ung si espirituel homme ne deust mie menger char[et]. Or oÿéz le vengement que nostre Seigneur print de nostre Saint Pere pour ce qu'il mescreÿ a tort le saint homme. La nuit aprés advint que la maladie se party du tout de monseigneur saint Foursy et entra en nostre Saint Pere le pappe et le pourprinst si cruelement des le commencement du col [f. 67r] jusques au pis qu'il lui convint menger char crue, et le devouroit ainsy que fait ung leu ravissant quant il a longuement jeuné, et luy sambloit qu'il ne pouoit saouler sa maladie. Quant il eut esté longuement et durement tourmenté de celle douleur qui luy estoit venue soudainement et ne savoit comment ne pour quoy, il commença a se recorder de sa dampnable indignacion et de l'aguillement du dyable[eu] que l<e> pape avoit receu malgré sien[ev] ; et amena a memoire la maladie de saint Gregoire qui le contraingnoit de mengier char, si entendi que son benoit hoste n'estoit mie de moins grande auctorité des grans patrons que nous avons nommé pour temperelement soustenir passions et adversités, car les au- [f. 67v] -tres portoient leurs maladies et si ne les vouloient mie avoir, et cestui l'avoit receue plus grande et l'avoit requise a nostre Seigneur pour avoir plus grans vertus. Pour ces choses se pourpensa nostre Saint Pere et fu moult repentant et commanda que on luy amenast le tresbieneuré pelerin.

[XLVII] Comment nostre Saint Pere le pape cheÿ aux piéz de saint Foursy en luy requerant pardon

Quant le glorieux confés monseigneur saint Foursy fu venu, nostre Saint Pere luy cheÿ aux piéz et luy requist pardon de ce qu'i l'avoit eu en souspeçon a tort, et le pria humblement pour Dieu qu'i le delivrast de celle grant douleur qu'il soustenoit. Or maintenant se mist a genoux le tresglorieux serviteur monseigneur saint [f. 68r] Foursy avecques nostre Saint Pere et le releva tout plourant et le reconforta moult doulcement ; puis il lui commanda qu'il ouvrist sa bouche. Lors tous les secretains de la court et les compaignons de monseigneur saint Foursy regarderent et virent que saint Foursy, qui estoit fil en Dieu de nostre Saint Pere comme sont tous chrestiens, fu plus fort que son Pere ne fu, car il rappella la maladie en sa propre bouche ; et le virent tous ceulx qui la estoient yssir hors de la bouche de nostre Saint Pere en samblance d'une bestelette et entrer en la bouche de monseigneur saint Foursy, dont elle estoit yssue. En ceste maniere fu nostre Saint Pere le pape guary de sa maladie par la priere de monseigneur saint Foursy ; pour laquelle chose nostre Saint Pere [f. 68v] se efforça tant comme il peut que saint Foursy se fist seigneur de la court de Romme et le voult mettre en tel honneur qu'il vouldroit, mais il ne le peut retenir en nulle maniere.

[XLVIII] Comment saint Foursy fu sacré et fait evesque par nostre Saint Pere le pape

Adoncques le sacra il et fist evesque et lui donna cestui mesme pouoir de loyer et de desloyer[ew] que nostre Seigneur Dieu lui avoit donné en ciel et en terre par tout la ou il yroit[ex] ; et icelle grace que nostre Saint Pere avoit de beneir, ce mesme pouoir lui octroia il par le bourdon qu'il portoit en lieu de croche : il avoit porté ce bourdon longuement pour la[32] sainctet é de ses ancestres qui luy avoit esté octroie. Aprés ce, l'un bailla sa beneiçon [f. 69r] a l'autre et s'entrebaiserent et recommanderent a Dieu, et puis se despartirent l'un de l'autre. Quant ces choses furent accomplies, saint Foursy s'en voult aller ; et ses disciples qui aloient avecques luy ne p<ou>rroient mie raconter la moittié des miracles qu'ilz avoient veus, que nostre Seigneur Dieu avait fait et faisoit par lui la ou il estoit et par son baston la ou il l'envoioit. Le saint homme estoit moult curieux de ceulx de qui nostre Seigneur lui avoit donné la cure et recommandé ; si entendi de maintes gens qui lui racontoient que grande renommee estoit de luy par les parties de France pour les grans vertus que nostre Seigneur Dieu avoit fait par luy, et que moult grans pueples le desiroient et plouroient pour ce qu'il estoit hors de leurs paiis et[33] [f. 69v] pour ce qu'ilz avoient grans maladies, les ungs en corps, les autres en ames. Et pour ce qu'il ne voult mie estre deceu en aucune maniere par vaine gloire, il se destourna de revenir par la ou il estoit venu et voult retourner en la province des Angles devers Orient et tourna sa voie par devers Saxonie dont estoit roy Sigebert[ey] ;

32 Ms. : *sa.*

33 Répétition dans le ms. : *et.*

mais pour ce que nostre Seigneur ne voult mie que une si clere estoille et si luisant fust muchie, et pour ce aussy qu'il ne pouoit couvrir ne muchier sa clareté, la haute nouvelle de son advenement parvint au roy Sigebert, qui luy envoya a l'encontre ses plus sages espies affin qu'il ne fust deceu de trespassement.

[XLIX] Comment le roy Sigebert vint a l'encontre de saint Foursy [f. 70r] **retournant de Romme**

Et tantost qu'il senty qu'il fu en sa terre, il vint a l'encontre de luy a grande et noble compaignie de gens ; et quant il vit sa royale haultesse, se humilia tant qu'il s'agenoulla encontre luy et luy demanda sa beneiçon. Quant il luy eut donné[ez], le bon roy se leva et[34] s'en ala a pié avecques le saint homme et l'emmena moult honnourablement en son palais. Aprés, il luy offry de moult grans dons d'or et d'argent et d'autres honneurs seculiers, et octroia a sa sainctteté soy et tout son royaume ; et quant le saint homme regarda les dons qui lui furent mis au devant, il commença a souspirer tendrement et se plaindre et douloir pour l'umain lignage qui est [f. 70v] ainsy deceu pour la convoitise des choses terriennes, ou il n'a se vanité non. « O beau chier seigneur, il convient a tous ceulx qui sont ditz chrestiens congnoistre, ou nom de Jhesu Crist quil commanda qu'il fust honnouré en ses povres, que ce don ne appartient mie aux chevaliers de Jhesu Crist, lesquelz tyne puet mengier[fa], et qui peuent enviesir et que larrons peuent degaster. Or soient doncques ces dons reportés a ceulx qui sont prins et envolopéz comme non certains de la volubilité et de la vanité du fraille monde, qui ne desire jamais les joyes pardurables, ains sont si aveuglés des tenebres de la char qu'il ne leur souvient oncques de Dieu ; et nous, qui par nos pechiéz demourons encoire en ce mauvais monde avecques vous, que tant [f. 71r] nous pouons et savons, tendons a la joie pardurable. Donnés nous, s'i vous plest, aucun lieu ou nous puissons fayre une eglise pour servir le Seigneur du monde et l'aidiéz a faire et edifier de vostre propre pour le sauvement de nous et de vous et de tout vostre royaume, et affin que nous puissons rappeller aucuns qui sont es tenebres et en obscureté de pechié a la vraie lumiere qui est voie, verité et vie[fb] affin qu'ilz ne perissent ».

34 Ms. : *en*.

[L] Comment le roy Sigebert ottroia a saint Foursy ung beau lieu pour y edefier une eglise

Quant ces paroles et autres assés furent dictes de la bouche de monseigneur saint Foursy par l'amonnestement du Saint Esperit (ainsy que nostre Seigneur le promist a ses serviteurs quant [f. 71v] il dist : « Quant vous serés devant les roys et devant les princes ne penséz point comment vous parleréz ne que vous diréz, car en icelle heure vous sera appareillié ce que vous devéz dire »[fc]), lors le roy et les barons se apperchurent et tous a une voulenté luy octroierent sa requeste ; et eslurent ung lieu pres de la mer, avironné de bois, qui est moult bel, plaisant et delictable, et firent en ce lieu une eglise de merveilleuse euvre par dedens et par dehors ; et donna ung chascun, selon sa faculté, rentes et revenues pour ceulx qui y servoient et a tousjours y serviroient nostre Seigneur, et aussy ce qui feroit mestier pour edefier ladicte eglise. Car l'un leur donna villes, l'autre bois, l'autre vingnes, l'autre rivieres et estangz de pescheries, [f. 72r] l'autre bestes de diverses manieres, l'autre aournemens de draps de soye ouvréz de diverses euvez, de pierres precieuses et d'or, et l'autre vaisseaulx d'or et d'argent propices pour tous les offices de Saincte Eglise ; les autres y donnerent serviteurs et meschines, les autres y donnerent eulx mesmes et toutes leurs choses et prinrent l'abit de saincte religion et se livrerent au service de nostre Seigneur. Quant celle eglise fu ainsy faitte et achevee, une grant partie des bonnes gens qui avoient ouy les sermons de saint Foursy et bien entendu la doctrine de l'Euvangile (qui dist que celluy qui ne porte sa croix et qui ne sieut Jhesu Crist, c'est a dire que celluy qui ne fait penitance de ses meffais, n'est mie digne d'avoir Dieu[fd] et que ceulx qui renonchent [f. 72v] a toutes les choses qui sont de ce monde ne redoubtent point de porter leur croix et sieuvir les voies de Jhesu Crist)[35], mirent jus tous les embrachemens du vain siecle et se hasterent d'aler avecques Jhesu Crist en la joie pardurable[fe].

[LI] Comment saint Foillain fu fait abbé de l'eglise que saint Foursy son frere germain avoit faitte pres de la mer

Un pou de temps aprés ce que ces choses furent avenues, le bieneuré saint Foursy, qui ne vouloit mie estre parescheux au service de nostre Seigneur, appella priveement ung jour le roy Sigebert et ses barons et luy pria qu'il voulsist faire abbé de celle eglise saint Foillain, son frere

35 Ms. : *et*.

germain, a quoy le roy et tous les autres, clers et lais, se assentirent et le vouldrent moult bien. Quant il eut fait saint Foillain abbé par la [f. 73r] voulenté de tous, il luy reconmanda la cure des ames des religieux qui servoient nostre Seigneur en icelle eglise, laquelle il aorna de reliques de maintz precieux corps sains. Et la, par ses prieres, donna nostre Seigneur Dieu santé a pluseurs gens qui languissoient de diverses maladies. Et puis il ottroia a son aultre frere, saint Ultin, qu'il s'en alast en l'ermitage comme il l'en avoit prié maintes fois, si comme celluy qui estoit bien esprouvé d'onneste vie et de religieuses meurs. Et saint Foursy mesmes print congié du roy comme celluy qui vouloit eschever les loenges humaines ; mais ja soit ce que le roy en fu couroucié durement, se luy donna il congié et s'en ala en[36] ung bois loingz de gens pour mener vie de hermitage, car il savoit bien que l'Escripture dist que ceulx qui plaisent au [f. 73v] monde sont perdus pour ce que Dieu les a en despit.

[LII] Comment le roy de France Clovis le .iie. rechut honnourablement saint Foursy et ses disciples quant il fu revenu de Romme

Or vindrent nouvelles au roy de France et a Herceval son bon chancellier que monseigneur saint Foursy estoit revenu de Romme ; si ordonna le roy qu'i fu quis par divers lieux tant qu'il fust trouvé et commanda aux messages qu'ilz luy amenassent a grant honneur. Et quant il fu venu, le roy le reçut le plus honnourablement qu'il peut. Le saint homme enseigna moult souvent au roy combien grande haultesse c'est de roy, s'il est roy ainsy comme il doit estre, et combien grant loyer il aura ou palais du ciel, s'il se maintient comme il doit envers ceulx [f. 74r] qui sont dessoubz luy ; et luy declara combien grant paine estoit appareillie des horribles menistres en Enfer a ceulx qui desprisent les commandemens de nostre Seigneur, car de tant comme l'homme monte plus hault qu'il ne deveroit, d'autant chiet il plus bas qu'i ne vouldroit[ff]. Et puis luy dist les parolles du prophete qui dist : « Nos princes sont compaignons aux barons : ilz ayment tous les dons et en ont les guerredons[fg] » ; et David dist ou Psaultier : « Ceulx qui ont les felonnies es mains ont leur dextre toute remplie de dons[fh] ». « Ces paroles ne sont mie dictes sur les roys tant seulement, ains sur les evesques et sur les abbés et sur tous ceulx qui occient la maison de Jhesu Crist dont ilz deussent estre ouvriers et qui degastent la vingne qui leur est baillie [f. 74v] pour labourer et pour

---

36 Ms. : *en bois ung bois.*

en faire fruit ». Ces paroles et autres dist souventefois au roy Clovis le saint homme, dont il acquist a merveilles la grace du roy.

[LIII] Comment saint Foursy baptiza le filz de Herceval, seigneur de Peronne

Quant Hercheval le bon sire entendi la dignité et la sapience du saint homme, il luy ploya du tout son corps et le pria que, par le congé du roy, il voulsist venir en son palais a Peronne avecques luy pour baptizier son fil, qui estoit nouvellement né, es fons du saint baptesme par l'attouchement de ses sainctes mains ; et le roy lui ottroia benignement par tel convent qu'il retourneroit prochainement vers luy et, s'il veoit en son royaume aucune chose qui luy pleust, qu'il luy demandast hardie- [f. 75r] -ment, car il l'auroit sans doubte a tousjours affin qu'il ne voulsist jamais issir hors de son paiis. Adoncques vindrent a Peronne ensamble Herceval et saint Foursy, ou ilz furent honnourés plus que oncques mais et firent de l'enfant ce pour quoy ilz estoient venus ou chastel de Peronne. Or advint que saint Foursy congnut, ainsy que on luy avoit dit, que Herceval tenoit .vi. hommes en prison qui estoient aussy comme jugiéz a mort ; si lui pria qu'i les laissast aler, mais il ne l'en volt ouyr. Pour laquelle chose il s'en retourna aux armes de la divine puissance et dist humblement : « Beau sire Dieu, redresche ceulx qui sont cheüs et se desloye les emprisonnéz ». Ne demoura gueres qu'ilz furent au disner et se devisoient l'un [f. 75v] en mengant, l'autre en beuvant et l'autre en parlant et en autres manieres et le saint homme en priant nostre Seigneur ; et lors qu'ilz se gardoient moins, ilz veirent devant eulx ester ceulx qui estoient en prison, qui furent desloyéz par la vertu du ciel[fi], lesquelx glorefioient le Sauveur de tout le monde qui par les prieres du glorieux serviteur de Jhesu Crist les avoit delivréz.

[LIV] Comment Herceval s'esbahy de .vi. prisonniers qui furent delivréz par saint Foursy glorieux confés

Quant Herceval vit celle grande merveille, il s'esbahy tout et fu aussy comme pausmé, et se commença a repenser pour cestui si grant miracle et a batre sa coulpe et plourer et souspirer, et cheÿ aux piéz du saint homme et luy requist pardon de ses [f. 76r] meffais ; et il luy pardonna et l'en absoult. Et pour ce miracle tous[37] ceulx qui estoient tourmentés de douleurs de

37 Ms. : *toulx.*

diverses maladies venoient vers luy ; et, de quelque region qu'ilz fusent, quant ilz avoient receu sa beneiçon, ilz estoient tous sains et alegres. Entre ces choses, le glorieux conféz de Jhesu Crist demanda ung lieu convenable pour habiter a son eur si comme le roy lui avoit dit. Ceste chose pleut moult a Herceval, et pour ce il envoya avecques luy pluseurs sages hommes affin que quant ce lieu seroit trouvé, par le plaisir de nostre Seigneur, qu'il fust donné pardurablement a luy et aux siens. Or s'en vont le saint homme et les trois messages avironnans pluseurs lieux tant qu'ilz vindrent a une montaigne qu'on appelle Laigny. La se ar- [f. 76v] -restarent ilz pour ce que ce lieu estoit attempré, de bon air et avironné de bois portant bonnes herbes et delictables, pres de vingnes et de terres ahanables, embellies d'arbres portans fruit et assis emprés ung fleuve plentureux de poissons, et estoit loingz de chemin ferré. Ce lieu pleut a saint Foursy par dessus tous les autres, car il senty que nostre Seigneur Dieu y avoit pourveu de y faire moult de miracles par luy. Et ce lieu edefia il .iii. eglises[fj] : l'une de saint Pierre, l'autre en l'onneur du Saint Sauveur de tout le monde, et l'autre d'une povre revenue ; et ce lieu a fait nostre Seigneur moult de miracles et fait encores souvent, et le sacrerent en son nom ceulx qui demourerent aprés luy ; et par les dignes merites de luy[fk] donna nostre Seigneur et donne encores souvent a [f. 77r] maintes gens santé de corps et d'ames.

[LV] Comment saint Foursy ficha son baston en terre et incontinent il en sailly une moult belle fontaine et delictable[fl]

Entre les autres miracles que nostre Seigneur fist a Laigny par saint Foursy, il avint ung miracle si bel que la renommee en est sceue par maintes terres pour ce que nostre Seigneur vouloit demouster comment il estoit de grant merite envers luy[fm] ; si avint qu'il ficha son baston en terre secche, asséz loings d'eaue, encoste l'abbie qu'il avoit faitte, et incontinent en sailly une fontaine moult belle et moult delictable qui oncques puis ne failly ne jamais ne fauldra. Ceste fontaine a plus aidié et ayde encores souvent aux malades qui se baignent ens d'avoir santé de leurs maladies par la merveilleuse puissance [f. 77v] de nostre Seigneur Jhesu Crist et par la loable grace de monseigneur saint Foursy. Nostre Seigneur fist moult de miracles a Laigny par ses meerites tant qu'il fu en la ville, et moult en y a faittes depuis que sa glorieuse ame fu receue en la grant joie de Paradis, lesquelz nous ne pouons mie tous savoir ne raconter ; mais, entre les autres que nostre Seigneur y fist par luy tandis qu'il vivoit, nous ne voulons mie trespasser ung merveilleux miracle que nous vous dirons. Car il advint ung jour qu'il estoit a Laigny qu'i vit deux foursenéz venir a luy[fn], desquelz ilz eut pitié ; si fist le signe de la croix sur eulx, et leur rendy nostre Seigneur Dieu leur sens par sa priere.

[LVI] Comment Herceval s'en ala devers saint Foursy a Laigny

Pour les grans miracles que [f. 78r] nostre Seigneur faisoit par monseigneur saint Foursy, dont la reverence estoit espandue par tout, Herceval fu si soubslevé de son amour et si espris qu'il s'en ala devers luy a Laigny liéz et joieux en glorefiant nostre Seigneur de ce que ce lieu luy plaisoit entre ses autres possessions. Quant il fu avecques luy, il luy descouvry son courage et lui dist qu'il vouloit aler arriere a Peronne pour faire aucune belle chose ; s'il avenoit que le saint homme venist d'aventure a Peronne, et se ce lieu lui plaisoit, qu'il seroit sien a toujours et y demourroit toute sa vie et, s'il venoit a plaisir a nostre Seigneur que sa vie y finast, il le feroit entomber a grant honneur. Quant le saint homme oÿ sa voulenté, il en ot grant joie et luy commanda qu'il le feist ainsy qu'il l'avoit devisé. Lors [f. 78v] conferma il Herceval en ses beneiçons et le renvoia a Peronne, et il demoura a Laigny pour y servir Dieu a tousjours. Et commença a resplendir de nobles vertus, dont il avint qu'il fu moult exauchié et loé par toute France et par toutte Saxonne ; et la terre d'Illande se eslechoit de ce qu'elle avoit ung si grant seigneur ; et aucuns d'icelle terre se murent pour venir vers luy, quant ilz eurent ouye la nouvelle de sa sainctteté. Par especial, saint Emelien[fo], qui estoit plain de grant simplesse, qui avoit pieça apperceu sa sainctteté et qui le oyoit croistre chascun jour, ot grant desir de le venir veoir ; si print aucun de ses freres avecques luy et s'en vont devotement tant qu'ilz parvindrent au saint homme ; et quant celle belle compaignie, qui estoit toute [f. 79r] d'Illande, eurent longuement alé comme pelerins, ilz vindrent a Laigny sur Marne, ou ilz veirent le saint homme flourir de vertus plus qu'ilz ne pouoient croire, lequel les reçut liement et les enseigna et reforma au service de nostre Seigneur.

[LVII] Comment saint Foursy fist saint Emelien[38] abbé de Laigny et comment il trespassa a Masieres en Pontieu

Or advint, un temps aprés que nostre Seigneur Dieu ot par les merites de monseigneur saint Foursy aorné la ville et l'abbeie de Laigny de

38 Ms. : *Enelien.*

grant plenté de preudommes, <qu'>il eut voulenté d'aler en Saxonne pour viseter ses freres saint Foillain et saint Ultain ; adoncques fist il saint Emelien abbé de Laigny. Lors se mist a voie monseigneur saint Foursy et ala tant qu'il se herberga en une possession du duc Haymon qui [f. 79v] est appellee Masieres, laquelle le duc luy avoit offerte quant il desloya son filz du loyen de la mort en icelle mesmes ville. Aprés, luy print une maladie dont il moru ; mais ains qu'il fust trespassé de ceste mortele vie, l'angele de Paradis luy dist : « Tu qui as esté bon et feal, entre en la joie de ton Seigneur qui t'est appareillie ».

[LVIII] Comment saint Foursy apparu aprés sa mort au duc Haymon seant a table ainsy qu'i luy avoit promis avant son trespas

Le glorieux saint homme n'eut mie oublié la promesse qu'il avoit faitte au duc Haymon quant il se departy de luy car, tantost qu'il fu trespassé, il apparut atout deux diacres devant le duc qui se seoit a table, et mirent devant luy trois cierges ardans[fp] et resp<l>endissans de grande [f. 80r] clareté et puis se esvanuirent de ses yeulx. Lors demanda le duc a tous ceulx qui estoient leans se nul d'eux avoit veu ces merveilles et ce signe qu'il avoit veu, et ilz dirent tous qu'il n'avoient veu nulle autre chose qu'ilz souloient. Lors leur commença le duc a declairier ceste advision et leur dist que saint Foursy luy avoit promis ces enseignes quant il party de luy et qu'il savoit bien qu'il estoit trespassé de ceste fraille vie a la vie pardurable. Lors se leva hastivement le duc qui estoit a table et estoit moult loingz de la ou le saint homme reposoit ; si s'en vint avecques toute sa mesnie le plus tost qu'il peut pour estre au service du corps. Et quant il vint a Masieres, il trouva la tous les clers et les grandes congregacions de vierges et de toutes [f. 80v] les gens du paiis qui estoient la assambléz pour le corps saint ensevelir a grant honneur comme faire se devoit ; et entra ens a grande reverence et celebra a voix plaine de loenge icelle tresgrande solempnité.

[LIX] Comment Herceval et le duc Haymon se mirent en armes pour avoir le corps saint Foursy trespassé

Quant Herceval, le noble seigneur, eut ouy que le saint homme estoit mort, il assambla ung moult grant ost de gens d'armes et se mist a voie la premiere nuit de la veille pour ravir a force le corps saint ; et quant il vint emprés Masieres, il se loga sur la riviere d'Aulthie. Et quant il entendi que le duc Haymon gardoit le corps saint et le faisoit garder a armes, il envoya devers luy messages [f. 81r] qui luy dirent teles paroles : « Herceval, le chancellier du roy de France, te commande et te prie que tu luy rendes le corps saint que le roy luy commanda pour baptizier son filz et qui lui fist et secra et benit l'abbeie de Laigny, qui est toute plaine de la vertu du ciel, laquelle a remply le saint homme et enluminé de maintz grans miracles, affin qu'il puist presenter au roy icellui mort qu'il ne pouoit ramener vif. Et se tu le contredis, saches que demain il sera esprouvé par les armes lequel de nous deux le doit avoir ». A ces paroles respondy le duc en telle maniere : « Le Roy du Ciel » dist il « le me amena cy ou il gist avant et se resuscita mon filz, si me samble que c'est plusgrant chose de resusciter ung mort que de baptizier ung enffant[fq] ; de cy a il esleu, si comme [f. 81v] il appert, a aller au royaume des cieulx, et a moy, qui estoie loingz, de cy fist il savoir sa mort si comme il me avoit promis. Et ce ne seroit mie digne chose que nul fust navré pour celluy qui resuscitoit les mors, ne que les gens fussent occis pour cellui qui guarissoit les malades, mais dittes a Herceval, s'il lui plest, que on mette le corps saint dessus ung chariot et que deux thoreaulx non doctez y soient ateléz, et la ou nostre Seigneur Dieu les adrechera, que nous les sieuvons en paix ».

[LX] Comment deux toreaulx sauvages furent atteléz au chariot ou estoit le corps saint Foursy[fr]

Quant ce fu dit, les messages s'en retournerent tantost et raconterent a Herceval la response du duc Haymon et tout son proposement : [f. 82r] tous leurs gens s'i assentirent et luy loerent qu'il le fesist ainsy faire le plus tost qu'il pouroit. Le chariot fu appareillié et, ainsy que ceulx qui furent commis se appareilloient de mectre le corps saint dessus ledit chariot, il sourvint une femme du paiis et estoit aveugle des le jour qu'elle fu nee[fs]. Si se mist entre les autres et, ausi tost qu'elle toucha a ses yeulx du palle dont le corps saint estoit couvert, nostre Seigneur Dieu luy rendi la veue et s'en ala partout joyeuse et alaigre, anunchant la grande misericorde que nostre Seigneur luy avoit faicte, de ses yeulx qu'i luy avoit rendu. Et pour ce miracle, jetterent jus leurs armes les uns et les autres et se mirent en oroison devant le corps saint, en rendant graces a nostre Seigneur Dieu et a monseigneur saint Foursy toute nuit [f. 82v] jusques au jour. Les deux thoreaulx furent au matin joingz et ateléz au chariot, si comme ilz eurent en couvent, et s'en alerent droitte voie a Peronne ainsy qu'il vint a plaisir a nostre Seigneur, sans nul autre conduiseur ; et Herceval et tous les siens le sieuvierent en demenant grant joye et liesse.

[LXI] Comment ung contrait fu guari tantost qu'il attoucha la fiertre du corps saint Foursy

Entre ces choses, advint que ung contrait gesoit enmy la voie, qui appelloit les trespassans et ceulx qui sieuvoient le corps saint. Il estoit ja tout esroué tant avoit il brait et crié, si leur pria qu'ilz le portassent jusques au chariot et ilz le prindrent en leurs mains et l'emporterent, et alerent tant qu'il arresterent le cha- [f. 83r] -riot pour veoir que nostre Seigneur feroit de luy. Et tantost qu'il toucha a la fiertre ou le corps saint gesoit, il reçut santé du tout et jecta maintenant jus ses potentes et commença a loer le grant pouoir de nostre Seigneur et de monseigneur saint Foursy, et dist a tous que Dieu luy avoit fait ce miracle par la priere de saint Foursy.

[LXII] Comment Berchaire duc de Laon vint a grant armee pour avoir le corps de saint Foursy

Entrementiers que le pueple et le charroy estoit encores en ce lieu, qui tout glorefioit nostre Seigneur pour le miracle qu'ilz avoient veu, il advint que Berchaire, le duc de Laon, vint la atout grant chevalerie de gens, tous arméz et aussi comme tous effraiéz ; si demande le corps saint et deffia [f. 83v] Herceval de mort, s'il ne souffroit que il l'eust. Et lui dist en telle maniere : « Je le doy avoir par droit, car je le conduis premier de ça la mer et le provray[ft] a mes propres coustz et despens ; et, pour la grant amour que j'avoie a luy, je luy donnay quanques j'avoie pour en jouyr luy et ses successeurs. Pour ceste cause me voult il venir revider quant il vivoit, se tu l'eusses laissié y venir ». Ceulx qui estoient avecques eulx, qui congnoissoient les raisons de l'une et de l'autre partie, parlerent a Berchaire pour ce qu'ilz le veirent le plus couroucié ; si luy dirent pour le appaisier que ceste chose estoit si grande et si saincte qu'il s'en mesist au jugement de nostre Seigneur par qui ceste chose devoit estre esprouvee. Lors s'i accorda ledit Berchaire [f. 84r] par tel si que les deux toreaulx fussent ostéz du chariot et que on y mesist deux enfans chascun de .vii. ans et, quant ilz y seroient ateléz, qu'ilz s'en alaisent ou ilz vouldroient. Les enfans furent mis de l'une et de l'autre partie, et les thoreaulx furent desloyéz et les enffans furent ateléz au chariot, puis s'en alerent aussy tost et aussi isnelement comme s'ilz fussent de .xx. ans ou de .xxx. Et par la vertu de Dieu qui leur ayda, l'emmenerent jusques au Mont des Cignes, qui est maintenant appellé Peronne, et le mirent jus du chariot l'un et l'autre des ducz. Et Herceval et les siens ensuirent devotement et moult simplement le corps saint ou portail de l'eglise, qui n'estoit mie encores faitte ne dediee, mais la dedicace devoit estre au [f. 84v] .xiiie. jour. Le duc Haymon et Herceval congneurent bien la voulenté de nostre Seigneur et de son benoit conféz, si ne vouldrent mie aler a l'encontre, ains ilz firent paix entre eulx et espandirent moult de larmes devant le corps saint, et puis s'en departirent tous tristes et s'en rala chascun en son paiis.

[LXIII] Comment Lethuhis, femme de Herceval, fu toutte esmeue pour la despense que son mary faisoit pour saint Foursy

Herceval, qui se eslechoit pour ung si grant tresor que nostre Seigneur luy avoit laissié et octroié, s'estudia de tout son efforcement de parfaire l'eglise qu'il avoit promise au saint homme quant il vivoit encoires ; et le parfist par l'octroiement de nostre Seigneur dedens les .xx. jours. Dont il avint que Lethuhis, sa femme, qui estoit toutte esmeue et plaine [f. 85r] de rancune et de felonnie, l'enchaça et luy courut sus de paroles comme foursenee ; et luy dist en telle maniere : « Je te demande, homme faulx ouvrant de ta teste, quele derverie t'a prins que tu vuels desheriter toy et moy et tes enfans, et nous traire a povreté pour ne sçay quel advolé que tu ne sces qui il est. Ne ce n'est pas dignité ne sens, ains est legiereté et folie quant pour les mors tu vuels destruire les vifz ». Herceval respondi : « Ce n'est mie gaing de maintenir longuement paroles non prouffitables[39]. Tu, qui es la tresmauvaise de toutes les femmes du monde et qui es estrangie de tout bien, pense de recorder comment nostre Seigneur Dieu nous a exauchiéz en toutes prosperités du monde des que je fus son accointe, et combien grans miracles il a fait [f. 85v] pour ceulx qui le requierent, et, au dernier, comment nostre Seigneur Dieu l'a donné a nous pecheurs. Voirement est vraie l'Escripture qui dist que femme est tousjours chose muable et diverse[fu]. Quele femme est bonne ? Certes, se aucune est bonne, elle est ung petit oysel en terre et est samblable au cigne noir[fv]. O fole

39 Ms. : *porouffitables.*

femme, repens toy de ce que tu as dit du saint homme et luy requiers tantost pardon entrementes qu'il te loist ! Crie qu'il ne se courouce[40] contre toy ! ». « Saches », dist elle, « que nous prisons moult pou le courroux de celluy que nous veismes enfouir tout mort huy a .xxx. jours, lequel est ja presques tout pourry ». Herceval respondi : « Je me fie tant en la vertu de celluy qu'il servi par jour et par nuit doulcement que je croy que son corps soit encores [f. 86r] tout sain ; et ce pourras tu ja esprouver, quant tu le verras porter en l'egli<s>e[fw] ».

[LXIV] Comment saint Eloy et saint Aubert dedierent l'eglise saint Foursy

Quant ces choses furent dictes, le benoit evesque monseigneur saint Eloy et saint Aubert, qui pour ceste cause furent appellèz, y vindrent et furent presens atout moult grant pueple et dedierent l'eglise en moult grant solemnité, si comme il est de coustume. Et ainsy qu'ilz vouldrent tyrer le corps saint hors du tombel et le porter en l'eglise, la femme Herceval y couru atout sa mesnie, comme deceue par fole souspeçon, et fist descouvrir le corps saint du pale pour le veoir ; mais quant elle le cuida veoir, elle perdy soudainement la veue des yeulx. Maintenant fu elle [f. 86v] espoentee et commença a crier et a plourer, et appella un chascun des deux sains evesques par leur nom et leur pria pour l'amour de Dieu qu'ilz eussent pitié d'elle et qu'ilz priassent le corps saint pour elle. Or congnut elle bien qu'elle avoit trop mespris envers luy, si s'en repenty de tout son cuer. Qu'en diroit on plus ? Les sains evesques se mirent en oroisons et tout le pueple aussy et plourerent et traveillerent tant pour la santé de celle grant dame que nostre Seigneur Dieu luy rendy la veue ; et quant elle vit ce, elle commanda a loer nostre Seigneur et donna soy et touttes ses choses a monseigneur saint Foursy. Et est a tousjours le corps saint aussy sain et aussy entier comme il estoit le propre jour qu'il t<r>espassa de ce siecle.

[LXV] Comment saint Eloy et saint [f. 87r] Aubert enterrerent le corps saint Foursy emprés l'autel saint Pierre

Adoncques les benois evesques prindrent le glorieux corps saint que Herceval avoit fait garder a grant honneur au portail de l'eglise .xxx. jours ; si l'emporterent entre leurs bras dedens l'eglise et l'enterrerent

40 Anticipation de *toy* dans le ms. : courouce *toy*.

emprés l'ostel de monseigneur saint Pierre, le prince des apostres, a moult grant reverence et a moult grant doulceur de choses souef flairant. Herceval et sa fenme ordonnerent en celle eglise des religieux chanonnes pour servir Dieu et les sains, mesmement ceulx qui en ce lieu sont selon le commandement des benois peres, et leur donnerent grans rentes et grandes revenues. En la premiere eglise qui estoit en ce lieu, avant ce que Herceval eut fait ceste eglise pour l'amour [f. 87v] de monseigneur saint Foursy, y avoit enterré ses amis saint Beodain et saint Melmdain[fx], de qui il avoit veues les ames en esperit quant il soustint les merveilleuses laidaignes[fy] des dyables, et maint autres sainctuaires qu'il avoit porté avecques luy, sans ceulx qu'il avoit apporté de Romme, qu'il avoit fermement enseelés[41] en l'abbaie de Laigny, par les merites desquelz nostre Seigneur faisoit moult de miracles en ce lieu.

[LXVI] Comment saint[42] Eloy fist une fiertre pour y mectre le corps saint Foursy

Quant monseigneur saint Foursy eut esté .iiii. ans en terre, Herceval et sa femme vindrent a monseigneur saint Eloy et luy baillerent leur tresor et tout ce que nostre Seigneur avoit fait donner a l'eglise, et luy pria humblement, et tout le clergié aussy, qu'il en fesist une fiertre[fz] [f. 88r] convenable a monseigneur saint Foursy ; laquelle il fist de merveilleuse et belle veue et appella avecques luy saint Aubert pour mettre le corps saint dedens. Et quant ilz se approcherent du sarcus pour lever le corps saint, ilz le trouverent aussy sain et aussy entier comme il estoit le jour qu'il y fu mis ; si commencerent a plourer de joye et descouvrirent au clergié et au peuple comment il estoit ; et aprés le renvoleperent par digne veneracion et le oignirent de ungnemens souef flairans et l'enclorent en la fiertre le .ixe. jour de fevrier ouquel jour il entra ou palais du ciel ; et puis le mirent derriere l'autel saint Pierre, le prince des apostres, devers Orient, emprés lequel autel il avoit geu longuement ; et cest autel est le principal autel de[43] [f. 88v] l'eglise ou gist monseigneur saint Foursy. Et tous ceulx qui depuis ce jour jusques a ores ont requis monseigneur saint Foursy en icelle eglise ou il gist on<t> eu quanques il ont requis et demandé en vraie foy et ont encore sans destrourbement quelconque.

---

41 Ms. : *enseelees.*

42 Répétition dans le ms. : *saint.*

43 Répétition dans le ms. : autel *de de* l'eglise.

[LXVII] Comment une noble dame de Peronne fu guarie de l'eaue de la fontaine saint Foursy

Or advint une annee aprés que une si grant faulte de vin fu en France que a paines n'en pouoit on trouver pour faire le sacrement de la messe. Si avint que une noble dame de Peronne et une grant partie de sa mesnie furent susprins d'une tresgrieve enfermeté et ja se desesperoient d'avoir santé telement qu'ilz ne attendoient mais que la mort. Si vint une nuit une vision, [f. 89r] en dormant, a celle dame : qu'elle envoiast a icelle eglise ou repos<o>it le corps de monseigneur saint Foursy et qu'elle demandast du vin dont le precieux corps de Jhesu Crist estoit consacré chascun jour. Lors elle appella ung sien serviteur, le plus sage et le plus discret qu'elle eust, et luy raconta par ordre tout ce qu'elle avoit apperceu en vision. Cestui s'en couru hastivement a l'eglise et demanda au maneglier qui gardoit l'eglise du vin pour rendre santé a sa dame, mais ledit maneglier ne luy en voult point donner pour ce qu'ilz en avoient pou. Et que fist ledit serviteur ? Il ne luy osa faire force ne ne devoit, si s'en ala a la fontaine qui encores est emprés l'eglise et en puisa plain son pot qu'il porta a sa dame et lui dist que c'estoit eaue ; elle en but comme bien creant [f. 89v] et, tantost qu'elle en agousta, elle senti le meilleur vin qu'elle bust oncques[ga] et reçut santé du tout. Or oyéz comment nostre Seigneur Dieu fist de beaulx miracles par les merites de son glorieux confés monseigneur saint Foursy qui fist de l'eaue vin et rendy santé a tous les languissans qui en beurent[gb]. Adoncques se leva le honnourable matrone saine et haitie et toute sa mesnie, et s'en ala a l'eglise atout cierges et autres offrandes d'or et d'argent ; et puis donna soy et toutes ses choses sans rappel a nostre Seigneur et a son benoit conféz saint Foursy et parfist le remanant de sa vie dignement et loyalment au service divin ; et repose en ce lieu par l'ottroiement et voulenté du Pere et du Fil et du Saint Esperit, une Trinité parfaitte regnant par siecles et tamps infinitz. Amen.

[f. 90r] Cy finent la genealogie, la vie et les miracles du glorieux conféz et amy de Dieu monseigneur saint Foursy, prelat et abbé de Laigny sur Marne, qui fu extrait de noble lignie royale et natif de Hibernie. luy, .iiie. de freres germains, tous glorieux sains, comme plus a plain il appert cy dessus ; finablement, en l'an .vi^{c} lii. ou environ, il trespassa de ce siecle a Masieres sur Aulthie qui ad present se appelle Frohens, seant a deux lieues dessoubz Dourlens en Pontieu ; duquel bieneuré le corps saint repose aujourd'huy en la grande eglise de la ville de Peronne, sur la riviere de Somme. Ce fu fait et translaté par Jean Mielot, prebstre chanoine de Lille en Flandres, l'an de grace mil .iiii[c]. soixante deux.

[f. 90v] [Saint Fursy en évêque parmi les malades]

S'ensieut la declaracion des .vi. enfermetéz[gc] ou maladies dont, a l'aide de Dieu et par miracle, le glorieux confés et amy de Dieu [f. 91r] monseigneur saint Foursy de Peronne garist par ses merites et vertus tous ceulx et celles qui devotement et de bon cuer le requerront en leurs afaires et neccessitéz[gd]

Les seigneurs d'Eglise a Peronne
afferment que toute personne
qui a fievres ou pammoison,
ou paralisie a foison,
ou une pierre en la vesie,
ou l'enflure d'idropisie,
ou d'entrailles derompisons,
ou de boyaulx avalisons
et briefment tout quanquez physicque
ne puet saner par sa practique,
en priant Dieu et saint Foursy
est tost guarie et saine aussy.

Premierement de la maladie que on dist fievres ou actéz chaulx ou frois[ge]

Fievres doncques sont une ma- [f. 91v] -ladie formele selon soy. Et, en tant qu'elles sont une espece tresespeciale, selon ce elles sont une chaleur embrasee ou ceur ou une flamme conscendente[gf] de la poittrine en tout le corps, et, au regart qu'elles sont une chaleur excedente sur le menbre, acquise des vapeurs conculquees et du mouvement des esperis[gg], selon aussy leur matere en laquelle elles sont, on les devise communement, car l'une est affimere[gh], l'autre ethicque et l'autre pourrie. Et dient aucuns que toutes fievres qui viennent de apostume sont effimeres ; et ce se fait a cause de la douleur quant les esperis confluent a certain lieu et eschauffent et, yceulx destempréz, inducent la fievre effimere. Les fievres ethicques sont fondees en la substance de la moisteur[gi] tierce, [f. 92r] mais les pourries es humeurs[gj] et les effimeres es esperis. Or est ainsy que les fievres pourries sont diversifiees en mainte diverseté, mais le plus generale est ceste cy, car la matiere des fievres pourries l'une est constrainte et l'autre est esparse[gk]. La constrainte est une matiere[44] assamblee au par dedens, si comme sont les apostumes, opilacions et les p\l/aies plaine<s> de boe ; et l'esparse est celle qui se fait de divers humeurs en divers lieux, ou au contraire. Et sont dictes fievres de « ferveo, ferves » en latin, c'est a dire « eschauffer », pour ce qu'elles font eschauffer la personne ; ou elles sont dittes de « *frigeo, es* » en latin, c'est a dire « reffroidier » pour ce qu'elles font reffroidier l'omme.

De panmoison[gl]

Panmoison est une maladie [f. 92v] ou une passion, c'est assavoir ung non voluntaire mouvement de menbres voluntairement mobiles, quant ilz sont contrains en longeur ou sont extendus en largeur. Pour tant, selon aulcuns, on la diffinist ainsy : panmoison est une contraction de ners empeschant le mouvement voluntaire ; et selon les aultres : panmoison est une contraction ou une extension de ners[gm] et de mahoitres, estant principalement ou col et ou haterel de la teste. Et vient panmoison en pluseurs manieres : une fois en la main, l'autre fois ou pié, une fois au sourcilz, l'autre fois en l'ueil ou au néz ou lez levrez, comme il advi<e>nt a ceulx qui labourent a la mort ; ou elle vient de inanicion et vuideur, ou de repletion, si comme de trop grant flux ou de froideur [f. 93r] naturelle ou artifficiale, ou par vomissement, ou par egestion, par sueur, par flux de sang ou par quelconques autre evacuacion, ou par fievre aguë ou par quelque autre maladie aguë, trop jeuner ou par aucune autre chose desectant le humidité du corps.

De paralisie[gn]

Paralisie est une opilation de nerfz sensibles ou motifz ou la relaxacion d'iceulx, privant les menbres supposséz de sentement ou de mouvement voluntaire ou de l'un et de l'autre. Certes les nerfz motifz et sensibles sont opiléz par le humeur flumatique, ou sanguin, ou melancolique, decourant sur eulx et les relaxant. Il y a deux manieres de paralisie, car l'une est universele et l'autre est particuliere. Le universelle est celle que [f. 93v] umuer seullement occuppe la moienne partie du corps et de la,

---

44 Ms. : *maliere.*

selon de la partie, est nommee paralisie. La particulié est celle qui est faitte en aucune partie du corps, si comme en la face, en la langue, en la main, en la vesie ou es piéz ; et aucunefois elle se fait depuis l'ombril en bas, les parties dessus l'ombril estans saines et celles d'embas destituees de sentement et mouvement.

De la pierre[go]

La pierre et les araines naissent de superfluités diverses et visqueuses et reins et en la vesie, desquelles est engendree la difficulté de pissier. Certes la generacion de la pierre se fait par chaleur agente en humeur visqueuse, en sublimant les parties subtives et en engroissant les grosses car, selon Aristote en son [f. 94r] livre des *Minerailles*, la pure terre n'est point faicte pierre, car elle ne fait point de contumacion[gp] pour ce que la secceresse, vainquant en elle, ne le permet point conglutiner. Vray est que tous ceulx qui ont la pierre, et mesmement ceulx qui labeurent en la vesie, sueffrent conscipacion de dur ventre et difficulté et tardiveté d'aler a chambre, mais se le extreme et derniere difficulté de pissier vient que on dist « surcia »[gq], elle n'est point sans peril.

De ydropisie[gr]

Ydropisie atout son enfleure, comme dient les maistres, est l'erreur[gs] de la vertu digestive du foye, non entendant a digerer par ce vice du foye. Et pour ce dist Constan[gt] que ydropisie est ung erreur de la muable vertu ou foye, et dist muable a la difference [f. 94v] de la digestive. Les aultres dient que c'est ung humeur eaueux entre cuir et char avecques inflacion et halaine puante et que c'est la maladie ou enflure que on appelle le mal saint Quentin.

De hernie[gu]

La derompure des entrailles ou avallisons des boiaulx que on dist « hernie » est une enflure du sac des genitoires de longue duree et envillie qui jamais n'est garie sans cyrurgie. Si comme l'enflure qui vient de hernie doncques est une commune passion des entrailles et genitoires ; certes l'une et l'autre grifve[gv] et blesce et se fait par rarité et rompture, mais celle qui est par rarité sans relaxacion est plus doulce, et l'enflure est plus basse, et celle qui vient par rompture est plus griefve. L'un<e> et l'autre se fait par saulter, par [f. 95r] cheoir, par fais, par lever a force ou par nuisant effort de jouer, par pouly de pié, par aspre luicte et par trop grant efforchement de luxure aprés replecion de pain et de vin. Vray est que ceste hernie reçuet tantost curacion quant elle est foible et recente, mais quant elle est enviellie et es<t> eagiez, elle n'est jamais garie senon par cyrurgie.

Il fait cy a noter que les .vi. rimes doublettes cy dessus escriptes « Les seigneurs d'Eglise etc. » sont en substance prinses et extraittes de ce verset : « *Febris psalmus paralisis calculus et hernia curantur at ydropisis. Breviter et omnia que sanare nequit phisis sanat suis gratia* ». Lequel saint Fursy est le quart en le hymne : « *Pange lingua plebs Fursei etc.* » ; et se chante aux laudes de l'office du trespas et translacion du [f. 95v] glorieux conféz et amy de Dieu monseigneur saint Foursy de Peronne, prelat et en son vivant abbé de Laigny sur Marne, qui trespasa de ce siecle le .ix. jour de fevrier l'an .vi^{c} lii. ou environ ; et ad present, l'an mil .iiii^{c} lxix., repose son precieux corps en la grande eglise de ladicte ville de Peronne. Ouquel lieu et ailleurs il guarist journelement de .vi. maladies dessus dictes comme de gravelle, de gouttes, de excoriacion ou col de la vesie, de trenchisons ou agrapisons, du vertin ou du mal caducque et de la ratele et de pluseurs autres diverses enfermetés et passions tous ceulx et celles qui devotement et de bon cuer le[45] requerrunt et reclamerunt en toutte confidence.

Des trois festes de monseigneur saint Foursy confés par tout l'an

[f. 96r] Nota que le natal, c'est a dire le jour de la nativité ou canonization du glorieux conféz et amy de Dieu monseigneur saint Foursy de Peronne est tous les ans et celebree en saincte Eglise le .xvie. jour du mois de janvier, ouquel jour il fu canonizié. Item le jour de son trespas de ce siecle est solempnizié le .ixe. jour de fevrier, ouquel jour il mouru a Masieres en Pontieu[46], qui maintenant se appelle Frohens sur Aulthie, a .ii. lieues dessoubz Dourlens, l'an .vi^{c} lii. ou environ ; puis fu enseveli devant le grant portal de l'eglise de Peronne et puis, .iiii. ans passéz, il fu translaté ce meisme .ixe. jour de fevrier derriere le grant autel de saint Pierre. Item il y a une autre translacion le .xviie. jour de septembre, lors qu'i fu eslevé en hault dessus le grant autel[gw].

45 Ms. : *te.*

46 Entre *en* et *Pontieu*, *en pon* gratté.

NOTES PHILOLOGIQUES, HISTORIQUES ET LITTÉRAIRES

a Le manuscrit s'ouvre sur une table des rubriques composée d'après le colophon à Lille en 1468. Elle a été copiée à longues lignes, sans alinéas, et l'initiale de chaque titre est champie. Elle contient le remaniement des rubriques du texte, à l'exception de celles qu'on trouve aux f. 90v-96r, rédigées en 1469 et concernant les maladies. L'absence de renvois aux folios du codex permet d'exclure que cette table ait été conçue comme un outil susceptible de favoriser la lecture sélective.

b *Floret et Rosette* – Le nom des enfants jumeaux ressuscités par saint Fursy ne se lit pas dans la légende. Miélot avait introduit ce détail dans le ms. Paris, BnF, f. fr. 17001 et dans le *Martyrologe* de Bruxelles. Ces noms sont absents dans le texte latin de base et dans les autres versions vernaculaires recensées.

c *fu ravi en esperit* – La locution garde ici et aux f. 2v, 5v, 29v, 30v, 31v, 65v, 87v le sens de « être dans un état d'extase ». Elle est aussi attestée chez Jean Daudin, Christine de Pizan et dans *Le Mystere de la Passion de Troyes*. *Cf.* DMF 2015, voir *esprit*, B1.

d *Sanctus, sanctus, sanctus Dominus Deus Sabbaoth ! Osanna in excelsis !* – Il s'agit du principal hymne d'adoration de la religion catholique ; la première partie du chant vient du prophète Isaïe [Is. 6,3], qui a entendu les séraphins le chanter devant le Seigneur. Le mot *Sabaoth* signifie « Seigneur des armées célestes ».

e *saint Ultain* – il alla en Angleterre avec ses frères et il vécut en ermitage avec saint Fursy. Après la mort de ce dernier, il se rendit en France où sainte Ite et sainte Gertrude lui conférent des possessions à Fosses dans le but d'y bâtir un monastère. On ne sait pas si Ultain devint abbé de Fosses, mais sa présence à l'intérieur du cloître est attestée jusqu'au trépas de sainte Gertrude (659), dont il avait prédit la mort. Il fut ensuite chargé de la conduite du monastère du Mont-Saint-Quentin de Péronne et il mourut dans cette ville vers 680. Molanus écrit que son corps repose à Fosses, mais J. Desmay ajoute qu'il est certain que sa tête et une grande partie de ses membres se trouvent à Péronne dans l'église de Saint Fursy. Sa fête est solennisée par l'Église le premier jour de mai. *Cf. Bibliotheca Sanctorum*, *op. cit.*, t. 12, col. 803 ; J. Desmay, *op. cit.*, p. 182-185.

f *la cruele maladie royale appellee leu* – Miélot associe le *lupus* aux écrouelles, autre maladie tuberculeuse. Le roi de France, le jour de son sacre, touchait les écrouelles des malades car on pensait qu'il avait le pouvoir de les guérir ; c'est pour cette raison que les écrouelles sont nommées « maladie royale ». Le mot *leu* peut d'ailleurs être associé à l'image du « loup », car le remède que les médecins donnent à ceux qui en sont atteints c'est de manger de la viande crue « ainsy que fait ung leu ravissant quant il a longuement jeuné » [67r].

g *saint Foillain* – il alla en Angleterre avec ses frères et se chargea de la conduite du monastère de Cnobheresburg. Lorsque le roi païen Penda détruisit sa fondation monastique, il partit en Gaule avec ses moines et emporta les reliques et les livres sacrés qui avaient échappé au pillage. Il fut accueilli à Péronne par Herceval et à Nivelles par sainte Ite et sainte Gertrude. Un jour, lorsqu'il parcourait les villes de Flandres pour prêcher les

Évangiles, il traversa une forêt entre Soignies et Nivelles, où il fut massacré avec trois de ses compagnons par des païens. Pendant qu'il endurait le martyre, son âme apparut à son frère Ultain sous forme d'une colombe blanche qui voltigeait entre trois créatures revêtues de robes blanches aux bordures écarlates. Par la suite, un ange révéla à sainte Gertrude le lieu où son corps se trouvait. Sainte Gertrude se mit donc en route avec ses sœurs et trouva les corps intacts. Ensuite ils furent transportés au monastère de Nivelles et ils furent enterrés, comme Molanus l'assure, au monastère de Fosses, dans le diocèse de Liège. Le jour du martyre serait le dernier d'octobre de l'an 654. *Cf. Bibliotheca Sanctorum, op. cit.*, t. 5, col. 952-954 ; J. Desmay, *op. cit.*, p. 162-167.

h *Herceval* – il était *Major Domus* à la cour de Clovis II. Suivant les *Chroniques* de Sigebert de Gembloux, J. Desmay explique qu'il était donc Maire du Palais, c'est-à-dire surintendant de la maison du roi ; il ajoute pourtant que le légendaire de Péronne l'appelait Patrice. *Cf.* J. Desmay, *op. cit.*, p. 170.

i *pour faire une belle et riche fiertre* – Saint Éloy, évêque de Noyon, était très talentueux dans le domaine de l'orfèvrerie. À l'époque où il était un jeune maréchal-ferrant, le roi Clotaire II lui avait commandé la réalisation d'un siège d'or. Éloy réalisa deux sièges avec la quantité de métal que le roi lui avait donnée ; frappé par son honnêteté, Clotaire lui accorda donc sa confiance. Selon une tradition très répandue dans l'Europe médiévale à partir du XIVe siècle, Eloy osa ensuite défier la puissance céleste, en accrochant à sa porte une enseigne qui le présentait comme « Maître sur Maître et Maître sur tous ». Jésus lui donna une leçon d'humilité et enfin lui pardonna en lui permettant de rester « Maître sur Maître ». *Cf. Bibliotheca Sanctorum, op. cit.*, t. 4, col. 1064-1073.

j *envolopéz* – la forme *envolopé* pour *envelopé* est attestée entre autres chez Froissart, dans le DMF 2015, voir *envelopper*, A1c et dans FEW III, p. 398 et 400. Dans notre texte, elle se trouve aussi au f. 70v (*envolopéz*) et au f. 88r (*renvoleperent*).

k *monseigneur saint Denis* – les saints cités dans ce prologue sont principalement en rapport avec les régions du Nord de la France. Au IIIe siècle, après avoir écouté la prédication de Paul devant les philosophes de l'Aréopage, Denys embrassa la foi chrétienne. Il ouvrit une école ésotérique à Athènes et il devint ensuite évangélisateur de la Gaule. Venu pour convertir les païens de Paris, il devint le premier évêque de la ville et le symbole du transfert culturel de la Grèce à la France. *Cf.* Act. 17, 34 ; *Bibliotheca Sanctorum, op. cit.*, t. 4, col. 631-633.

l *saint Piat* – saint martyr originaire de Bénévent (IVe siècle), évangélisa la région de Chartres et surtout la ville de Tournai où, selon la légende, trente mille païens se convertirent en deux mois par sa parole. *Cf. Bibliotheca Sanctorum, op. cit.*, t. 10, col. 544-549.

m *saint Quentin* – d'origine romaine, Quentin partit pour la Gaule avec plusieurs compagnons pour évangéliser la région du Beauvaisis et de la Picardie (IIIe siècle). Après sa décapitation, sur le lieu de son martyre une petite ville surgit, qui prit son nom : Saint-Quentin. *Cf. Bibliotheca Sanctorum, op. cit.*, t. 10, col. 1313-1316.

n *saint Lucian* – originaire d'une famille romaine, Lucien parcourut l'Italie pour prêcher (IIIe siècle). Victime de persécutions, il fut ordonné évêque par le pape qui l'envoya en Gaule. Il s'installa à Beauvais, où il contribua à la conversion de près de trente mille hommes, avant son martyre par décapitation. *Cf. Bibliotheca Sanctorum, op. cit.*, t. 8, col. 267-268.

o *saint Aubin* – originaire de Vannes, en Bretagne, il devint évêque d'Angers, dont il est le patron (VIe siècle). Il fut l'un des principaux promoteurs du troisième Concile d'Orléans qui réforma l'Église franque avec une grande fermeté. *Cf. Bibliotheca Sanctorum, op. cit.*, t. 1, col. 719-720.

p *saint Crespin et saint Crespinian* – venus de Rome, saint Crespin et saint Crespinian se firent cordonniers pour mieux annoncer l'Évangile. Ils vécurent dans la région de Soissons et donnèrent le témoignage du martyre (IIIe siècle). *Cf. Bibliotheca Sanctorum*, *op. cit.*, t. 4, col. 313-318.

q *saint Julien* – il fut envoyé en mission en Gaule et devint le premier évêque du Mans. *Cf. Bibliotheca Sanctorum*, *op. cit.*, t. 6, col. 1199-1201.

r *saint Josse* – second fils de Juthaël, roi de Domnoné, au nord de la Bretagne. Quand Juthaël mourut, son fils aîné Judicaël lui succéda, mais, voulant se retirer du pouvoir, il offrit la couronne à son frère Josse. Ce dernier décida pourtant de partir pour Rome ; il visita Chartres et Paris, mais avant de prendre la route vers le sud, il remonta vers l'Artois et s'installa dans le Ponthieu, où il construisit un ermitage. *Cf.* N.-O. Jönnson, *op. cit.*

s Cette rubrique paraît constituer la description de l'image de dédicace bien plus que le titre du prologue suivant.

t *demerir* – les dictionnaires DMF 2015, *démérir*, FEW VI/2, p. 29 et GDF II, p. 499 attribuent à ce verbe le sens de « mériter pleinement une chose négative ». Dans ce contexte, le verbe garde pourtant un sens plus positif attesté uniquement dans Cotgrave pour le substantif *demerite*.

u *cler langaige de France* – l'emploi de la « claire » langue de France s'impose comme une nécessité aux yeux du « translateur ». Miélot emploie également cette locution dans la traduction de la première épître de Cicéron au frère Quintus (« convertir en cler langaige de France », ms. Paris, BnF, 17001, f. 6v) et dans la *Vie de sainte Katherine* (« translaté en clair français », ms. Paris, BnF, 6449, f. 110v).

v *Maistre Vincent, qui compila jadis quatre solennelz volumes nomméz le* Miroir Hystorial – allusion à Vincent de Beauvais et au *Speculum Historiale.*

w *l'empereur Constant, qui fu aussy dit Constantin* – Constant II, fils de Constantin III, fut empereur byzantin de 641 à 668. Miélot reprend le texte de Vincent de Beauvais et souligne qu'il a régné vingt-six ans, à partir de 643 : « *Et Constans qui ex Constantinus dicitur, filius Constantini regnavit annis 26. Caepit autem anno 643. Mundi vero 4497* ». *Cf.* V. de Beauvais, *op. cit.*, liber XXIII, chap. LXXIX, p. 926b-927a.

x *Pius le second de ce nom estant pape de Romme le .v*e*. annee de son papat* – Enea Silvio Piccolomini, né à Corsignano dans la République de Sienne en 1405 et mort en 1464 à Ancône, fut élu pape le 19 août 1458 sous le nom de Pie II.

y *Frederic le tiers, empereur d'Alemaigne, le .xii*e*. an de son empire* – Frédéric de Habsbourg, né à Innsbruck le 21 septembre 1415 et décédé à Linz le 19 août 1493, fut empereur romain germanique sous le nom de Frédéric III de 1452 à 1493.

z *Loys le .xi*e*. de ce nom, roy de France, le premier an de son regne* – Louis XI de France fut roi de 1461 à 1483 (Bourges, 1423 – Château du Plessis-lez-Tours, 1483).

aa La généalogie illustrée dans les pages qui suivent est tirée de la *Vita Secunda*. S. Hamann a mené une étude sur les sources qui auraient pu contribuer à définir les traits biographiques de saint Fursy. Elle a notamment pris en considération les compilations des généalogies irlandaises, les martyrologes et les légendes des autres saints. Bien que les données transmises soient souvent contradictoires, ces documents constituent des outils précieux pour comprendre les contextes cultuels, car « *in the world of early medieval Irish historiography an origin is the demand the present makes upon the past, not knowledge of the past for its own sake* » (D. Ó Corráin, « Creating the past : the early Irish geneaological tradition », *Peritia*, 12, 1998, p. 177-208, notamment p. 185). *Cf.* S. Hamann, « St. Fursa, the genealoy of an Irish saint, the historical person and his cult », *Proceedings of the Royal Irish Academy*, t. 112c, Royal Irish Academy, 2011, p. 1-41.

ab *Saint Brandain oncle* – saint Brendan de Clonfert, né vers 484 dans le royaume de Munster et mort en 547 ou 578 à Annaghdown, fut surnommé le Navigateur car, dans la tradition celtique de l'*inrama*, il partit pour une quête de sept ans à la recherche du jardin d'Eden.

D'après une légende tardive, il aurait été abbé, fils de Findlug. Ce serait donc à tort que les biographes font de lui un évêque, oncle de Philtan. Dans cet arbre généalogique, son nom est placé à côté de la lignée paternelle de saint Fursy. *Cf. Bibliotheca Sanctorum*, *op. cit.*, t. 3, col. 404-409.

ac *Martin pappe premier* – selon une pratique bien établie, Miélot insère dans l'arbre généalogique certains noms d'autorités civiles et religieuses contemporaines de la vie du saint ; ces noms, isolés dans la page, constituent des repères chronologiques. Dans ce cas, il cite le pape Martin Ier qui, né en Ombrie et mort en Crimée en 655, fut considéré saint par les catholiques et les orthodoxes. En vertu de sa sainteté, Miélot lui consacre une petite biographie insérée dans le ms. Bruxelles, Bibliothèque Royale, 9946-48 au Xe jour de novembre : « Saint Martin pape et martir presida en l'eglise de Romme le .lxxiie., en icelluy temps que l'empereur Constans encheÿ en l'eresie des Monocelitains. Si comme avoit fait Eraclius son taion, cestui saint Martin pape celebra a Romme ung concile ou il condempna tous les affermeurs de mauvaise doctrine et souverainement Pol Patriarche de Constantinoble faussement nommé. Laquelle chose seue, icelluy mesmes Constans evoca a Constantinoble ledit pape Martin ; lequel Theodoire, surnommé Caliopa, avecques Theodore, cubiculaire de l'empereur, qui s'appelloit Puluvius, osterent hors de l'eglise saint Salvatour et le menerent en Constantinoble ; ausquelz il ne obeÿ point et puis le saint homme fu mené en exil en ung lieu nommé Cersone et fina leans sa vie comme il pleust a Dieu qui œuvre chacun jour moult de miracles oudit lieu. Ce saint homme fu depposé le .xvi[e]. jour de septembre, toutesfois son natal est celebré a ce jour cy. Il trespassa au temps dudit empereur Constant, l'an de nostre Seigneur .vi[c] lxxv. » [f. 98r].

ad *Clovis roy de France .ii.* – Clovis II, né en 635, accéda au trône à la mort de son père Dagobert Ier en 639 et fut roi de Neustrie et de Bourgogne jusqu'à sa mort, survenue le 31 octobre 657.

ae Dans la généalogie de saint Fursy, Miélot emploie les termes de parenté *proave*, *abave* et *actave*, que l'on retrouve aussi dans *La vie et les miracles de saint Josse*, avec les sens attestés par le DMF 2015. Il adopte également des correspondants féminins inédits en *-aive* (*proaive*, *abaive*, *actaive*), calqués sur le mot *aive* au sens de « aïeule », enregistré par le DMF 2015, voir *aive* 2. *Cf.* N.-O. Jönnson, *op. cit.*, p. 86 ; A. Schoysman, *Jean Miélot, Jean Boccace et les généalogies*, *op. cit.*, p. 487 ; A. Heinz, *op. cit.*, 1964.

af *Philtan Roy pere de saint Foursy* – les généalogies et les martyrologes irlandais partagent l'idée que Filtan et Findlug (soit Philtain et Fondeloge) ont été le père et le grand-père de saint Fursy. Leur région d'appartenance pose cependant quelques problèmes car selon certaines sources la lignée devrait être originaire de l'Ulster, selon d'autres du Munster. D'après la *Vita Secunda*, Findlug était roi du Munster. Selon S. Hamann, cette tradition biographique serait la plus ancienne. *Cf.* S. Hamann, *op. cit.*, p. 20-39.

ag *Gelgehes Royne mere a saint Foursy* – les documents historiques irlandais sont très flous pour ce qui est de la lignée maternelle de saint Fursy. Dans le martyrologe de Cashel on lit : « *nomen matris eius erat Gelgesia* », mais il y a plusieurs hypothèses à propos de ses origines. Selon la tradition la plus ancienne, Gelgehes serait originaire du Connacht tandis que selon la *Vita Secunda* elle serait née dans la région de Conaille Muirthemne (Ulster). Aucune de ces généalogies ne fournit de véritables informations biographiques : elles se réfèrent uniquement à des traditions cultuelles prenant appui sur les lieux où l'activité ecclésiastique de saint Fursy a été vivante en Irlande. *Cf.* S. Hamann, *op. cit.*, p. 7-20.

ah Le début du texte correspond à celui de la *Vita Secunda*. S. Hamann s'est interrogée sur son origine et elle a remarqué que les deux auteurs latins, Serlon et Robert d'Argenteuil, ont fusionné deux traditions généalogiques indépendantes, celle qui suppose que le père de saint Fursy est originaire du Munster et celle qui présume que la mère est originaire du Conaille Muirthemne. D'après elle, on peut donc avancer deux hypothèses : ou bien le texte latin originaire a été tiré d'une *schedula* irlandaise très ancienne qui a disparu et qui contenait déjà la fusion des deux traditions généalogiques, ou bien les auteurs ont créé un nouveau récit, en se laissant inspirer par les régions irlandaises où la vénération du saint était vivante à l'époque de la composition. *Cf.* S. Hamann, *op. cit.*, p. 40-41.

ai *isle d'Irlande* – au début du premier paragraphe, l'Irlande est présentée comme une île, dont les provinces sont gouvernées par des rois. Après cette première explication, les compétences des auteurs latins, Serlon et Robert d'Argentueil, semblent s'affaiblir et, faute d'une documentation plus précise, ils esquissent le tableau d'un pays qui a beaucoup d'analogies avec le portrait qu'en fera Giraud de Barri (« L'Irlande est une terre inégale et montagneuse, molle et humide, pleine de forêts et de marécages. C'est véritablement un désert, sans la moindre route, mais c'est un désert humide. On peut voir l'eau stagner en haut des montagnes : au sommet des collines les plus hautes et les plus escarpées, on trouvera des eaux dormantes et des marécages », J.-M. Boivin, *L'Irlande au Moyen Âge : Giraud de Barri et la « Topographia Hibernica » (1188)*, Paris, Champion, 1993, p. 169). L'Irlande se carcatérise en effet par des éléments aquatiques dont le coordonnées manquent souvent d'exactitude : les parents de Fursy se réfugient sur l'île de Esbrem ; saint Brendan dirige un monastère sur l'île de Clonfert ; Fursy même se retire sur une autre île nommée Rathmath. Bien qu'intéressés aux dynamiques de la réforme ecclésiastique, les deux moines de Lagny évoquent la patrie de Fursy sous des traits quelque peu « exotiques ».

aj *au plus jenne frere du roy Brandin, qui ot nom Aelfind* – les documents historiques prouvent pourtant que Aelfind n'était pas le frère des deux autres rois. *Cf.* J. Corblet, *op. cit.*, p. 232.

ak *prouffitoient ja en religion de sainte chrestienté* – dans l'édition de 1714, Jean Desmay amplifie le récit de Miélot en précisant que Gelgehes avait résolu de ne se marier qu'à un prince chrétien et que c'était pour cette raison qu'elle avait cherché à convertir Philtan qui était encore infidèle. Il spécifie en outre que pour le mariage, les fiancés auraient dû obtenir le consentement d'Aelfind qui, étant idolâtre, se serait par conséquent opposé à une union chrétienne. *Cf.* J. Desmay, *op. cit.*, p. 24-25.

al *il juga sa fille a ardoir* – contrairement aux supplices des martyrs, la peine attribuée à Gelgehes ne trouve pas son fondement dans le désir d'extirper la religion chrétienne ; en effet, la conversion de l'Irlande a été pacifique et sans persécutions sanglantes. L'ire est donc causée par la violation de l'honneur, qui se traduit dans un manque de respect à l'autorité paternelle. En effet, Aelfind, le grand-père de saint Fursy, s'érige en justicier terrible et inamovible ; il rappelle les rois violents, belliqueux et amoraux qui ont poussé Giraud de Barri à s'interroger sur le « fait extraordinaire » que « chez une nation aussi cruelle et assoiffée de sang, la foi, implantée depuis les temps anciens, ait toujours été à ce point tiède qu'aucune couronne du martyr n'a été obtenue pour l'Église du Christ » (J.-M. Boivin, *L'Irlande au Moyen Âge*, *op. cit.*, p. 258). *Cf.* I. Snieders, « L'influence de l'hagiographie irlandaise sur les Vitae des saints irlandais de Belgique », *Revue d'histoire ecclésiastique*, t. XXIV, 1928, p. 596-627 et 827-868, notamment p. 598-599 et C. Plummer, *Vitae Sanctorum Hiberniae, Introduction*, t. 1, Oxford, Oxford University Press, 1968, p. CXXX.

am *l'enfant qui estoit encores en son ventre l'entendi* – la scène présente le *topos* de l'enfant qui est encore dans le ventre de sa mère mais réagit aux événements extérieurs. Ce prodige a lieu pour la première fois dans le Nouveau Testament, lorsque Jean-Baptiste bondit dans le sein d'Elisabeth en entendant la salutation de Marie [Lc. 1, 44] ; toutefois, dans notre cas, la magnificence du saint est annoncée par des paroles qui précèdent sa naissance. Dans la *Vie* de saint Feuillen, ce miracle est raconté d'une autre manière : lorsque Gelgehes monte sur le bûcher, une voix prévient Aelfind de ne pas devenir parricide ; on ne sait pas d'où provient le cri : certains pensent à l'intervention d'un ange, d'autres à celle de l'enfant qui n'est pas encore né. On pourrait supposer que les auteurs de la *Vita* de saint Fursy aient accueilli la suggestion fournie par ce dernier récit en développant un motif qui avait déjà été exploité dans la littérature séculaire, ainsi que dans les légendes hagiographiques (Patrice, Brigitte, Barro, Daniel l'Égyptien etc.). *Cf.* L. Van der Essen, *Étude critique et littéraire sur les vitae des saints mérovingiens de l'ancienne Belgique*, Louvain-Paris, Bureaux du Recueil-Fontemoing, 1907.

an *saint Nicolay* – la *Vie* la plus complète de saint Nicolas évêque de Myre a été écrite par Michel Archimandrite (VIIIe-IXe siècles) en réunissant les traditions orales diffusées dans la région où le culte du saint, qui vécut au IIIe siècle, était encore bien vivant. Le récit de son allaitement miraculeux, probablement tiré du substrat culturel oriental, s'est ensuite inséré dans le tissu de la *Legenda aurea*, où on lit : « *insuper quarta et sexta feria tantum semel ubera sugebat* ». *Cf. Legenda aurea : con le miniature del codice Ambrosiano C 240 inf.*, *op. cit.*, p. 44.

ao *qui gesoient a la terre* – traduction de l'expression latine « *per terram iacentium* ». Le DMF 2015, *gesir* B1a, enregistre le sens correspondant à l'action de tomber en défaillance propre aux malades, aux blessés et aux mourants.

ap *pour la devote lignie* – dans ce contexte, le mot *lignie* signifierait « disposition à agir », sur la base du sens figuré enregistré par le DMF : « direction que prend une chose, sens dans lequel vont les choses ». *Cf.* DMF 2015, *lignée*, D.

aq *avoit de par son pere ung oncle en l'isle de Breen* – selon J. Colgan, ce toponyme désignerait le lac Orbsen (lac Corrib). *Cf.* J. Colgan, *op. cit.*, p. 89, n. 10.

ar *il avoit fondé une eglise en une isle nommee Cluanferte* – Clonfert, siège d'un monastère fondé par saint Brendan, n'est pas une île, mais une petite ville dans le comté de Galway.

as *les herberga en la maison aux hostes et leur donna assés a mengier* – saint Brendan offre aux époux un accueil chaleureux qui attire l'attention sur les valeurs fondamentales régissant les communautés de l'Église celtique. En effet, bien que dès les débuts du monachisme irlandais les trois vœux (pauvreté, chasteté, obéissance) soient communs à tous les moines, les religieux irlandais se caractérisent bientôt pour des traits distinctifs qui marquent un chemin d'ascèse tout à fait particulier. En premier lieu, l'hospitalité devient un caractère national : le bâtiment le plus important dans les monastères est l'hôtellerie, car on insiste souvent sur le principe que le Christ même a été reçu comme un étranger. Deuxièmement on applique de façon très rigide la loi du jeûne : la naissance de Fursy est fêtée avec six jours d'abstinence. Le régime alimentaire est extrêmement sévère et beaucoup de monastères pratiquent le jeûne perpétuel avec un seul repas frugal par jour, à l'heure de none ou aux vêpres ; cependant, jeûner n'est pas uniquement un acte de pénitence : dans la *Vita secunda* cette pratique sert à remercier l'autorité divine pour l'enfant qui a visiblement démontré sa sainteté. *Cf.* C. Plummer, *op. cit.*, p. CXIII ; L. Gougaud, *Les chrétientés celtiques*, p. 212-213 ; I. Snieders, *op. cit.*, p. 603-604.

at *une si grande clareté descendi du ciel* – ce miracle, destiné à glorifier l'enfant qui va naître, relève des phénomènes de l'ordre de la lumière et du feu ; des prodiges analogues font l'objet de nombreuses légendes hagiographiques irlandaises, comme par exemple les *Vies* de Berach, de Comgalle, de Feachin et de Maedoc.

au *puis baptiza l'enfant et lui mist a nom Foursy, qui est nom de vertus* – saint Brendan attribue à l'enfant le nom de Fursy, selon une forme corrompue tirée du gaélique *Fearta*, qui signifie « vertus ». A cet étymon, J. Corblet ajoute, comme simple rapprochement, le mot anglo-saxon *Furzy*, qui signifie « bruyère, genêt épineux ». *Cf.* J. O'Hanlon, *op. cit.*, p. 236 ; J. Corblet, *op. cit.*, p. 237.

av *affin qu'il ne despleust a Dieu se la monnoie qui luy estoit baillie ne multiplia entour luy tant comme son jenne eage peut souffrir* – il s'agit d'une allusion à la parabole évangélique des talents qu'on lit dans Mt. 25, 14-30 et à celle légèrement différente, qu'on trouve dans Lc. 19, 12-27.

aw *de repaistre les fameilleux, de abuvrer les ayans soifz, de revestir les nudz, de herbergier les deshosteléz, de reconforter les tristres, de conseillier les desconseilliés, de aidier les foibles, et de relever ceulx qui cheoient et de faire les povres riches a son pouoir* – il s'agit des œuvres de miséricorde. On y reconnaît les œuvres corporelles énoncées dans l'Évangile selon Matthieu (Mt. 25, 34-36) et une série d'œuvres spirituelles (le conseil, la consolation et l'enseignement).

ax *il faisoit le commandement de l'apostre quant il faisoit ce que tous vouloient, affin que ung chacun y eust son preu* – allusion au verset biblique I Cor. 9, 22 : « J'ai été faible avec les faibles, afin de gagner les faibles. Je me suis fait tout à tous, afin d'en sauver de toute manière quelques-uns ».

ay *et tant pour la beaulté comme pour la prouesse dont ilz estoient plains, ne fu nul qui les peust mectre en terre, ains eussent bien voulu tous qu'ilz eussent esté ravis par menbres* – les concitoyens auraient tous préféré que les enfants aient été emportés au ciel, y compris leur corps. L'expression *eussent esté ravis par menbres*, (lat. *membratim rapi* : « *quarentibus omnibus prae dolore phrenesim patientibus ea membratim rapi* » *cf.* J. Bolland, *op. cit.*, p. 46) se compose d'une métonymie de « corps » (= *menbres*) et du verbe « ravir » au sens de « enlever (au Ciel) » (*cf.* DMF 2015, voir *ravir* 1b). Le passage signifie donc que pour tous les habitants du royaume, enterrer les deux enfants aurait été pénible, à cause de leur beauté physique, miroir de la perfection de leur âme ; d'où le souhait que la mort emporte au ciel tant leur corps que leur âme. En faisant référence au même texte latin, J. Desmay donne une autre interprétation de l'expression *ravis par menbres* ; elle signifierait littéralement « démembrer ». En particulier, ce savant explique que le peuple barbare de la province irlandaise suivait l'habitude de certains païens qui démembraient les corps morts par morceaux pour les manger ; il spécifie, en outre, que la référence à cette pratique avait déjà été insérée dans le *Légendaire* de l'Église de saint Fursy (*cf.* J. Desmay, *op. cit.*, p. 50-51).

az *qu'ilz fussent menéz oultre la mer* – traduction du latin *trans mare* que l'on retrouve dans la *Vita Secunda*, mais, comme saint Brendan habite sur une île du lac Orbsen, il pourrait s'agir d'une mauvaise interprétation. En réalité, l'ancien lac Corrib était appelé « mer » par les contemporains à cause de sa grandeur (*cf.* J. Colgan, *op. cit.*, p. 89 n. 13). L'image du batelier nocturne qui doit symboliquement franchir la barrière entre la vie et la mort représentée par l'étendue lacustre est souvent évoquée dans les traditions celtiques. *Cf.* C. Segre, *Fuori del mondo. I modelli della follia nelle immagini dell'aldilà*, Torino, Einaudi, 1990, p. 18-19.

ba *ains muerent leur sentence si comme il pleut a Dieu* – au contraire, J. Desmay écrit que le vaisseau chargé de transporter les deux corps chez saint Brendan tombe entre les mains des corsaires qui s'emparent de ce qu'il y a de plus précieux et transportent les corps jusqu'à la cellule de saint Fursy. *Cf.* J. Desmay, *op. cit.*, p. 52.

bb *toutte jour* – forme typique du picard, du normand et du champenois qui a le sens de « sans cesse ». Elle est également attestée au f. 53v. *Cf.* FEW, III, p. 106, n. 18.

bc *Quelle merveille estoit ce, se ceulx cy, qui estoient néz de royale lignie et souefvement nourris entre leurs riches parens, qui oncques n'avoient eu mesaise, et qui estoient en estrange paiis ne ne savoient par quelle adventure, ne comment se devoient contenir ne quilz il devoient honnourer ne supplier, et <ne> seurent ou ilz sont, ne qu'ilz doivent devenir, se ilz avoient angoisse et destresse en leurs cuers ? Quelle merveille estoit ce ?* – Cette section présente une structure syntaxique particulièrement compliquée. Miélot insère entre deux questions rhétoriques identiques une série de propositions coordonnées et subordonnées dont le sens paraît se perdre. Le passage latin correspondant qui figure dans la *Vita Secunda* peut servir comme repère pour s'orienter dans le texte français, bien que celui-ci ne soit pas sa traduction : « *Nec* *mirum regali prosapia geniti, inter Palatinos suos nobiliter educati, totius indigentiae hactenus nescii, inter extraneos quo casu nesciunt positi, qualiter se habere valeant, quibusve supplicare vel dominari debeant, aut quid de eis futurum sit in ignotis partibus dubitantes, praecordiali anxietate afflicti suspirant* » (« Il n'est pas étonnant si ceux-ci, qui sont issus d'une lignée royale, qui ont été noblement instruits dans leurs palais, qui ont jusqu'alors ignoré la pauvreté, qui ont été placés parmi des étrangers dans une circonstance qu'ils ne comprennent pas, qui ne savent pas comment ils doivent se comporter ni qui ils doivent supplier ou honorer, ou ce qu'il en sera de leur avenir dans des régions inconnues, soupirent affligés par des pensées d'inquiétude »). Par rapport à ce texte, Miélot utilise un discours plus emphatique et rend l'affirmation « *nec mirum* » par deux questions rhétoriques (*quelle merveille estoit ce ?*). *Cf.* J. Bolland, *op. cit.*, p. 47. – Pour ce qui est de la séquence « ne quilz il devoient honnourer ne supplier », la leçon *quilz il* n'a pas été corrigée parce qu'à l'époque qui nous concerne, la forme *il* pour *ilz* est présente surtout dans des textes archaïsants ou à prétentions littéraires et dont la langue n'a pas été modernisée par les on copistes (C. Marchello-Nizia, *op. cit.*, p. 223). Pour le commentaire de *quil(z)*, voir Commentaire linguistique, *supra*, p. 82.

bd *Comment les deux enfants resuscitéz alerent par dessus la mer aprés la reigle de bois que saint Foursy y avoit jecté* – le prodige trouve son origine dans le réservoir fabuleux de la culture populaire où les objets ordinaires acquièrent des propriétés magiques. La règle d'écrivain qui guide les enfants par-dessus les eaux se comporte exactement comme la barque sans voiles ni gouvernail qui, dans plusieurs cycles mythologiques, va là où le veut son maître. Le miracle est aussi conforme à ceux qui sont rapportés par l'Écriture Sainte. Dans le *Livre des Rois*, on lit que le prophète Élisée tira du fond du Jourdain le fer d'une hache qui y était tombée et le fit flotter au dessus du fleuve malgré sa pesanteur naturelle [II Rois 6, 1-7]. D'autre part, Jésus et Pierre marchent sur les eaux [Mt. 14, 22-33 ; Jn. 6, 15-21]. *Cf.* S. Thompson, *Motif-Index of Folk Literature : a Classification of Narrative Elements in Folktales, Ballads, Myths, Fables, Medieval Romances, Exempla, Fabliaux, Jest-books, and Local Legends*, Bloomington, Indiana University Press, 1955-1958, t. 2, p. 172 et 277 ; T. P. Cross, *Motif-Index of Early Irish Literature*, Bloomington, Indiana University Press, 1952, p. 139-140 et p. 163-164.

be *courerent* – cette forme du passé simple du verbe *courre* est attestée dans AND, voir *coure* 1.

bf *qu'ilz le lapidassent plus voulentiers qu'ilz ne mengassent* – il s'agit d'une expression qui n'a pas de correspondant dans le texte latin, mais qui ressemble à la solution proposée par le manuscrit de Florence : *que volentiers l'eussent lapidé* [f. 58rb].

bg *avoit son chief espars de pouldre et son corps couvert de la haire* – ces deux locutions décrivent l'état de pénitence d'Aelfind. Le *Nouveau dictionnaire historique des locutions* enregistre les expressions *mettre la pouldre sur son chef* et *porter/vestir la haire* au sens de « faire la pénitence ». *Cf.* G. Di Stefano, *Le nouveau dictionnaire historique des locutions*, Turnhout, Brepols, 2015, p. 1430 et 832.

bh *quant ilz le voult ardoir* – la forme du pronom personnel *ilz* est utilisée ici et aux f. 41v, 51r, 59v, 77v en concurrence avec *il*, comme sujet d'un verbe personnel. *Cf.* C. Marchello-Nizia, *op. cit.*, p. 223.

bi *comment saint Foursy fu ravy en esperit* – le motif du voyage spirituel dans l'Au-delà, qui connaîtra son apothéose avec Dante, trouve son origine dans les mythes de l'antiquité classique ; il caractérise également les enseignements du premier christianisme et, avant d'être confié au patrimoine littéraire continental, il est adopté par l'Eglise irlandaise dans la période de son plus grand épanouissement. Lorsque la tradition du monachisme oriental se combine avec les croyances celtiques, la frontière entre les mondes visible et invisible se dissout complètement. C'est pour cette raison qu'une grande partie de la littérature chrétienne irlandaise est consacrée aux voyages dans l'autre monde (les *Imrama*) et aux visions surnaturelles (les *Físi*). Dans la biographie de saint Fursy, les visions reviennent comme un véritable leitmotiv et semblent constituer une justification *post eventum* de la prédication du saint, car elles énoncent tous les points traités pendant sa mission. Elles sont au nombre de trois, mais elles n'ont pas la même longueur ; en effet, la deuxième et la troisième vision évoquent seulement la présence d'un ange qui révèle à Fursy la durée de sa prédication. Par contre, c'est à la première vision que les auteurs latins attribuent la plus grande importance. Dans notre texte, son déroulement suit ponctuellement celui de la *Vita Secunda*, qui se borne à ajouter au contenu de la *Vita Prima* l'explication des éléments que saint Foursy voit dans l'Au-delà. *Cf.* C. S. Boswell, *An Irish Precursor of Dante. A Study on the Vision of Heaven and Hell ascribed to the Eight-century Irish Saint Adamnán, with Translation of the Irish Text*, London, Nutt, 1908, p. 113-116 ; C. Segre, *op. cit.*, p. 30-31 ; P. Meneses, « Le récit hagiographique, expression doctrinaire de la spiritualité médiévale », *Diogène : revue internationale des sciences humaines*, CXXXIX, juillet-septembre 1987, p. 53-72, notamment p. 68.

bj *adoncques il accoucha malade* – la maladie constitue un motif topique de la littérature visionnaire, car elle apparaît comme un état intermédiaire entre la vie et la mort et contribue donc à nuancer la frontière entre la terre et le ciel. En particulier, elle a la fonction de provoquer la situation d'isolement du visionnaire nécessaire pour le ravissement extatique. Selon une perspective chamanique, le visionnaire vit une expérience individuelle presque héroïque qui pourra être rendue publique seulement au moment du retour dans son corps ; par contre, d'un point de vue chrétien, il passe à travers la souffrance physique, qui évoque la passion du Christ, pour rapporter le salut à lui-même et aux autres hommes. Des exemples parallèles significatifs sont constitués par la *Vision d'Auguste*, écrite par l'abbé Paul de Mérida au début du VIIe siècle, la *Vision de Wetty*, dont la première version date de 824 et la *Vision de Jean de Lüttich*, datée de 1147. La maladie atteindra à nouveau saint Fursy pendant les derniers jours de sa vie, mais elle sera alors uniquement le signe qui invite le saint à se préparer au trépas et, au lieu de causer son isolement, elle aura la fonction d'attirer la communauté chrétienne en vue du cérémoniel public des funérailles. *Cf.* M. Cavagna, « La maladie dans les récits visionnaires médiévaux », *La maladie et la mort au Moyen Âge, Actes du Colloque d'Amiens [janvier 2004]*, éd. D. Buschinger, Amiens, Presses du Centre d'études médiévales, Université de Picardie-Jules Verne, 2004, p. 36-45.

bk *et quant ilz eurent raporté en sa cele* – on remarque l'absence du pronom personnel *le* qui aurait dû spécifier que c'est bien saint Fursy celui que les compagnons ramènent au monastère.

bl *et vit deux angeles couvers de blances pennes* – les anges sont les guides célestes et constituent les personnages principaux de la première partie de la première vision. Ils n'ont pas une apparence corporelle ; au contraire, ils se manifestent dans une explosion de lumière, traduite verbalement grâce à la combinaison de mots appartenant au champ lexical de la splendeur et de la clarté.

bm *qui l'emportoient en leurs mains* – ce mouvement vertical reprend l'image de l'*Apocalypse de Paul*, celle du voyage de l'âme de Germain, évêque de Capoue, racontée par Grégoire le Grand et celle de la vision de saint Salvi, évoquée par Grégoire de Tours. Il est indéniable que plusieurs œuvres chrétiennes ont servi de source à l'auteur de la légende latine de saint Fursy pour cette section. L'influence de la *Visio Sancti Pauli* (l'*Apocalypse de Paul*) est sans doute prépondérante. Composée vers le IIIe siècle dans l'Égypte hellénique, elle se situe dans le courant visionnaire de la première Eglise judéo-chrétienne, tout comme le *Livre d'Enoch*, le quatrième *Livre d'Esdras*, l'*Apocalypse de Pierre* et *l'Apocalypse d'Esdras*. Ce texte apocryphe a eu une très large diffusion tant en Afrique et en Orient, avec des versions syriaques, coptes, arméniennes et arabes, qu'en Europe avec quatorze versions latines, vulgarisées ensuite en langues romanes, germaniques et slaves. Sa révélation constitue la contrepartie de celle canonique de Jean, en reconduisant la grande eschatologie finale au destin individuel de chaque âme. Probablement connue par Origène, fermement contestée par saint Augustin, on sait qu'elle devint un modèle absolu et ouvrit la voie aux auteurs du Moyen Âge. L'œuvre de Grégoire le Grand (environ 540-604) se situe dans son sillage et constitue un modèle pour les légendes ultérieures. Avec Grégoire, le christianisme s'ouvre à l'univers religieux commun : on peut attribuer ce changement de mentalité au besoin de diffuser auprès des *indocti* l'amour pour la réalité des entités invisibles. Cet esprit nouveau découle aussi de la pensée de Grégoire de Tours (environ 538-594), contemporain de Grégoire le Grand. Son œuvre historique, l'*Histoire des Francs*, ne contient pas de développements théoriques, mais contribue néanmoins à la naissance et à la diffusion d'un genre littéraire où les protagonistes vont dans l'Au-delà, assistent au jugement individuel d'une âme et visitent les lieux de bonheur ou de châtiment prévus pour les défunts. *Cf.* M. Aubrun, « Caractère et portée religieuse et sociale des "Visiones" en Occident du VIe au XIe siècle », *Cahiers de Civilisation médiévale*, XXIII, 1980, p. 109-130 ; *L'Apocalisse di Paolo siriaca, Introduzione, traduzione e commento*, éd. critique par Giuseppe Ricciotti, Brescia, Morcelliana, 1932, § 8, p. 40 ; C. Carozzi, « La géographie de l'au-delà et sa signification pendant le haut Moyen Âge », p. 423-481, notamment p. 430.

bn *Ilz veoient bien leurs mains, mais ilz ne pouoient veoir leurs corps* – dans la dernière phrase, on remarque un passage du singulier au pluriel qui n'a de correspondance ni dans le texte latin ni dans les autres versions vernaculaires. On a pourtant décidé de ne pas corriger le texte car ce passage pourrait correspondre à un changement de perspective dû à l'alternace des personnages sur la scène : ce seraient les « compaignons » du Saint qui ne peuvent pas voir les corps des anges. Aussi, le narrateur revient-il plus loin sur le fait que les fidèles assistant à ce miracle ne réussissent pas à voir le corps des anges. *Cf.* f. 32r : *le corps des deux angeles [...] que nul ne pouoit plainement regarder.*

bo *Selon la vision de Ezechiel le prophete, les deux de ces pennes tendoient vers le ciel et les deux autres couvroient leurs corps* – Ez. 1, 11 : « Deux de leurs ailes, déployées vers le haut, se rejoignaient entre elles, et deux leur couvraient le corps ». Dans la vision d'Ézéchiel, le prophète voit apparaître une image composée de quatre créatures animées, semblables à des êtres humains et ayant chacun quatre ailes et des mains d'homme.

bp *Les sains s'en yront de vertu en vertu et le Dieu des Dieux sera veu en vision de paix* – Ps. 84, 8 : « Ils gagnent des forces à mesure qu'ils avancent pour se présenter devant Dieu à Sion ». Le texte correspond davantage au verset de la Vulgate Ps. 83, 7 : « *Etenim benedictionem dabit legislator, ibunt de virtute in virtutem : videbitur Deus deorum in Sion* ». Il s'agit de l'hymne du pèlerinage, peut-être une sorte d'anticipation de la mission qui sera confiée à saint Fursy.

bq *qui est une chose neant devisee* – cette expression, composée de l'adverbe *neant* équivalent à *non* avec valeur quasi-préfixale (DMF 2015, voir *néant*, III A 3) et du participe passé en fonction d'adjectif *devisé*, signifiant « séparé », est l'équivalent de l'adjectif *indivis*.

br *selon la foy de Abraham le patriarche* – allusion à la rencontre d'Abraham avec la Sainte Trinité (Gen. 18).

bs *Il dist que nul homme ne vit onques Dieu ainsy qu'il est* – Jn. 1, 18 : « Personne n'a jamais vu Dieu. Mais le Fils unique, qui est Dieu et demeure auprès du Père, lui seul l'a fait connaître » ; I Jn. 4, 12 : « Personne n'a jamais vu Dieu. Or, si nous nous aimons les uns les autres, Dieu demeure en nous et son amour se manifeste parfaitement en nous ».

bt *Je ne suis mie digne d'estre appellé appostre pour ce que j'ay guerroié la Saincte Eglise de Jhesu Crist* – I Cor. 15, 9 : « Je suis en effet le moindre des apôtres – à vrai dire, je ne mérite même pas d'être appelé apôtre – car j'ai persécuté l'Église de Dieu ».

bu *Les passions de ce siecle ne sont mie asséz dignes d'avoir la gloire qui nous est appareillie* – Rom. 8, 18 : « J'estime que nos souffrances du temps présent ne sont pas comparables à la gloire que Dieu nous révélera ».

bv *Ja ne ay joïi gloire fors en la croix de Jhesu Crist* – allusion à Gal. 6, 14 : « Quant à moi, je ne veux me vanter que de la croix de notre Seigneur Jésus-Christ ; en effet, grâce à elle le monde est mort pour moi et je suis mort pour le monde ».

bw *De l'esperance dist saint Pol que nostre rapair est es cieulx* – allusion à Philip. 3, 20 : « Quant à nous, nous sommes citoyens des cieux, d'où nous attendons que vienne notre Sauveur, le Seigneur Jésus-Christ ».

bx *Encoires entendi saint Foursy que le blanc escu et la glaive resplendissant segnifioient l'escu de la foy et la glaive du Saint Esperit, qui est la parolle de Dieu* – allusion à Eph. 6, 17 : « Acceptez le salut comme casque et la parole de Dieu comme épée donnée par l'Esprit Saint ».

by *En disant qu'ilz segnifioient l'eschiele que Jacob le patriarche vit drechie au ciel* – allusion au rêve de Jacob : une échelle dressée sur la terre dont le sommet touche le ciel (Gen. 28, 10-16).

bz *une haulte bataille devant luy* – dans les pages de l'*Apocalypse de Paul*, on trouve déjà la mise en scène de cette dispute dramatique : les diables immobilisent les âmes des trépassés et cherchent à les conquérir en mettant en relief leurs péchés ; toutefois, si les âmes n'ont jamais offensé le Créateur, les anges interviennent et éloignent les ennemis. Grégoire le Grand en avait aussi donné un exemple significatif avec l'histoire de Stéphan qui, en parcourant le pont de l'Au-delà, subit l'attaque des démons ; tandis que ces derniers le poussent vers le bas, les anges l'attirent vers le haut en une sorte de reconstruction allégorique du combat entre les vices de la chair et les vertus spirituelles. Il s'agit donc de la lutte traditionnelle entre les bons esprits et les mauvais pour la possession de l'âme. Toutefois dans notre texte on remarque la présence d'un aspect 'militaire' qui n'est pas présent dans les œuvres précédentes et qui peut être attribué aux suggestions tirées de l'*Épître aux Éphésiens* VI, 10-17, dans laquelle on lit que le chrétien doit être bien armé pour se défendre des attaques du démon. Bien qu'il ne distingue pas les mauvais anges des puissances du Mal, l'auteur introduit l'armée négative qui approche sur la gauche, en soulignant les caractères horripilants et grotesques des membres démoniaques ; il ne s'agit pas de personnifications représentant les vices, mais d'ombres volantes, noires, maigres et difformes avec de grosses têtes qui ressemblent à des chaudrons. *Cf. L'Apocalisse di Paolo siriaca*, *op. cit.*, § 11-15, p. 43-49 ; Grégoire le Grand, *Opere di Gegorio Magno : Dialoghi*, Roma, Città Nuova, 2000, p. 404 ; C. Carozzi, *Le voyage de l'âme dans l'au-delà d'après la littérature latine (*V*e*-XIII*e* *siècle)*, Roma, École française, 1994, p. 106.

ca *si leur dist l'angele* – après la bataille dans l'atmosphère, pendant laquelle les démons avec leurs flèches enflammées et l'ange avec son bouclier déploient toutes les stratégies de l'art de la guerre, le combat devient spirituel et les adversaires s'affrontent avec les armes de la logique. On assiste donc à un échange d'accusations et de réponses fondées sur les citations scripturaires, qui entraîne les participants dans une querelle dialectique extrêmement élaborée. La controverse avec les démons évoque d'ailleurs la tradition des scrutins baptismaux, c'est-à-dire des examens que le prêtre faisait subir aux catéchumènes en plusieurs séances, avant de leur conférer le baptême. Normalement les objets de cette vérification étaient la renonciation aux pompes du diable et les contenus de la foi, mais, dans ce cas, ce sont paradoxalement les démons qui testent la fidélité de Fursy à ses engagements personnels en tant que chrétien et docteur. *Cf.* M. P. Ciccarese, *op. cit.*, p. 242 ; C. Carozzi, *Le voyage de l'âme dans l'au-delà*, p. 123-124.

cb *que les voix des dyables fussent ouys par toutes terres* – le participe passé *ouys*, accordé au masculin, pourrait s'expliquer par la proximité de *dyables.*

cc *Dieu ne pardonnera ja ses pechiéz a cellui qui ne pardonnera ce que on luy a meffait* – allusion à Mc. 11, 25 : « Et quand vous êtes debout pour prier, si vous avez quelque chose contre quelqu'un, pardonnez-lui, afin que votre Père qui est dans les cieux vous pardonne aussi le mal que vous avez fait ».

cd *S'il ne le pardonne de bon cuer* – Mt. 18, 35 : « Et Jésus ajouta : "C'est ainsi que mon Père qui est au ciel vous traitera si chacun de vous ne pardonne pas à son frère de tout son cœur" ».

ce *qui ne se convertira et sera fait aussy comme ung petit enfant, il ne entra ja en Paradis* – citation de Mt. 18, 3 : « et dit : "Je vous le déclare, c'est la vérité : si vous ne changez pas pour devenir comme des petits enfants, vous n'entrerez pas dans le Royaume des Cieux" ».

cf *.iiii. feus qui embrasoient tout le monde* – le rôle joué par le feu dans la légende de saint Fursy permet de repérer des éléments qui semblent constituer une ébauche de la théorie du Purgatoire qui, d'après J. Le Goff, se constitue en tant que temps et espace entre le IIIe siècle et la fin du XIIe. D'abord, le feu contient une double portée idéologique. D'un côté, il garde le patrimoine de la culture celtique, porte-voix d'un discours religieux universel : depuis un temps immémorial, on attribue au feu la capacité purificatrice et la fonction d'éprouver la vérité. De l'autre côté, il manifeste une valeur théologique liée au sacrement du baptême : les quatre feux qui brûlent dans la vallée obscure représentent le manquement à la promesse du baptême, celle où, suivant la formule habituelle, le baptisé affirme renoncer à Satan et à ses œuvres. Il y a donc une transposition du rituel du baptême par l'eau en une sorte de baptême du feu qui se réfère aux mots évangéliques prononcés par Jean-Baptiste : « Moi, je vous baptise dans l'eau en vue de la conversion ; mais celui qui vient après moi est plus fort que moi : je ne suis pas digne de lui ôter ses sandales ; lui, il vous baptisera dans l'Esprit Saint et le feu » [Mt. 3, 11 ; Lc. 3, 16]. *Cf.* J. Le Goff, *La naissance du Purgatoire*, Paris, Gallimard, 1981 ; J. Le Goff, « Le temps du Purgatoire (IIIe-XIIIe siècles) », *Le temps chrétien de la fin de l'Antiquité au Moyen Âge, IIIe-XIIIe siècle*, Édition du CNRS, 1984, p. 517-530 ; repris dans J. Le Goff, *L'imaginaire médiéval*, Paris, Gallimard, 1985, tr. it. A. S. Vivanti, *L'immaginario medievale*, Bari, Laterza, 2008 (VIIe éd.), p. 75-98 ; J. G. Frazer, *The Golden Bough : a Study in Magic and Religion*, London, Macmillan, 1922, tr. it. L. De Bosis et P. Sacchi, *Il ramo d'oro : studi sulla magia e la religione*, Torino, Bollati Boringhieri, 1990, p. 712-756.

cg *si vit une vallee tenebreuse et vit .iiii. feus en l'air d'encoste luy* – dans l'*Apocalypse de Paul* on trouve une scène analogue : Paul observe l'inconsistance du passage de l'homme sur la terre et un nuage de feu constitué par les péchés capitaux. Le motif est aussi partiellement exploité par Grégoire de Tours dans le songe de saint Patrocle : l'ermite, accompagné d'un ange, monte sur une colonne très haute et regarde tous les crimes commis dans le monde. *Cf. L'Apocalisse di Paolo siriaca*, *op. cit.*, § 9, p. 41-42 ; Grégoire de Tours, *Viatae Patrum*, IX, 2.

ch *Le serviteur qui scet la voulenté de son maistre et ne la fait sera a droit navré de maintes playes* – citation de Lc. 12, 47 : « Le serviteur qui sait ce que veut son maître, mais ne se tient pas prêt à le faire, recevra de nombreux coups ».

ci *les dons aveuglent les yeulx des saiges et destournent les paroles des droituriers* – citation de Dt. 16, 19 : « Ne faussez pas le cours de la justice ; dans un jugement, ne favorisez personne, et ne vous laissez pas corrompre par des cadeaux, car les cadeaux rendent aveugles même les plus clairvoyants et pervertissent les décisions des justes ».

cj *Le jugement en sera fait devant Dieu* – saint Fursy reste toujours en silence comme les âmes de l'*Apocalypse de Paul*. La phrase « *Judicemur ante dominum* » est d'ailleurs identique à celle prononcée par le Créateur même dans l'*Apocalypse de Paul* et souligne que la justice de Dieu récompense chacun selon ses mérites. *Cf.* M. P. Ciccarese, *op. cit.*, § 7, 15, p. 285.

ck *Se vous me voulés ouyr, vous mengerés les biens de terre, et <se> vous ne me voulés ouyr et me courouchiéz, mon glave vous devourera* – citation de Is. 1, 19-20 : « Si vous consentez à m'obéir, les bonnes choses du pays, vous les mangerez ; mais si vous refusez, si vous vous obstinez, c'est l'épée qui vous mangera ». Si l'on compare la citation avec celle qui figure dans le texte latin de la *Vita Secunda*, on remarque qu'elle est caractérisée par l'absence du second *si* introduisant la phrase hypothétique : « *Quod si volueritis et audieritis me, bona terrae comedetis ; quod si nolueritis, et me ad iracundiam provocavertis, gladius devorabit vos* ». *Cf.* J. Bolland, *op. cit.*, p. 38.

cl *Comment se fait il que cest homme <qui> n'a mie espurgé ses pechiéz, ne prengne cy vengence et la justice de Dieu* – *prendre* a ici le sens de « subir » (DMF 2015, voir *prendre*, II A), tandis que *et* a le sens de « et aussi » (FEW III, p. 248) ; la phrase signifierait donc : « comment se fait-il que Fursy ne subit pas les conséquences de la vengeance divine et de la justice de Dieu, alors qu'il n'a pas expié ses péchés sur terre ? ».

cm *Ne blasméz mie Dieu quant vous ne savéz mie les jugemens repuns en nostre Seigneur* – un démon accuse saint Fursy en disant qu'il n'a pas effectué la pénitence sur terre, après avoir accepté le don d'un méchant ; en effet, en optant pour une interprétation littérale et extrême des écrits augustiniens antérieurs à 420, ce démon ajoute qu'il n'est pas possible de purger dans le ciel ce qui ne l'a pas été sur terre. L'ange répond pourtant qu'il ne connaît pas la profondeur des mystères de Dieu, car dans l'*Enchiridion*, saint Augustin écrit : « Quelques fidèles [dans ce cas] pourraient, par un feu purificateur et, suivant qu'ils ont plus ou moins aimé les biens périssables, être plus tard ou plus tôt sauvés ». *Cf.* Saint Augustin, *Œuvres de saint Augustin, Exposés généraux de la foi : De fide et symbolo, Enchiridion*, tr. fr. J. Rivière, Paris, Desclée, 1947, c. XVIII, 69, p. 226-227.

cn *on doit amer son prosme comme soy mesmes* – allusion à Mt. 22, 39 : « Et voici le second commandement, qui est d'une importance semblable : "Tu dois aimer ton prochain comme toi-même" ».

co *Dieu rendera a chascun selon ses merites* – allusion à Rm. 2, 6 : « et où il traitera chacun selon ce qu'il aura fait ».

cp *Ne amés mie le siecle, ne le choses qui sont en luy* – citation de I Jn. 2, 15 : « N'aimez pas le monde, ni rien de ce qui appartient au monde. Si quelqu'un aime le monde, il ne lui est plus possible d'aimer le Père ».

cq *Se tu ne menaces au felon sa felonnie, je requerray son sang de ta main* – allusion à Ez. 3, 18 : « Supposons que j'aie à prévenir un méchant qu'il va vers une mort certaine : si tu ne l'avertis pas d'avoir à changer sa mauvaise conduite afin qu'il puisse vivre, ce méchant mourra à cause de ses fautes, mais c'est toi que je tiendrai pour responsable de sa mort ».

cr *Le saige se taira en ce temps, car le temps est pesmes* – citation de Am. 5, 13 : « Ce temps est un temps de malheur, c'est pourquoi l'homme averti préfère garder le silence ».

cs *Quant les escouteurs despisent la parole de leur Seigneur et la langue, il est enpechié, quant il voit que sa predicacion est despitee* – ce passage correspond assez précisément au passage latin de la *Vita Secunda* : « *Quando enim auditores despiciunt verbum, lingua etiam doctoris loqui praepeditur, dum videt quod audita predication despicitur* » (*cf.* J. Bolland, *op. cit.*, p. 38).

ct *vit une confusion et une paour de feu* – le mot *paour*, qui d'après FEW VIII, p. 86 pourrait être glosé comme « danger », est une métonymie qui introduit la conséquence pour la cause ; en effet, la peur est causée par la confusion et le feu.

cu *Beodain et Meldain* – le motif de la rencontre avec les défunts est un *topos* fondamental des voyages dans l'Au-delà depuis l'antiquité classique, mais, dans la *Vita* de saint Fursy, les défunts parlent beaucoup et bien plus longtemps qu'Elie et Enoch dans l'*Apocalypse de Paul*. En particulier, cette révélation se compose de deux exhortations enchaînées. Dans la première, Beodain et Meldain parlent ensemble et s'adressent aux docteurs et aux princes : la révélation prend alors l'aspect d'un sermon qui mêle la tradition de la diatribe morale de type colombanien à celle de l'admonestation politique. Dans la seconde, Beodain seul formule un discours destiné à Fursy pour lui fournir une règle de conduite dans la mission ; le programme annoncé correspond exactement à celui que Colomban s'était fixé dans le royaume de Brunehaut, et le fait qu'il soit placé dans la bouche d'un saint évêque donne à Fursy un pouvoir exceptionnel ; le ton de l'exhortation apparaît cependant beaucoup plus indulgent que celui utilisé par Colomban dans la règle conventuelle écrite pour sa communauté et témoigne donc d'une évolution du monachisme celtique dans un sens plus modéré. *Cf.* C. Carozzi, *Le voyage de l'âme dans l'au-delà*, p. 117.

cv *Sanctus, sanctus, sanctus Dominus Deus Sabbaoth* – voir la note d.

cw *grant couvent* – il s'agit de la résidence habituelle des anges, le seul lieu surnaturel explicitement nommé dans la légende de saint Fursy. Le mouvement ascensionnel vécu par le saint n'offre que rarement une interprétation géographique de l'espace de l'Au-delà. L'atmosphère où s'effectue le combat entre les anges et les démons n'a pas un nom ; de même, la vallée ténébreuse ne correspond pas à une catégorie précise. D'après C. Carozzi, on pourrait attribuer cette absence de définition topographique à l'incertitude que l'auteur veut laisser sur le sort exact des âmes après la mort. *Cf.* C. Carozzi, « La géographie de l'au-delà et sa signification pendant le haut Moyen Âge », p. 438.

cx *nulle tri<s>tesse* – la leçon du manuscrit *tritesse* a été corrigée en *tristesse*, forme attestée au f. 43r ; cependant, on aurait aussi pu la corriger en *tritresse*, car la forme figure dans la légende au f. 27v et chez Villon dans le *Testament* (« aprés *tritresses* et douleurs »). *Cf.* DMF 2015, voir *tristesse*, A.

cy *respendissoit* – pour la réduction des groupes consonantiques suivis par liquide en syllabe inaccentuée voir P. Fouché, *Phonétique historique du français*, vol. III : *Les consonnes et index général*, Paris, Klincksieck, p. 731.

cz *laquelle chose fu segnifiee en l'an qui est passé, quant le soleil repunt ses rais en maniere de la lune luisant* – Bède le Vénérable relève dans l'*Historia Ecclesiastica Gentis Anglorum* que l'an 664, le troisième jour de mai sur les dix heures du matin, une éclipse de soleil se produisit et que la partie méridionale de l'Angleterre fut frappée d'une peste qui causa la mort d'une grande partie de la population. *Cf.* Bède le Vénérable, *Histoira Ecclesiastica Gentis Anglorum*, livre 3, c. 27 et J. Desmay, *op. cit.*, p. 95.

da *despense* – le FEW III, p. 97 enregistre l'expression « être de depense » au sens de « être en dépit » ; *despense* pourrait donc signifier « amertume ».

db *detenue* – le mot pourrait signifier « retardée », car le DMF 2015, voir *destenir*, I et GDF II, p. 685 enregistrent le sens « empêcher ».

dc *cueers* – la graphie avec double *e* est attestée dans les textes en ancien français. *Cf.* aussi *meerites* [77v] et commentaire linguistique, *supra*, p. 79.

dd *les autres sont qui se combatent en vainquant ceulx de cuer volage et laissent a vaincre ceulx d'enchantement de bonnes euvres* – cette phrase, sans doute très corrompue par rapport à l'originale, pose des probèmes d'interprétation qui ne sauraient pas être résolus par le recours au texte latin de la *Vita Secunda* (« *alii vero qui impugnabant eos, devicerunt corde vigili, et bonorum operum instantia vincere omittunt* », Colgan, *op. cit.*, p. 80) et aux légendes vernaculaires qui présentent, quant à eux, des passages fort abrégés (ms. de Florence) ou lacunaires (ms. d'Arras). On avancera juste une hypothèse de lecture, en signalant que l'expression *ceulx d'enchantement de bonnes euvres* pourrait signifier « ceux qui trompent les autres par des actions faussement charitables ».

de *Cellui plante ulme pour vigne et alme pour olive qui ayme mieulx le labeur terrien ou il n'a nul fruit que charité, qui est racine et fruit de tous biens* – l'expression fait également partie du texte latin : « *ne ulmum pro vite, et alnum pro olivam plantent* ». L'orme et l'aulne seraient des arbres infructueux tandis que l'olivier et la vigne produiraient des fruits et renverraient aux symboles de la paix et du sang de Christ. Il faut pourtant remarquer que d'après la tradition classique, l'orme a une valeur positive : il était employé dans la culture des vignes (Virgile, *Géorgiques* 1, II). *Cf.* J. Bolland, *op. cit.*, p. 39.

df *orgueil est cause et racine de tous maulx* – il s'agit d'une opinion partagée par les Pères de l'Eglise (Grégoire le Grand, saint Augustin), qui fait allusion au verset biblique I Tim. 6,10 : « Car l'amour de l'argent est la racine de toutes sortes de maux. Certains ont eu une telle envie d'en posséder qu'ils se sont égarés loin de la foi et se sont infligés bien de tourments » ; le texte latin se présente sous la forme : « *causa vero et radix omnium malorum est superbia* ». L'orgueil a des répercussions sur une société hiérarchisée qui rappelle celle évoquée dans l'*Apocalypse de Paul*. Dans cette dernière œuvre, on lit une longue philippique contre les moines doctes qui s'enfoncent dans les disputes théologiques, méprisent les pèlerins et oublient leurs devoirs ; cette considération renforce les termes de comparaison entre le monachisme irlandais et le syriaque dans le domaine de l'ascèse et de l'appel à la pénitence. *Cf. L'Apocalisse di Paolo siriaca*, *op. cit.*, § 4, p. 37 et § 25, p. 60-61.

dg *nul mauvais exemples* – le DMF 2015 atteste l'emploi de la forme plurielle *exemples* au singulier chez Froissart (*Croniques. Deuxième Livre*, tome IX : « Chiers sires [...] nous vous proumettons que, ou tamps avenir, cils outrages sera si grandement amendés sus ceulx qui l'ont fait et esmeu affaire que vous vous en contenterés et que à toutes autres bonnes villes *il sera exemples* ») et dans le fragment du *Mystere de la Passion Nostre Seigneur* (« c'est *ungs exemples* que je vous donne »).

dh *nul sacrefice plaist tant a Dieu* – l'emploi du déterminant *nul* sans la négation *ne* est rare en moyen français ; il apparaît parfois sous la plume des traducteurs du latin, qui ont l'impression de faire un pléonasme en assemblant *nul* à *ne*. *Cf.* C. Marchello-Nizia, *op. cit.*, p. 181-182.

di *ilz preschent penitance a mort tardive* – il s'agit d'une critique des prêcheurs qui invitent les hommes à la repentance quand il est désormais trop tard. L'adjectif *tardive* se réfère à la *penitance*.

dj *si s'approcha ung tresgrant feu* – en revenant vers la terre, saint Fursy et les trois anges arrivent jusqu'au grand feu et l'un des anges coupe ce dernier en deux parties. Le baptême de feu, traditionnellement interprété comme une traversée du fleuve de feu devant le Christ au moment du Jugement dernier, semble avoir été anticipé ici. Il est bien évident que, pour le rédacteur de la vision, le passage entre la terre et le ciel se fait à travers le feu ; le texte semble évoquer un mouvement déjà annoncé par Colomban : « De la terre, sur la terre, dans la terre ; de la terre dans le feu ; du feu au jugement soit dans la Géhenne soit dans la vie. En effet tu as été créé de la terre, tu foules la terre, tu iras dans la terre, tu seras éprouvé dans le feu, tu attendras le jugement, et ensuite tu possèderas soit le supplice éternel soit le royaume éternel » (Saint Colomban, *Instruction IX*, tr. fr. J. Le Goff, *La naissance du Purgatoire*, p. 138-139). A son tour Colomban exprime clairement la doctrine de saint Augustin et de Grégoire le Grand : avant le Jugement et le déplacement final dans le supplice ou dans la joie, il est possible de supposer l'existence d'une période de purgation provisoire dans le feu. Dans le XXIe livre du *De Civitate Dei*, la réflexion eschatologique de saint Augustin s'ancre sur deux textes fondamentaux, l'un issu de la culture païenne, le VIe livre de l'*Énéide* [v. 733-747], l'autre provenant de la Bible, un passage de la première *Épître aux Corinthiens* [3, 10-15]. En particulier, Augustin propose l'existence de deux feux : le feu temporaire du Jugement pour brûler les œuvres de bois, de foin et de paille, et le feu éternel destiné depuis l'origine à ceux qui n'ont pas bâti leur édifice sur les fondements du Christ et se sont montrés coupables de crimes inexpiables. C'est précisément au feu temporaire du Jugement que semble se référer le grand feu qui barre la route à saint Fursy. *Cf.* Saint Augustin, *De Civitate Dei*, livres XX-XXI ; St. John D. Seymour, « The Eschatology of the Early Irish Church », *Zeitschrift für celtische Philologie*,14, 1923, p. 179-211, notamment p. 197-200.

dk *ung homme qui trebucha sur l'espaule saint Foursy* – l'homme est un usurier, et l'usure et l'un des péchés capitaux que Dieu ne pardonne pas si l'on ne restitue pas le bien qu'on a volé. Selon les mots de saint Augustin, « *non remittitur peccatum, nisi restituatur ablatum* » : il ne suffit pas au pécheur de confesser ses usures pour en obtenir le pardon, car la restitution est une obligation indispensable pour être sauvé ; ne l'ayant pas fait, l'usurier de la légende tomba en Enfer. *Cf.* J. Desmay, *op. cit.*, p. 108-109.

dl *en fu embrasee l'espaule du feu dont cest homme ardoit* – on trouve une punition physique analogue dans la *Vie de saint Grégoire*. Le saint, conduit en esprit devant le tribunal de Dieu, y est châtié sévèrement pour avoir éprouvé du plaisir dans la lecture des œuvres de Cicéron. Pour le punir de ces lectures peu convenables, le Juge commande qu'il soit châtié de telle sorte que les marques du fouet restent gravées sur son corps. *Cf.* J. Desmay, *op. cit.*, p. 111.

dm *Arrouse ton corps des eaues de fontaine tant comme tu seras vivant et tu ne sentiras nulle douleur* – l'ordalie laisse à Fursy une cicatrice comme témoignage d'une régénération qui a purgé la seule faute commise et prémuni son âme et son corps contre le retour du mal. L'ange lui prescrit cependant de baigner son corps revenu à la vie dans l'eau de la fontaine : ce nouveau baptême complètera en effet le baptême du feu.

dn *qu'il avoit reçut* – la forme *reçut* du participe passé de *recevoir*, qui figure aussi quelques lignes plus bas au f. 52v, est un picardisme attesté parmi les formes enregistrées par le DMF 2015, voir *recevoir*.

do *Certes ce fut grant merveille que le coup que l'ame avoit soustenu apparu en sa char* – dans les plus anciennes rédactions de l'*Apocalypse de Paul*, l'apôtre effectue son voyage corporellement ; les versions dérivées voilent cet aspect, en laissant les lecteurs dans le doute ; dans les autres visions, jusqu'au XIIe siècle, les voyages ont lieu exclusivement en esprit, c'est-à-dire que, suivant les modèles proposés par Grégoire le Grand et Grégoire de Tours, l'âme se détache du corps et abandonne celui-ci dans un état de mort temporaire. On reconnaît dans cet enjeu le même désir de spiritualité qui a déjà empêché la description ponctuelle des paysages surnaturels. Quelquefois cependant les précautions de l'auteur font défaut, car il est bien difficile de concilier la spiritualité avec la substantialité des peines prévues dans l'Outre-tombe. Si on admet que les démons sont des spectres, mais possèdent des armes tangibles, alors on peut aussi supposer que Fursy sent le choc du corps lancé sur lui et éprouve une brûlure. Autrement dit, on voit que la frontière entre le symbolisme et le réalisme est perméable à tel point que l'aventure extratemporelle du saint pourrait être décrite comme une expérience physique. *Cf.* E. Gardiner, *Medieval Visions of Heaven and Hell : a Sourcebook*, London, Garland, 1993, p. XXIV ; C. Carozzi, « La géographie de l'au-delà et sa signification pendant le haut Moyen Âge », p. 439-440.

dp *ainsy comme le riche homme par sa gloutonnie avoit degasté les delicieuses viandes et n'en voult mie donner aux povres ladres, il ne pouoit avoir une seule goute d'eaue pour reffroidier sa langue* – il s'agit d'une allusion à la parabole évangelique de Lazare et du riche Epulon qu'on lit dans Lc 16, 19-31.

dq *fors en souspirs tant seulement* – l'expression a le sens de « si ce n'était pour la respiration forte et prolongée ».

dr *maladie trenchant* – faute de copie qui ne peut pas s'expliquer par les autres copies vernaculaires (*fievre tierchaine* dans la version de Florence, f. 59vb), et encore moins par le texte latin (*infirmitate triduana*, Colgan, *op. cit.*, p. 81). Une maladie *trenchant* perce au vif le physique du malade, mais elle n'a rien à voir avec le concept de durée exprimé par les mots *triduana* et *tierchaine*.

ds *Veilliéz et oréz car vous ne savéz le jour ne l'eure de la mort* – citation de Mt. 25, 1-13 : « Veillez donc, ajouta Jésus, car vous ne connaissez ni le jour ni l'heure ».

dt *pour sonner les sains aux services des mors* – la version trasmise par le manuscrit de Vienne est presque identique à celle du manuscrit de Florence. On remarque pourtant que dans notre copie, le substantif *cloques* présent dans F a été remplacé par *choses*, beaucoup moins spécifique. Cette différence pourrait s'expliquer par la proximité graphique des deux mots, le premier ayant pu avoir été mal lu ou mal orthographié.

du *saint Foursy avoit en si grande reverence le samedi* – dans le récit de la vengeance de la fontaine on remarque une autre différence entre la version du manuscrit de Vienne et celle de Florence (« sains Foursis avoit en si grant reverence le dimence que puis le nonne du samedi il n'avoit mie acoustumé a entrer en ville n'a issir jusques au lundi » [f. 60ra]) et Cambrai (« saint Foursi avoit de coustume pour la reverense du dimence que la ou il ooit sonner nonne au samedy il s'arrestoit » [f. 168rb]). Saint Fursy a bien évidemment un grand respect pour le dimanche, jour consacré à Dieu, et c'est pour cette raison qu'il arrête son voyage le samedi. Dans notre copie, on lit pourtant qu'il aurait une révérence pour le samedi. On pourrait tout simplement penser que le copiste se soit trompé, mais son texte contient une précision qui est absente dans les autres témoins. Il spécifie en effet : « ains il entendoit adonc a oroison ou a predicacion ; et pour ce se pourveoit il ou il se herbergast le samedi devant nonne » ; la phrase semblerait s'ajouter au passage dans le but de souligner que le samedi est bien le jour auquel saint Fursy attribue le plus de prestige. L'ajout pourrait donc représenter une nouvelle tentative de réorganisation du sens à partir d'une leçon corrompue.

dv *saint Permedin* – il s'agit apparemment un saint irlandais dont le nom est inconnu. L'écrivain anglais R. Southey, dans un ouvrage théologique dédié à son ami C. Butler, raconte le miracle accompli par saint Fursy et spécifie que saint Parmedin est « *no otherwise known than by this incidental mention of his name* ». *Cf.* R. Southey, *Letters to Charles Butler comprising Essays on the Romish Religion and vindicating the Book of the Church*, London, John Murray, 1826, p. 159.

dw *maneglier* – cette forme, issue du latin *matricularius*, est attestée dans le DMF 2015, voir *marguiller* et dans le FEW VI/1, p. 498, où elle est signalée comme typique de l'aire picarde, et dans GDF V, p. 183, *marreglier* au sens de « sacristain qui a la garde d'une église, et aussi, sonneur de cloches, bedeau ».

dx *deux lieux loingz* – le mot *lieue* figure également sous la forme *lieu* : « La chose est expedient(e) / Qu'i fault tout raser et abatre / A ung quart de lieu en tous sens, / Tous edifices sans rabatre / Et nulluy ne s'en doit debatre » (*Myst. siège Orléans* H., c.1480-1500, 230). *Cf.* DMF 2015, voir *lieue.*

dy *Vous souffreréz la divine vengance temperelement, en example de la terrienne* – cela signifie : « vous souffrirez en témoignage du fait que la vengeance divine se manifeste de la même manière que (= *en example de*) la vengeance humaine (= *la terrienne*). Le DMF 2015, voir *terrien*, A1, enregistre les sens « d'inspiration humaine (et non divine) ».

dz *saint Lactain* – l'œuvre de Miélot ne donne pas suffisamment de précisions pour nous permettre d'identifier avec assurance saint Lactain. L'hagiographie irlandaise enregistre deux saints qui s'appellent Lactain : le plus célèbre étudia à Clonfert, devint abbé de Freshford et mourut en 622. Cette date nous permettrait d'exclure qu'il ait pu être « menistre » de saint Fursy. La légende pourrait donc se référer ici à un saint Lactain plus méconnu, dont on sait uniquement qu'il est patron de Lisnaskea et que sa fête est célébrée le 26 juin depuis le VIIIe siècle. *Cf. Bibliotheca Sanctorum*, *op. cit.*, t. 7, col. 1065.

ea *tribulacion* – le mot aurait le sens de « adversité ». *Cf.* FEW XIII/2, p. 253 ; *cf.* aussi p. 252, au sens de « agitation, trouble ».

eb *ceulx de la maison* – le copiste du manuscrit de Vienne emploie le mot *maison* au lieu du terme *messon* choisi par les auteurs des versions F (« ahaner et semer .i. camp au tamps de messon » [f. 60rb]) et A (« areer .i. champ el tanz de messons » [f. 133va]).

ec *ce tant de blé* – la locution *ce tant de* est assez rare. Le DMF 2015 enregistre une seule occurrence chez Froissart au sens de « tel nombre de ». Ici, elle signifie « telle quantité de ».

ed *blefz* – la forme *blef*, attestée en moyen français (DMF 2015, voir *blé* : « Avec ce, quant les blefs seront sur le meurir des le moys de may, n'attendra pas la chierté, ains baillera son aoust a soier a compaignons bons, fors et diligens, et a ceulx marchandera a argent ou a blef » [Christine de Pizan, *Le livre des trois vertus*, éd. critique par Charity Cannon Willard, Paris, Champion, 1985, p. 154, vers 1405] et FEW XV/1, p. 126) s'expliquerait par l'étymon celtique **blavos* ou bien par un passage *d*, *t* > *f* (étymon germanique **blad*) que l'on observerait aussi dans le mot *soif* (< *sitis*). *Cf.* FEW XV/1, p. 134-135.

ef *Quant des choses furent faittes, le saint homme eut voulenté de laissier la cure du siecle d'icelle eglise et entra avecques ses sages freres* – d'abord la phrase paraît être incomplète : on ne sait pas exactement où saint Fursy entre avec ses frères. On peut toutefois supposer que *entrer* est employé, soit avec le sens absolu d'entrer dans un lieu réel (ici en l'occurrence l'ermitage), soit avec celui d'entrer dans un autre état (psychologique et/ou de vie), c'est-à-dire dans notre cas, par opposition au début de la phrase, un état plus spirituel (avec une réminiscence implicite des locutions déjà attestées à l'époque : *entrer en religion*, FEW IV, p. 773).

eg *luy prinst voulenté d'aler a Romme en pelerinage* – parmi les textes latins qui transmettent l'histoire de saint Fursy, c'est seulement la *Vita Secunda* qui fournit la description du pèlerinage à Rome. L'auteur de la *Vita Prima* rapporte uniquement que saint Fursy traversa la mer pour aller en France, dans le dessein de se rendre à Rome ; mais, dans la suite de son discours, il ne fait aucune mention de ce voyage. Contemporaine de l'essor de la réforme grégorienne, la *Vita Secunda* paraît insister sur le rapport avec le Saint Siège en proposant l'image d'une Église forte qui est en train de se renouveler (en se référant à Es, 1, 23 : « *quae verba non tantum in Reges, quantum in Episcopos & Abbates & in omnes qui Christi messem, cuius operarii esse debuerant, suffocant, & eius vineam sibi creditam extirpant, retorsit* », J. Bolland, *op. cit.*, § 13, p. 51). Après le récit du séjour romain, la narration semble prouver que ce dernier n'est qu'une interpolation tardive dans le tissu de la légende ; selon le biographe de la *Vita Prima*, ces faits sont antérieurs au départ du saint pour la France et leur insertion à ce point de l'histoire dans la *Vita Secunda* témoigne d'un effort d'adaptation et de réorganisation du matériel narratif préexistant. *Cf.* J. Desmay, *op. cit.*, p. 137-138.

eh *resuscita l'enfant de cruelle mort* – tous les déplacements de Fursy dans le Nord de la Gaule sont marqués par une étonnante quantité de miracles qui semblent avoir été rassemblés dans le but d'offrir à la communauté la vision la plus complète possible des types de miracles existants. Ils s'inscrivent dans l'histoire sociale, économique et intellectuelle de l'époque, car ils intéressent tous les fidèles sans distinction de sexe, d'âge et de richesse. La première action prodigieuse accomplie par Fursy est la résurrection du fils d'Haymon ; elle fait partie des miracles matériels, ceux qui modifient le cours des événements dans une fonction de protection ou de punition. Le Christ aussi avait rendu la vie aux morts : il avait pris la main de la fille de Jaïre [Mc. 5, 35-43 ; Lc. 8, 48-56] ; il avait touché le cercueil de l'enfant de Naïn [Lc. 7, 11-17]; il avait appelé Lazare hors du tombeau [Jn. 11, 1-44]. De son côté, Fursy porte le corps de l'enfant chez lui et, dans la solitude, s'agenouille et prie exactement comme Pierre lors de la réanimation de Tabitha [Actes 9, 36-43]. *Cf.* J.-L. Dérouet, « Les possibilités d'interprétation sémiologique des textes hagiographiques », *Revue d'histoire de l'Eglise de France*, 62, 1976, p. 153-162; S. Boesch, « La tipologia dei miracoli nell'agiografia altomedievale. Qualche riflessione », *Schede medievali*, 1983, p. 301-312; P. A. Sigal, *L'homme et le miracle dans la France médiévale (XIe-XIIe siècle)*, Paris, Éditions du Cerf, 1985, p. 253-254.

ei *qu'il verroit* – la forme du conditionnel présent, troisième personne du singulier, *verroit*, variante de celle plus commune *venroit*, est attestée dans la base des formes du DMF 2015, voir *venir*, Formes.

ej *par qui amonnestement il avoit mal mené le saint homme* – le relatif *qui* précédé de préposition peut être régime; C. Marchello-Nizia signale que dans cette fonction, *qui* est à l'origine une graphie de *cui*; il a ici une valeur de génitif. *Cf.* DMF 2015, *qui* 1, I, D 2 c; C. Marchello-Nizia, *op. cit.*, p. 205.

ek *les tourmenta si angoiseusement* – les usurpateurs, les avares et les blasphémateurs sont soumis à la sévère punition du saint jusqu'au repentir et à la conséquente libération du mal. En particulier, les saints irlandais, en tant que détenteurs de pouvoirs extraordinaires, se voient souvent attribuer la capacité et l'autorité de découvrir et châtier les crimes; c'est pour cette raison que Giraud de Barri dit qu'ils semblent avoir « un caractère vindicatif » et pense pouvoir attribuer ce trait singulier à la nécessité de venger les profanations des églises. Pour se libérer du péché, qui est en fait la cause profonde de la maladie, les prières et les suppliques constituent le meilleur moyen de pression sur le saint et sur la divinité. *Cf.* P. A. Sigal, « Un aspect du culte des saints : le châtiment divin aux XIe et XIIe siècles, d'après la littérature hagiographique du midi de la France », *La religion populaire en Languedoc du XIIe siècle à la moitié du XIVe siècle*, Cahiers de Fanjeaux, 11, 1976, p. 39-59; J.-M. Boivin, *L'Irlande au Moyen Âge*, *op. cit.*, p. 234-235; P. A. Sigal, *L'homme et le miracle*, *op. cit.*, p. 131.

el *de l'autry* – la forme *autry* est attestée dans FEW XXIV, p. 354.

em *en une ville appellee Grantcourt* – dans son *Histoire du village de Grandcourt*, M. Leroy écrit que la ville picarde existe depuis le milieu du VIIe siècle. L'historien publie le miracle de la dame de Grantcourt d'après le texte de Jean Miélot, en se référant à un manuscrit superbement enluminé qui avait échappé au vandalisme de la Révolution française et qui lui avait été montré en 1898, lorsqu'il était en la possession de l'Archiprêtre de Péronne, grâce à la complaisance de l'abbé Outrequin. De plus, Leroy ajoute que la liturgie a gardé le souvenir de ce miracle, en le mentionnant dans l'hymne des secondes vêpres de la fête du saint : « *furorem matronae ditis, expellit per baculum* ». Ce que la liturgie ne dit pas, c'est que le saint, débouté par la riche dame, aurait fixé en terre son bâton pour en faire jaillir une source qui prit son nom. On n'attribue pas à l'eau des vertus curatives, mais la tradition locale a gardé le souvenir des prodiges et du passage du saint, en désignant encore en 1885 à l'une des extrémités du village l'endroit où saint Fursy fit jaillir la source. Leroy reproduit également à la suite du texte de Miélot, d'après l'édition de J. Desmay, la description du miracle de l'homme qui vole le manteau et de la dame de Grantcourt. *Cf.* M. Leroy, *Histoire du village de Grandcourt*, Amiens, Imp. Yvert et Tellier, 1902, p. 5-12.

en *pour le chemin qu'il avoit alé* – le verbe *aller* est utilisé ici avec complément interne (DMF 2015, voir *aller* I c 1) et donc conjugué avec l'auxiliaire *avoir* (*cf. Ibidem* : « Par dela Advignon avoit esploité tant Qu'il ot allé .vii. lieues, par le mien essïent » (*Tristan Nant.* S., c.1350, 675).

eo *nulle chose n'est moins souffrable que riche femme* – Juvénal, *Satire* VI, v. 460 : « *intolerabilius nihil est quam femina dives* ».

ep *ceulx qui ont mise leur esperance en luy* – l'accord du participe passé avec l'auxiliaire *avoir* peut être fait aussi lorsque le complement d'objet direct est postposé. *Cf.* C. Marchello-Nizia, *op. cit.*, p. 406.

eq *Carbonnelle* – cette ville est également citée dans le texte latin : « *Beatus vero vir Furseus coeptum exequens iter, per offendicula Burgundiae, per periculae Italiae, per assaltus Passerellae, per fraudes Papiae, per perfidiam Surriae, per insidiae Carbonellae [...]* » (J. Bolland, *op. cit.*, p. 50). L'allusion demeure pourtant obscure : il semblerait s'agir de l'ancien nom de la ville d'Espalion, dans le Rouergue, sur le chemin de Compostelle.

er *en la moyenne de Romme* – faute de copie : saint Fursy arrive au Montjoie de Rome (« Montjoie de Roume » dans la version d'Arras [f. 134va] ; « Montjoie de Romme » dans la version de Florence [f. 60vb] ; « *Montem gaudii* » dans le texte latin [J. Bolland, *op. cit.*, p. 50].

es *nostre Saint Pere* – il s'agit du pape Martin Ier que Miélot insère dans l'arbre généalogique.

et *ung si espirituel homme ne deust mie menger char* – le pape est scandalisé parce que saint Fursy ne devrait pas manger de la viande selon les principes de la Règle de saint Benoît (chapitre XXXVI, 9) : « *sed et carnium esus infirmis omnino debilibus pro reparatione concedatur ; at, ubi meliorati fuerunt, a carnibus more solito omnes abstineant* ».

eu *de l'aguillement du dyable* – le mot *aguillement* est un hapax. Il n'est pas attesté dans les ouvrages lexicographiques de référence ; des mots très proches (*aguillonnement*, *avillonnement*) sont pourtant attestés dans FEW XXIV, p. 124 et ils ont le sens de « action de molester ». La forme *aguillement* dérive du mot « aiguille », dont l'étymon *acuc(u)la* a été l'objet de plusieurs débats lexicographiques (voir notamment C. Nigra, « Notes étymologiques et lexicales », *Romania*, 31, 1902, p. 499-501 et P. Fouché, *Phonétique historique du français*, vol. III, *op. cit.*, p. 772) ; par contre, les formes *aguillonnement* et *avillonnement* dérivent du mot *aiguillon*, dont l'etymon serait *aculeonem*. *Cf.* TLFi, Etym. et Hist., voir *aiguille* et *aiguillon*.

ev *malgré sien* – le sens est « contre son gré ». *Cf.* DMF 2015, voir *malgré*, II A.

ew *cestui mesme pouoir de loyer et de desloyer* – citation de Mt. 16, 19 : « je te donnerai les clefs du royaume des cieux : ce que tu lieras sur la terre sera lié dans les cieux, et ce que tu délieras sur la terre sera délié dans les cieux ». Selon la tradition judaïque, les mots araméens *asar* et *shera*, qui correspondent à « loyer » et « desloyer », ont le sens juridique de « interdire » et « permettre ». Ils impliquent donc la présence d'une règle de conduite qui établit ce qui est illicite ou licite pour un chrétien. *Cf.* G. Ravasi, *Questioni di fede*, Oscar Mondadori, Milano, 2010, p. 222-223.

ex *Adoncques le sacra il et fist evesque et lui donna cestui mesme pouoir de loyer et de desloyer que nostre Seigneur Dieu lui avoit donné en ciel et en terre par tout la ou il yroit* – ce récit a alimenté le débat sur l'épiscopat de saint Fursy. Les livres de la région parisienne et les bréviaires bretons de Tréguier (XVe siècle) et de Léon (XVIe siècle) attribuent à Fursy le titre d'évêque, tandis que les livres du Nord de la France lui donnent le titre d'abbé ou de confesseur, ou bien ne lui attribuent aucune qualification. L. Gougaud conclut qu'on pourrait croire que les livres provenant de l'aire Paris-Meaux représentent la tradition de Lagny, et ceux de l'autre groupe, la tradition de Péronne. J. Corblet met pourtant en évidence une évolution plus complexe. À son avis, Péronne aurait en fait suivi la théorie de l'épiscopat de Fursy et aurait expliqué le fait qu'il n'est qualifié que de simple abbé dans divers calendriers parce que Fursy s'est surtout rendu célèbre comme abbé. En effet, dans plusieurs œuvres hagiographiques irlandaises, les saints sont des évêques, mais ils exercent leur autorité avant tout en qualité d'abbés ; d'après C. Plummer, cette opposition entre les fonctions de l'évêque et celles de l'abbé est un caractère spécifique des légendes tardives. Ceux qui soutiennent l'opinion péronnaise attribuent à saint Fursy la qualification d'évêque régionnaire ou de chorévêque, en se référant avec ces noms à une dignité épiscopale sans attribution de siège, marquée par une simple crosse de bois. Selon E. De Sachy, cette autorité aurait été conférée à saint Fursy directement par le pape. Au contraire, selon T. Hunckler, l'évêque du diocèse de Paris, voulant lui donner une preuve de son estime, l'aurait nommé vicaire-général ; Fursy aurait donc dû partager avec l'évêque une partie de l'administration du diocèse, en veillant au respect de la discipline ecclésiastique et à l'exécution des canons prescrits par les conciles. J. Desmay précise néanmoins à ce propos qu'il y avait deux types de chorévêques : les uns habitaient dans les paroisses de la campagne et tenaient le rang de curés, sans avoir le pouvoir de conférer les ordres ; les autres, quoiqu'ils n'eussent pas d'évêché déterminé, pouvaient conférer les ordres et demeuraient dans les diocèses des autres évêques. Saint Fursy aurait évidemment été un chorévêque de cette dernière sorte. *Cf.* L. Gougaud, *Les saints irlandais hors d'Irlande*, p. 110 ; C. Plummer, *op. cit.*, p. CXIII ; E. De Sachy, *op. cit.*, p. 12 ; T. Hunckler, *Vies des Saints du diocèse de Paris*, t. 1, Paris, Poilleux, 1833, p. 43-44 ; J. Desmay, *op. cit.*, p. 157-159.

ey *tourna sa voie par devers Saxonie dont estoit roy Sigebert* – comme il est difficile de croire que saint Fursy, une fois sorti d'Angleterre, y soit revenu, J. Desmay explique que le saint se serait plutôt rendu en Austrasie, région qui correspond actuellement à la Lorraine, où régnait Sigebert, fils aîné de Dagobert et frère de Clovis II roi de France. *Cf.* J. Desmay, *op. cit.*, p. 159-161.

ez *quant il luy eut donné* – la phrase montre que lorsque le régime direct et le régime indirect sont tous les deux des pronoms de la troisième personne, le régime direct est normalement élidé en ancien français et jusqu'au XVIIe siècle. Le phénomène se présente aussi dans la phrase : « si ordonna le roy qu'i fu quis par divers lieux tant qu'il fust trouvé et commanda aux messages qu'ilz luy amenassent a grant honneur » [f. 73v]. *Cf.* Ph. Ménard, *op. cit.*, p. 67.

fa *lesquelz tyne puet mengier* – allusion à Lév. 13, 30-36.

fb *voie, verité et vie* – allusion à Jean 14, 6.

fc *Quant vous serés devant les roys et devant les princes ne penséz point comment vous parleréz ne que vous diréz, car en icelle heure vous sera appareillié ce que vous devéz dire* – citation de Mt. 10, 19 : « Lorsqu'on vous conduira devant le tribunal, ne vous inquiétez pas de ce que vous aurez à dire ni de la manière de l'exprimer ; les paroles que vous aurez à prononcer vous seront données à ce moment-là ».

fd *celluy qui ne porte sa croix et qui ne sieut Jhesu Crist [...] n'est mie digne d'avoir Dieu* – citation de Lc. 14, 27 : « Celui qui ne porte pas sa croix pour me suivre ne peut pas être mon disciple ». Miélot ajoute une glose qui ne fait pas partie du texte latin : « c'est a dire que celluy qui ne fait penitance de ses meffais ».

fe *quant celle eglise fu ainsy faitte et achevee, une grant partie des bonnes gens qui avoient ouy les sermons de saint Foursy et bien entendu la doctrine de l'Evangile qui dist que [...] et mirent jus tous les embrachemens du vain siecle et se hasterent d'aler avecques Jhesu Crist en la joie pardurable* – la syntaxe est fortement brisée, mais la conjonction *et* permet de lier le verbe *mettre* à la série d'actions qui précèdent les citations évangéliques, ayant la valeur d'une reprise.

ff *de tant comme l'homme monte plus hault qu'il ne deveroit, d'autant chiet il plus bas qu'i ne vouldroit* – il s'agit d'une variante du proverbe : « Qui plus haut monte qu'il ne doit, de pus haut chet qu'il ne voudroit ». *Cf.* J. W. Hassel, *Middle French Proverbs, Sentences, and Proverbial Phrases*, Toronto, Pontifical Institute of Medieval Studies, 1982, M176, p. 167.

fg *Nos princes sont compaignons aux barons : ilz ayment tous les dons et en ont les guerredons* – allusion à Is. 1, 23 : « Tes princes sont des agitateurs, ils sont complices des filous, tous amateurs de cadeaux, coureurs de pots-de-vin, violant les droits de l'orphelin, sourds à la plainte de la veuve ».

fh *Ceulx qui ont les felonnies es mains ont leur dextre toute remplie de dons* – Ps. 26, 9-10 : « N'enlève pas mon âme avec les pécheurs, ma vie avec les hommes de sang, dont les mains ont trafiqué dans l'horreur et sont pleines de cadeaux pour corrompre ». Le texte correspond davantage au verset de la Vulgate Ps. 25, 10 : « *In quorum manibus iniquitates sunt : dextera eorum repleta est muneribus* ».

fi *qui furent desloyéz par la vertu du ciel* – parmi les miracles matériels, la délivrance des prisonniers constitue l'un des *topoi* les plus exploités par le genre hagiographique. Certains saints, comme Géry, Foy, Léonard et Marie-Madeleine semblent avoir été spécialisés dans ces actions ; c'est pourtant vers sainte Radegonde qu'il faut regarder pour trouver un miracle qui évoque directement celui opéré par saint Fursy. Dans sa légende, Venance Fortunat narre qu'en se promenant dans le jardin du château de Péronne, la jeune fille fait mettre en liberté des prisonniers qui implorent sa clémence ; ensuite, elle envoie à d'autres détenus des hosties et, en priant Dieu, obtient une nouvelle délivrance. Contrairement aux miracles de Radegonde, l'action de saint Fursy est dépourvue d'effets merveilleux remarquables : les chaînes des prisonniers ne tombent pas toutes seules, et la conclusion, naturelle et assez stéréotypée, montre tout simplement les captifs libérés qui glorifient le nom de Dieu. *Cf.* B. Krusch, *op. cit.*, p. 364-377. *Cf. Bibliotheca Sanctorum*, *op. cit.*, t. 10, p. 1347-1351.

fj *Et ce lieu edefia il .iii. eglises* – *et* signifie *en*. Il s'agit d'une forme diffusée dans le parler wallon. *Cf.* f. 76v, 93v et Commentaire linguistique, *supra*, p. 86.

fk *et par les dignes merites de luy* – la tournure *de* + pronom personnel (« par les dignes merites de luy ») à valeur de possessif est signalée comme typique du moyen français par C. Marchello-Nizia, *op. cit.*, p. 241.

fl *Comment saint Fousry ficha son baston en terre et incontinent il en sailly une moult belle fontaine et delictable* – les récits hagiographiques montrent que le bâton pastoral a de multiples fonctions. Le rédacteur raconte que Fursy l'enfonce dans le sol à Lagny sur Marne et tout le monde voit jaillir une fontaine qui a le pouvoir de guérir les malades. On reconnaît sans doute dans ce miracle une référence biblique à Moïse qui casse la roche avec son bâton et trouve l'eau promise à son peuple [Ex. 17, 1-6] ; d'ailleurs, C. Plummer a mis en évidence l'héritage celtique caché sous la christianisation des anciennes sources consacrées aux divinités aquatiques. Le grand nombre de saints irlandais qui accomplissent ce genre de miracle et les chapelles-fontaines qui commémorent ces événements témoignent en effet d'un aspect cultuel lié aux vertus purificatrices de l'eau et diffusé bien avant l'époque chrétienne. *Cf.* C. Plummer, *op. cit.*, p. CXLVII-CLII.

fm *Nostre Seigneur vouloit demouster comment il estoit de grant merite envers luy* – *merite* signifie ici « charité, bonté inspirée par l'amour des hommes à un être céleste, dont le bénéfice retombe sur ceux qui en ont besoin, les pécheurs » (DMF 2015, voir *merite*, B). Dieu est donc particulièrement charitable envers saint Fursy, ce qui se manifeste par les nombreux miracles qu'il lui donne pouvoir d'accomplir.

fn *qu'i vit deux foursenéz venir a luy* – saint Fursy se situe encore une fois dans le sillage du Christ et de ses apôtres quand il éloigne les démons qui possèdent les corps de deux hommes. L'histoire des énergumènes du pays des Gadaréniens [Mt. 8, 28-33 ; Mc. 5, 1-20] ou encore celle de la guérison d'un possédé dans la synagogue [Mc. 1, 23-28] mettent déjà en scène des diables aériens qui se déplacent plus vite que l'homme en lui causant toutes sortes de maux. D'après J. Desmay, dans le but de conserver la mémoire de ce miracle de saint Fursy, on chantait encore au XVIIIe siècle dans l'église collégiale des chanoines de Péronne une antienne qui commençait par ces mots : « *duo igitur energumeni* ». *Cf.* M. Aubrun, *op. cit.*, p. 120 ; J. Desmay, *op. cit.*, p. 177.

fo *saint Emelien* – saint d'origine irlandaise, avait rejoint saint Fursy en Gaule lorsque celui-ci était en train de bâtir le monastère de Lagny-sur-Marne. Après le départ de saint Fursy, il devint abbé de la fondation monastique et participa ensuite à la translation des reliques de son prédécesseur. *Cf. Bibliotheca Sanctorum*, *op. cit.*, t. 4, col. 1189-1190.

fp *mirent devant luy trois cierges ardans* – parmi les miracles spirituels, c'est-à-dire ceux qui suscitent la merveille ou la crainte à travers des phénomènes paranormaux, on peut citer l'apparition de saint Fursy avec deux disciples et trois cierges sur la table d'Haymon. Il s'agit d'un miracle visant à présenter la puissance divine et la sainteté du missionnaire qui vient de mourir : celui qui observe la scène et qui remarque son caractère spirituel n'en retire aucun bénéfice direct car le vrai protagoniste est le saint lui-même. *Cf.* P. A. Sigal, *L'homme et le miracle*, *op. cit.*, p. 273.

fq *si me samble que c'est plusgrant chose de resusciter ung mort que de baptizier ung enffant* – la dispute entre Herceval et Haymon pour la possession des reliques de saint Fursy permet de réfléchir sur l'importance de la hiérarchie ecclésiastique et des sacrements qu'elle a le droit d'administrer. Si dans les *Virtutes*, Haymon revendique son privilège en sa qualité de bénéficiaire du miracle de la résurrection, dans la *Vita Secunda* Herceval oppose à ce prodige la grâce du baptême conféré par le saint à son fils. Bien que Haymon considère la résurrection supérieure au baptême, les deux taureux s'arretênt à Péronne, en assignant les reliques à Herceval.

fr *Comment deux toreaulx sauvages furent atteléz au chariot ou estoit le corps saint Foursy* – cette solution, beaucoup plus rationnelle qu'un combat dangereux, révèle l'importance qu'on attribue au monde animal à l'époque de rédaction de la légende latine. Les animaux sont pour le saint des amis fidèles, toujours prêts à rendre service : les créatures sauvages deviennent douces et obéissantes dans le folklore et dans les *Vies* irlandaises primitives. Il est bien évident qu'il n'y a pas une barrière infranchissable entre la sphère humaine et le monde animal. Dans un univers essentiellement consacré à l'agriculture, les animaux, n'étant pas soumis à la violence des passions qui aveuglent l'homme, peuvent directement interpréter la volonté divine. Dans plusieurs cas, les hagiographes confient aux bœufs la charge de transporter les reliques des saints ; par exemple, ils apparaissent en vision aux tribus qui, armes à la main, se disputent le corps de saint Alban. Par ailleurs, les translations s'effectuent aussi à l'aide d'autres intermédiaires ; H. Delehaye signale en effet que dans la légende du *Christ des dames blanches* de Tirlemont en Belgique, ce sont les chanoines de Saint Germain qui s'occupent du transport des reliques. Dans l'histoire de Fursy aussi, le second déplacement qui a lieu pendant les funérailles est opéré par des humains : il s'agit de deux enfants de sept ans qui ont été choisis pour éviter le conflit armé entre Herceval et Berchaire et qui partagent en fait l'innocence et la pureté des bœufs. *Cf.* I. Snieders, *op. cit.*, p. 625-626 ; C. Plummer, *op. cit.*, p. CXLV ; H. Delehaye, *Les légendes hagiographiques*, Bruxelles, Société des Bollandistes, 1905, p. 45.

fs *il sourvint une femme du paiis et estoit aveugle des le jour qu'elle fu nee* – les miracles de la jeune fille aveugle et du boiteux appartiennent au domaine des guérisons. Ces deux infirmités sont très représentatives du miracle type du Moyen Âge accompli par un saint qui est avant tout un guérisseur ; les troubles de la motricité et, dans une proportion un peu plus faible, la cécité, l'ensemble surdité-mutité et les maladies mentales concernent en effet jusqu'à 80 % des maladies miraculeusement guéries en France du Nord à l'époque carolingienne. Dans notre légende, les souffrants supplient le saint et s'efforcent de toucher le linceul qui couvre le cercueil tout comme dans les Évangiles les infirmes prient le Christ de « les laisser toucher seulement la frange de son vêtement » [Mc. 6, 56] ; le pouvoir thaumaturgique peut donc être transmis de manière indirecte en l'absence du saint et à son insu, en constituant la base théorique pour la multiplication des reliques de contact. *Cf.* P. A. Sigal, *L'homme et le miracle*, *op. cit.*, p. 256-259.

ft *et le provray* – le verbe *provray* constituerait le futur syncopé de l'infinitif *prouver* et il aurait le sens d'« établir comme vrai au moyen de preuves ». On peut écarter l'hypothèse selon laquelle la forme dériverait de l'infinitif *prouvoyer*, car ce dernier a le sens de « prévoir » ou de « rémédier », lorsqu'il est employé avec un complement d'objet direct.

fu *femme est tousjours chose muable et diverse* – le texte nous dit qu'il s'agit d'une citation scripturaire, mais on reconnaît en fait la phrase « *varium et mutabile semper femina* » que Virgile emploie à propos de la reine Didon (Énéide, IV, v. 569) et que l'on retrouve dans les proverbes médiévaux (*Cf.* J. W. Hassel, *op. cit.*, F44, p. 110). On remarquera d'ailleurs que la légende présente plusieurs exemples de « faux » renvois aux Saintes Écritures : « furent joinctz ensamble par loyale beneiçon et par estable mariage, selon l'ordonnance du saint Euvangile » [17v] ; « se Saincte Eglise, qui dist qu'il ne loist mie aler contre puissance de roy » [21r-v].

fv *samblable au cigne noir* – M. Kauffmann explique que « depuis un poème écrit au premier siècle de notre ère par le célèbre poète satirique latin Juvénal ('*rara avis in terris, nigroque simillima cygno*', Satire, VI, v. 165), l'expression 'rare comme un cygne noir' s'est propagée en Europe pour devenir synonyme d'une chose absolument impossible. En effet, au cours des siècles, les Européens n'ont observé que des cygnes blancs et ils étaient persuadés que tous les cygnes étaient blancs ». C'est seulement à la fin du XVIIe siècle qu'un explorateur observa des cygnes noirs en Australie. On remarquera en outre que cette expression est contenue uniquement dans le texte latin de la *Vita Secunda* transmis par Colgan. *Cf.* M. Kauffmann, *Méthodes statistiques appliquées aux questions internationales*, Paris, L'Harmattan, 2009, p. 31.

fw *tu le verras porter en l'egli<s>e* – correction de *eglie*, car les habitudes du copiste montrent que le mot est toujours orthographié *eglise* ; FEW III, p. 203 enregistre pourtant le substantif *eglie*, attesté dans la région du Morvan, en Bourgogne.

fx *pour l'amour de monseigneur saint Foursy, y avoit enterré ses amis saint Beodain et saint Melmdain* – les versions transmises par les manuscrits de Florence et d'Arras reprennent le texte latin et incluent saint Patrice dans la liste des saints dont les reliques sont conservées dans l'église de Péronne :

> *Vita Secunda* : *In prima enim, quae ibi fuerat, ecclesia B. Furseus sanctos collegas suos Patricium, et Beoanum, atque Meldanum tumulaverat…* (J. Bolland, *op. cit.*, p. 50)
>
> F : En ce liu ainsi que Erchenaux heuist faite celui avoit saint Foursis entomblés les benois amis Patrice, Boan et saint Meldan… [f. 62va]
>
> A : En le primerainne glise qui fu faite ilveques mesire saint Forsis ses compaignons, saint Patris, saint Beoainz, saint Meldain avoit enterré par avant qui les y avoit aportéz par translation… [f. 138vb]

Au contraire, dans la version de Miélot, la liste est incomplète car Patrice, le plus célèbre parmi les saints irlandais, n'y prend pas place. Il pourrait s'agir d'une faute attribuable au copiste.

fy *laidaignes* : la graphie n'est pas attestée dans les ouvrages lexicographiques de référence ; le mot a pourtant le même sens que *laidange* qui veut dire « injure » (FEW XVI, p. 439). La variante, typique du picard et du wallon, est étymologiquement acceptable. En effet, P. Fouché explique que dans la forme *laidaignes* le type étymologique germanique en *-inga* se réduit de *-ñ(d)žy-* à *-ñy-* par assimilation de *ž* prépalatal en *y*, sous l'action combinée de *ñ* et de *y* qui sont tous les deux médiopalataux. *Cf.* P. Fouché, *Phonétique historique du français*, vol. III, *op. cit.*, p. 937.

fz *et luy pria humblement, et tout le clergié aussy, qu'il en fesist une fiertre* – le verbe *prier* est utilisé ici dans la locution « prier à qqn que + subjonctif ». *Cf.* DMF 2015, voir *prier*, A 2.

ga *le meilleur vin qu'elle bust oncques* – le prodige de la riche dame qui, après un songe, boit de l'eau transformée en vin et retrouve la santé fait partie des miracles de guérison à distance, effectués sans aucun relais matériel susceptible de conserver une partie de la *virtus* du saint. Les *Vies* irlandaises primitives décrivent souvent des fontaines qui donnent du lait, de la bière ou du vin, mais dans le cas de la légende de saint Fursy, la pression d'une incontestable christianisation porte à insérer la situation racontée parmi les mystères liés au sacrement de l'Eucharistie. *Cf.* C. Plummer, *op. cit.*, p. CI.

gb *rendy santé a tous les languissans qui en beurent* – J. Desmay spécifie que, après ce miracle, tous les malades de la ville se sont servis de l'eau de la fontaine pour soulager leurs maladies. Il ajoute que, à son époque, c'était encore l'usage parmi les Péronnais malades d'envoyer prier le Trésorier de l'église de la bénir. *Cf.* J. Desmay, *op. cit.*, p. 205-206 et p. 216-217.

gc *la declaracion des .vi. enfermetéz* – il y a six espèces de maladies dont on obtient ordinairement la guérison par les mérites de saint Fursy. Ces maladies sont énumérées dans une hymne qu'on chantait jadis à Laudes le jour de sa fête. Voici le texte en latin, dont Miélot a réalisé une traduction :

Febris, spasmus, paralysis
calculus et hernia
curantur, ac hydropisis,
breviter et omnia
quae sanare nequis potest
sanat eius gratia.

Cf. J. Desmay, *op. cit.*, p. 216-217.

gd Après la traduction de l'hymne, Miélot rédige un commentaire en prose expliquant les caractères de chaque maladie. Ce traité médical se divise en six sections : les *fievres* [91r-92r] ; la *panmoison* (le spasme) [92r-93r] [FEW XII, p. 138] ; la *paralisie* [93r-93v] ; la *pierre* (les calculs) [93v-94r] [DMF 2015, *pierre – maladie de la pierre*] ; l'*ydropisie* [94r-94v] ; la *hernie* [94v-95r]. Il se termine enfin par une liste d'autres maladies, parmi lesquelles figurent les *agrapisons* [95v] (L. F. Daire, *Dictionnaire Picard-Gaulois et Gaulois-Picard*, éd. A. Ledieu, 1911, p. 20 *ad vocem*) et les *trenchisons* [FEW XIII/2, p. 280], c'est-à-dire les douleurs aiguës au ventre ; la *ratele* [95v], qui est une maladie caractérisée par une rate gorgée de sang [FEW XVI, p. 673] ; le *vertin* [95v], c'est-à-dire le vertige [DMF 2015, *ad vocem*] ; le *mal caducque* [95v], c'est-à-dire l'épilepsie [DMF 2015, *caduc*]. R. Jansen-Sieben remarque que le XVe siècle constitue aussi dans le domaine médical un lien entre le Moyen Âge et les Temps Modernes. L'une des causes de la vision rénovée de la science, et de la médecine en particulier, fut la chute de Constantinople : la fuite de beaucoup de savants grecs vers l'Occident permit l'accès à de nombreux textes originaux (Hippocrate, Galien, Paul d'Egine...). Les érudits occidentaux développèrent un certain esprit critique : ils commencèrent à comparer les travaux grecs avec les traductions souvent fautives de l'arabe et les traduisirent en latin, parfois aussi en langue vernaculaire. La bibliothèque de Philippe le Bon abritait, quant à elle, plusieurs traités médicaux, parmi lesquels le *Libellus de sanitate conservanda*, offert au duc par Guido Parato, médecin du duc de Milan (ms. Bruxelles, KBR, 10368), que le duc fit immédiatement traduire en français (ms. Sankt-Peterburg, RNB, Fr-Q-v-VI-I). Pour ce qui est du commentaire médical de Miélot, il n'est pas aisé d'établir s'il s'agit d'une traduction ou d'une rédaction de première main ; toutefois, on remarque que la concision qui le caractérise est un trait commun à d'autres textes abordant l'étude épidémiologique. Le petit manuscrit latin Bruxelles, KBR, 5097-5099 (*Traités médicaux*), par exemple, cité dans l'inventaire de la bibliothèque ducale à partir de 1467, renferme une liste de termes techniques (f. 2r-4v, « *Sinonima hinc libro competancia* »), une série de prescriptions contre diverses maladies (f. 5r-15v, « *Incipiunt experimenta experta contra quolibet e contudiem a capite usquez ad pedes descendendo* »), un traité sur les purgatifs et sur les propriétés des herbes, des aliments et des boissons (f. 15v-18v, « *Sequitur de purgativis* » ; f. 19r-32v, « *Sequitur breves diete et utiles* ») et enfin un traité sur la peste, maladie très répandue à l'époque (f. 33v-36r). *Cf.* R. Jansen-Sieben, *La médecine sous Philippe le Bon*, *op. cit.* ; G. Dogaer, M. Debae, *La librairie de Philippe le Bon, exposition organisée à l'occasion du 500e anniversaire de la mort du duc*, Bruxelles, Bibliothèque Royale, 1967, p. 82 ; H. Silvestre, « Incipits des traités médiévaux de sciences expérimentales dans les mss latins de Bruxelles », *Scriptorium*, 5, 1951, p. 148 et 160.

ge *fievres ou actéz chaulx ou frois* – pour ce qui est de la fièvre, l'auteur affirme qu'il s'agit d'une maladie *tresespeciale* et *formele*, c'est-à-dire d'une maladie dont on peut déterminer la forme ou l'espèce [F. Raymond, *Dictionnaire des termes appropriés aux arts et aux sciences*, Paris, Masson, 1824, *cause formelle ou spécifique*]. En particulier, l'expression *flamme conscendente de la poittrine en tout le corps* [91v] garde le sens de chaleur qui se diffuse à partir de la poitrine, tandis que l'expression *vapeurs conculquees* [91v] a le sens de vapeurs « poussées violemment vers les membres » [Crealscience 2014, *Dictionnaire du Français Scientifique Médiéval* : www.crealscience.fr]. Le texte illustre trois types de fièvre. La fièvre éphémère [*affimere*], qui ne dure qu'un jour, est associée aux abcès et aux esprits qui mouillent (*yceulx destrempréz*) certaines parties du corps [FEW XIII/1, p. 172]. La fièvre *ethique* [*hectique*] [FEW IV, p. 396], qui est une « fièvre persistante des états septicémiques graves, caractérisée par de grandes oscillations de température avec frissons et transpiration alternés, qui provoque un grand affaiblissement et une extrême maigreur », est mise en relation avec la *moisteur tierce*, l'une des quatre qualités de la physique ancienne. La fièvre putride [*pourrie*] est attribuée à la corruption des humeurs et se distingue en *constrainte* et *esparse*. En particulier, la fièvre *constrainte* [92r] est causée par une inflammation localisée dans une partie du corps ; elle peut notamment concerner les abcès (*apostumes*) [DMF 2015, *ad vocem*], les phlogoses des conduits naturels et des nerfs (*opilacions*) [DMF 2015, voir *opilation*] et les blessures putréfiées (*plaies plaine de boe*) [GDF VIII, p. 335 ; Dans la *Vie de saint Josse*, le mot « boe » garde pourtant le sens de « impureté de la salive » : « O, chose a esmerveillier après Jhesucrist, o, chose a paynes ouye en ce siecle ! Jhesucrist, qui est la lumiere du monde, mist aux yeux de l'aveugle dès sa nativité de la boe consacree de sa salive ». *Cf.* N-O. Jönnson, *op. cit.*, p. 29 et 115] ; elle constitue le contraire de la *fievre esparse* [92r] qui est causée par une inflammation dispersée dans les humeurs [F. Quesnay d'Houry, *Traité des fièvres continues*, Paris, Chez d'Houry, 1753, p. 228].

gf *une flamme conscendente* – le verbe *conscendre* semble formé sur le modèle de *descendre*, *ascendre*, par substitution de préfixe. Il garderait le sens de « se diffuser » et *conscendente* celui de « qui se diffuse ».

gg *au regart qu'elles sont une chaleur excedente sur le menbre, acquise des vapeurs conculquees et du mouvement des esperis* – le participe passé *conculquees* serait un latinisme calqué sur le verbe *conculcare*. Il aurait le sens de « pousser violemment vers un organe ou un membre » ; il est attesté dans Bernard de Gordon, *La Practique de maistre Bernard de Gordon appellee Fleur de lys en medecine*, Lyon, s. n., 1495 : « et pour fortes labeurs tant de l'ame comme du corps, comme saignee a ceulx qui l'ont acoustumé et les semblables qui soudainement conculquent chaleur au cueur ou qui le font exaler comme dit est ». *Cf.* DMF 2015, voir *conculquer* B.

gh *car l'une est affimere* – la fièvre éphémère est une fièvre qui ne dure qu'un jour. On remarque cependant que l'expression *fievre affimere* est attestée dans un autre texte du XVe siècle, le *Livre des Eneydes compilé par Virgille, lequel a été translaté de latin en françois*, publié à Lyon chez l'imprimeur Guillaume Le Roy en 1483. La référence se trouve notamment dans un passage qui constitue la traduction amplifiée et surchargée du *In laudem Didonis* de Boccace ; au milieu des malédictions proférées par Didon, on lit : « Et quant il vouldra prendre treves ou faire paix ou aliance, / que se soit tout a sa priere, en confusion de grevance, / a sa folle et desavantaige, / a sa grant charge et vitupere, / tant qu'il en peust prendre la rage / en douleur de fievre affimere ». *Cf.* J. Monfrin, *Études de philologie romane*, Genève, Droz, 2001, p. 535-567, en particulier p. 551. D'ailleurs, le GDF III, p. 10 et le DMF 2015 attestent la forme *effemere* avec le sens médical de « fièvre qui ne dure qu'un jour » à partir du XVe siècle (Villon, *Test.* 1461-1462).

gi *moisteur* – avec la chaleur, la froideur et la sécheresse, la moiteur est l'une des quatre qualités de la physique ancienne en relation avec les quatre éléments.

gj *humeurs* – le principe de base de la médecine du XVe siècle est encore la théorie de la pathologie humorale, qui ne sera en fait abandonnée qu'au XIXe siècle. En principe, cette théorie procède de celle des éléments d'Empédocle, selon laquelle toute matière se compose d'un ou de plusieurs des quatre éléments (terre, eau, air et feu). Leurs différences qualitatives (froid, chaud, sec et humide) avaient été transférées par l'école hippocratique aux humeurs corporelles : le phlegme, le sang, la bile noire et la bile jaune. Au IIe siècle, Galien avait développé ce principe en le codifiant en un système complexe : il avait attribué à chaque humeur corporelle non pas une, mais deux propriétés, de sorte qu'une grande variation de combinaisons devenait possible. En d'autres mots, il avait établi la théorie des tempéraments, selon laquelle la « complexion » d'un individu était déterminée par la dose de chacune des humeurs et par leurs qualités. À la suite d'un développement supplémentaire du système galénique, on croyait que la prépondérance d'une humeur caractérisait aussi la physionomie, la morphologie et le caractère des personnes. Sans aucune référence à l'anatomie, les médecins attribuaient alors la maladie à une dyscrasie, c'est-à-dire à une modification chimique des humeurs ; par conséquent, toute thérapie consistait à rétablir l'équilibre originel par des traitements adaptés. *Cf.* R. Jansen-Sieben, *La médecine sous Philippe le Bon*, *op. cit.*, notamment p. 119-119 et D. Jacquart, *Lexique de la langue scientifique : (astrologie, mathématiques, médecine…)*, Paris, Klincksieck, 1997.

gk *la matiere des fievres pourries l'une est constrainte et l'autre est esparse* – les participes passés en emploi adjectival *constrainte* et *esparse* se réfèrent à *matiere.*

gl *de panmoison* – le spasme est présenté à travers deux définitions médicales, dont l'une souligne qu'il concerne tout particulièrement les *mahoitres*, c'est-à-dire une partie non précisée de l'épaule [GDF V, p. 69], e le *haterel*, c'est-à-dire la nuque [DMF 2015, *ad vocem*]. Parmi les causes qui le provoquent, l'auteur cite l'*inanicion*, la *repletion*, l'*egestion* et tout ce qui enlève l'humidité au corps (*desectant le humidité du corps*, FEW XI, p. 582). L'*inanicion* consiste dans l'épuisement par défaut de nourriture [DMF 2015, *ad vocem*] ; il s'agit du contraire de *repletion* [92v] / *replecion* [95r] qui a le sens de « surcharge d'aliments ou de boissons » [DMF 2015, *ad vocem*] ; par contre, l'*egestion* indique l'« action d'évacuer hors du corps » [FEW III, p. 207].

gm *extension de ners* – FEW enregistre le sens de : « extension excessive d'un nerf, laquelle le rend douloureux et incapable d'agir ». *Cf.* FEW III, p. 326.

gn *de paralisie* – la paralysie est causée par l'obstruction des nerfs (*les nerfz motifz et sensibles sont opiléz*) à cause des humeurs. Le texte fait référence à trois types d'humeurs :

l'humeur *flumatique*, qui abonde en flegme, c'est-à-dire en lymphe [GDF IV, p. 32] ; l'humeur *sanguin*, qui est sujet au sang ; l'humeur *melancolique*, qui se caractérise par un excès de bile noire.

go *de la pierre* – les calculs, qui sont appelés *pierre* aussi bien que *araines* (le mot est attesté au sens de « gravelle » dans FEW XXV, p. 173, mais *cf.* aussi it. *renella* (XIVe siècle)], se produisent à cause d'impuretés (*superfluités*) qui se trouvent dans les reins ou dans la vessie. En citant Aristote, l'auteur emploie le mot *contumacion* qui partage le sens médical de *contumace*, c'est-à-dire « résistance d'une humeur » [FEW II/2, p. 1124]. Parmi les conséquences des calculs, le texte fait référence a la *tardiveté d'aler a chambre* : le mot *tardiveté* est attesté dans le DMF 2015 et même dans la traduction par Miélot du *Speculum humanae salvationis* au sens de « retard », mais cette périphrase explicative garde ici le sens physiologique de « constipation ».

gp *elle ne fait point de contumacion* – le mot *contumacion* est attesté dans le DMF 2015 avec le sens non spécifiquement médical de « opinâtreté », tandis que dans FEW II/2, p. 1124, le mot *contumace* est attesté avec le sens de « résistance (d'une humeur) ». Il pourrait donc s'agir ici d'une dérivation spécifique du mot *contumace*.

gq *surcia* – cette maladie n'est pas attestée dans les dictionnaires de référence ; il s'agit apparamment d'une maladie urinaire grave.

gr *de ydropisie* – l'hydropisie, parfois connue avec le nom de mal de saint Quentin, est provoquée par les vertus *ou foye*, c'est-à-dire par les facultés siégeant dans le foie [DMF 2015, *vertu* B]. Parmi ces facultés, l'auteur nomme la vertu *muable* qui est le contraire de la vertu *digestive* ; elle se réfèrerait donc à des problèmes de digestion [Crealscience 2014, *digérer*].

gs *erreur* – le mot aurait le sens de « faute », « dysfonctionnement ». Magister Bartholomeus écrit dans sa *Practica* : « *Ydropisis est defctus digestive virtutis in epate enflationem membrorum generans. Defectus autem fit ex calore, aut fit ex frigiditate* ». *Cf.* Magister Bartolomeus, *Practica*, *Collectio salernitana*, éd. S. De Renzi, t. 4, Napoli, Filiatre-Sebezio, 1856, p. 361.

gt *Constan* – né sans doute à Carthage aux environs de 1050, Constantin l'Africain enseigna la médecine à l'École de Salerne et integra par la suite l'abbaye du Mont-Cassin, où il traduisit plus de trente ouvrages scientifiques, favorisant l'influence de la médecine arabe sur l'occidentale. *Cf.* N. F. J. Eloy, *Dictionnaire historique de la médecine ancienne et moderne*, t. 1, Mons, Hoyois, 1778, p. 699 et aussi M. Dupont, *Dictionnaire historique des médecins dans et hors de la médicine*, Paris, Larousse, 1999.

gu *de hernie* – la hernie consiste dans la *derompure des entrailles*, c'est-à-dire dans l'*avallisons des boiaulx*. Le mot *aval(l)ison* est attesté au sens de « descente », mais cette dernière expression correspondrait davantage au sens médical de « prolapsus » [R. Cotgrave, *Dictionarie of the French and English Tongues*, London, Adam Islip, 1611, *avallé boyaux* au sens de « *disease called bursting* »]. Elle concerne notamment le *sac des genitoires*, c'est-à-dire le scrotum, dans la hernie inguinale. La hernie se manifeste suite à une rupture ou à une carence de densité du tissu organique (*rarité*) [DMF 2015, *ad vocem* A]. Parmi les causes, l'auteur cite le *pouly de pié* ; la locution pourrait notamment se référer à une sorte de jeu impliquant un grand effort musculaire [FEW IX, p. 126].

gv *grifve* – il s'agit d'une graphie non attestée du verbe *grever* au sens de « blesser » (DMF 2015, voir *grever*).

gw *Item il y a une autre translacion le .xviie. jour de septembre, lors qu'i fu eslevé en hault dessus le grant autel* – Cette fête célèbre la troisième translation des reliques qui fut faite sous le règne de saint Louis. Jacques Desmay complète le cadre des fêtes en l'honneur du saint, en ajoutant que le 11 septembre une procession qui porte les reliques de saint

Fursy et de saint Ultain a lieu à Péronne en souvenir de l'intercession miraculeuse de 1536. Pendant les guerres entre l'empereur Charles Quint et François Ier, le comte de Nassau assiégea la ville de Péronne. Les prières, les jeûnes et les œuvres de pitié des chanoines furent exaucés par l'intervention de saint Fursy ; contre toute espérance, les ennemis se retirèrent de l'assaut qui était déjà fort avancé et ils ne parvinrent pas à brûler la ville puisque une pluie très abondante éteignit le feu. *Cf.* J. Desmay, *op. cit.*, p. 220-227.

ANNEXE I[1]

Vie de saint Fursy du ms. Bruxelles, Bibliothèque Royale, 9945

[f. 50r] Saint Foursy, conféz natif de Hibernie, fu en son temps homme de venerable vie extraict de lignie royale. Son pere ot a nom Philtan, fil du roy Fondelogue de Irlande, et sa mere fu appellee Gelgehes, fille du roy Aelf<i>ud[2]. Et pour ce que leur mariage avoit esté fait sans le sceu dudit Aelfiud[3], il juga sa fille a estre arse, mais saint Foursy estant ou ventre de sa mere parla a son tayon publiquement en disant que sa mere avoit receu le saint sacrement de mariage et qu'elle ne s'estoit en riens fourfaicte comme il cuidoit. Non obstant ce miracle, le roy Aelfiud bany de sa terre ladite Gelgehes et son mary Philtan, qui avoit en l'isle de Brehem ung oncle nommé saint Brandain, evesque, qui les reçut honnourablement. Il ne tarda gueres aprés que Gelgehes accoucha de saint Foursy, lequel saint Brandain baptiza et puis l'endoctrina en la sainte foy catholique. Or advint que les deux enfans du roy Brandain, ainsné frere du roy Aelfiud, moururent ung mesme jour, dont vint si grant deuil par tout le paiis que nul ne les pouoit mectre en terre. Toutefois, par le conseil des sages, ilz furent menez oultre mer a l'evesque Brandain et furent mis leurs corps devant la celle de saint Foursy ou il les trouva bien matin. De quoy il fu moult esbahy et pria Nostre Seigneur que de sa grace lui pleust faire retourner les ames a ces corps ; et tantost ilz se leverent sainz et haitiéz. Et puis saint Foursy jetta en la mer ung riglet[4] de bois qu'il tenoit en ses mains et lui commanda qu'il alast droit au

1 Les textes en annexe ont été transcrits en adoptant les principes d'édition exposés dans l'*Introduction*.

2 Le manuscrit porte « Aelfud » ; la correction se justifie par la forme sous laquelle se présente ce nom propre dans la version transmise par le ms. Bruxelles, Bibliothèque Royale, 9945.

3 Dans ce texte, tout comme dans les versions latines, le père de Gelgehes est appelé « Aelfiud ».

4 *Riglet* a le sens de « petite règle ». *Cf.* DMF 2015, voir *réglet*.

bort de la terre dont les enfans estoient venuz, et puis dist aux enfans que au nom de Dieu ilz alaissent seurement aprés ledit riglet et ainsi ilz arriverent en leur paiis, de quoy le roy Brandain leur pere, le roy Feradach et le roy Aelfiud, trois freres germains, et tous ceulx de la terre furent moult joyeux. En aprés ilz se appareillerent bien et richement pour visitter le glorieux jeuvencel sain<t> Foursy par qui merites[5] les deux enfans estoient [f. 50v] resuscitéz. Et quant ilz furent arrivéz vers lui, le roy Aelfiud, son tayon, lui cria mercy de la vilonie qu'il avoit voulu faire a Gelgehes sa mere, et tous deulx lui pardonnerent. En ce tempore [sic] moru le roy Fondloge, si fu fait roy Philtan, tout raempli de graces, de bonnes euvres, pere de saint Foursy. Aprés ces choses le saint homme accoucha malade. Si le vindrent visetter saint Foillain et saint Ultain, ses deux freres, et fu ravy en esperit depuis l'eure de nonne jusques aux coqs chantans. Il lui fu advis qu'il veoit en l'air une bien grande obscurité et vit deux angeles couvers de blanches pennes qui l'emportoient en leurs mains en chantant : « Les sains s'en yront de vertu en vertu ». Et puis lui disrent : « Recongnois ces choses que tu as veues et oÿes en espiritualité et, quant tu seras revenu a ton corps, soyes desoremais bon ouvrier en la maison de Dieu ». Quant les angeles eurent dittes <ces> paroles, ilz rendirent l'ame au corps et se departirent, ja soit ce qu'il ne le voulsist mie, et lui dirent que briefment ilz revendroient devers lui. Si appella le pueple et leur remoustra les visions qu'il avoit veues par ordre et puis il reçut le precieux corps de Nostre Seigneur et fu .iii. nuitz et .iii. jours en veilles et oroisons. Or advint soudainement a la tierce nuit que tous ses membres se enroiderent de froidure et, en cheant en son lit, il oÿ une grande multitude de voix horribles qui l'engressoyent et, quant il ouvry ses yeulx, il ne veit riens senon .iii. angeles dont l'un estoit a son dextre costé, l'autre a senestre et l'autre a son chief. Et puis trespassa ung grant urlement de deables se combatant face a face aux angeles, en disputant et allegant la Sainte Escripture. Et veit saint Foursy .iiii. feuz qui embrasent le monde et deux sains evesques, appelléz Beodan et Meldan, qui parlerent a lui avant le retour de sadite vision et, en son revenant, les deables geterent contre son espaule ung homme qui lui avoit donné une robe a sa mort. Et par l'arrousement de vive eaue apparu l'embrasement en la face de ce saint homme, qui vesqui depuis encore .xii. ans tousjours preschant la parole de Dieu. Et

5 *Qui* a la valeur d'un génitif. *Cf.* p. 175.

[f. 51r] puisque nonne estoit sonnee le samedi, il avoit coustume de non entrer ne yssir dedenz les villes devant le lundi ; et ainsi qu'il se hastoit une foiz pour venir en une cité d'Irlande, le marglier de la grande eglise, qui savoit bien sa coustume, sonna nonne plus tost qu'il ne devoit. Lors il se arresta emprés une fontaine jusques au lundi et puis l'emporta en son giron deux lieues loingz par vengance divine. Et puis il sema ung champ de blé qui fu au .iiie. jour plain d'espis et de blé prest a soier. Quant ces choses furent faites, saint Foursy laissa le siecle et s'en ala en hermitage avecques son frere saint Ultain et puis s'en vault alaer a Romme, et laissa a ses freres une chainture dont se chaignoient en ramembrance de lui. Et ainsi qu'il passoit par Masieres en Ponthieu, il oÿ de grans cris et pleurs pour le fil du duc Haymon qui nagaires estoit mort. Ainsi se mist tantost en oroison et resuscita l'enfant, dont le duc et tout le peuple se merveilla grandement en loant Dieu et ses sains, en le priant que, se Nostre Seigneur le ramaigne vif par lui et s'il muert, qu'il lui face savoir en aucune maniere, comme il fist. Et puis, en passant par le terroir d'Amiens, ung homme hors du sens luy tolly son mantel et le baty cruellement, mais l'ennemy entra en lui et en sa femme et les tourmenta telement qu'il leur osta la parole, l'ouÿe et leur veue ; mais le saint homme les restitua en leur santé par ses prieres. En aprés il vint au terroir d'Arras a Grant Court ou une riche dame ne le vault hebergier ; et tantost le deable entra en son corps pour le tourmenter de plus en plus, mais ses serviteurs alerent aprés le saint homme lui notefier l'angoisse de leur dame ; si renvoya son baston pour l'en attouchier, et tantost elle fu garie. Aprés s'en ala par Bourgongne et par Italie tant qu'il parvint a Romme pour y aourer saint Pierre et saint Pol et les autres sains lieux, et lui deist l'angele qu'il revelast a nostre Saint Pere les visions qu'il avoit veues et du cop qu'il reçut du pecheur de qui il avoit eu le vestement, pour quoy il souffroit la maladie [f. 51v] royale qu'il convenoit paistre de trois buchiez de char .iii. fois la sepmaine. Et pour ce nostre Saint Pere le mescreÿ en disant que ung si espirituel homme ne deust mie mengier char, advint que la nuit ensuivante la maladie entra en notre Saint Pere et lui convint mengier char. Si pria saint Foursy qu'il le delivrast de sa douleur, comme il fist, en reprenant sa maladie publiquement devant tous ceulx qui presens estoient. Et puis nostre Saint Pere sacra et fist evesque saint Foursy, en lui baillant pouoir papal par le bourdon qu'il portoit en lieu de croche ; puis s'entrebaiserent et se departirent l'un de l'autre. Et a son retour en France le roy le reçut honnourablement ; et baptiza le fil Herceval, seigneur de Peronne, et delivra .vi. prisonniers. Et puis que saint Foursy ot fait saint Emilian abbé de Laigny sur Marne, une maladie le print a Masieres ou il se estoit herbegié, de laquelle il trespassa de ce siecle. Et puis se apparu audit Haymon seant a table, ainsi qu'il lui avoit ja pieça promis. Et tantost Herceval et le duc Haymon se misrent en armes pour avoir le corps saint Fousry, qui par commun accort fu mis dedens ung chariot ou furent atthelez deux thaureaulx sauvaiges, et que la ou Nostre Seigneur les adrecheroit, que le corps saint y demourroit ; si s'en alerent droite voie a Peronne ou il repose jusques aujourd'hui. Ores s'estudia Herceval de parfaire l'eglise ainsi qu'il avait promis ou saint homme en son vivant, et la parfit dedens .xxx. jours, de quoy sa femme fu toute esmeue et foursennee. Et saint Eloy et saint Aubert la dedierent et puis enterrerent le corps saint Foursy emprés l'autel de saint Pierre ou il fu .iiii. ans, et puis saint Eloy fist une belle fiertre[6] ou il fu honnourablement translaté le .ixe. jour de fevrier, et aprés le misrent derriere l'ostel saint Pierre, le prince des apostres, devers aurient, emprés lequel autel il avoit jeu longuement ; et est cest autel le principal autel de l'eglise ou gist le corps de monseigneur saint Foursy confez et abbé.

6 *Fiertre* a le sens de « châsse ». *Cf.* DMF 2015, voir *fierte.*

ANNEXE II

Vie de saint Fursy du ms. Paris, BnF, fr. 17001

[f. 95v] Saint Foursy confés et abbé, natif de Hibernie, fu fil de Philtan, fil de Fondloge, roy des Mumnensiens, evesque en l'isle de Cluanferte, qui baptisa saint Foursy et le introduit en la Sainte Escripture. Cestui Philtan, pere de saint Foursy, print a femme Gelgehes, fille du roy Aelfin .iiie. et moinsné frere du roy Brandin, roy des Mamuterniens, l'ainsné frere auquel le roy Feradach estoit aussi .iie. frere. Et advint que ledit roy Brandin eut .ii. enfans jumeaulx, c'est assavoir ung fil nommé Florel et une fille appellee Rosecte, qui morurent tous deux ensamble jennes et furent secretemens portez devant la cele de saint Foursy qui, par grace divine, les resuscita de mort a vie. Philtan doncques et ladite Gelgehes, mere de saint Foursy, engendrerent .iii. bieneuréz filz, c'est assavoir le glorieux confés et amy de Dieu monseigneur saint Foursy, prelat et abbé ; le second ot a nom saint Foillain, evesque et martir ; et le tiers se appelloit saint Ultain, hermite menant vie solitaire. Et fault noter, selon maistre Vincent en son *Miroir historial* ou .xxiiiie. livre, que l'empereur Constant, qui fu aussi dit Constantin, fil de l'empereur Constantin le .iiie. de ce nom, fil de l'empereur Eracle, regna .xxvi. ans, commença son empire l'an de la nativité Notre Seigneur .vi^{c} xliii., c'est assavoir l'an de la creation du monde mille .vi^{c} cc. et .vi. Ou second an de l'empire de cestui Constant moru Dagobert roy des François et ou .v^{e}. an de sondit empire floury en Hibernie ce gracieux confés et amy de Dieu monseigneur saint Foursy, fil de Philtan, comme dit est cy dessus. Or advint que ce saint homme entreprint a faire ung pelerinage pour l'amour de Dieu, et tant ala qu'il parvint au royaume de France ou il fu honnourablement receu du roy Clovis le .iie. de ce nom, fil dudit roy Dagobert, et fonda a Laigny sur Marne ung monastere ou il mist pluseurs religieux ; et par un mesmes veu de pelerinage, saint Foillain et saint Ultain, ses deux freres germains, le sieuvirent un pou de temps aprés en France ou ilz resplendirent de vertus et de sainte vie. Et selon la *Cronique martinienne*, saint Judichael, frere de saint Josse, fist hommage au susdit roy Dagobert l'an .vii^{c} xlii., et saint Foursy et saint Riquier furent tantost aprés. Saint Eloy estoit lors evesque de Noyon et saint Aubert evesque de Cambray ou temps du susdit roy Clovis qui ot a femme sainte Bauchaut et qui fist descouvrir l'egle Saint Denis en France, laquelle son pere, le roy Dagobert, avoit fait couvrir d'argent et le donna aux povres, puis moru et gist a Saint Denis. Samblablement aprés ce que le gracieux confés eut voulenté de retourner en Saxone pour viseter ses .ii. freres, saint Foillain et saint Ultain, il se herberga en une ville du duc Haymmon, conte de Pontieu, appellee Masiers et illec le print une griefve maladie dont il moru et puis son corps saint fu porté entier[1] en la ville de Peronne, environ l'an .viii^{c} xiiii., ouquel lieu il repose aujourd'huy, l'an .m iiii^{c} lx iii.

---

1 Ms. : *entrer.*

ANNEXE III

Vie de saint Fursy du ms. olim Anvers, Collection « Blondeel Antiek »

[1r] [dessin : l'auteur offre son ouvrage à Charles le Téméraire]
Comment treshault, trespuissant et tresexcellent prince Charles par la grace de Dieu duc de Bourgogne, de Lothriich, de Brabant et de Lembourg, comte de Flandres, [1v] d'Artois, de Bourgogne, palatin de Haynnau, de Hollande, de Zeelande et de Namur, marquis du Saint Empire, seigneur de Frise, de Salins et de Malines reçoit benignement la genealogie et la vie abregie du glorieux confés et amy de Dieu monseigneur saint Foursy de Peronne, en son vivant abbé de Laigny sur Marne ; laquelle genealogie Maistre Jehan Immelot prestre indigne, chanonne de Lille et le moindre des secretaires d'icelluy Seigneur, a compilé et pourtrait par personnages en maniere d'un arbre de cognation, et puis a mis par escript en brief en plusieurs parquetz[1] la vie de ce glorieux confés saint Foursy, et puis aprés la declaration des enfermetez et maladies, dont a l'aide de Dieu et par miracle il garist chacun jour tous ceulx et celles qui de bon cuer le requierent luy rendans graces et departans de leurs biens a ses eglises.

[2r] [dessin : Jean Miélot dans son atelier]
Comment maistre Jehan Immelot prestre indigne, chanonne de l'Eglise collegiale de Saint Pierre de Lille en Flandres, met par escript la genealogie, la vie et mira- [2v] -cles du glorieux confés et amy de Dieu saint Foursy de Peronne, natif de Hybernie et en son vivant abbé de Laigny sur Marne, lesquelles genealogie, vie, miracles et merites ledit Immelot a extrait du *Miroir hystorial* et d'autres anchiennes escriptures, et puis les a reduictes en fourme de traictié selon son petit entendement sans

1 D'après le DMF 2015, *parquet* aurait le sens de « cadre contenant un dessein ». *Cf.* DMF 2015, *ad vocem*.

y riens mectre du sien, affin qu'une si resplendissant clareté et une si reluisant lumiere de vertus ne soit pas esconsee ou muchie, ains que ung chacun qui les lira ou orra lyre y puist prendre quelque bonne doctrine salutaire a son ame en suppleant les fautes se aucunes en y a, car non faillir appartient a Dieu seulement et non aux hommes mortelz, et attribuant le bien a celuy dont vient tout bien et tout don parfait, qui vit et regne en gloire par siecles et temps infinictz.

[3r] [dessin : image de saint Fursy]
Memoire de saint Foursy de Peronne confés, en son vivant abbé de Laigny sur Marne, qui trespassa a Masieres sur Aulthie qui se dist Frohens l'an .vi^{c} lii. ou environ. [3v] Antaine de saint Foursy confés : *O Fursee, pastor alme, o lucerna renitens qui tonantis mundo cuncta perfecisti monita ab hoc et nunc super astra fulges omni gloria illis iunctus in supernis sedibus qui resident collaudant salvatorem voce summa dominum qui tua nos prece salvet per eterna secula. Verset : Ora pro nobis beate Fursee. Respons : Ut digni efficiamur promissione Christi. Oroison. Oremus : Deus qui anime famuli tui Fursei eterne beatitudinis premia contulisti, concede propicius ut qui peccatorum nostrorum pondere premimur eius apud te precibus sublevemur. Per dominum nostrum Jhesum Christum filium tuum qui <tecum vivit et regnat Deus per omnia secula seculorum. Amen. Benedicamus domino Deo gratias>.*

[4r] [dessin : image de saint Foillan]
Memoire de saint Foillain evesque et martir, frere germain de saint Foursy qui en son vivant le fist abbé en une eglise par luy edefiee en Saxone. [4v] Antaine[2] : *O gloriosum presulem Foyllanum cuius puram anime simplicitatem ac felicem martirii cruorem alis sanguine perfusis nivea protestatur columba sanctitatis meritum Gertrudi beate virgini visio pandit angelica specum latentis corporis ignea celotenus prodit columpna. Verset : Gloria et honore coronasti eum, Domine. Respons : Et constituisti eum super opera manuum tuar<um>. Oroison. Oremus : Deus qui nobis beati Foyllani martiris tui atque pontificis sacrum natalicium celebrare concedis eius quibus continua intercessione super nos misericordiam tuam multiplica ut cuius patrociniis gloriamur eius suffragiis presentis vite subsidium et eterne salutis*

2 L'abréviation *ant* figure après les mots : « O gloriosum presulem Foyllanum ». Nous croyons opportun de la résoudre par « antaine » et de la placer avant le début de la prière latine.

premia consequamur. Per dominum nostrum Jhesum Christum filium tuum qui <tecum vivit et regnat Deus per omnia secula seculorum. Amen. Benedicamus domino Deo gratias>.

[5r] [dessin : image de saint Ultain]
Memore[3] de saint Ultain confés et hermite, frere germain de saint Foursy de Peronne qui le accompaigna en l'ermitage .i. an entier aprés son retour de Romme. [5v] Antiene de saint Ultain hermite. *Iste est qui ante Deum magnas virtutes operatus est et omnis terra doctrina eius repleta est, ipse intercedat pro peccatis omnium populorum. Verset : Amavit eum dominus et ornavit eum. Respons : Stola glorie induit eum. Oroison. Oremus. Intercessio nos que sumus domine beati Ultani abbatis commendet ut quod nostris meritis non valemus eius patrociniis assequamur. Per dominum nostrum Jhesum Christum filium tuum qui tecum vivit et regnat Deus per omnia secula seculorum. Amen. Benedicamus domino Deo gratias.*

[6r] [dessin : tableau généalogique]
Comment saint Foursy de Peronne confés, saint Foillain evesque et martir et saint Ultain abbé hermite sont extrais de par pere et de par mere de lignie royale come il appert cy dessus.

[6v] [dessin : les parents de saint Fursy sont assis sur le même banc]
Comment Philtan fil du roy Fondeloge et Gelgehes fille du roy Aelfind se devisent ensamble de plusieurs choses et tant qu'ilz se entreamourerent de vray amour.

[7r] [dessin : le mariage des parents de saint Fursy]
Comment Philtan prent a femme laditte Gelgehes par le consentement des plus sages conseilliers du roy Aelfind son pere et sans son sceu, de quoy il fu depuis fort torblé.

[7v] [dessin : deux hommes entrent dans une salle en s'adressant au roi Aelfind et à sa femme]
Comment nouvelles vindrent au roy Aelfind que sa fille Gelgehes estoit enchainte et tantost qu'il le sceut il fist incontinent assambler son conseil etc.

3 « Commémoration de quelqu'un dans un office religieux ». *Cf.* DMF 2015, voir *memoire*.

[8r] [dessin : le bûcher pour Gelgehes]
Comment saint Foursy estant ou ventre de sa mere parla en reprochant son tayon de ce que a tort il avoit jugie sa mere Gelgehes a ardoir en .iii. feus etc.

[8v] [dessin : le bannissement de Philtan et Gelgehes]
Comment le roy Aelfind fist bannir hors de son royaume Philtan et Gelgehes. Si s'en alerent a secours devers saint Brandain, oncle dudit Philtan, qui les rechut honnourablement.

[9r] [dessin : le baptême de saint Fursy]
Comment l'evesque saint Brandain baptiza saint Foursy et puis l'endoctrina es Sainctes Escriptures telement qu'il fu homme vertueux et remply de bonnes meurs.

[9v] [dessin : saint Fursy allongé sur un baldaquin ; la lutte des anges et des démons ; le Saint prêche à la foule le contenu de sa vision]
Comment saint Foursy ravy en esperit vit deux angeles qui emportoient son ame, laquelle ilz restituerent depuis en son corps ; et comment il enseigna au pueple les visions qu'il avoit veues.

[10r] [dessin : saint Fursy ressuscite ses cousins ; les deux enfants rentrent chez eux]
Comment saint Foursy resuscita ses deux cousins, enfans du roy Brandin. Et puis il jecta en la mer ung reiglet par dessus lequel ilz retournerent franchement en leurs paiis.

[10v] [dessin : les rois rendent visite à saint Fursy]
Comment le roy Brandin, le roy Feradach et le roy Aelfind s'en vindrent devers saint Foursy en l'isle de Rathmath pour prier mercy a Philtan, a Gelgehes et a saint Foursy.

[11r] [dessin : le couronnement de Philtain et Gelgehes]
Comment Philtan pere de saint Foursy et Gelgehes sa mere furent couronnez roy et royne par les barons et grans seigneurs du royaume des Mamurteniens aprés le trespas du roy Fondloge.

[11v] [dessin : saint Fursy allongé sur un baldaquin ; la lutte des anges et des démons ; quatre feux qui ardent dans un espace vallonné]
Comment saint Foursy vit en esperit deux angeles qui se combatoient contre plusieurs dyables en l'air pour son ame. En aprés il vit .iiii. feus qui embrasoient tout le monde.

[12r] [dessin : saint Fursy allongé sur un baldaquin ; les évêques dans le ciel]
Comment saint Foursy, estant encoires en sadite vision, apperçut deux sains evesques, saint Meldain et saint Beodain, qui luy dirent qu'il retournast prechier la fin du monde.

[12v] [dessin : la salle d'audience du Pape]
Comment saint Foursy s'en ala a Romme devers le Pape pour obtenir pardon d'une maladie qui le constraindoit mengier char, dont le Pape fu fort traveillé ; mais saint Foursy le reprint etc.

[13r] [dessin : saint Fursy est agenouillé devant la chaire du Pape]
Comment le Pape octroia a saint Foursy tout tel estat qu'il vouldroit choisir en sa court, mais il le refusa. Adoncques il le sacra evesque en lui donnant son pouoir.

[13v] [dessin : saint Fursy reçoit l'Eucharistie dans une église]
Comment saint Foursy fu .iii. jours et .iii. nuytz en veilles, en jeunes et en oroisons pour tout le pueple et puis il reçut devotement le precieux corps de Jhesu Crist avant son trespas.

[14r] [dessin : le char traîné par les taureaux]
Comment aprés le trespas de saint Foursy a Masieres sur Aulthie l'an .vi^{c} lii. ou environ, le duc Haymon lors seigneur de Pontieu, le noble Herceval seigneur de Peronne [14v] et chancellier du roy de France Clovis le .iie. et le duc Berchaire seigneur de Laon se mirent tantost en armes contendans chacun d'eulx de avoir le corps saint Foursy ; mais aprés plusieurs debas, ilz se accorderent que ledit corps saint fust mis dessus ung chariot couvert d'un drap d'or auquel seroient atteléz deux buefz sauvages, et la ou il plairoit a Nostre Seigneur Dieu le conduire de leur bon gré, qu'il y demourroit. Or advint que lesdis .iii. seigneurs sieuvirent pas a pas ledit chariot et les deux thoreaulx jusques a tant

que par l'octroy divin ilz se arresterent devant le portail de la grant eglise de Peronne. Et illecques il fu honnourablement enterré, ouquel lieu il reposa .xxx. jours. Et aprés saint Eloy, evesque de Noyon, et saint Aubert, evesque de Cambray l'ensevelirent en grande reverence emprés l'autel Saint Pierre en ladite eglise, puis chacun s'en rala.

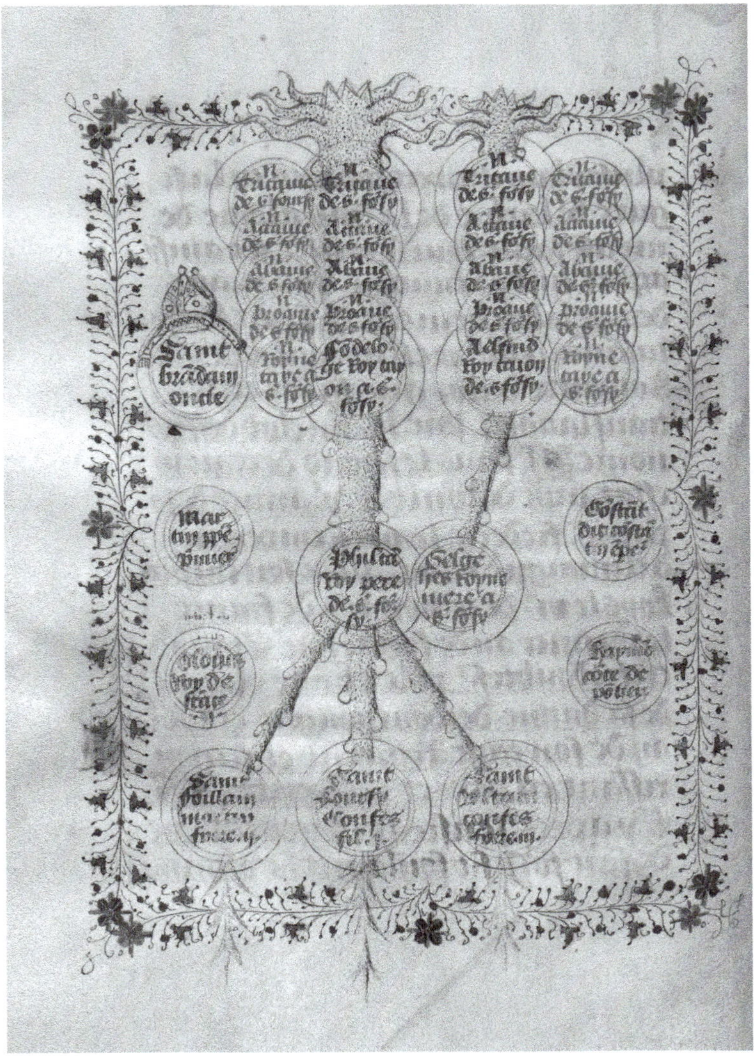

FIG. 1 – Jean Miélot, *La Genealogie, la vie, les miracles et les merites de saint Foursy*. © ÖNB/Vienna HAD Cod. Ser. Nov. 2731, fol. 14 v.

GLOSSAIRE

Ce glossaire, qui vise à faciliter la compréhension du texte, contient les mots disparus dans la langue moderne et les termes dont le sens a évolué. Dans le cas de polysémie, seules les acceptions disparues sont enregistrées.

Les entrées sont rangées selon l'ordre alphabétique. Les variantes graphiques sont enregistrées selon l'ordre d'apparition dans le texte. Les verbes sont lemmatisés à l'infinitif ; lorsque c'est la morphologie d'un verbe qui rend obscur son sens (ex. « creoient » [18v]), la forme conjuguée est lemmatisée, et non pas l'infinitif. Les substantifs sont donnés au singulier et les adjectifs au masculin singulier, à moins que la seule attestation soit déclinée : dans ce cas, la forme figurant dans le texte est lemmatisée. Lorsque les indications fournies par le contexte pour déterminer le genre d'un substantif ne sont pas suffisantes, celui qui est attesté par les dictionnaires de référence a été indiqué. Une astérisque indique que la forme lemmatisée a été reconstruite. Chaque entrée est suivie par la classe grammaticale, la définition et les occurrences suivies du renvoi au texte. Lorsque les occurrences sont nombreuses et ne présentent pas d'intérêt particulier, les cinq premières sont seules indiquées, suivies de *passim.* Les lettres en exposant placées après le numéro du folio renvoient aux notes.

Ouvrages lexicographiques de référence : AND ; Cotgrave ; Crealscience 2014 ; DMF 2015 ; FEW ; GDF et GDFC ; G. Di Stefano, *op. cit.* ; Huguet ; La Curne de Sainte-Palaye ; L. F. Daire, *op. cit.* ; TLFi ; Tobler-Lommatzsch.

a prép : avec [35v, 64r, 70r, 73v, 83r, 87r]

**abatre* vb. trans. : abattre, *abatoient* [24r]

abaive subst. fém. : troisième aïeule [14v]

abave subst. masc. : troisième aïeul [14v[ae]]

abbie, *abbeie* subst. fém. : abbaye [77r, 79r, 81r]

acceptacion subst. fém. : approbation [54r]

accointe subst. masc. : ami [85r]

*(*estre) accommunié* : recevoir la sainte communion, *fust accommunié* [34r], *fu accommunié* [34r]

accomplir vb. trans. : mener à terme [64r] ; réaliser [43v, 54v], *accomplissoit* [24r], *accompliroit* [53v], *furent accomplies* [69r] ; exécuter, *a accomplie* [37r], *ont accompli* [37v] ; *part. passé masc. plur. en empl. adj.* : arrivés à terme, *accomplis* [54r]

*(*se) accorder* vb. pron. : donner son assentiment, *se accorda* [83v]

**accoucher malade* : s'aliter en raison d'une maladie, *accoucha malade* [30r]

accoustumance, *accoustumence* subst. fém. : pratique habituelle [33v] ; mal d'accoustumance : vice de persévérer dans une mauvaise habitude [36v]

*(*avoir) ac(c)oustumé* : avoir pour habitude, *avoit a(c)coustumé* [23r, 25v, 55v, 66r]

*(*estre) accoustumé* : être en usage, *estoit accoustumé* [64v]

actave subst. masc. : quatrième aïeul [14v[ae]]

actaive subst. fém. : quatrième aïeule [14v]

actempré, attempré part. passé en empl. adj. de **actemprer, attemprer* : modéré, *actempré* [48r], adouci, *attempré* [76v]

actemprement subst. masc. : disposition (à qqc) [49r]

actéz subst. masc. : accès [91r]

**adjourner* vb. intrans. : se lever, *le jour fu adjourné* [25v, 31v]

**a(d)monnester* vb. trans. : avertir, *amonnesta* [15v], *admonnesta* [32v], *eut amonnesté* [33r], *eurent amonnesté* [51r], *fu amonnesté* [54v], *avoit esté ammonesté* [66r] ; amonnester qqn de, encourager, *amonnestoit de* [3r, 33r], *amonnesta a* [65v] ; exhorter, *admonnesta* [32v], *avoit esté amonnesté* [66r] ; *amonnester a qqn que : lui recommander de, *luy amonnesta* [65v]

adoncques adv. : alors [20v, 22v, 27v, 31v, 34v *et passim*] ; à ce moment là [30r, 42v]

**adrecher* vb. trans. : conduire, *adrechera* [81v]

advenement subst. masc. : naissance [14r] ; arrivée [69v]

**a(d)venir* vb. impers. : arriver, *advint* [13v, 16r, 23r, 24v, 28r *et passim*], *estoient avenues* [22r], *estoit advenu* [27v], *avint* [28v, 34r, 77r, 78v, 84v, 88v], *sont advenus* [58v], *estoit advenue* [65v], *furent avenues* [72v], *avenoit* [78r], *advient* [92v]

a(d)venture subst. fém. : ce qui advient à qqn, *aventures* [22r] ; hasard, *adventure* [26r] ; par aventure : peut-être [39v] ; d'aventure : par hasard [78r]

**(il est en) advis (a qqn que)* : il semble à qqn, *et lui fu en advis qu'il* [30v]

advision subst. fém. : apparition surnaturelle [80r]

advolé subst. masc. : étranger, venu de loin, dont on ignore l'origine [85r]

af(f)aire subst. masc. et fém. : difficulté [26r], *afaires* [91r]

**affermer* vb. trans. : déclarer pour vrai, *afferment* [90v]

affimere, effemere adj. fém. : qui ne dure qu'un jour, *affimere* [91v[gh]], *effemeres* [91v], *effemere* [91v]

agait subst. masc. : pièges, *agaitz* [32v] ; embuscades, *agaitz* [64r]

**(s') agenouller* vb. pron. : s'agenouiller, *s'agenoulloit* [64v], *s'agenoulla* [70r]

agir (en qqc) : avoir une action sur qqc, *agente en* [93v]

**agouster* vb. trans. : déguster, *agousta* [89v]

agrapison subst. fém. : douleur de ventre, *agrapisons* [95v]

aguillement subst. masc. : tourment [67r[eu]]

aguillonnement subst. masc. : tentation [54r[eu]]

ahanables adj. fém. plur. : cultivables [76v]

aidier : voir *aydier*

aigrement adv. : sévèrement [51r]

ainçois (que) + subj. : avant que [12v]

ains adv. : mais, au contraire [10r, 10v, 21v, 24v, 25r *et passim*]

ains (que) + subj. : avant que [23r, 79v]

ainsy comme : voir *comme*

ainsy (que) : comme [7r, 22v, 25r, 25v, 32r *et passim*], pendant que [16r, 34r, 55v, 61v, 82r, 86r], presque [42r]

ainsné adj. : aîné [15v, 16v, 25v]

alai(c)tier vb. trans. : téter [19r], *alaitant* [18v-19r]

alaigre, al(l)egre adj. : plein de vitalité, *allegres* [27r], *alegres* [76r] ; heureuse, *alaigre* [82r]

**aleguer* vb. trans. : citer comme autorité, *alegant* [3v]

aler vb. intrans. (aux. *avoir*) : aller, *voisent* [16v] ; parcourir, *avoit alé* [62v[en]] ; marcher, *eurent alé* [79r] ; aler devant : s'acheminer le premier [38r] ; aler arriere : revenir [77v], rentrer [78r] ; s'en aler devant, avant : s'avancer, *s'en ala devant* [27r], *alons avant* [35r]

alme subst. masc. : aulne [47r]
**amener (a memoire qqc)* : voir *memoire*
amer vb. trans. : aimer [23v, 39v, 46v], *ayme* [40v, 47r], *ayment* [37v, 49v, 74r] ; *inf. subst.* : charité [40r]
ami (de Dieu) subst. masc : celui qui a voué sa dévotion à Dieu [1v, 90r, 90v, 95v, 96r]
amonnestement subst. masc. : incitation [44v, 61v, 71r]
**amonnester* : voir *a(d)monnester*
**(avoir) amour (a qqn)* : éprouver une affection profonde à l'égard de qqn, *pour la grant amour que j'avoie a luy* [83v]
anchiens adj. masc. plur. : âgés [16v]
ang(e)le subst. masc. : ange [3r, 3v, 4v, 5v, 30r *et passim*], *angle* [4r]
angoise (de cuer) : anxiété oppressante [19v]
**angoisser (de)* vb. trans. : exciter à, *angoissoient de (yssir hors du corps)* [34v]
angoi(s)seusement adv. : en manifestant l'angoisse [19v, 61v-62r]
angoisseux adj. : angoissé [20r, 21r]
an(n)unc(h)ier vb. trans. : annoncer [41r, 53r], *annunça* [40v, 52r], *annunchant* [43r], *anunchant* [82r], *annunche* [49v], *annuncha* [53v, 54r]
aourer vb. trans. : adorer [5v, 64v]
**aorner* vb. trans. : garnir, *fu aornee* [5r], *aornerent* [54v], *fu aornee* [58v], *aorna* [73r], *ot aorné* [79r]
aournemens subst. masc. plur. : ornements d'église [71v]
**apendre (de qqc)* vb. trans. : dépendre de, *y apende* [59r]
apostre subst. masc. : apôtre [11r, 87r, 88r] ; saint Paul [24v, 32r, 32v, 40r, 48v]
apostume subst. masc. et fém. : abcès [91v], *apostumes* [92r]
appaisier vb. trans. : calmer [83v]
**appareiller* vb. trans. : préparer, *furent appareilliéz* [20v], *est appareillie* [32r, 33r, 52r, 56v, 79v], *appareillié* [33v], *sera appareillé* [71v], *estoit appareillie* [74r], *fut appareillé* [82r] ; *emploi absolu* : tout disposer (pour réaliser tel projet), *appareilla* [61r] ; *se appareiller *vb. pron.* : se parer, *s'appareillerent / se appareillerent* [23r, 28r] ; *se appareiller de *vb. pron.* : se préparer à, *se appareilloient de* [82r]
apparoir vb. intrans. : apparaître, *il apparu* [4v, 52r, 52v, 65v], *(il) apparust* [65v], *elle apparoit* [66v] ; se manifester sous forme d'apparition, *il apparu* [79v], *il apparut* [79v] ; *vb. impers.* : il apparaît, on voit, *il appert* [14r, 30v, 81v, 90r] ; *se apparoir *vb. pron.* : se manifester sous forme d'apparition, *se apparu* [7r]
**appartenir* vb. impers. : être approprié, *il appartenoit* [28v] ; *appartenir a : être le propre à, *il appartient a* [12v, 16v, 70v] ; *appartenir a qqn : revenir à qqn, lui être dû, *print congié a ceulx qu'il appartient* [59r] ; *appartenir en qqn : être convenable pour qqn, *il appartient en* [18v]
appert : voir *apparoir*
(en) aprés adv. : ensuite [65r]
aprés (ce que) + indic. : après que [37r, 72v]
**(se) appercevoir* vb. pron. : prendre conscience de la situation, *se apperchurent* [71v]
(plus) applain : voir *(plus a) plain*
aprestéz (pour) + infin., part. passé masc. plur. en empl. adj. de **aprester* : prêts (à) [57v]
araines subst. fém. plur. : gravelle [93v]
ardant adj. : intense [10r] ; allumés, *ardans* [79v]
ardoir vb. trans. : faire périr par le supplice du feu [1v, 18r, 18v, 19r, 21v *et passim*], *estre arse* [20v] ; brûler [50r], *ardoit* [4v, 50r]
arer vb. trans. : labourer [57r], *ara* [57r]
**arguer* vb. intrans. : argumenter, *argue* [3v, 38v]

(a grant) armes : avec une grande armée [7v]
*(*se mettre en) armes* : se préparer pour le combat, *se mirent en armes* [7r, 80v]
arrousement subst. masc. : aspersion [4v, 52r]
**arrouser* vb. trans. : asperger d'eau, *arrouse* [51v], *arrousa* [65r], *arrousoit* [66r] ; *s'arrouser de *vb. pron.* : répandre (un liquide) sur soi même, *s'arrousa* [52r]
article subst. masc. : moment décisif [56v]
aspre adj. fém. : violente [95r]
**assambler* vb. trans. : réunir, *assambla* [80v] ; *estre assemblés : être réunis, *estoit assamblé* [19v, 60r], *estoient assamblés* [52r], *estoient assambléz* [80v], *assamblee* [92r] ; *se assambler *vb. pron.* : se réunir, *se assamblerent* [27r]
(c'est) assavoir : c'est-à-dire [2r, 3v, 9r, 13r, 13v, *et passim*]
*(*se) assentir* vb. pron. : approuver, *se assentirent* [72v, 82r]
assés adv. : beaucoup [22r, 63r, 71r]
assiduelement adv. : de façon continue [24r, 65r]
assis part. passé de **asseoir* : situé [76v]
**assoulager* vb. trans. : apaiser, *assoulaga* [54r]
atout prép. : avec [6r, 21v, 54r, 59v, 80r *et passim*]
attempré : voir *actempré*
attouchier vb. trans. : toucher, *attoucha* [82v] ; attouchier en qqc : toucher avec qqc, *pour en attouchier* [5v, 63v] ; attouchier a qqc : toucher qqc, *attoucha* [7r] ; attouchier de qqc : toucher avec qqc [63v], *fust attouchie* [63v], *fu attouchie* [63v]
aucun(e)(s) adj. : quelque(s) [12v, 37r, 46v, 59r, 61r, 71r, 74v, 78r, 93r, 93v] ; *pron.* : quelque(s)-un(e)(s) [12v, 16r, 17v, 30r *et passim*] ; certains, *les aucuns* [45r] ; aucun de + *subst.* : l'un de [64r, 78v]
aussy adv. : de même [36v, 47v] ; aussy tost que : dès que [20v, 22v, 29r, 56r, 63r] ; aussy comme, aussi comme, voir *comme*
(d') autant (que) : le plus que [35r] ; d'autant comme, que… de tant plus, voir *tant*
(l'une et l') autre : voir *(l') une (et l'autre)*
autry subst. masc. : le bien d'autrui [62v]
aval(l)isons (de boyaulx) : hernie [91r^gu^, 94v]
avant prép. : devant [62r] ; par avant : auparavant [7r, 9v] d'abord [36r, 46v] ; desormais en avant : à l'avenir [48v]
avecques prép. : avec [1r, 5r, 7r, 15v, 16r *et passim*]
**avenir* : voir **a(d)venir*
aventure : voir *a(d)venture*
avironner vb. trans. : parcourir [53v], *avironnans* [76r] ; faire le tour de, *avironnant* [65r] ; entourer, *avironna* [41r, 42v], *avironné* [71v, 76v]
aydier, aidier vb. trans. : aider [24r], *aydast* [22r], *aidiéz* [71r], *ayda* [84r] ; *aydier, aidier a qqn* vb. intrans. : apporter une aide à qqn, *a aidié et ayde […] aux malades* [77r], *leur ayda* [84r]

**baill(i)er* vb. trans. : confier, *fu baillié* [2r], *bailla* [23v], *est baillie* [74r] ; conférer (un pouvoir), *baillant* [6v] ; donner, *baill(i)erent* [7v, 87v], *estre baillie* [4r], *estoit baillie* [24r] ; accorder, *bailla* [68v]
barbarins subst. masc. plur. : païens [54r]
baron subst. masc. : seigneur [9v, 17r, 29v, 54v, 71v, 72v, 74r]
baston subst. masc. : bâton (de pèlerin) [5v, 6v, 63v, 69r, 77r]
(avoir) bataille (contre qqn) : se battre (contre qqn) [3r]
*(*se) batiller* vb. pron. : se battre, *se batilloient* [35r]
beaulté subst. fém. : beauté [24v]
beneiçon subst. fém. : bénédiction [17v, 23r, 33v, 61r, 69r *et passim*]
ben(e)ir vb. trans. : bénir [68v], *benit* [81r]

benivolence subst. fém. : bienveillance [12r]

benoit adj. : bienheureux [1v, 11r, 20r, 23v, 25v *et passim*].

biau adj. : beau [20r, 20v, 25v]

bieneuré adj. : qui jouit de la béatitude [23v, 29v, 57r, 64r, 72v] ; *adj. subst.* : bienheureux [90r]

bienneureux adj. : qui est promis à la béatitude éternelle [23r]

blasme subst. masc. : jugement de réprobation [45v, 46r]

**blasmer (qqc a qqn)* : reprocher qqc à qqn, *blasma* [29r]

blefz subst. masc. plur. : blé [57v[ed]]

**blescer* vb. trans. : blesser, *blesce* [94v]

boe subst. fém. : matière putréfiée [92r]

**braire* vb. intrans. : crier, *avoit brait* [82v]

brehaingne adj. fém. : stérile [18v]

briefment adv. : brièvement [90v]

camp subst. masc. : champ [57r]

car conj. : c'est que [92r]

**cause* subst. fém. : affaire, *causes* [5r, 59r] ; non sans cause : à juste titre [9v] ; pour ceste cause : pour cette raison [16v, 19v, 83v, 86r] ; a cause de : sous l'effet, par l'action de [91v]

celestien adj. : céleste [43r], *celestienne* [58r]

cele subst. fém. : cellule de moine [25r, 26r, 30v, 33v]

celebrité subst. fém. : caractère de ce qui est célèbre [9v]

ceur subst. masc. : cœur [49r, 51r, 63v, 91v]

chainture subst. fém. : ceinture [4v, 58v]

**(se) chaindre (de qqc)* : mettre qqc autour de sa taille, *se chaingnoit* [58v]

(aler a) chambre : faire ses besoins naturels [94r]

chambrette subst. fém. : cellule [2r]

(religieux) chanonnes : religieux vivant sous l'autorité d'une règle [87r]

char subst. fém. : viande [5v, 66r, 66v, 67r] ; chair [20v, 44v, 45v, 52v, 53r, 70v, 94v]

chascun adj. : chaque [42r, 46r, 49v, 58r, 78v, 89r] ; un(g) chascun *pron.* : chaque personne [71v, 86v]

chastel subst. masc. : terrain qui appartient en propre à qqn [54v] ; citadelle [75r]

chemin (ferré) : voir *(chemin) ferré*

cheoir vb. intrans. : tomber [95r], *cheirent* [45r], *cheoient* [24r, 35v], *sont cheüs* [75r] ; se mettre à genoux, *il/elle cheÿ* [6r, 60v, 64r, 67v, 75v] ; s'écrouler, *il cheÿ* [34v]

chetive adj. fém. : misérable [62r, 63r]

chevalerie subst. fém. : art militaire [16r] ; exploits de chevalier [16v] ; armée [83r]

cheÿ : voir *cheoir*

chief subst. masc. : tête [29r] ; a son chief : à sa tête, devant lui [34v]

chier adj. : aimé [29r, 70v]

(entre ces) choses adv. : sur ces entrefaites [82v]

ci : voir *cy*

clareté subst. fém. : luminosité [30v, 31v, 33v, 35v, 41v, 69v] ; lumière accompagnant une apparition divine [2r, 22r, 22v, 41r, 42r, 43r, 80r]

cler adj. : limpide, *clere* [6v] ; clair [12r] ; illustre [53v] ; lumineux, *clere* [69v]

clerc subst. masc. : clerc de la hiérarchie inférieure [47v] ; tonsuré, *clercz* [52r], *clers* [72v, 80r]

cloistrier adj. : qui vit dans un cloître [4v]

col subst. masc. : cou [5v, 65v, 66v, 92v], *colz* [35r], *col de la vesie* [95v]

**(se) combattre (a qqn, qqc)* vb. pron. : se battre contre qqn, qqc, *se combatoient* [3r, 35r, 35v], *se combatoit* [35v, 36r], *se combat* [37v], *se combatent* [45r], *se combati* [3v], *se combaty* [37r], *se furent combatus* [40r]

(par le) commandement (de) : en obéissant aux ordres de [20v, 27r]

(faire son) commandement : faire selon sa volonté [60r]

**commander* (a) + infin. : commander de faire qqc, *commanda (a semer)* [57r], *commanda (a loer)* [86v] ; *commander qqn a qqn : le confier à qqn, *commanda a* [62v]

comme adv. : quasiment [50r] ; comme + *adj.* + que : quelque + *adj.* + que [63r] ; si comme : ainsi que, comme [10v, 16r, 25r, 33r, 62r, 64v, 66r, 73r, 76r, 81r, 81v, 82v, 86r, 92r, 92v, 93v, 94v] ; ainsy comme : comme [36r, 42r, 47r, 56r, 58v, 62r, 73v], comme si + *subj.* [27r, 45r], puisque [50v, 60v], de même que [36v, 38r, 44r, 47v, 52v], au moment où [59v] ; aussy comme, aussi comme : de la même manière que [37r, 50v], ainsi que [48r], comme [83v] ; *estre aussy comme + *adj.* : se trouver dans telle situation [75r, 75v]

commendable adj. : louable [56v-57r]

compaignon subst. masc. : membre d'une communauté, *compaignons* [10v, 30r, 68r] ; estre compaignon de qqn : être l'égal de qqn [74r]

compaignie subst. fém. : groupe [41r, 41v, 42r, 42v, 47v] ; suite [53v, 59v, 70r] ; en la compaignie de qqn : avec lui [31v, 53r]

**comparer* vb. trans. : expier, *comparast* [36r]

(se) complaindre vb. pron. : se lamenter [52r], *se complaignoit* [33v]

**compter* vb. trans. : raconter, *avons compté* [51r] *compta* [65v], *eut comptees* [66v] ; *compter qqc a neant : n'y attacher aucune importance, *comptent a neant* [45r]

conculquees part. passé fém. plur. en empl. adj. de **conculquer* : poussées violemment vers un membre ou un organe [91v[gg]]

(par la) conduite (de) : avec l'aide de, *par quelle conduite* [27v]

conduiseur subst. masc. : celui qui conduit des animaux qq part [82v]

confermer vb. trans. : affermir [52v], *conferma* [78v]

confés, conféz subst. masc. : saint qui n'est ni apôtre ni martyr [1r, 1v, 2v, 6v, 7v *et passim*]

confidence subst. fém. : confiance [95v]

**(se) confier (en)* vb. pron. : avoir confiance (en), *se confia (en)* [63v]

confusion subst fém. : ensemble indistinct [41v].

(prendre) congié (a, de qqn) : prendre l'autorisation de se retirer auprès de qqn, *print congié au* [28r-28v], *prent congié a* [59r], *print congié du* [73r], *prenant congié d'eulx* [61r]

(donner) congié (a qqn) (de) : donner à qqn la permission de, *leur donna congié* [33v], *luy donna congié* [73r]

conglutiner vb. intrans. : se densifier [94r]

congnoissant part. prés en empl. adj. de *congnoistre* : expérimenté [31r]

**congnoistre* vb. trans. : comprendre, *congnut* [28r, 63r, 86v] ; *congnoistre charnelement qqn : avoir une relation sexuelle avec qqn, *congnut charnelement* [17v]

conrois subst. masc. plur. : affrontements armés [64r]

conscendente part. prés. fém. de *conscendre : se diffusant [91v[gf]]

conseil subst. masc. : avis [33v] ; assemblée [5r, 59r] ; grant conseil : organe formé des personnes qui aident le roi dans le gouvernement [5r, 59r] ; par le conseil de : suivant l'avis de [24v, 28v]

consentement subst. masc. : accord [1v, 17v]

(se) consentir (a) vb. pron. : donner son accord (à une chose blâmable, à laquelle on pourrait s'opposer ou renoncer), *se consentir* [41r], *se consent a* [35v]

constrainte part. passé fém. en empl. adj. de **constraindre* : (pour la fièvre) causée par une inflammation localisée dans une partie du corps [92r] *contenir* vb. trans. : exposer, *est contenu* [10v] ; (se) contenir *vb. pron.* : se comporter [26v]

continence (de char) : état d'abstinence [44v]

**contrains* part. passé masc. plur. de **contraindre* : crispés, resserrés sur eux-mêmes, *sont contrains* [92v]

(par) contrainte : par force [5v]

(au) contraire : à l'opposé [92r]

contrait subst. masc. : paralytique [82v] ; contrait de (+ *nom d'une partie du corps*) : souffrant de paralysie (à tel membre du corps) [7r]

**contrarier* vb. trans. : tourmenter, *contrarie* [49r]

contumacion subst. fém. : résistance d'une humeur [94r^gP]

convainquue part. passé fém. de **convaincre* : forcée à se rendre, *est convainquue* [49v]

**convenir* vb. impers. : être inévitable, *il leur convenist* [57r], *il (se) convient* [48r, 70v], *il convenoit* [66r], *il lui convint* [67r]

convent, *couvent* subst. masc. : couvent [58r] ; promesse [74v] ; avoir en couvent a qqn : avoir promis qqc à qqn, *eurent en couvent* [82v]

convertir vb. trans. : traduire [12r]

**couvoiter (a)* + inf., vb. intrans. : désirer ardamment de, *couvoite a (estre)* [16v]

convoitise, *couvoitise* subst. fém. : cupidité, *convoitise* [3v, 37v, 44v, 48v, 70v], *couvoitise* [38r]

(aux) coqz (chantans) : au point du jour [2v, 30v]

corps (sains) : reliques [64r, 65r]

coulpe subst. fém. : faute [46v] ; punition [46v] ; batre sa coulpe : dire *mea culpa* en se battant la poitrine [75v]

coura(i)ge subst. masc. : vaillance [15v] ; ensemble des sentiments [17v], *couraiges* [44v, 54r] ; intention [26r, 78r] ; en son courage : en son for intérieur [51v, 59v]

**(se) courir* vb. pron. : partir en courant, *s'en couru* [22v, 64r, 89r]

cour(r)ouc(h)ier vb. trans. : fâcher qqn [37v], *vous courouchiéz* [39r], *avoit couroucié* [63r], *fu couroucié* [73r], *est courroucié* [49v] ; *part. passé en empl. adj.* : fâché, *couroucié* [83v] ; *se cour(r)ouc(h)ier *vb. pron.* : se fâcher, *en se courouchant* [44v], *se couroúce* [85v]

cou(r)roux subst. masc. : colère [29r, 44r, 85v]

(estre de) coutume : être d'habitude, *est de coustume* [86r]

(a ses propres) coustz : à ses propres frais, *a mes propres coustz* [83v]

couvent : voir *convent*

couvers (de) part. passé de **couvrir* : pourvus de [2v, 30v], *estoient couvers (de pennes)* [30v, 32r]

couvertures subst. fém. plur. : parements d'autel [54v]

couvoitise : voir *convoitise*

creant part. prés. en empl. adj. de **croire* : croyant [89r]

creoient ind. imper. de **croire*, *P6* : ils croyaient [18v]

(pechiés) creminaulx : péchés mortels [36r]

**cremir* vb. trans. : craindre, *cremoient* [53r]

croche subst. fém. : bâton pastoral, signe de la dignité épiscopale [6r, 68v]

**croistre* vb. trans. : augmenter progressivement, *croissoit* [3v, 37v]

cue(e)r subst. masc. : cœur [10r, 16v, 18r, 19r, 24r *et passim*] ; sentiment, *cueers* [44v]

**cuider* vb. trans. : penser, croire, *cuidoit* [3v, 36r, 41v, 42v], *cuida* [19r, 22v, 38v, 86r], *cuidoient* [31v], *cuidions* [39r], *cuident* [47r], *cuiderent* [57r]

cuir subst. masc. : peau d'homme [94v]

cultivement subst. masc. : culte [10r]

curacion subst. fém. : traitement médical [95r]

cure subst. fém. : responsabilité, charge

[57v, 58r, 69r, 73r] ; *mettre sa cure a : mettre ses soins à, *ont mis toute leur cure* [47r], *metz ta cure a (garder)* [49r]
curieux adj. : qui se préoccupe de qqn [69r]
cy, ci adv. : ici, *cy* [1r, 8r, 14r, 15r, 29v *et passim*], *ci* [30r]

dampnable adj. fém. : qui mérite condamnation [67r]
dampnement subst. masc. : condamnation [19v], damnation [46r]
dars subst. masc. plur. : dards [3r, 35v]
debonnaireté subst. fém. : clémence [44v] ; bonté [46r] ; debonnaireté de cuer : douceur 49r] ; tourner en debonnaireté : apprivoiser [49r]
de ça : de ce côté-ci [83v]
**decevoir* v. trans. : séduire, *estre deceu* [69v], *est deceu* [70v] ; surprendre, affecter soudainement, *fust deceu* [69v] ; *part. passé fém.* : trompée, *deceue* [86r]
decla(i)rier vb. trans. : expliquer [12v, 80r], *declara* [74r]
decoree part. passé fém. de **decorer* : ornée, *est decoree* [5v]
decourant part. prés. de **decourir* : qui écoule [93r]
dedens prép. : dans (lieu) [7v, 87r] ; en (temps) [84v] ; *adv.* : à l'intérieur [22v, 88r] ; par dedens : à l'intérieur [66r, 71v] ; *empl. subst.* : intériorité, *au par dedens* [92r]
(par) deffault (de) : par manque de [55r]
**(aler) deffaillant* : s'affaiblir, *aloient deffaillans* [19v]
**deffaire* vb. trans. : défaire, *deffera* [19r]
**(soi) deffendre* vb. pron. : se protéger [38r]
deffense subst. fém. : protection [34v]
deffera indic. fut. de **deffaire, P3* : défera [19r]
degaster vb. trans. : gaspiller, *degasté* [52v] ; détruire [70v], *degastent* [74r]
degrés subst. masc. plur. : marche d'un escalier [65r]
(par) dehors adv. : à l'extérieur [66r, 71v]
**delaissier* vb. trans. : quitter, *delaissa* [15v] ; abandonner, *delaissent* [49v]
delictable adj. : agréable [6r, 54v, 71v, 77r] ; délicieux, *delictables* [76v]
delit subst. masc. : plaisir [38r, 66r]
delivrer vb. tr. : sauver [50v], *fu delivree* [1v, 21v]
demander inf. subst. : formulation d'un besoin [48r]
demenant part. prés. de **demener* : en manifestant [82v]
demerir, vb. trans. : mériter pleinement [12r*]
demoniacle adj. : possédé du diable [5v]
**demourer* vb. intrans. : rester, demeurer, *estoit demourant* [2v], *demourons* [70v], *demourroit* [78r], *demoura* [78v] ; se tenir, *demouroit* [25r, 30r, 78v], *demoura* [33v] ; être de reste, *demoura* [56r], *estoit demouré* [65r] ; tarder, *demoura* [61v, 75r] ; *demourer aprés qqn : survivre à qqn, *demourerent aprés lui* [76v]
demonstree part. passé fém. de **demontrer* : montree, *fu demonstree* [52v]
**demoust(r)er* vb. trans. : montrer [77r], *demoustra* [18r, 56v], *demoustre* [49v] ; exposer, *demoustra* [31v]
departement subst. masc. : départ [60v]
departir vb. trans. : distribuer [51r] ; *vb. intrans.* : *departir de ce siecle : mourir, *qu'il departiroit de ce siecle* [61r] ; *se departir *vb. pron.* : se séparer et aller chacun de son côté, *se departirent* [2v], *s'en departirent* [31v, 84v] ; *se departir de qqn *vb. pron.* : quitter qqn, *se departirent de luy* [31r], *se departy de luy* [79v]
depuis adv. : ensuite [2r, 5r, 58v, 64r]
derechief adv. : de nouveau [40v, 43r, 54v]
(au) dernier adv. : en dernier lieu [85v]
derompison (d'entrailles) : hernie [91r]
derompure subst. fém. : prolapsus [94v]

dervé adj. : d'une folle cruauté [18r]
derverie subst. fém. : folie [85r]
(en) derriere adv. : dans le dos des intéressés [45v]
depuis que conj. : après que [77v]
desconfis part. passé masc. plur. de **desconfire* : vaincus, *furent desconfis* [41r]
desconfort subst. masc. : affliction [57r]
desconfortee part. passé fém. en empl. adj. de **desconforter* : affligée [62r]
desconseilliés, *desconseilliéz* subst. masc. plur. : ceux qui n'ont pas de support moral *desconseilliés* [24r] *desconseilliéz* [48r] ; *part. passé masc. plur. en empl. adj.* : malheureux, *desconseilliéz* [26v]
descouvrir vb. trans. : révéler, *descouvry* [60v, 78r], *descouvrirent* [88r]
desectant part. prés. de **desecter* : enlevant l'humidité contenue dans qqc [93r]
**deservir* vb. trans. : mériter, *il deservi* [11r], *elle l'ait deservy* [18v], *ilz ont deservy* [46v]
deshosteléz subst. masc. plur. : sans-abri [24r]
**desirer (a)* + infin. : souhaiter, *desire (a avoir)* [16v]
**desloer* vb. trans. : blâmer, *desloe* [19r]
desloyer vb. trans. : permettre [68v[ew]] ; libérer *desloye* [75r], *furent desloyéz* [75v, 84r], *desloya* [79v]
desormais en avant : voir *avant*
**(se) despartir (de qqn)* vb. pron. : quitter qqn, *se despartirent* [69r]
despens subst. masc. plur. : frais [83v]
despense subst. fém. : somme dépensée [7v, 84v] ; amertume [43v[da]]
despensier subst. masc. : dispensateur [48r]
**despeschier* vb. trans. : infliger toutes sortes de violence, *despeschoient* [62r]
**desp(r)iser* vb. trans. : mépriser, *despisent* [41r], *desprisent* [44r, 45v, 47r, 49v, 74r]
despriseurs subst. masc. plur. : ceux qui dénigrent [45v, 53r]
**(avoir qqn en) despit* : mépriser qqn, *les a en despit* [73v]
**despiter* vb. trans. : mépriser, *est despitee* [41r], *despite* [44r]
**despouller qqn* vb. trans. : voler qqn, *despoullent* [37v]
dessoubz prép. : sous l'autorité de [17r, 74r], sous [37r], au-dessous de [41v], près de [90r, 96r] ; au dessoubz : étant en position d'infériorité [36r]
dessus prép. : sur [81v, 82r]
destempréz part. passé masc. plur. de **destremprer* : delayés [91v]
destituees part. passé fém. de **destituer* : privées [93v]
**destourner* vb. trans. : éloigner, *destournent* [38v] ; *se destourner *vb. pron.* : changer d'avis, *se destourna* [69v]
destresse subst. fém. : angoisse [26v]
destroitte adj. fém. : rigourese [47v]
destrourbement subst. masc. : empêchement [88v]
destruire vb. trans. : éteindre [19v] ; anéantir [21v, 24r], *destruit* [47v] ; ruiner [85r] ; *vb. intrans.* : périr [20v]
detenir vb. trans. : retenir [60v]
detenue part. passé fém. de **detenir* : retardée, *est detenue* [44v[db]] ; gardées en possession, *sont detenues* [44r]
deue part. passé fém. en empl. adj. de **devoir* : méritée [38r]
devant adv. : précédemment [3r, 34v] ; *prép.* : avant [55v] ; *mettre qqc au devant de qqn lui présenter qqc, *lui furent mis au devant* [70r] ; *se mettre devant qqn a la terre : s'agenouiller devant qqn, *se mist devant luy a la terre* [29r]
devers prép. : auprès de [2r, 6v, 19v, 22r, 24v, 28v, 30r, 77v, 78r, 80v] ; vers (avec idée de mouvement) [54r] ; du côté de (sans idée de mouvement) [88r] ; par devers : en direction de [69v]
(neant) devisee : indivise [31v]

**deviser* vb. trans. : séparer, *devisa* [38r] ; ordonner, *avoit devisé* [78r] ; *se deviser (avec qqn) *vb. pron.* : s'entretenir (avec qqn), *se devise avecques, avec* [1r, 16r], *se devisoient* [16r, 75r]
**devourer* vb. trans. : anéantir, *devourera* [39r]
dextre adj. : droit [34v] ; *subst. fém.* : main droite [74r] ; a dextre : à droite [34v, 37r, 42v, 50v]
digne adj. : saint [3r, 18r], *dignes* [76v] ; estimable [18v] ; qui est approprié, juste [88v]
dignité subst. fém. : pouvoir [9r]
diligamment adv. : avec zèle [30r]
discret adj. : avisé [89r]
diseteux subst. masc. plur. : nécessiteux [46r]
discorde subst. fém. : différend [48r]
discortz subst. masc. : différent [45r]
disner subst. masc. : déjeuner [75r]
dispensation subst. fém. : volonté [42v]
disputacion subst. fém. : débat [36v]
diverse adj. fém. : méchante [85v]
diverseté subst. fém. : variété [92r]
(non) doctéz adj. plur. : qui n'ont pas été apprivoisés [81v]
doctrine subst. fém. : enseignement [13r, 48v, 72r], *doctrines* [10r] ; savoir [23v] ; doctrine chrétienne [46v, 48v, 53v]
do(u)loir vb. intrans. : souffrir moralement [70r], *dolant* [47v] ; *part. prés. en empl. adj.* : affligés, *dolans* [24v]
dommages subst. masc. plur. : torts [49r]
doncques adv. : donc [13r, 19r, 22r, 39r, 46v *et passim*]
**donner (a qn)* + inf. : accorder à qqn de, *donna a* [18v]
**se donner (a)* vb. pron. : se consacrer à, *se donna (au service)* [55r]
(rimes) doublettes subst. fém. plur. : rimes allant deux à deux [95r]
(sans) doubte adv. : assurément [75r]
**doubter* vb. trans. : craindre, *doubtes* [34v, 43v], *doubte* [50v], *doubta* [51v] ; *doubter a + *inf.* : craindre de, *doubtent a (couroucier)* [37v]
doulcement adv. : avec gentillesse [2r, 22r, 29v, 68r] ; agréablement [31r, 42v] ; volontiers [34r, 40v, 85v] ; à voix douce [62v] ; discrètement, sans faire de bruit [61v, 62r]
doulx adj. : cher [28r], *doulz* [29r] ; débonnaire [31r, 60v], *doulces* [33r], *doulce* [60r] ; harmonieux [42v], *doulces* [21r] ; moins intense (de douleur), *doulce* [94v]
drechie adj. fém. : dirigée vers le haut [33r] ; disposée, arrangée, *drechies* [33r]
droicturiere adj. fém. : juste [35v]
(a) droit : légitimement [38v], d'une façon juste [47r]
(par) droit : comme il est juste [10r], conformément à la justice [83v]
(a) droite (heure) : voir *heure*
droitte (voye, voie) : voir *voye, voie*
droitture subst. fém. : règle [27r]
droit(t)urier subst. masc : homme juste, *droitturiers* [21r], *droituriers* [38v] ; *adj.* : juste, *droitturier* [36v], *droicturiere* [35v]
duchie subst. fém. : duché [14r]
(mener grand) dueil : manifester son affliction [27v]
durement adv. : beaucoup [3v, 37v, 44r, 46r, 73r] ; gravement [5v, 59v] ; péniblement [63v, 67r]

eage subst. masc. ou fém. : vie [14r], âge [58v] ; *venir en l'eage de : atteindre l'âge de, *vint en l'eage de* [15v] ; en la fin de son eage : à la fin de sa vie [18v] ; jenne eage : jeunesse [24r]
eagiez adj. fém. : dont les symptômes se sont manifestés depuis longtemps [95r]
eaueux adj. : aqueux [94v]
edefier vb. trans. : construire [6r, 71r, 71v], *avoit edefiee* [6r], *edefia* [76v]
effemere : voir *affimere*

(se) efforchier (de) + infin. : faire tout son possible pour, *se efforchoit (de repaistre)* [24r], *se efforça* [68v]

efforc(h)ement subst. masc. : force [84v] ; effort [95r]

effraié part. passé en empl. adj. de **effrayer* : agité [5r, 61v] ; en état d'alerte, *effraiéz* [83r]

egestion subst. fém. : éjection [93r]

(d') embas : de la partie inférieure [93v]

embrachemens subst. masc. plur. : contraintes [72v]

**embracher* vb. trans. : accepter sans réserve, *embrache* [33r]

embrasement subst. masc. : brûlure [4v, 52r, 52v] ; incendie [55v]

embraser vb. trans. : allumer [19v], *furent embraséz* [20v], *embrasas* [38r, 50v] ; endommager par le feu, *embrasoient* [37r], *embrasent* [37r], *fu embrasee* [4v, 50r] ; *part. pass. fém. en empl. adj.* : vive, *embrasee* [91v]

empeschant part. prés. de **empescher* : qui empêche [92v]

emprés prép. : près de [4v, 5r, 7v, 51r, 61v *et passim*]

emprisonnéz part. passé masc. plur. en empl. subst. de **emprisonner* : ceux qui sont prisonniers [75r]

**enchacer* vb. trans. : poursuivre, *enchaça* [85r]

enchantement subst. masc. : tromperie, *enchantement (de bonnes euvres)* [45r[dd]] ; action d'enchanter [54v]

**enclore* vb. trans. : enfermer, *enclost* [26r], *enclorent* [88r]

encoire(s) adv. : encore [4v, 34r, 39v, 47v, 53r, 71r, 84v] ; en outre [32v]

encommencié part. passé de **encommencier* : commencé, *avoit encommencié* [64r]

encontre prép. : contre [4v, 35v, 38v, 46r, 47v *et passim*] ; vers [61v] ; en face de [70r] ; au sujet de [18v] ; a l'encontre de : à la rencontre (de) [6r, 27r, 69v, 70r], contre [32v] ; aler a l'encontre : s'opposer [84v]

encoste prép. : à côté de [55v, 77r] ; d'encostes *adv.* : à côté [28v] ; d'encoste qqn, qqc : près de qqn, qqc [37r, 55r, 56r, 61v]

enfermeté subst. fém. : maladie [51v, 88v], *enfermetéz* [90v], *enfermetés* [95v]

enfouir vb. trans. : enterrer [85v]

enluminé part. passé de **enluminer* : honoré, *a enluminé* [81r]

enmy adv. : au milieu de [82v]

ennemy (de l'humain lignage) subst. masc. : diable [28r]

enpechié part. passé en empl. adj. de **enpechier* : accablé [41r]

**enprendre* vb. trans. : éprouver (un sentiment), *enprint* [18r]

ens adv. : dedans [77r, 80v]

enseelés part. passé fém. plur. de **enseeler* : enclos dans qqc, *avoit enseelés* [87v]

enseigne subst. fém. : signe matériel, *enseignes* [80r] ; *donner enseigne : donner une preuve matérielle, *donna enseigne* [61r]

enseigneurs subst. masc. plur. : sages [44v, 45v, 46r]

enseignier vb. trans. : instruire [62r], *enseigna* [79r] ; indiquer, *avoient enseignié* [33v] ; enseignié (de) *part. passé en empl. adj.* : instruit dans le domaine de [16r]

**ensieuvir, ensuivre* vb. trans. : suivre, *ensieuvoient* [53r], *ensuirent* [84r] ; s'ensuivir *vb. pron.* : suivre, *s'ensieut* [14r, 90v]

ensus (de) : pour ce qui est de [50v]

entechiéz part. passé masc. plur. de **entechier* : souillés, *sont entechiéz* [45v]

entencion subst. fém. : concept [31r]

entendement subst. masc. : intelligence, esprit [12r, 27r]

entendre vb. trans. : comprendre [10r, 43v], *entendi* [18r, 22v, 67v, 74v,

80v], *entendent* [44v], *entendoient* [47r], *avoient entendu* [72r] ; entendre a *vb. intrans.* : s'appliquer (à qqc) [66r], *entendoit a* [21v, 23v, 30r, 43r, 55v], *entent a* [47r], *entendant a* [91v, 94r]
ententifz (a) : occupés à [21v]
enterine adj. fém. : pure [17v]
entier adj. : intact [86v, 88r]
entomber vb. trans. : mettre dans la tombe [78r]
entour prép. : dans l'entourage de [16r, 24r] ; autour de [31v, 41v, 42r]
entra indic. fut. de **entrer, P3* : entrera [36v]
entre prép. : parmi [4r, 10r, 16r, 26r, 28v *et passim*] ; entre ces choses : sur ces entrefaites [76r]
**(se) entreamer* vb. pron. : s'aimer mutuellement, *s'entreamerent* [17v]
**(se) entrebaiser* vb. pron. : s'embrasser l'un l'autre, *se entrebaiserent* [69r]
entrementiers, entrementes (que) : pendant que [83r, 85v]
**Entreprendre (de, a)* + infin. : commencer, *ay entrepris de* [12r], *il entreprint a* [13v], *avoit entreprins a* [19v] ; entreprendre une voie : s'engager dans un chemin, *la voie qu'il avoit entreprise* [62v].
(s') entreregarder vb. pron. (avec tmèse) : se jeter des regards l'un à l'autre [25v]
**envahir* vb. trans. : agresser, *envahy* [63r]
envelopé : voir *envolopé*
envers prép. : auprès de [11v, 60r]
**(avoir) envie (sur qqn)* : porter envie à qqn, *envie eurent sur luy* [28r]
enviesir vb. intrans. : vieillir [70v]
envi(e)llie adj. fém. : devenue chronique (de maladie) [94v, 95r]
envolopé, envelopé part. passé de *eveloper, *envolper : égaré, *sont envolopéz* [10r], *fussent envolopéz* [70v], *estoit envelopé* [31v]
**envoyer* vb. trans. : offrir, *envoioit* [49r] ; faire pervenir, *envoioit* [69r] ; *envoyer a *(sans compl. d'obj. exprimé)* : demander à qqn d'aller qq part, *envoiast a* [89r]
erreur subst. masc. : doctrine erronée [10r], *erreurs* [10v] ; faute [94r[gs]]
**(se) esbahir* vb. pron. : étonner, *s'esbahy* [75v] ; *part. passé en empl. adj.* : étonné, *esbahi* [25v], *esbahis* [18r, 27r]
eschaillons subst. masc. plur. : barreaux d'échelle [33r]
eschever vb. trans. : éviter [45v, 73r]
eschiele subst. fém. : échelle [33r]
**(se) esconser* vb. pron. : disparaître à l'horizon, *se esconsoit* [62v]
escripture subst. fém. : Bible [3v, 23v, 30r, 35v *et passim*] ; description écrite [66r]
escripvent subst. masc. : écrivain [26v]
escumeurs de mer subst. masc. plur. : pirates [25r]
(soi) esle(s)chir vb. pron. : se réjouir, *soy esleschir* [18v], *eslechiéz vous* [21r], *se eslechoit* [78v, 84v]
esleu (a) + inf., part. passé de **eslire* : choisi de, *a esleu (a aller)* [81r]
**eslongier* vb. intrans. : s'écarter d'un lieu, *eslongoit* [63r]
**esmovoir* vb. trans. : bouleverser, *esmeut* [28v], *fut esmeu* [59v] ; indigner, *fut esmeue* [7v, 84v] ; déclencher, *esmeuvent* [45r] ; exciter, *avoit esmeu* [54r] ; *estre esmeu de pitié : s'apitoyer, *fu esmeu de pitié* [62r]
espace subst. masc. : distance qui sépare deux éléments, *espaces* [37r] ; *demander espace de : demander d'avoir la possibilité de, *demanderent espace de parler* [43v]
**espandre* vb. trans. : répandre, *espandi* [20v], *espandent* [48v], *estoit espandue* [78r], *espandirent* [84v] ; disséminer, *eurent espandu* [57v] ; prodiguer généreusement, *espandi* [65r]
espars part. passé de **espardre* : couvert [29r] ; *en empl. adj.* : (pour la fièvre) causée par une inflammation dispersée

dans les humeurs qui circulent dans les voies de la circulation, *esparse* [92r]

(par) especial : surtout [78v]

esperit subst. masc. : esprit [52r, 52v, 53r, 65v] ; en esperit : dans un état d'extase [2v, 5v, 29v, 30v, 31v, 65v, 87v]

(tres)esperitueulx : voir *espirituel*

espeux subst. masc. : mari [20v]

espies subst. fém. plur. : éclaireurs [69v]

espirituel adj. : qui relève de l'esprit, *espirituele* [31r], *espirituelz* [45r] ; très pieux, *tresespiritueulx* [57v] ; qui appartient à l'Église [66v]

espoentable adj. : effrayant [35r, 38r, 53r]

**espoenter* vb. trans. : effrayer, *espoentoient* [41v] ; *part. passé* : effrayé, *fu espouenté* [22v, 43r], *fu espouentee* [20v], *fu espoentee* [86v]

**(n'avoir nul) espoir (de)* : ne rien espérer à propos de qqc, *n'avoient nul espoir* [31v]

**esprendre* vb. intrans. : enflammer, *esprent* [38r] ; *part. passé en empl. adj.* : enflammé, *espris* [78r] ; espris de : saisi par, *espris (de l'ardant chaleur)* [10r]

esprouver vb. trans. : vérifier [38v, 86r], *eurent esprouvé* [27r], *estre esprouvee* [83v] ; mettre à l'épreuve, *sera esprouvé* [81r] ; *part. passé en empl. adj.* : expert en, *esprouvé (d'onneste vie)* [73r]

espurgé part. passé de **espurger* : expié, *a espurgé* [39r]

esroué adj. : enroué [82v]

**establir* vb. trans. : désigner, *estably* [4v, 54v] ; installer, *estably* [28v] ; fonder, *establi* [66r] ; *establir une bataille : engager une bataille, *establissoit* [35r], *establissoient* [38r]

estaches subst. fém. plur. : montants d'échelle [33r]

estable adj. : indissoluble [17v]

estaint part. passé de **esteindre* : étouffé [20r]

estendus adj. masc. plur. : allongés [35r]

ester vb. intrans. : se tenir debout [75v]

estrange adj. : étranger [26r], *estranges* [9v]

estrangiers subst. masc. plur. : étrangers [23r]

**(se) estrangier* vb. pron. : s'éloigner, *me suis estrangié* [16v] ; écarter, *sommes estrangiéz* [42v], *es estrangie* [85r]

estude subst. masc. : méditation [30r, 53v]

*estudier (a qqc) : s'appliquer à qqc, *eut estudié (à)* [53v]

**s'estudier (de)* + inf., vb. pron. : s'appliquer à, *s'estudioit (d'en faire)* [24r], *s'estudia (de parfaire)* [84v]

**(se) esvanuir* vb. pron. : disparaître, *s'esvanuirent* [80r]

(fievre) ethicque : fièvre hectique, persistante et caractéristique des états septicémiques graves [91v]

(a son) eur : par sa satisfaction [76r]

eure subst. fém. : heure [2v, 30v, 54v, 61r]

euvangil(l)e subst. masc. : Évangile [17v, 54v, 72r]

euvez subst. fém. plur. : ouvrages de broderie [72r]

(en) example : en témoignage [56v]

exauchier vb. trans. : élever en honneur, en dignité [7v, 10v], *es exauchie* [64v], *il a exauchiéz* [85r], *fu exauchié* [78v] ; dresser, *exauchiez* [66r]

**s'excuser (de qqc)* vb. pron. : alléguer une raison pour se dérober (de qqc), *s'excusent de (l'office)* [48v]

experiment subst. masc. : preuve [57r]

**exposer* vb. trans. : révéler, *exposa* [3r, 32r]

**extendre* vb. trans. : diffuser, *elles soient extendues* [12v] ; mettre en extension, *sont extendus* [92v] ; extendre en oroisons : se prosterner, *extendus en oroisons* [34v]

extension (de ners) : distension excessive d'un nerf [92v[gm]]

extrait (de) part. passé de **extraire* : issu de, *est extraitte de* [1r], *fu extrait de* [90r] ; tiré d'un texte, *sont extraittes de* [95r] *extreme* adj. fém. : ultime [94r]

face subst. fém. : visage [4v, 35v, 52r, 65v] ; aspect [31v]
faillir vb. intrans. : manquer [56v] ; se tromper [12v] ; s'épuiser, *elle failly* [6v, 77r], *fauldra* [77r] ; sans faillir : sans faute [17r]
**faire a* + inf. : être à, *faisoient a honnourer* [57v], *il fait (a noter)* [95r]
**faire que* + subj. : agir en sorte que, *fist que* [24v-25r]
fais subst. masc. plur. : choses lourdes [95r]
faiseur subst. masc. : Créateur [9v], auteur [66r]
fameilleux subst. masc. : affamé [24r]
familiers subst. masc. plur. : personnes attachées au service de qqn [1v]
fantosme subst. masc. : chose prodigieuse [18v, 19r]
fauchilles subst. fém. plur. : faucilles [57v] ; *mettre les mains aux fauchilles : commencer à moissonner, *mirent les mains aux fauchilles* [57v]
feal subst. masc. : fidèle, *feals* [46v] ; *adj.* : loyal [79v], *feaulx* [32r]
fel adj. : déloyal [40r]
felon subst. masc. : méchant [40v], *felons* [38v, 48r, 53v] ; *adj.* : [52v], *felons* [44v]
felonnie subst. fém. : méchanceté [3v, 28v, 37v, 46v, 84v] ; action inique, *felonnies* [74r]
**feru* part. passé de *ferir : frappé, *avoit esté feru* [65v]
(chemin) ferré : chemin dont le fond est ferme et pierreux [76v]
fiertre subst. fém. : cercueil [7r, 7v, 82v, 87v, 88r]
figure subst. fém. : dessin [14r]
fil subst. masc. : fils [1r, 6v, 13r, 13v, 15r *et passim*], *filz* [2r, 11r, 13r, 13v, 15r *et passim*]
(en la) fin : finalement [18r, 62r]
(jusques en la) fin : jusqu'à la mort [52r]
finablement adv. : enfin [90r]
**finer* vb. trans. : achever, terminer, *eurent finé* [31r], *finast* [78r], *il fina* [98r] ; cy finent : ici se terminent [8r, 90r]
flairant part. prés. en empl. adj. de **flairer* : odorants, *flairans* [31r] ; souef flairant : qui répand une odeur agréable, un parfum délicat [87r], *souef flairans* [88r]
flourir vb. intrans. : naître, *il floury* [13r] ; flourir de + *subst.* : être riche de [79r]
flumatique adj. : flegmatique, qui abonde en flegme, en lymphe [93r]
foible subst. masc. : faible, *foibles* [24r] ; *adj.* : mince [95r]
foliant part. prés. de **folier* : se conduisant de façon insensée, *aloient foliant* [62r]
fons subst. masc. : fonts baptismaux [6v, 74v]
(être en) force (de) : être sous l'autorité de [64v]
(faire) force (a qqn) : contraindre qqn [88v]
(par) force : par la contrainte [7v]
(en) forme (de) : sous l'apparence de [43r]
formele adj. fém. : dont on peut déterminer la forme ou l'espèce [91v]
fors (que, de) prép. : sauf, si ce n'est [25v, 32v, 34v, 35r, 48r *et passim*]
fourfaitte part. passé fém. de **se fourfaire* : déshonorée, *se estoit fourfaitte* [1v]
fourme subst. fém. : masse [35r]
foursenage subst. masc. : folie [28r]
foursené adj. : rendu comme fou [18r, 61v], *foursenee* [85v] ; *subst. masc.* : fou, *foursenéz* [77v]
foursenerie subst. fém. : folie [5v, 63v]
fraille adj. : mortel(le) [70v, 80r]
franc adj. : généreux [48r]
froidure subst. fém. : froid [34r]
fuyr vb. trans. : éviter [44r, 45v] ; *s'en fuir : s'éloigner à la hâte, *s'en fuy* [63v]

gaing subst. masc. : profit [85r] ; profit pécuniaire, *gaingz* [49v] *garde* subst. fém. : protection [22v]

garder vb. trans. : respecter, *garde* [48v] ; *se garder *vb. pron.* : éviter, *s'en gardent* [45v] ; faire attention, *se gardoient* [75v] ; se maintenir dans un certain état, *te garde (en tele maniere)* [48v]

**garir* : voir **guarir*

**gaster* vb. trans. : dévaster, *gasta* [57r]

generation subst. fém. : production [93v]

genitoires subst. masc. et fém. : testicules [94v] ; sac des genitoires : scrotum [94v[gu]]

gent subst. fém. : peuple [10r] ; groupe de personnes [44v]

gent adj. : beau [15v]

geron subst. masc. : pan du vêtement retroussé pour former une poche [56r]

**gesir* vb. intrans. : être étendu, *gesoit* [82v, 83r] ; *gesir a la terre : se trouver par terre, *gesoient a la terre* [19v[ao]]

gla(i)ve subst. fém. : épée [3r, 31r, 32v] ; faculté de punir, *glave* [39r]

**glorefier* vb. trans. : célébrer par des louanges, *glorefioit* [83r], *glorefioient* [75v], *en glorefiant* [78r] ; *se glorefier *vb. pron.* : se vanter, *s'en glorefient* [45r]

gloutonnie subst. fém. : gloutonnerie [46r, 52v]

gouverner vb. trans. : excercer le pouvoir politique [17r], *gouvernoit* [15r] ; dominer, *gouverne* [17r]

gran(de)ment adv. : beaucoup [5v] ; avec ardeur [23r] ; longtemps [61v]

grace subst. fém. : affection [6v, 16v, 74v] ; *acquerir grant grace : gagner beaucoup d'estime, *acquist grant grace* [6v], *avoit acquis grace* [15v] ; *acquerir la grace de : gagner l'affection de, *j'ay acquis la grace de* [16v] ; de grace sans y être obligé [10v]

**(faire) grevance (a qqn)* : lui nuire, *luy feissent grevance* [3r]

grief adj. : grave, *griefve* [8r] *tresgrieve* [88v] ; lourd de conséquences [45v] ; pénible [52r], *griefve* [19v] ; douloureux, *griefve* [94v]

griefment adv. : violemment [63r]

**grifver* vb. intrans. : blesser, *grifve* [94v[gv]]

grigneur adj. : plus grand [3r]

**guarir, garir* vb. trans. : guérir, *fu guarie* [5v, 8r, 63v, 88v], *est guarie* [90v], *sont guaris* [6v], *fu guary* [7r, 68r], *fu guari* [82v], *estoit guari* [34r, 82v], *guarissoit* [81v], *garist* [90v], *est garie* [95r], *guarist* [95v]

guerredons subst. masc. plur. : récompenses [74r]

guerroié part. passé de *guerroyer : combattu, *ay guerroyé* [32r]

hardiement adv. : sans crainte [27r, 74v-75r]

*(se) haster (de, pour) + *infin.* : se dépêcher, *se hasta (de faire)* [54v], *se hasterent (d'aler)* [72v], *se hastoit (pour venir)* [55v]

hastivement adv. : rapidement [19v], immédiatement [80r, 89r]

haire subst. fém. : chemise de crin ou de poil de chèvre portée à même la peau par esprit de mortification [29r]

hait(t)ié adj. : en bonne santé, *haitié* [4v], *haitie* [89v], *haittiéz* [25v]

haterel subst. masc. : partie postérieure du cou, nuque [92v]

hault adj. : noble, *treshault* [1r, 11v, 12r], *haulte* [47v, 50r] ; important, gros de conséquence, *haulte* [35r, 69v] ; a haulte voix : à voix retentissante [21r] ; en hault *adv.* : à la place d'honneur [96r]

haultesse subst. fém. : puissance [9v, 70r, 73v]

(bonnes) herbes subst. fém. plur. : plantes potagères [76v]

herbergier vb. trans. : loger qqn [5v, 24r, 62v, 63r], *herberga* [22r], *herbergast* [63r] ; *vb. intrans.* : trouver un toit pour passer la nuit [62r] ; *se herbergier *vb.*

pron. : se loger, *se herbergast* [55v], *se herberga* [79r]
heremitain subst. masc. : ermite [13v]
(h)ermita(i)ge subst. masc. : ermitage [5r, 6r, 57v, 58r, 59r, 73r]
het indic. prés. de **haïr*, *P3* : il haït [48r]
heure subst. fém. : temps [41r, 61r, 71v] ; a droite heure : au moment établi [34v]
(mettre qqn en un) honneur : lui attribuer une charge prestigieuse [68v]
hostel subst. masc. : maison [63r]
huy adv. : aujourd'hui [85v]
huysselet subst. masc. : petite porte [25v]
hullement subst. masc. : hurlement [35r]

illec, illecques adv. : là [7r, 26r, 28v, 30r, 60r]
inanicion subst. fém. : épuisement par défaut de nourriture [92v]
incontinent (que) + indic. : aussitôt que [12v]
induire vb. trans. : entraîner, *inducent* [91v]
iré adj. : en colère [44r, 47r]
isnelement adv. : rapidement [84r]
issir : voir *yssir*
item adv. : de même, et aussi [96r]

ja adv. : déjà [17v, 27v, 30r, 58r, 62v *et passim*] ; ne… ja : jamais [31v, 36r, 36v, 37r, 50v *et passim*] ; ja soit ce que : bien que, même si + *subj.* [10r, 22r, 31r, 31v, 38r *et passim*] ; + *indic.* [73r] ; ja pieça, voir *pieça*
jenne adj. : jeune [15r, 15v, 24r, 58v], *jennes* [25r] ; *subst. masc.* : jeune [47v]
jennesse subst. fém. : jeunesse [17r]
**jecter* vb. trans. : lancer, *jecterent* [65v] ; *jecter hors de : chasser de, *jecta hors de* [45r]
jeunes subst. fém. plur. : jeûnes [3r, 34r]
(tout(t)e) jour adv. : sans cesse [26r, 53v]
jouvencel subst. masc. : jeune homme [15v, 17r, 25v, 26v, 27v]
jouvencele subst. fém. : jeune femme [20r]
(fayre la) joye, *(faire) joye* : manifester de la réjouissance, *fayre la joye* [42r], *ceste joye est faitte* [42v], *faisoit grant joye* [61v]
joyeusement adv. : de bonne grâce [6v]
**(s'en mettre au) jugement (de)* : se remettre au jugement de, *s'en mesist au jugement de* [83v]
**jugier* vb. trans. : condamner (à mort), *jugie* [1v, 18r], *juga* [18r, 29r], *jugiéz* [75r] ; soumettre à une décision, *seront jugiéz* [39r] ; rendre la justice [39v]
**(jecter) jus* : faire tomber à terre, *jecta jus* [83r]
**(jecter) jus (les armes)* : baisser les armes, *jetterent jus les armes* [82r]
**(mettre) jus* : déposer, *mirent jus* [25r, 84r] ; se défaire de, *mirent jus* [72v]
jusques (a tant que) + ind. : jusqu'au moment où [26r]
jusques (a ores) : voir *ores*
jusques (en la fin) : voir *(jusques en la) fin*

labeur subst. masc. : effort [45r] ; travail [47r] ; pratique, *labeurs* [57v]
**labourer*, vb. intrans. : faire des efforts, *labourons* [42v] ; éprouver une douleur physique, *labeurent* [94r] ; labourer a la mort : être à l'agonie, *labourent a la mort* [92r]
laidaignes subst. fém. plur. : injures [87v[fy]]
**laiss(i)er* vb. trans. : en s'éloignant, faire que qqc reste, *laissiéz* [2r], *laisserent* [25r] ; quitter [57v], *laissa* [5r, 11r, 15v, 54r, 57v, 58v, 59r] ; abandonner, *laissa* [36v] ; renoncer à qqc [40r, 60v] ; se détourner de [57v] *les ont laissiéz* [45r] ; confier qqc (à qqn) *laissa* [5r, 58r, 58v], *laissié* [84v] ; *laisser a + *inf.* : omettre de faire qqc, *laissent a* [45r]
laitz, adj. masc. plur. : laids [35r]
langaige subst. fém. : langage [12v]
largement adv. : généreusement [45r, 46r]
(en) larrecin adv. : en cachette [25r]
leans adv. : là-dedens [35r, 80r, 97v]
lecherie subst. fém. : luxure [20v]

legier adj. : à peu de conséquences [45v] ; legier de : enclin à [46r]
legiereté subst. fém. : attitude irréfléchie [85r]
leu subst. masc. : lupus, ulcère rongeur [5v[f], 65v] ; loup [67r]
liement adv. : dans la joie [29v, 34v, 49r, 60r], chaleureusement [52r, 79r]
liesse subst. fém. : joie [42r, 42v, 82v]
(en) lieu (de) : à la place de [6r, 68v]
lieux subst. masc. plur. : lieues [55v]
li(i)é adj. : content, *liéz* [21r, 22v, 78r], *liiéz* [27v], *liié* [64r]
(umain) lignage subst. masc. : le genre humain [28r, 43v, 70r]
lignie subst. fém. : lignée [1r, 26r, 90r] ; disposition à agir [20v[ap]]
liement adv. : de bon cœur [29v, 34v, 49r, 52r]
loable adj. fém. : digne d'éloge [77v]
loenge subst. fém. : louange [73r, 80v], grâce *loenges* [2r, 26r]
loer vb. trans. : faire l'éloge de qqc [15v, 19r, 83r, 87r], *fu loé* [78v] ; *loer a qqn que + *subj.* : conseiller, *luy loerent (que)* [82r] ; loer (nostre Seigneur) : rendre gloire à Dieu [86v]
(deux) lieux (loing de) : à deux lieues de distance [55v]
loyal adj. : légitime [17v, 20v]
loyen subst. masc. : lien [79v]
loyer vb. trans. : interdire [68v[ew]]
(il) loist vb. impers., ind. prés. : il est permis [21v, 85v]
(au) long : en entier, intégralement [12v]
longtemps adv. : un long espace de temps [58r, 64r] ; passé longtemps : depuis longtemps [58r]
lors adv. : à cette époque-là [10v, 53v] ; alors [20v, 23v, 26r, 26v, 27v *et passim*]
luminaires subst. masc. plur. : cierges [60v]

mabre subst. masc. : marbre [65r]
mahoitres subst. masc. plur. : partie des épaules [92v]
(mettre les) mains (aux fauchilles) : voir *fauchilles*
maint adj. : un grand nombre [45v, 65r, 87v], *mainte* [92r], *maintz* [15r, 73r, 81r], *maintes* [33r, 38v, 54r, 69r, 77r] ; mainte(s) fois : souvent [36r, 73r]
maintenant adv. : à présent [11r, 59v, 84r, 96r], à l'instant [18v, 42r, 67v, 83r, 86r]
maintenir vb. trans. : conserver [17r], *maintiennent* [48r] ; continuer à dire [85r] ; *se maintenir *vb. pron.* : se tenir, se comporter, *se maintient* [73v]
mais adv. : ne [...] mais : ne [...] plus [50r, 88v] ; plus que onques mais : comme jamais auparavant [75r] ; mais que + *subj.* : sauf, excepté [88v]
maisnie : voir *mesnie*
mal caducque subst. masc. : épilepsie [95v]
mal saint Quentin subst. masc. : hydropisie [94v]
maladie royale subst. fém. : écrouelles [5v, 65v]
male adj. fém. : mauvaise [5v]
maltalent subst. masc. : colère [29v]
**manacer* vb. trans. : menacer, *manaçoit* [38r], *manaçoient* [41v]
**mander* vb. trans. : faire venir auprès de soi, *furent mandéz* [25r]
maneglier subst. masc. : sacristain [55v[dw], 89r]
maniere subst. fém. : type, *manieres* [9v, 43v, 72r, 93r], mœurs, *manieres* [17r] ; attitude [22r] ; a, en la maniere de : à la façon de, *a la maniere de* [20v], *en maniere de* [43v] ; en telle maniere : de la façon suivante [20r, 81r], ainsi [83v, 85r] ; en te(l)le maniere que : de telle façon que [20v, 48v] ; en nulle maniere : d'aucune façon [41r, 68v] ; en aucune maniere : d'une façon ou d'une autre [61r], aucunement [69r] ; en ceste maniere : ainsi [64v, 68v]
mare subst. fém. : mère [18r]

mauvais adj. : nuisible [44v, 48v] ; méchant [61v, 65v, 70v], *mauvaises* [46r], *tresmauvaise* [85r] ; *subst.* : méchant [50r]
mauvaisement adv. : insuffisamment [33v] ; d'une manière criminelle [62v]
mauvaistié subst. fém. : méchanceté [46v, 51r, 56r], *mauvaistiés* [49v]
medec(h)ine subst. fém. : remède [4r, 46r, 46v]
meectre hors : voir *venins*
meffait, mesfait subst. masc. : péché [56v, 62r], *meffais* [44v, 50v, 72r, 76r], *mesfais* [46v-47r]
**meffaire* vb. intrans. : faire du tort, *a meffait* [36r]
melancolique adj. : caractérisé par un excès de bile noire [93r]
(amener a) memoire (qqc) : se remémorer de, *amena a memoire* [67r]
(faire) memoire (de) : rappeler le souvenir de, *fist memoire de* [60v]
(en ses) membres : en leurs corps [10r]
**(ravir par) membres* : emporter au Paradis de tout leur corps, *eussent esté ravis par menbres* [24v[ay]]
mençongeurs subst. masc. plur. : menteurs [37v]
me(n)çongier adj. : menteur, *meçongier* [40r], *mençongiers* [3v]
mener vb. trans. : conduire [73r], *mena* [11r, 22v, 26r, 54r, 65r]
menistre subst. masc. : bourreau, *menistres* [74r] ; acolyte [57r] ; serviteur de Dieu [57r] *menistres* [49v]
**(crier) mercy (a qqn)* : demander pardon à qqn, *cria mercy* [29r]
**(estre de grant) merite (envers qqn)* : manifester, de la part d'une divinité, une grande bonté envers un être humain, *estoit de grant merite* [77r]
merveille subst. fém. : sujet d'étonnement, *ce ne fut pas merveille* [20v], *quelle merveille estoit ce* [26r, 26v], *ce fu grant merveille* [34v, 52v] ; a merveilles : en abondance [74v]
merveilleusement adv. : extraordinairement [56r]
merveilleuses adj. fém. plur. : effrayantes [87v]
merveillier vb. intrans. : étonner [26v-27r]
mesaise subst. fém. : chagrin [26r]
meschines subst. fém. plur. : servantes [72r]
**mescroire* vb. trans. : refuser de croire qqn dans ce qu'il affirme, *mescreÿ* [66v]
mesfait : voir *meffait*
mesmement adv. : en particulier [87r, 94r]
mesnie, maisnie subst. fém. : ensemble des serviteurs et domestiques, *mesnie* [21v, 29v, 64r, 80r, 86r, 88v, 89v] ; famille, *maisnie* [62r]
mespris (envers qqn) part. passé de **mesprendre* : avoir agi mal envers qqn, *avoit mespris evers luy* [86v]
mesprisié part. passé de **mespriser* : négligé qqc, *avoit mesprisié* [60r]
message subst. masc. : messager, *messages* [73v, 80v, 81v] ; personne chargée d'une mission [76r]
**(avoir) mestier (de)* : avoir besoin de, *mestier avoient* [40v], *ont mestier* [48r]
**(faire) mestier* : être nécessaire, *feroit mestier* [71v]
misericors adj. : miséricordieux [20r]
mie adv. : ne … mie : ne… pas [18v, 20v, 21v, 25r, 28v *et passim*] ; non mie : non pas [66r]
(en la) moyenne (de) : au milieu de [3v, 37v, 64r[er]]
moinsné adj. : cadet [13v]
moisteur subst. fém. : humidité (l'une des quatre qualités de la physique ancienne) [91v]
(en ung) moment : en un instant [43r]
(savoir) mon (se) : assurément [27r]
(tout le) monde : le monde entier [3v, 37r] ; humanité [65r, 75v, 76v]

(nerfz) motifz subst. masc. plur. : nerfs qui provoquent le mouvement [93r]

moueles subst. fém. plur. : humeurs spermatiques [58v]

moult adv. : beaucoup [6v, 21v, 23r, 29r, 34r *et passim*] ; moult + *adj. ou adv.* : très [3v, 4v, 5v, 6r, 6v, 10v, 11r *et passim*]

moustier subst. masc. : monastère [23r]

**moustrer* vb. trans. : montrer, *moustrent* [9v]

muable adj. : inconstante [85v] ; muable vertu ou foye : l'une des deux facultés siégeant dans le foie [94r^{gr}]

muchier vb. trans. : cacher [69v], *muchies* [56v], *fust muchie* [69v]

**muer (sentence)* : changer d'avis, *muerent sentence* [25r]

muyaulx subst. masc. plur. : muets [48r]

**(se) mouvoir* vb. pron. : se mettre en marche, *se murent* [78v]

nagaires adv. : récemment [9v]

natal subst. masc. : jour de naissance à la vie éternelle [96r]

nativité subst. fém. : naissance [13r, 96r]

*navré part. passé en empl. adj. de *navrer* : accablé [38v, 81v]

(pour) neant : gratuitement [37v]

**(compter a) neant* : ne pas prendre en considération, *comptent a neant* [45r]

**(se mettre au) neant (pour qqc)* : se soumettre complètement à, *se mettent au neant pour (les vanités du siècle)* [48v]

neant devisee : voir *devisee*

nefz subst. fém. plur. : navires [25r]

noireté subst. fém. : noirceur, perfidie [35r]

nom subst. masc. : mettre a nom : nommer, *mist a nom* [23v] ; avoir a nom : être nommé, *ot a nom* [61v]

nombrer vb. trans. : dénombrer [19v] ; évaluer [20v]

nonne subst. fém. : midi [4v, 55v, 56r], *l'eure de nonne* [2v, 30v]

nouvellement adv. : récemment [6r, 61r, 74v]

(noire) nuee : multitude de créatures menaçantes [35r]

obedient adj. : obéissant [47v]

**occire* vb. trans. : tuer, *occist* [45v], *fussent occis* [81v] ; détruire, *occient* [74r]

octroiement, ottroiement subst. masc. : autorisation, *octroiement* [84r], *ottroiement* [89v]

octroier : voir *ottroier*

**(faire grant) œuvre* : être très actif, *fait grant œuvre* [32v]

office subst. masc. : devoir qui revient à qqn [48v] ; service religieux [55r, 95r], *offices* [72r]

olive subst. fém. : olivier [47r]

ombril subst. masc. : nombril [93v]

on(c)ques, omcques adv. : à un moment quelconque [8r, 89v] ; ne... on(c)ques : jamais [26r, 33v, 38r, 40r *et passim*] ; ne... oncques puis : ne... jamais depuis [6v, 77r]

opilacion, opilation subst. fém : obstruction des conduits naturels, *opilacions* [92r], *opilation* [93r]

opiléz part. passé masc. plur. de **opiler* : rendus insensibles, privés de leurs fonctions naturelles, *sont opiléz* [93r]

orateur subst. masc. : écrivain [11v]

ordonnance subst. fém. : commandement [17v], *ordonnances* [48v]

**ordonner* vb. trans. : organiser, *eut ordonné* [59v] ; commander, *ordonna* [73v] ; faire venir qqn par un ordre, *ordonnerent* [87r]

(par) ordre : dans le détail [31v, 52r, 89r]

**(prester l') oreille* : écouter avec bienveillance, *presté l'oreille* [10r]

**orer* vb. intrans. : prier, *oréz* [54v]

ores adv. : maintenant [29v] ; donc [48v, 50v] ; jusques a ores : jusqu'à présent [3v, 39v, 55v, 64v, 88v] *oroison* subst. fém. : prière [22r, 23r, 28r, 34r, 34v, 55v, 58r, 60v] ; estre en oroison(s) : prier [46v], *estoit en oroison* [21v], *furent en oroisons* [58r] ; *faire ses oroisons : prier, *eut fait ses oroisons* [34r], *en faisant ses oroisons* [62r] ; *se mettre en oroison(s) : commencer à prier, *se mirent en oroison(s)* [60r, 82r, 86v]

ost subst. masc. : troupe armée [80v]

**oster* vb. trans. : séparer, *ostéz* [7v, 84r] ; enlever, *osta* [28v]

ostel subst. masc. : maison d'hôte [22v] ; autel [87r]

**ottroier, octroier* vb. trans. : donner, *ottroia* [6r, 71r], *octroiees* [45v] ; confier, *octroia* [71r] ; accorder, *ottroia* [73r, 74v]

oultre prép. : au delà de [2r, 24v, 25r, 42r] ; la oultre *adv.* : là-bas au delà de la mer [59v] ; passer oultre : aller au-delà [7r]

ouvrer vb. intrans. : agir [39v, 40r], *ouvroit* [28v] ; *a ouvré* [39v] ; travailler, *ouvréz* [7v, 72r] ; *ouvrer de sa teste : n'en faire qu'à sa tête, *ouvrant de ta teste* [85r]

ouvrir vb. intrans. : se fendre en créant un passage [51v]

ouyr, oÿr vb. trans. : entendre [10r, 19v, 39r, 55r, 75r], *seroit ouy* [3r], *ouyes* [3r], *ouyt* [4r, 19r, 34v, 35r, 42r, 54v, 56r, 57r, 60r], *ouy* [4v, 54v, 78r], *ouyrent* [28r], *avoit ouy* [31v], *as ouyes* [31r], *oÿt* [34v], *fussent ouyes* [36r], *orrons* [36v], *ouoit* [42v], *estre ouy* [55v], *oyéz* [66v], *eut ouy* [66v, 80v], *avoit ouyes* [66v], *avoient ouy* [72r], *oyoit* [78v], *eurent ouye* [78v]

**(prendre son) oyrre* : se mettre en route, *prindrent leur oyrre* [25r]

oysel subst. masc. : oiseau [85v]

oyseuse adj. fém. : inactive, *oyseuse* [32v] ; frivole, *oyseuses* [36r]

paine subst. fém. : tourment [38r, 40r, 74r], *paines* [50v, 64v]

(a) paine(s) adv. : difficilement [20r, 88v] ; presque [25v]

paistre vb. trans. : nourrir [66r]

palais (du ciel) : paradis [88r]

pal(l)e subst. masc. : linceul, *palle* [82r] *pale* [86r]

panmoison subst. fém. : spasme [92r, 92v]

paour subst. fém. : crainte [20r, 32r, 38r, 47r, 57r] ; danger [41v[ct]]

papat subst. masc. : temps pendant lequel le pape occupe le Saint-Siège [14r]

(de) par : du côté de [1r, 21v] ; de la part de [10r, 19v] ; par [12v, 52v]

par (luy) : de sa propre initiative [60v]

(tout) par (tout) : en tout lieu [59v]

paravant adv. : auparavant [43r]

parçonnier subst. masc. : celui qui partage qqc avec qqn d'autre [50v], *parçonniers* [51r] *estre parçonnier de qqc : partager qqc, *n'est mie parçonnier de vostre perdition* [35v]

pardurable adj. fém. : éternelle [36r, 41r, 49v, 71r, 72v, 80r], *pardurables* [70v]

pardurablement adv. : perpétuellement [76r]

parescheux adj. : négligent [72v]

parfaire vb. trans. : achever, terminer [84v], *parfist* [84v, 89v] ; réaliser, *parfist* [54v]

(en la) parfin : à la fin [34r]

parfond adj. : vrai, *parfonde* [32r] ; très intense [52r]

parfondesse subst. fém. : profondité qui rend difficile en pénétrer le mystère [39v]

parjurer vb. trans. : profaner [59r]

(entre ces) paroles : au cours de cette conversation [15v]

(de toutes) pars : de partout [27r]

parties subst. fém. plur : régions [69r]

**partir (de qqn)* vb. intrans. : quitter qqn, *il party de luy* [80r] ; se partir *vb. pron.* : partir, s'en aller, *se party* [5v, 59v, 63r, 66v], *se partirent* [10v], *se parti* [53v]

passé (longtemps) : voir *longtemps*

(quatre ans) passés : quatre ans plus tard [96r]
**(se) passer (de)* vb. pron. : se contenter de, *se feussent bien passéz de* [22r]
**(s'en) passer (en un lieu)* vb. pron. : s'y rendre, *s'en passa en* [28v]
passion subst. fém. : souffrance, *passions* [32r, 67r] ; phénomène diabolique [49v] ; maladie [92v, 94v], *passions* [95v]
patrimone subst. masc. : richesses [49r]
patron subst. masc. : celui qui protège d'un danger [27v], *patrons* [67r]
pausmé part. passé en empl. adj. de **pausmer* : tombé en défaillance [75v]
(a) paines + prop. nég. : peu s'en faut que, *a paines n'en pouoit* [88v]
penance subst. fém. : souffrance [32r]
pennes subst. fém. plur. : ailes [2v, 3r, 30v, 32r-v]
**penser de* + inf. : se préoccuper de, *pense de* [85r]
perchier vb. intrans. : percer [51r]
**perir* vb. intrans. : être damné, *perissent* [44v, 71r]
pescheries subst. fém. plur. : lieux aménagés pour la pêche [71v]
pesmes adj. : très mauvais [41r]
physicque subst. fém. : art médical [91r]
(a) pié : à pieds [70r, 92v, 95r]
(a) pié (sec) : sans se mouiller [27v]
pieça adv. : depuis quelque temps [78v] ; ja pieça : il y a déjà longtemps [10v, 45r]
pierre subst. fém. : calculs [93v, 94r]
pis subst. masc. : poitrine [20r, 51v, 67r]
piteux adj. : qui éprouve de la pitié [19v]
**(il prend) pitié (de)* : qqn est saisi de pitié, *prengne vous pitié (de moy)* [20v]
plaies, playes subst. fém. plur. : blessures, *playes* [38v], *plaies* [92r]
(plus a) plain : de façon plus détaillée [14r, 90r], *plus applain* [10v]
plainement adv. : en détail [32] ; complètement [48v]
**(venir a) plaisir (a qqn)* : lui être agréable, *il venoit a plaisir a* [78r], *il vint a plaisir a* [82v]
plentureusement adv. : avec générosité [51r]
plenté subst. fém. : abondance [79r]
plentureux (de) adj. : riche en [76v]
plourer vb. intrans. : pleurer [25v, 63r, 75v, 86v, 88r], *plourant* [19v, 22r, 22v, 63r, *et passim*], *eut plouré* [34r] ; se lamenter, *plouroit* [33v], *plouroient* [69r] ; s'affliger, *plourerent* [86v] ; *vb. trans* : *avoient plouréz* [27v] ; tout plourant *adv.* : en larmes [30v, 60v, 68r]
**(se) ployer du corps* vb. pron. : s'incliner devant qqn, *il luy ploya du tout son corps* [74v]
portal subst. masc. : portail [96r]
portant part. prés. de **porter* : renfermer [76v]
possesser vb. trans. : posséder [60v], *possesse* [10r]
potentes subst. fém. plur. : béquilles [83r]
pou adv. : peu [9v, 54r, 59v, 72v, 85v]
pouldre subst. fém. : cendre [29r]
pouly subst. masc. : sorte de jeu [95r[gu]]
pouoir subst. masc. : pouvoir [6r, 19r, 51v, 68v, 83r] ; au pouoir de qqn : selon ses possibilités, *a son pouoir* [24v]
pour ce que : parce que, étant donné que [15v, 27v, 32r, 32v, 37v *et passim*]
**pourchasser (qqc à qqn)* : s'efforcer de procurer qqc à qqn, *leur pourchaça* [55r]
pourpenser vb. trans. : penser mûrement [59v] ; *vb. pron.* : réfléchir mûrement, *se pourpensa* [67v]
**pourprendre* vb. trans. : prendre qqc de force, *pourprinst* [66v]
(fievre) pourrie adj. fém. : fièvre putride [91v], *fievres pourries* [92r]
pourveance subst. fém. : providence [39v, 58r] ; administration, gestion [57v]
**pourveoir* vb. trans. : prévoir, *avoit pourveu* [76v] ; *pourveoir a : veiller

à, *a pourveu* [15r] ; *se pourveoir *vb. pron.* : prendre ses dispositions, *se pourveoit* [55v]

premierement adv. : pour la première fois [1r] ; en premier lieu [91r]

prengne : voir **(il prend) pitié (de)* et **(prendre) vengence*

preschier vb. trans. : prêcher [10v, 43v, 53r], *prescha* [4v, 53r], *preschent* [49v], *presche* [50v], *prescheroit* [53v] ; faire un sermon (contre qqc), *preschier son pechié* [51r]

(ad) present : maintenant [90r, 95v]

presques adv. : presque [10r, 15v, 85v]

preu adj. : valeureux [16r]

preu subst. masc. : profit [24v] ; faire le preu de : faire ce qui est profitable pour [48v]

preudomme subst. masc. : homme probe et sage [26r, 33v], *preudommes* [41v, 79r]

previlege subst. masc. : privilège [10r]

**prier (a qqn que)* + subj. : demander à qqn que [19v], *luy prierent* [26r, 29v-30r], *luy pria* [73r, 75r, 87v], *leur pria* [82v, 86v]

**(faire sa) priere (a qqn)* : l'implorer, *fait priere* [1v], *fist sa priere* [20r]

primatz subst. masc. plur. : princes [5r, 59r]

prime subst. fém. : premières heures canoniales, récitées vers six heures du matin [49r]

princés subst. fém. plur. : principautés [44v]

prisier vb. trans. : louer [15v]

proave subst. masc. : bisaïeul [14v[ae]]

proaive subst. fém. bisaïeule [14v]

prochaine adj. fém. : qui est proche [4r, 43v, 44r]

procureur subst. masc. : religieux chargé des intérêts d'une communauté ecclésiastique [22v]

propices adj. masc. plur. : bien appropriés [72r]

proposement subst. masc. : propos [81v]

**proposer* vb. trans. : décider, *avoient proposé* [25r], *proposa* [30r]

(le) propre (jour) : le jour même [86v]

**(de son) propre* : pour son propre compte, *de vostre propre* [71r]

prosme subst. masc. : prochain [3v, 33r, 37v, 39v, 46v], *prosmes* [39v, 45v]

prouesse subst. fém. : droiture [24v]

prouffit subst. masc. : bénéfice [48v]

prouffitable adj. fém. : utile, *prouffitables* [85r] ; prouffitable a qqc : bénéfique pour qqc [13r]

**prouffiter en qqc* vb. intrans. : faire des progrès en tel domaine, *prouffitoient* [17v], *prouffiterent* [57v]

prouvable adj. fém. : qui peut être prouvée [52v]

puis aprés : ensuite [10r, 29v, 30r]

puis que + indic. : après que [55v]

puissance subst. fém. : pouvoir [21v, 77r] ; divine puissance : toute-puissance [75r]

(non) puissans subst. masc. plur. : pauvres [37v, 48r]

purgier vb. trans. : purifier [51r] ; expier, *seront purgiéz* [39r]

quanques, quanquez adv. : tout ce que [54r, 83v, 88v], *tout quanques* [18v, 23v, 24r *et passim*]

quart adj. : quatrième [37v, 95r]

quelconques adj. fém. sing. : quelle qu'elle soit [40v, 93r]

querir vb. trans. : chercher [29v], *fust quis* [73v]

quois adj. masc. plur. : silencieux [27r]

quoyement adv. : discrètement [22v]

racine (de) : source de [44r, 47r]

raffermer vb. trans. : donner du courage à, raffermir [46v]

ragerie subst. fém. : rage [28r]

**(s'en) raler* vb. pron. : faire retour, *s'en ralerent* [25r, 84r] *(en) ramenbrance (de)* : en souvenir de [5r, 58v]

**(se) ramenbrer* vb. pron. : se souvenir, *se ramenbrerent* [18v], *se ramenbroit* [33v]

**ramener* vb. trans. : faire revenir, *ramaine* [60v]

**(estre en) rancune* : être rancunier, *sont en rancune* [44v]

rapport subst. masc. : récit [28v]

rarité subst. fém. : absence de densité [94v]

ratele subst. fém. : maladie caractérisée par une rate gorgée de sang [95v]

ravir vb. trans. : enlever de force [80v], *avoir ravy* [61v] ; *ravir par menbres, voir *menbres* ; *ravir en esperit, voir *esperit*

ravissant part. prés. en empl. adj. de **ravir* : agressif [67r]

**rebeller (encontre)* vb. intrans. : se révolter contre, *se rebelle encontre* [47v]

recitee part. passé de **raconter* : racontée, *estre recitee* [27r]

**recommander*, *reconmander* vb. trans. : confier, *recommande* [48r], *recommanderent* [69r], *avoit recommandé* [69r], *reconmanda* [73r] ; *se recommander a qqc *vb. pron.* : se mettre sous la protection de qqc, *se recommanderent a ses sainctes oroisons* [28r]

recorder vb. trans. : rappeler à l'esprit, *recorda* [33v] *recordoit* [34v] ; considérer [85r] ; se recorder de, que + *prop.* : se souvenir que, *se recorder de* [67r], *se recorda que* [50r]

**recreer* vb. trans. : réconforter, *recreoit* [53v]

redoubtance subst. fém. : crainte [22v]

**redreschier* vb. trans. : remettre qqn debout, *redresche* [75r]

reffroidier vb. trans. : calmer l'ardeur de [52v]

regarder vb. trans. : voir [32v], *regarda* [35r, 52r, 59v, 70r], *regardoit* [35v] ; prendre en considération, *regardéz* [35v] ; examiner [12v] ; *regarder qqn a qqc : le protéger contre qqc, *le regarda au feu* [50v] ; *vb. intrans.* : *regarder que : s'apercevoir que, *regarda que* [59v]

(au) regart (que) : en ce qui concerne le fait que [91v]

reigle (d'escripvent) subst. fém. : instrument pour tracer les lignes d'écriture sur la feuille [26v, 27r, 27v]

relaxant part. prés. de **relaxer* : qui relâche [93r]

relaxacion subst. fém. : relâchement [93r]

**relenquir* vb. trans. : quitter, *avoit relenqui* [60v], *relenquist* [63v]

religieux adj. : pieux [22v, 30r, 53r, 55r]

religion subst. fém. : communauté religieuse [59v], *religions* [48v]

**remaindre* vb. intrans. : rester, *remaint* [39v, 56v, 61r]

remanant subst. masc. : reste [89v]

ramenbrance subst. fém. : souvenir [5r, 58v]

rempli, remply de : plein de [20r, 23v, 30r, 42v], *remplie de* [74r]

remuneracion subst. fém. : récompense [49v]

renommee subst. fém. : notoriété [28v, 69r, 77r]

**renonchier, renunchier* vb. intrans. : renoncer [37v, 40r], *renunche* [51r], *renonchent* [72r]

**renvoloper* vb. trans. : couvrir de nouveau, *renvoloperent* [88r]

**renvoyer (a)* vb. trans. : faire parvenir à qqn, *renvoia* [5v, 63v]

repair subst. masc. : demeure [32v]

repairier vb. intrans. : retourner [26r]

repaistre vb. trans. : nourrir [24r], *estoit repeus* [58r]

(se) repenser vb. pron. : méditer [75v]

**(avoir) repentance* : se repentir, *a eu repentance* [36v]

**(estre) repentant* : ressentir le regret d'une faute, *fu repentant* [67v] *repletion*, *replecion* subst. fém. : surcharge d'aliments ou de boissons *repletion* [92v], *replecion* [95r]

reportés part. passé masc. plur. de **reporter* : rendus en bénéfice, *soient reportés* [70v]

**repundre* vb. trans. : cacher, *estoit repuns* [24r], *repuns* [39r], *est repunse* [39r], *il repuns* [43v]

requerir, *requerre* vb. trans. : nécessiter, *requerra* [17r] ; mériter, *requiers* [17v] ; prier, *requirent* [29v], *requierent* [85v], *ont requis* [88v], *requerront* [91r], *requerrunt* [95v] ; réclamer, *requerray* [40v] ; demander [46v], *requ(i)erant* [6r, 6v, 67v,] *requist* [34r, 62v, 67v, 76r], *requeroient* [53r], *requiers* [85v], *ont requis* [88v] ; requerir a qqn *vb. intrans.* : s'adresser à qqn [46r]

requeste subst. fém. : demande instante [61r, 71v]

resplendir vb. intrans. : briller [78v]

(sans) retour adv. : irrémédiablement [31v]

**(se) retourner* vb. pron. : revenir, *s'en retournoit* [6r], *s'en retourna* [30v], *s'en retournerent* [81v] ; se toruner à nouveau, *s'en retourna* [75r]

**(se) revenger* vb. pron. : se défendre contre une attaque, *se revengoit* [61v]

**revenir (arriere)* : venir de nouveau, *reviengne arriere* [63v]

revenue subst. fém. : revenu [76v], *revenues* [6r, 71v, 87r]

reverence subst. fém. : vénération [2v, 28r, 78r] ; en grant reverence de : avec grande observance de [7v] ; *avoir qqc en reverence : avoir un grand respect pour qqc, *avoit en si grande reverence* [55v] ; a grant reverence : avec de grandes manifestations de dévotion [80v, 87r]

**revesquir* vb. trans. : ressusciter, *revesqui* [55r]

revestir vb. trans. : couvrir qqn d'un vêtement, *revesti* [2r], *estoient revestus* [27v] ; donner des vêtements à celui qui en manque [24r]

revider vb. trans. : rendre visite à qqn [83v]

reviengne : voir **revenir (arriere)*

riens subst. fém. : rien [2r, 23v, 34v, 40r, 51r *et passim*]

robeurs (de mer) subst. masc. plur. : pirates [25r]

royale adj. fém. : qui surpasse toutes les autres [70r]

royne subst. fém. : reine [14v], *roynes* [1r]

sacré part. passé de **sacrer* : consacré, *fu sacré* [68v]

sacrefice subst. masc. : sacrifice [49r]

saiettes subst. fém. plur. : flèches [35v]

**saillir* vb. intrans. : jaillir, *sailli* [1v], *sailly* [6v, 21r, 77r]

sains subst. masc. plur. : cloches [55r]

sain(c)tuaire subst. masc. : objet sacré [59r], *sainctuaires* [87v]

salut subst. fém. : salut [20r]

samblablement adv. : de même [52v]

samblance subst. fém. : apparence [31v] ; en samblance de : sous l'aspect de, *en semblance (d'une bestelette)* [68r]

saner vb. intrans. : guérir [91r]

saouler vb. trans. : rassasier [67r], *saoulé* [44r]

sapience subst. fém. : sagesse [33v, 43v, 64v, 74v]

sarcus subst. masc. : cercueil [88r]

sauvement subst. masc. : salut [49v, 71r]

(sans le) sceu (de) : à l'insu de [1v, 17v, 18r]

se adv. : ainsi [48r]

se non conj. : sinon [16v]

seccerecce subst. fém. : sécheresse (une des quatre qualités fondamentales, attribuée au feu et à la terre et pouvant entrer dans la complexion d'un corps) [94r]

secche adj. fém. sing. : dépourvue d'eau [77r]

**secourir* vb. trans. : apporter aide à qqn, *les eust secouru* [22r], *sequeure* [63v] *secré* subst. masc. : lieu caché, *secréz du ciel* [43r] ; *savoir les secrés de qqn : connaître son for intérieur, *savoient les secrés* [17v]

**secrer* vb. trans. : consacrer, *secra* [81r]

secretains subst. masc. plur. : secrétaries [68r]

seculiers adj. masc. plur. : mondains [70r]

segnifier vb. trans. : signifier, *segniffioient* [32r], *segnifioient* [32v, 33r] ; donner à entendre, *fu segnifiee* [43v]

seigourissant part. prés. de **seignourir* : gouvernant en seigneur [14r]

sequeure : voir **secourir*

(a) senestre : à gauche [34v, 35r, 50v]

sens subst. masc. : intelligence [27r] ; raison [62r, 77v] ; *estre sens : être raisonnable, *c'est sens* [85r]

sentement subst. masc. : faculté de perception par les sens [93r, 93v]

sentence subst. fém. : précepte [40r] ; décision [25r]

**seoir* vb. intrans. : être situé, *sciet* [61v], *seant* [90r] ; *se seoir a table : être installé à table *seant a table* [6v, 79v], *se seoit a table* [79v]

sepmaine subst. fém. : semaine [19r, 66r]

(porter les) septres (royaulx) : avoir le pouvoir royal [15r]

**servir (a qqn)* : s'acquitter de ses devoirs envers lui, *servoit a* [63v]

(tant) seulement adv. : seulement [10v, 35v, 52r, 53v, 66v, 74r]

seurement adv. : en sécurité [2v], avec confiance [26v]

si adv. : ainsi [7v, 12v, 16r, 18r, 19r *et passim*] ; si que : ainsi que [56r, 64v]

(par tel) si (que) : à la condition que [84r]

siecle subst. masc. : monde d'ici-bas [5r, 32r, 36v, 40r, 43r *et passim*] ; état laïque [48v]

sieuvir vb. trans. : suivre [72v], *ont sieuvy* [10r], *sieuvirent* [27r, 63r], *sieut* [72r], *sieuvons* [81v], *sieuvierent* [82v], *sieuvoient* [82v]

**(tenir) silence* : garder le silence, *tiennent silence* [48v]

signe subst. masc. : phénomène [27v, 80r] ; signal, *signes* [34r, 44r] ; *signe de la croix* [77v]

simple adj. : débonnaire [28v, 62r]

simplement adv. : humblement [84r]

simplesse subst. fém. : modestie [78v]

sire subst. masc. : saint homme [28r]

soier vb. trans. : moissonner [5r, 56v, 57v]

solennelz adj. masc. plur. : importants [13r]

soubslevé part. passé de **soublever* : ému, *fu soubslevé* [78r]

souef (flairant) : voir *flairant*

souefvement adv. : dans la douceur des plaisirs [26r]

souffir vb. impers. : suffire, *il souffist* [39v, 46v]

souffrable adj. fém. : tolérable [63r]

souffrir vb. trans. : endurer, *souffroit* [5v], *souffrira* [47v], *souffreréz* [56v] ; tolérer, accepter [24r, 54r], *souffroit* [83v]

souplement adv. : humblement [46r]

sourgon subst. masc. : source [56r]

souspeçon subst. fém. : méfiance [86r] ; *avoir qqn en souspeçon : se méfier de lui, *l'avoit eu en souspeçon* [67v]

soustenance subst. fém. : subsistance [65r]

soustenir vb. trans. : supporter [67r], *soustenoit* [5v, 6r, 62r, 65v, 67v], *a soustenu* [47v], *avoit soustenu* [52v], *soustint* [87v] ; nourrir [45v], *soustenist* [66r] ; subir, *soustiengent* [46v] *avoit soustenu* [65v]

souventefois adv. : souvent [74v]

subget, subject adj. : plein d'humilité, *subgetz* [33v, 47v] ; subjecte à : soumise à [49v] ; *subst. masc.* : celui qui est subordonné à qqn [47v, 53r]

subjection subst. fém. : soumission [46r]

sublimant part. prés. de **sublimer* : faire passer directement de l'état solide à l'état gazeux [93v]

substance subst. fém. : matière [91v] ; en

substance : pour ce qui est du contenu [95r]
subtives adj. fém. plur. : fines [93v]
superfluités subst. fém. plur. : impuretés [93v]
superhabundance subst. fém. : profusion [1v]
suppossez part. passé masc. plur. en empl. adj. de **supposser* : placés en dessus [93r]
(dire qqc) sur (qqn) : dire qqc qui est valable pour qqn, *dictes sur* [74r]
**surhabonder* vb. intrans. : surabonder, *surhabonda* [21r] ; avoir en excès, *surhabondoit* [62v]
surmonter vb. trans. : l'emporter sur qqn [39v], *ont surmonté* [9r], *eut surmonté* [40v], *as surmonté* [51v]
susprins part. passé masc. plur. de **susprendre* : atteints à l'improviste, *furent susprins* [88v]

taye subst. fém. : grand-mère [14v]
tayon subst. masc. : grand-père [1v, 2v, 14v, 18r, 28v]
tant adv. : tant seulement : seulement [10v, 35v, 52r, 53v, 66v, 74r] ; tant que : de sorte que [13v, 21v, 65r, 75v], jusqu'à ce que [22r, 27r, 51v, 73v, 79r *et passim*] ; de tant comme, que ... d'autant plus : plus... plus [21r, 33r, 63r, 74r] ; tant + *subj.* + *suj. inversé* : bien que, *tant eussent ilz* [25r] ; tant comme + *ind.* : aussi longtemps que [39v, 51r, 51v, 68v] ; tant + *subj.* + que : bien que [59v] ; non pour tant : cependant [66r] ; en tant que : puisque [91v] ; pour tant : pour cette raison [92v] ; ce tant de *en empl. subst.* : la grande quantité de [57r]
tantost adv. : aussitôt [5v, 10r, 60r, 63v, 81v, 85v, 95r] ; tantost que + *indic.* : aussitôt que [1v, 4v, 7r, 55v, 64r *et passim*]
tardiveté (d'aler a chambre) subst. fém. : constipation [94r]
temperelement adv. : durant la vie sur terre [56v dy, 67r]
**tendre (a)* vb. trans. indir. : diriger ses désirs qq part, *tent a* [44r]
tendre adj. : jeune [20r], *tendres* [25r]
tendrement adv. : avec attendrissement [19v, 62r, 70r]
tenir vb. trans. : maintenir qqc avec soi, *tenoit* [6r, 26v] ; retenir, *tenoit* [75r] ; estimer, *tiennent* [45r] ; s'attacher à, *tiens* [48v] ; garder, *tiennent* [48v] ; *vb. pron.* : se maintenir, *se tient* [43v], *se tiennent* [48v] ; tenir a : considérer comme, *tiennent (...) a* [45r]
(a la) terre : voir *devant* et **gesir*
terrien adj. : de ce monde [47r], *terrienne* [53r, 56v], *terriennes* [37v, 40v, 44r, 44v, 47v *et passim*]
tesmoignier vb. trans. : témoigner, *tesmoigne* [66r]
tierce adj. fém. : troisième [34r] ; moisteur tierce, voir *moisteur*
tiers adj. masc. : troisième [14r, 30v, 37v, 57r]
tirant subst. masc. : tiran [59r]
tirer, tyrer (hors de) vb. trans. : extraire de, *tirerent hors de* [7v], *tyrer hors de* [86r]
**tollir* vb. trans. : enlever de force qqc (à qqn), *tolli* [5r, 61v], *avoit tollu* [61v], *soit tollue* [56v] ; ôter, *tolli* [62r]
tombel, subst. masc. : monument funéraire [86r]
tonoire subst. masc. : tonnerre [55v]
torfais subst. masc. plur. : méfaits [49r]
tost adv. : rapidement [84r] ; aussy tost que, voir *aussy*
touchant part. prés. de *toucher : concernant [13r, 59r], *touchans* [5r]
toudis adv. : toujours [28v]
(a) toujours adv. : à jamais [6v, 71v, 75r, 78r, 78v, 86v]
(se) tourbler vb. pron. : s'irriter [49r]

tourner vb. trans. : changer [49r] ; diriger [69v] ; *se tourner vers (un lieu) : se diriger vers, *se tourna* [62v]

(du) tout : complètement, entièrement [21v, 66v, 74v, 83r, 89v]

tout (par tout) : voir *(tout) par (tout)*

traire vb. trans. : mener [85r]

translacion subst. fém. : traduction [14r] ; déplacement [95v, 96r]

translaté part. passé de **translater* : traduit, *fu translaté* [90r] ; transféré d'un lieu dans un autre, *fu translaté* [96r]

translateur subst. masc. : traducteur [9r]

**travailler (le corps)* : s'imposer des souffrances, *ilz travaillent leurs corps* [45r]

travailléz adj. masc. plur. : fatigués [22r]

traveil, *travail* subst. masc. : peine, *traveil* [41r], *travail* [43v] *travaulx* [42v]

traveillier vb. intrans. : prendre de la peine en vue de qqc, *traveillerent* [86v] ; *se traveiller *vb. pron.* : se tourmenter, *traveillier soy* [46v] ; s'efforcer, *se traveillerent* [60r]

**trebuchier* vb. trans. : tomber, *trebucha* [50r]

trenchant adj. : perçant [54v]

trenchisons subst. fém. plur. : douleurs aiguës au ventre, coliques [95v]

trespas subst. masc. : mort [3r, 11r, 34r, 61r, 79v, 95r, 96r]

trespassans subst. masc. plur. : passants [82v]

trespassement subst. masc. : abus [40r, 52r] ; mort [69v]

trespa(s)ser vb. trans. : négliger [77v] ; passer au delà de [59r], *trespassa* [35r, 54r] ; transgresser, *trespassoit* [56r] ; *trespasser (de ceste vie, de ce siecle) *vb. intrans.* : mourir, *trespassé* [7r, 80v], *trespassa* [7r, 79r], *fu trespassé* [79v], *fust trespassé (de ceste mortele vie)* [79v], *estoit trespassé (de ceste fraille vie)* [80r], *il trespassa (de ce siecle)* [86v, 90r], *il trespasa (de ce siecle)* [95v]

(tres)redoubté part. passé en empl. adj. de **redoubter* : respecté (appellatif, dans un titre honorifique) [12r, 12v, 14r]

trestourné part. passé en empl. adj. de *trestourner : bouleversé [43r]

tribulacion subst. fém. : adversité [57r[ea]]

tristres subst. masc. plur. : tristes [24r]

tritave subst. masc. : cinquième aïeul [14v]

tritaive subst. fém. : cinquième aïeule [14v]

trit(r)esse subst. fém. : tristesse, *tritresse* [27v[cx]], *tritesse* [43r]

trop adv. : très [35r, 41r, 63r]

tyne subst. fém. : teigne [70v]

ueil subst. masc. : œil [92v]

ulme subst. masc. : orme [47r]

(h)umain adj. : humain [20r, 28r, 43v, 70r], *umaine* [42v], *humaines* [73r]

umbrageux adj. : effrayant [35v]

umilité subst. fém. : humilité [33r]

umuer subst. fém. : humeur [93v]

(l') une (et l'autre) : tantôt... tantôt [92r[gk]]

ungnemens subst. masc. plur. : baumes [88r]

universel(l)e adj. fém. : générale [93r]

**user (de qqc)* : profiter de qqc, *usa de* [54v]

**user (sa vie)* : passer ses jours, *use (sa vie)* [4r], *use (ta vie)* [47v]

vaillant adj. : valeureux [16r]

vain adj. : dépourvu de valeur [72v]

vaincre vb. trans. : convaincre [45r[dd]]

vaine gloire subst. fém. : vanité [69v]

**valoir (a qqn)* vb. intrans. : être profitable et bénéfique pour qqn, *ne lui vailloit* [20r]

vecy présentatif : voici [25v]

**(prendre) vengence* : subir la vengeance, *prengne vengence* [39r]

veneration, *veneracion* subst. fém. : culte [4r] ; *avoir qqn en veneracion : l'estimer, *l'avoient en grande veneracion* [42r]

**(prendre) vengement (de qqn)* : se venger

de qqn, *les [...] vengemens que nostre Seigneur Dieu prent de (ceulx qui y font tort)* [59r], *le vengement que nostre Seigneur print de (nostre Saint Pere)* [66v]

veniaulx adj. masc. plur. : véniels [36r]

(meectre hors ses) venins : dire ses méchancetés [36v]

(en son) venir : dans sa jeunesse [16r]

(bon) vent : vent favorable à la navigation [25v]

vers prép. : dans la direction de [30v, 32v, 62v] ; auprès de [74v, 76r, 78v]

vertin subst. masc. : accès de folie [95v]

vertu subst. fém. : pouvoir [9r], miracle [21v, 75v, 84r], *vertus* [7v, 19r, 69r, 91r] ; vertu ou foye : faculté siégeant dans le foie [94r]

vespre subst. fém. : soir [49r]

vestement subst. masc. : ce qui est nécessaire pour couvrir et protéger le corps [48r] ; pièce d'habillement [50r, 50v, 65v], *vestemens* [26r, 51v]

vesve subst. fém. : veuve [55r]

veue subst. fém. : apparence [87v]

viande subst. fém. : aliment, *viandes* [22r, 45v] ; nourriture spirituelle [46v] ; mets, *viandes* [52v]

vice subst. masc. : imperfection physique [51v]

viseter vb. trans. : examiner [12v] ; se rendre dans un lieu comme pèlerin [59v], *viseta* [5v], *visetant* [64r] ; rendre visite à qqn [2v, 61r, 79r]

(en son) vivant : pendant sa vie [95v]

vivre inf. subst. : ce qui est nécessaire pour subsister [48r]

voie : voir *voye, voie*

voirement adv. : vraiment [85v]

voisent : voir *aler*

(a une) voix : d'une seule voix [31r]

voulenté subst. fém. : volonté [16v, 18v, 38r, 38v, 46r *et passim*] ; *avoir voulenté de : vouloir, *eust voulenté de* [57v], *eut voulenté de* [59v, 79r] ; tous a une voulenté : d'un commun accord [71v]

**vouler* vb. intrans. : voler, *vouloient* [35r]

voye, voie subst. fém. : droitte voye, voie : sans détour [7r, 82v] ; *se mettre a voie : se mettre en route, *se mist a voie* [79r, 80v] ; *se remettre a la voie : se remettre en route, *se remist a la voie* [62v]

vuideur subst. fém. : état de ce qui est vide [92v]

yssir, issir vb. intrans. : sortir [34v, 43r, 55v, 68r], *estoit yssue* [68r], *issir* [75r]

BIBLIOGRAPHIE

JEAN MIÉLOT

ABD-ELRAZAK, Loula, *Édition critique du manuscrit français 9198 : la Vie et Miracles de Nostre-Dame de Jehan Miélot*, thèse de doctorat soutenue à l'Université d'Ottawa sous la direction de P. Kunstmann, Ottawa, 2012 (en ligne).

BARALE, Elisabetta, « À propos du corbeau dans la traduction des *Vaticinia de summis pontificibus* par Jean Miélot », *Reinardus*, 28, 2016, p. 1-22.

BARALE, Elisabetta, « La réécriture de l'*Interpolation B* à la *Vie des Pères* par Jean Miélot », *Raconter en prose (XIVe-XVIe siècles)* éd. P. Cifarelli, M. Colombo Timelli, A. Schoysman, M. Milani, Paris, Classiques Garnier, 2017, p. 339-353.

BARALE, Elisabetta, « Un testo sconosciuto di Jean Miélot : la traduzione dei *Vaticinia de summis pontificibus* », *Studi Francesi*, 175, 2015, p. 59-70.

BOSSUAT, Robert, « Jean Miélot traducteur de Cicéron », *Bibliothèque de l'École des Chartes*, 99, 1938, p. 1-45.

BOULTON, Maureen, « Jean Miélot : les *Contemplations sur les sept heures de la Passion* », *Le Moyen Français*, 67, 2010, p. 1-12.

BROWN-GRANT, Rosalind, « Illumination as reception. Jean Miélot's reworking of the *Épître Othéa* », *The city of scholars. New approaches to Christine de Pizan*, éd. M. Zimmermann et D. De Rentiis, Berlin, De Gruyter, 1994, p. 260-271.

CARDON, Bert, « Jean Miélot als ontwerper van verluchte handschriften : *De Miroir de la salvation humaine* uit 1449 in de Koninklijke Bibliotheek te Brussel », *De Gulden Passer*, 64, 1986, p. 15-46.

CARDON, Bert, *Manuscripts of the* Speculum humanae salvationis *in the Southern Netherlands (c. 1410-c. 1470). A contribution to the study of the 15th century book illumination and of the function and meaning of historical symbolism*, Louvain, Peeters, 1996.

CARDON, Bert, « The *Miroir de la salvation humaine* revisited : Bibliothèque Nationale de France, ms. fr. 6275 », *Tributes in honor of James H. Marrow : Studies in Painting and Manuscript Illumination of the Late Middle Ages and*

Northern Renaissance, éd. J. F. Hamburger et A. S. Korteweg, London, Harvey Miller, 2006, p. 127-138.

CHABOUILLET, Anatole, « Séances extraordinaires du Comité Imperial des travaux historiques et de Sociétés Savantes tenues à la Sorbonne les 30, 31 mars et 1er avril 1864. Section d'archéologie », *Revue des Sociétés Savantes des Départements*, 3e série, III, 1864, 1er semestre, p. 437-438.

COCKSHAW, Pierre, « À propos des "éditeurs" à la cour de Bourgogne », *Le statut du scripteur au Moyen Âge, Actes du XIIe colloque scientifique du Comité international de paléographie latine [Cluny, 17-20 juillet 1998]*, éd. M.-C. Hubert, E. Poulle et M. Smith, Paris, École des Chartes, 2000 (« Matériaux pour l'histoire », 2), p. 283-289.

COLOMBO TIMELLI, Maria, « La *Vie de sainte Katherine* de Jean Miélot, édition critique », Paris, Classiques Garnier, 2015.

COLOMBO TIMELLI, Maria, « La *Vie de sainte Katherine* de Jean Miélot (1457). Prolégomènes à une édition critique », *Le Moyen Français*, 67, 2010, p. 13-35.

COLOMBO TIMELLI, Maria – KREN, Thomas, « La vie de sainte Catherine d'Alexandrie. Un manuscrit du XVe siècle illustré par Simon Marmion », *Art de l'enluminure*, 45, 2013, p. 4-65.

COLOMBO TIMELLI, Maria, « *Les VII Sacremens de l'Eglise*. Édition critique », *Studi Francesi*, 163, 2011, p. 63-81.

COLOMBO TIMELLI, Maria, « *Les VII Sacremens* de Jean Miélot : une œuvre "originale" ? », *Original et originalité, Colloque international du Groupe de recherche sur le moyen français et de l'AIEMF [Louvain-la-Neuve, 20-22 mai 2010]*, Louvain-la-Neuve, Presses Universitaires de Louvain, 2012, p. 45-52.

COLOMBO TIMELLI, Maria, « Les *Proverbes en françois* de Jean Miélot », *Romania*, 125, 2007, p. 370-399.

COLOMBO TIMELLI, Maria, « Une nouvelle édition du *Mors de la pomme* », *Romania*, 130, 2012, p. 40-73.

CROSIO, Martina, *Édition critique de la* Passion *de saint Adrien*, thèse de doctorat soutenue à l'Université de Turin sous la direction de M. Colombo Timelli et de G. M. Roccati, 2018.

DELARUE, Dominic Eric, *Jean Miélots* Vie de saint Josse *für Philipp den Guten*, mémoire de maîtrise soutenu à la Ruprecht-Karls-Universität de Heidelberg sous la direction de L. E. Saurma et de D. Eichberger, 2010.

DELSAUX, Olivier, « Bibliographie de et sur Jean Miélot », *Le Moyen Français*, 67, 2010, p. 157-202.

DELSAUX, Olivier, « De l'édition du texte-source à celle du texte-cible et vice versa. Le cas des *Vigiles des morts* de Pierre de Nesson copiées et dérimées par Jean Miélot », *Pour un nouveau répertoire des mises en prose. Romans, chansons de geste, autres genres*, éd. M. Colombo Timelli, B. Ferrari et A. Schoysman, Paris, Classiques Garnier, 2014, p. 117-138.

DELSAUX, Olivier, « La mise en prose des *Vigiles des Morts* de Pierre de Nesson, texte inconnu attribuable à Jean Miélot », *Le Moyen Âge*, 119, 2013/1, p. 143-181.

DELSAUX, Olivier, « La traduction française du *Speculum humanae* salvationis de Jean Miélot : l'échec d'un traducteur à l'essai ? », *Le Moyen Français*, 67, 2010, p. 37-62.

DESHAINES, Chrétien, « Étude sur la *Passion de saint Adrien et de sainte Nathalie*, manuscrit du XVe siècle », *Mémoires lus à la Sorbonne. Archéologie [30, 31 mars et 1er avril 1864]*, 1865, p. 171-180.

DISEUR, Alain, *Le* Romuleon *de Roberto della Porta, traduit par Jean Miélot 1463, édition du premier livre*, Mémoire de licence soutenu à l'Université Libre de Bruxelles, 1982.

DUVAL, Frédéric, « La connexion interphrastique dans deux traductions du *Romuleon* (XVe siècle) », *Le Moyen Français*, 51-52-53, 2002-2003, p. 211-247.

DUVAL, Frédéric, *La traduction du* Romuleon *par Sébastien Mamerot. Étude sur la diffusion de l'histoire romaine en langue vernaculaire à la fin du Moyen Âge*, Genève, Droz, 2001.

DUVAL, Frédéric, « Le vocabulaire de la Rome ancienne chez Jean Miélot », *Le Moyen Français*, 67, 2010, p. 63-78.

ESTIENNE, A., *Vie admirable de la très-illustre princesse sainte Aldegonde, vierge angélique, miroir de vertus, patronne de Maubeuge*, Maubeuge, Levecque, 1837.

GROS, Gérard, *Lit preparé au fil du Roy des Roys, chant royal amiénois de l'année 1448 : un texte retrouvé*; http://www.aibl.fr/seances-et-manifestations/les-seances-du-vendredi/seances-2011/janvier-2011/article/vendredi-7-janvier-2011?lang=fr

GROS, Gérard, « Une paraphrase poétique de l'Ave Maria dans l'œuvre de Jean Miélot », *Studi Francesi*, 166, 2012, p. 59-67.

HALLIG, Rudolf, VON WARTBURG, Walther, *Begriffssystem als Grundlage für die Lexikographie, Versuch eines Ordnungsschemas*, Berlin, Akademie der Wissenschaften zu Berlin Verlag, 1952.

HEINZ, Annemarie, *Der Wortschatz des Jean Miélot, Übersetzer im Dienste Philipps des Guten von Burgund*, Wien-Stuttgart, W. Braumüller (Wiener romanistische Arbeiten, 3), 1964.

JENKINS, Jacqueline, LEWIS, Katherine J., *St. Katherine of Alexandria, texts and contexts in western medieval Europe*, Turnhout, Brepols, 2003.

JODOGNE, Pierre, « L'attribution erronée du Romuleon à Roberto dalla Porta », *"A l'heure encore de mon escrire". Aspects de la littérature de Bourgogne sous Philippe le Bon et Charles le Téméraire*, éd. C. Thiry, Louvain-la-Neuve, Les Belles Lettres, 1997, p. 87-97.

JÖNNSON, Nils-Olof, Vie et miracles de saint Josse *de Jean Miélot*, Brepols, Turnhout, 2004.

KUNSTMANN, Pierre, *Vierge et merveille. Les miracles de Notre-Dame narratifs au Moyen Âge* Paris, Union générale d'éditions, 1981.

KURTZ, Leonard P., *Le mors de la põme*, New York, Publications of the Institute of French Studies, 1937.

LABORDE, Alexandre, *Les miracles de Nostre-Dame compilés par Jehan Miélot, secrétaire de Philippe le Bon, duc de Bourgogne. Étude concernant trois manuscrits du XVe siècle ornés de grisailles*, Paris, Société française de reproductions de manuscrits à peintures, 1929.

LEFÈVRE, Sylvie, « Jean Miélot, traducteur de la première *Lettre* de Cicéron à son frère Quintus », *La traduction vers le moyen français, Actes du IIe Colloque de l'AIEMF [Poitiers, 27-29 avril 2006]*, éd. C. Galderisi et C. Pignatelli, Turnhout, Brepols, 2007, p. 125-147.

MIÉLOT, Jean, *La vie de saint Josse*, éd. par H. Crab, Université Catholique de Louvain, Louvain-la-Neuve, 1969.

MIÉLOT, Jean, *Speculum humanae salvationis. Texte critique. Traduction inédite. Les sources et l'influence iconographique principalement sur l'art alsacien du XIVe siècle*, éd. critique par Jules Lutz et Paul Perdrizet, Mulhouse, Meininger, 1907-1909.

MOMBELLO, Gianni, « Per la fortuna del Boccaccio in Francia. Jean Miélot traduttore di due capitoli della *Genealogia* », *Studi sul Boccaccio*, 1, 1963, p. 415-444.

MOMBELLO, Gianni, « Per un'edizione critica dell'*Epistre Othea* di Christine de Pizan », *Studi Francesi*, 24, 1964, p. 401-417 et 25, 1965, p. 1-12.

MOMBELLO, Gianni, « Quattro poesie latine di Jean Miélot », *Miscellanea di studi sul Quattrocento francese*, éd. F. Simone, Torino, Giappichelli, 1967, p. 213-240.

MONTEVERDI, Angelo, « F. Ed. Schneegans. Le *Mors de la pomme*, texte du XVe siècle », *Archivium romanicum*, 5, 1921, p. 110-134.

MORABITO, Pasquale, *Jean Miélot, Mors de la pomme*, Messina, Peloritana, 1968.

PAQUETTE, Jean-Marcel, *Poèmes de la mort de Turold à Villon*, Paris, UGE, 1979, p. 225.

PAVIOT, Jacques, « Mentions de livres, d'auteurs, de copistes, d'enlumineurs, de miniaturistes ("historieurs") et de libraires dans les comptes généraux du duc de Bourgogne Philippe le Bon (1419-1467) », *Miscellanea in memoriam de Pierre Cockshaw (1938-2008) : aspects de la vie culturelle dans les Pays-Bas méridionaux (XIVe-XVIIIe siècle)*, éd. F. Daelemans, A. Kelders, Bruxelles, Archives et bibliothèques de Belgique, 2009, p. 413-446.

PERDRIZET, Paul, « Jean Miélot, l'un des traducteurs de Philippe le Bon », *Revue d'histoire littéraire de la France*, 14, 1907, p. 472-482.

Reuning, John, *La Vie et Miracles de Nostre Dame de Jean Miélot : a partial critical edition*, mémoire de maîtrise soutenu à la Université du North Carolina sous la direction de E. Montgomery, Chapel Hill, 2003.

Schandel, Pascal, « "A l'euvre congnoist on l'ouvrier". Labyrinthes, jeux d'esprits et rébus chez Jean Miélot », *Quand la peinture était dans les livres. Mélanges en l'honneur de François Avril*, éd. M. Hoffmann et C. Zöhl, Turnhout, Brepols, 2007, p. 295-302.

Schneegans, Frédéric-Édouard, « Le Mors de la pomme », *Romania*, 46, 1920, p. 537-570.

Schoysman, Anne, « Jean Miélot, Jean Boccace et les généalogies. Notes sur le ms. BnF, f. fr. 17001 », *"Pour acquerir honneur et pris". Mélanges de moyen français offerts à Giuseppe Di Stefano*, éd. M. Colombo Timelli et C. Galderisi, Montréal, Ceres, 2004, p. 483-489.

Schoysman, Anne, « L'écriture mythographique de l'histoire à la cour de Bourgogne. Les *Genealogie deorum gentilum* de Boccace exploitées par Miélot, remanieur de l'*Epitre Othea* de Christine de Pizan », *Écritures de l'histoire (xive-xvie siècle), Actes du Colloque du Centre Montaigne [Bordeaux, 19-21 septembre 2002]*, éd. D. Bohler et C. Magnien-Simonin, Genève, Droz, 2005, p. 73-82.

Schoysman, Anne, « Les deux manuscrits du remaniement de l'*Épître Othéa* de Christine de Pizan par Jean Miélot », *Le Moyen Français*, 51-53, 2002-2003, p. 505-528.

Schoysman, Anne, « Les minutes de Jean Miélot : le cas de la *Briefve compilation de toutes les histoires de la Bible* dans les mss. Paris, BnF, fr. 17001 et Bruxelles, KBR, II 239 », *Le Moyen Français*, 67, 2010, p. 79-100.

Sepet, Marius, *Jean Miélot, Vie de sainte Catherine d'Alexandrie*, Nantes, Les Éditions Maison, 2007 [Paris, Hutrel, 1881].

Thiry, Claude, « Vie et miracles de saint Josse », *Le Moyen Français*, 67, 2010, p. 101-109.

Trier, Jost, « Der Heilige Jodocus. Sein Leben und seine Verehrung zugleich ein Beitrag zur Geschichte der deutschen Namengebung », *Germanistische Abhandlungen*, 56, Breslau, 1924.

Vaillancourt, Marie-Ève, *L'*Espistre Othea *ou l'*Epistre que Othea la deesse de prudence envoya jadis au preu et tresvaillant Hector de Troye fil du roy Priam lors qu'il estoit en son flourissant eage de XV ans *: version remaniée en 1460 par Jean Miélot, chanoine de Saint-Pierre à Lille*, thèse de doctorat, Université de Laval, 2001.

Vaillancourt, Marie-Ève, « Jean Miélot et l'exemple féminin dans l'*Epistre Othea* », dans *"Écrire et conter". Mélanges de rhétorique et d'histoire littéraire du xvie siècle offerts à Jean-Claude Moisan*, éd. M. C. Malenfant et S. Vervacke, Québec, Presses de l'Université Laval, 2003, p. 193-216.

VAN HEMELRYCK, Tania, VAN HOOREBEECK, Céline, « L'*Epistre Othéa* en contexte bourguignon. Des efforts de Christine de Pizan aux prouesses de Jean Miélot », *Le Moyen Français*, 67, 2010, p. 111-128.

VAN DEN GHEYN, Joseph, *Christine de Pizan : épître d'Othéa, déesse de la prudence à Hector, chef des Troyens : reproduction des 100 miniatures du manuscrit 9392 de Jean Miélot*, Bruxelles, Vromant, 1913.

WILSON, Adrian et LANCASTER, Joyce, *A medieval mirror : Speculum Humanae Salvationis, 1324-1500*, Berkeley and Los Angeles, The University of California Press, 1984.

WIJSMAN, Hanno, « Jean Miélot et son réseau. L'insertion à la cour de Bourgogne du traducteur-copiste », *Le Moyen Français*, 67, 2010, p. 129-156.

WIJSMAN, Hanno, « Le connétable et le chanoine. Les ambitions bibliophiliques de Louis de Luxembourg au regard des manuscrits autographes de Jean Miélot », *Le livre au fil de ses pages, Actes de la 14e journée d'étude du Réseau des Médiévistes belges de Langue française [Liège, 18 novembre 2005]*, éd. R. Adam et A. Marchandisse, Bruxelles, Archives et bibliothèques de Belgique, 2009, p. 119-150.

LA *VIE* DE SAINT FURSY

BÈDE LE VÉNÉRABLE, *Histoire ecclésiastique du peuple anglais (Historia ecclesiastica gentis Anglorum)*, éd. critique par André Crepin, tr. en fr. par P. Monat et P. Robin, Paris, Édition du Cerf, 2005.

BOLLAND, Jean, *Acta Sanctorum Ianuarii*, t. 2, Anvers, 1643.

BOSWELL, Charles Stuart, *An Irish precursor of Dante. A study on the vision of Heaven and Hell ascribed to the eight-century Irish Saint Adamnán, with translation of the Irish text*, London, Nutt, 1908.

CAROZZI, Claude, *Le voyage de l'âme dans l'au-delà d'après la littérature latine (Ve-XIIIe s.)*, Roma, École française, 1994.

CICCARESE, Maria Pia, « Le visioni di S. Fursa », *Romanobarbarica*, 8, 1984-1985, p. 231-303.

COLGAN, John, *Acta Sanctorum veteris et maioris Scotiae seu Hiberniae sanctorum insulae*, t. I, Louvain, 1645.

COLLET, Olivier, MESSERLI, Sylviane, *Vies médiévales de Marie-Madeleine*, Turnhout, Brepols, 2008.

CORBLET, Jules, « S. Fursy, abbé de Lagny, patron de Péronne », *Hagiographie du diocèse d'Amiens*, vol. II, Paris-Amiens, Dumoulin-Prévost, 1870, p. 232-298.

De La Fons De Mélicocq, Alexandre, « Quelques chapitres de la légende de saint Fursy, traduction de Jehan Miélot, xve siècle », *La Picardie*, vol. I, 1857, p. 423-427.

De Smedt, Charles, De Backer, Joseph, *Acta Sanctorum Hiberniae ex codice Salmanticensi nunc primum integre edita opera Caroli De Smedt et Josephi De Backer e Soc. Iesu, hagiographorum Bollandianorum ; auctore et sumptus largiente Joanne Patricio Marchione Bothae*, Edinburgh, London, Bruges, Lille, 1887-1888.

Desmay, Jacques, *La vie miraculeuse de saint Fursy, religieux de l'ordre de Saint Benoit, co-evesque en France, et les révélations à luy faictes sur la vie humaine ; recueillie de plusieurs anciens autheurs par Jacques Desmay, docteur en théologie, et chanoine de Péronne*, Péronne, Le Beau, 1714 ; 1715 [Paris, Eustache Foucault, 1607 ; 1623].

Desobry, Jean, « Deux manuscrits péronnais du xve siècle », *Bulletin trimestriel de la Société des Antiquaires de Picardie*, I, 1972, p. 283.

Friart, Norbert, *Histoire de saint Fursy et de ses deux frères saint Feuillien, évêque et martyr, et saint Ultain*, Société Saint-Augustin, Lille-Paris-Bruges-Bruxelles, Desclée-De Brouwer, 1913.

Grützmacher, Georg K., « Die Viten des Hl. Furseus », *Zeitschrift für Kirchengeschichte*, éd. T. Brieger et B. Bess, 19, Gotha, 1899.

Gougaud, Louis, *Les chrétientés celtiques*, Crozon, Édition Armeline, 1995.

Gougaud, Louis, *Les saints irlandais hors d'Irlande*, Louvain, Bureaux de la Revue, d'Histoire ecclésiastique, 1936.

Hamann, Stefanie, « St. Fursa, the genealoy of an Irish saint, the historical person and his cult », *Proceedings of the Royal Irish Academy*, vol. 112c, Royal Irish Academy, 2011, p. 1-41.

Heist, William W., « Irish Saint's Lives, Romance and Cultural History », *Medieval hagiography and romance*, éd. P. M. Clogan, Cambridge-New York, Cambridge University Press, 1975, p. 25-40.

Heist, William W., *Vitae sanctorum Hiberniae ex codice olim salmaticensi nunc bruxellensi*, Bruxelles, Société des Bollandistes, 1965, (« Subsidia Hagiographica », 28), p. 37-55.

Hunter Blair, Peter, « Celtic and Roman missionaries », *The world of Bede*, Cambridge, Cambridge University Press, 1990.

Krusch, Bruno, *Monumenta Germaniae Historica. Scriptores rerum merovingicarum*, t. IV (*Passiones vitaeque sanctorum aevi Merovingici*), Hannover, Impensis Bibliopolii Hahniani, 1902.

L'Apocalisse di Paolo siriaca, Introduzione, traduzione e commento, éd. critique par Giuseppe Ricciotti, Brescia, Morcelliana, 1932.

Legenda aurea : con le miniature del codice Ambrosiano C 240 inf., éd. critique par Giovanni Paolo Maggioni, vol. I, Firenze, Sismel, 2007.

LEURQUIN-LABIE, Anne-Françoise, « La promotion de l'hagiographie régionale au XVe siècle : l'exemple du Hainaut et du Cambrésis », *Richesses médiévales du Nord et du Hainaut*, éd. J.-C. Herbin, Valenciennes, Camélia-Presses Universitaires de Valenciennes, 2002, p. 253-267.

LEURQUIN-LABIE, Anne-Françoise, *Les légendiers en prose française à la fin du Moyen Âge (région picarde et Flandre française)*, thèse de doctorat soutenue à Paris IV sous la direction de J. Monfrin, 1985.

MABILLON, Jean, *Acta Sanctorum Ordinis S. Benedicti*, t. 2, Paris, Louis Billaine, 1669.

MEYER, Paul, « Légendes hagiographiques en français. II : Légendes en prose », *Histoire littéraire de la France*, 33, 1906, p. 378-458.

MEYER, Paul, « Manuscrits médicaux en français », *Romania*, 44, 1915, p. 161-214.

MEYER, Paul, « Notice du ms. 9225 de la Bibliothèque Royale de Belgique », *Romania*, 34, 1905, p. 24-42.

MEYER, Paul, « Notice du ms. med.-pal. 141 de la Laurentienne (vies des saints) », *Romania*, 33, 1904, p. 1-49.

MEYER, Paul, « Notice sur le manuscrit 307 (ancien 851) de la bibliothèque d'Arras, recueil de vies de saints en prose et en vers », *Romania*, 17, 1888, p. 366-400.

MIGNON, Abbé V., *Histoire de saint Fursy, patron de Péronne, avec les vies de saints Foillain et Ultain*, Péronne, Honoré le Beau, 1715.

O'HANLON, John, *Lives of the Irish saints*, t. 2, Dublin, Duffy and sons, 1872.

Ó RIAIN, Pâdraig, « Les vies de saint Fursy : les sources irlandaises », *Revue du Nord*, 68, 1986, p. 405-414.

PLUMMER, Charles, *Vitae Sanctorum Hiberniae*, t. I, Oxford, Oxford University Press, 1968.

« Séance ordinaire du 11 février 1936 », *Bulletin de la Société des Antiquaires de Picardie*, 1er trimestre, 1936.

SNIEDERS, Irène, « L'influence de l'hagiographie irlandaise sur les *Vitae* des saints irlandais de Belgique », *Revue d'histoire ecclésiastique*, 24, 1928, p. 596-627 et 827-868.

SOCIÉTÉ DES ANTIQUAIRES DE PICARDIE, *Album archéologique*, 17, Amiens, Yvert et Tellier, 1886-1898 (pages non numérotées).

SOL, Hendrik Bastiaan, *La Vie du Pape Saint Grégoire : huit versions françaises médiévales de la légende du bon pécheur*, Amsterdam, Rodopi, 1977.

STOKES, Margaret, *Three months in the forests of France. A pilgrimage in search of vestiges of the Irish saints in France*, London, Bell and sons, 1895.

SURIUS, Laurentius, *De probatis Sanctorum historiis ab Al. Lipomano olim conscriptis nunc primum a Laur. Surio emendatis et auctis*, t. 1, Köln, Calenium & haredes Quentilios, 1570.

TRAUBE, Ludwig, « Perrona Scottorum, ein Beitrag zur Überlieferungsgeschichte und zur Paleographie des Mittelalters », *Vorlesungen und Abhandlungen, Kleine Schriften*, éd. S. Brandt et F. Boll, t. 3, München, Beck, 1965.

TYLUS, Piotr, *Légendes dominicaines dans la littérature française du Moyen Âge. Tradition manuscrite, transformations, diffusion, accueil*, Kraków, Wydawnictwo Uniwersytetu Jagiellońskiego, 2007.

VINCENT DE BEAUVAIS, *Speculum quadruplex sive Speculum maius, Speculum Historiale*, Graz, Akademische Druck Verlagsanstalt, 1965.

ÉTUDES

AUBRUN, Michel, « Caractère et portée religieuse et sociale des "Visiones" en Occident du VIe au XIe siècle », *Cahiers de Civilisation médiévale*, 23, 1980, p. 109-130.

BEYS, Béatrice, « La valeur des gestes dans les miniatures de dédicace (fin du XIVe siècle – début du XVIe siècle) », *Le geste et les gestes au Moyen Âge, Actes du vingt-deuxième Colloque du Centre Universitaire d'Études et de Recherches Médiévales [Aix-en-Provence, février 1997]*, Aix-en-Provence, Université de Provence, 1998, p. 71-89.

Bibliotheca Sanctorum, éd. F. Caraffa, Roma, Istituto Giovanni XXIII della Pontificia Università Lateranense, 1964.

BOESCH, Sofia, « La tipologia dei miracoli nell'agiografia altomedievale. Qualche riflessione », *Schede medievali*, 5, 1983, p. 303-312.

BOIVIN, Jeanne-Marie, *L'Irlande au Moyen Âge : Giraud de Barri et la « Topographia Hibernica » (1188)*, Paris, Champion, 1993.

BONENFANT, Paul – BONENFANT-FEYTMANS, Anne-Marie, *Philippe le Bon. Sa politique, son action*, Bruxelles, De Boeck, 1996.

BOURASSIN, Emmanuel, *Philippe le Bon. Le grand lion des Flandres*, Paris, Tallandier, 1983.

CAROZZI, Claude, « La géographie de l'au-delà et sa signification pendant le haut Moyen Âge », *Popoli e paesi nella cultura altomedievale, [Settimana del Centro Italiano di Studi sull'Alto Medioevo]*, 29/2, 1983, p. 423-481.

CARRUTHERS, Mary, "Machina memorialis". *Meditazione, retorica e costruzione delle immagini (400-1200)*, trad. it. par L. Iseppi, Pisa, Edizioni della Normale, 2006.

Cartulaire de l'église collégiale de Saint-Pierre de Lille, éd. E. Hautcœur, Paris, Picard, 1894, 2 vol.

CAUCHIES, Jean-Marie, *Louis XI et Charles le Hardi. De Péronne à Nancy (1468-1477) : le conflit*, Bruxelles, De Boeck Université, 1996.

CAVAGNA, Mattia, « La maladie dans les récits visionnaires médiévaux », *La maladie et la mort au Moyen Âge, Actes du colloque d'Amiens [janvier 2004]*, éd. D. Buschinger, Amiens, Presses du Centre d'études médiévales, Université de Picardie-Jules Verne, 2004, p. 36-45.

CÉARD, Jean – MARGOLIN, Jean-Claude, *Rébus de la Renaissance. Des images qui parlent*, 2 vol., Paris, Maisonneuve et Larose, 1986.

CROSS, Tom Peete, *Motif-index of early Irish literature*, Bloomington, Indiana University Press, 1952.

DAHL, Louis H., *The Roman camp and the Irish Saint at Burgh Castle*, London, Jarrold and sons, 1913.

DE HAMEL, Cristopher, *Scribes and illuminators*, London, The British Museum Press, 2006.

DE SACHY, Eustache, *Essais sur l'histoire de Péronne*, Paris, Aubry, 1866.

DE TOLANY, Charles, *History and technique of old masters drawings*, New York, Hacker Art Books, 1983.

DELEHAYE, Hyppolite, *Les légendes hagiographiques*, Bruxelles, Société des Bollandistes, 1905.

DELSAUX, Olivier, *Le manuscrit autographe en moyen français. Imaginaires et pratiques. L'exemple de Christine de Pizan*, thèse de doctorat soutenue à l'Université Catholique de Louvain-la-Neuve sous la direction de Tania Van Hemelryck, 2011.

DELSAUX, Olivier, *Manuscrits et pratiques autographes chez les écrivains français de la fin du Moyen Âge. L'exemple de Christine de Pizan*, Genève, Droz, 2013.

DEROLEZ, Albert, *The paleography of gothic manuscript books from the twelfth to the early sixteenth century*, Cambridge, Cambridge University Press, 2003.

DÉROUET, Jean-Louis, « Les possibilités d'interprétation sémiologique des textes hagiographiques », *Revue d'histoire de l'Eglise de France*, 62, 1976, p. 153-162.

DIERKENS, Alain, *Abbayes et chapitres entre Sambre et Meuse (VIIe-XIe siècle)*, Sigmaringen, Thorbecke, 1985.

DOGAER, Georges, DEBAE, Marguerite, *La librairie de Philippe le Bon, exposition organisée à l'occasion du 500e anniversaire de la mort du duc*, Bruxelles, Bibliothèque royale, 1967.

DOUTREPONT, Georges, *La littérature française à la cour des ducs de Bourgogne : Philippe le Hardi, Jean sans Peur, Philippe le Bon, Charles le Téméraire*, Paris, Champion, 1909.

DURAND, Georges, « La châsse de saint Fursy à Gueschart (Somme) », *Bulletin archéologique du Comité des Travaux Historiques et Scientifiques*, Paris, Leroux, 1890, p. 42-45.

ESMEYER, Anna C., *Divina Quaternitas, een onderzoek naar methode en toepassing der visuele exegese*, Utrecht, Rijksuniversiteit te Utrecht 1973.

FRAZER, James G., *The golden bough : a study in magic and religion*, London, Macmillan, 1922, tr. it. par L. De Bosis et P. Sacchi, *Il ramo d'oro : studi sulla magia e la religione*, Torino, Bollati Boringhieri, 1990.

GARDINER, Eileen, *Medieval visions of heaven and hell : a sourcebook*, London, Garland, 1993.

GILISSEN, Léon, « Un élément codicologique trop peu exploité : la réglure, dans Miscellanea F. Lyna », *Scriptorium*, 23, 1969, p. 150-162.

GOSSELIN, Jules, *Histoire du chapitre royal de Saint-Fursy de Péronne*, Péronne, Trépant, 1874.

GRÉGOIRE LE GRAND, *Opere di Gegorio Magno : Dialoghi*, Roma, Città Nuova, 2000.

GROSJEAN, Paul, « Notes d'hagiographie celtique », *Analecta Bollandiana*, 75, 1957, p. 372-420.

GUERREAU-JALABERT, Anita, « L'Arbre de Jessé et l'ordre chrétien de la parenté », *Marie. Le culte de la Vierge dans la société médiévale*, éd. D. I. Prat, E. Palazzo, D. Russo, Paris, Beauchesne, 1996, p. 137-170.

HANS-COLLANS, Ilona – SCHANDEL, Pascal, *Manuscrits enluminés des anciens Pays-Bas méridionaux*, vol. I : *Manuscrits de Louis de Bruges*, Paris, Bibliothèque Nationale de France, 2009, p. 164-165.

HARDY, Thomas Duffus, *Descriptive catalogue of materials relating to the history of Great Britain and Ireland*, t. 1, London, Longman, 1862.

HASSEL, James Woodrow, *Middle French Proverbs, Sentences, and Proverbial Phrases*, Toronto, Pontifical Institute of Medieval Studies, 1982.

HAUTCŒUR, Édouard, *Documents liturgiques et nécrologiques de l'église collégiale de Saint-Pierre de Lille*, Paris, Picard, 1895.

HAUTCŒUR, Édouard, *Histoire de l'église collégiale et du chapitre de Saint-Pierre de Lille*, t. 2, Paris, Picard, 1897.

Histoire des saints et de la sainteté chrétienne, *Les voies nouvelles de la sainteté*, éd. P. Riché, t. IV, Paris, Hachette, 1986.

HUIZINGA, Johan, « La physionomie morale de Philippe le Bon », *Annales de Bourgogne*, 1932, p. 101-139.

HUNCKLER, Théodore, *Vies des Saints du diocèse de Paris*, t. I, Paris, Poilleux, 1833.

HUNT, Tony, « Old French Translations of Medical Texts », *Forum for Modern Language Studies*, 35, 1999, p. 350-357.

HUNT, Tony, « The Beginnings of Medical Instruction in Medieval France », *Romania*, 131, 2013, p. 409-451.

JANSEN-SIEBEN, Ria, « La médecine sous Philippe le Bon. La médecine et Philippe le Bon », *Sartoniana*, 10, 1997, p. 117-162.

KAUFFMANN, Mayeul, *Méthodes statistiques appliquées aux questions internationales*, L'Harmattan, Grenoble, 2009.

LACAZE, Yvon, « Le rôle des traditions dans la genèse d'un sentiment national au XVe siècle. La Bourgogne de Philippe le Bon », *Bulletin de l'École des Chartes*, 129, 1971, p. 303-385.

Le Cheval volant en bois. Édition des deux mises en prose du Cleomadès *d'après le manuscrit Paris, BnF fr. 12561 et l'imprimé de Guillaume Leroy (Lyon, ca. 1480)*, éd. critique par Fanny Maillet et Richard Trachsler, Paris, Classiques Garnier, 2010.

LE GOFF, Jacques, *La naissance du Purgatoire*, Paris, Gallimard, 1981.

LE GOFF, Jacques, « Le temps du Purgatoire (IIIe-XIIIe siècles) », *Le temps chrétien de la fin de l'Antiquité au Moyen Âge, IIIe-XIIIe siècle*, Édition du CNRS, 1984, p. 517-530.

LE GOFF, Jacques, *L'imaginaire médiéval*, Paris, Gallimard, 1985, tr. en it. par A. S. Vivanti, *L'immaginario medievale*, Bari, Laterza, 2008 (VIIe éd.), p. 75-98.

Le siècle d'or de la miniature flamande : le mécénat de Philippe le Bon, Catalogue de l'exposition organisée à l'occasion du 400e anniversaire de la fondation de la Bibliothèque Royale de Philippe II à Bruxelles, le 12 avril 1559 [Palais des beaux-arts, Bruxelles ; Rijksmuseum, Amsterdam 26 juin-13 septembre 1959 ; Bibliothèque Nationale, Paris, octobre-novembre 1959], éd. L. M. J. Delaissé, Bruxelles, Bibliothèque Royale, 1959.

LEROY, Maurice, *Histoire du village de Grandcourt*, Amiens, Imp. Yvert et Tellier, 1902.

Les chevaliers de l'ordre de la Toison d'Or au XVe siècle, éd. R. De Smedt, Frankfurt am Main, 2000.

Les Tablettes de Flandre, éd. C. Van Renynghe de Voxvrie, t. 3, Bruges, s.n., 1950, p. 9-68.

Les trésors des églises de France, Catalogue de l'exposition au Musée des arts décoratifs, Mulhouse, Caisse Nationale des Monuments Historiques, 1965.

MAGISTER BARTOLOMEUS, *Practica*, *Collectio salernitana*, éd. S. De Renzi, t. 4, Napoli, Filiatre-Sebezio, 1856.

MÂLE, Émile, *L'art religieux de la fin du Moyen Âge en France. Étude sur l'iconographie du Moyen Âge et sur ses sources d'inspirations*, Paris, Colin, 1902.

MCKITTERICK, Rosamond, *History and memory in the Carolingian world*, Cambridge, Cambridge University Press, 2004.

MENESES, Paulo, « Le récit hagiographique, expression doctrinaire de la spiritualité médiévale », *Diogène : revue internationale des sciences humaines*, 139, juillet-septembre 1987, p. 53-72.

Miniatures flamandes 1404-1482, éd. B. Bousmanne et T. Delcourt, Bibliothéque Nationale de France / Bibliothèque royale de Belgique, 2011.

MONFRIN, Jacques, *Études de philologie romane*, Genève, Droz, 2001.

MONFRIN, Jacques, « Humanisme et traductions au Moyen Âge », *Journal des savants*, 3, 1963, p. 161-190 [rééd. dans *Études de philologie romane*, *op. cit.*, p. 757-786].

Ó CORRÁIN, Donnchadh, « Creating the past : the early Irish geneaological tradition », *Peritia*, 12, 1998, p. 177-208.

PASTOUREAU, Michel, *L'art héraldique au Moyen Âge*, Paris, Seuil, 2009.

PASTOUREAU, Michel, « L'héraldique au service de la codicologie », *Codicologica : towards a science of handwritten books*, vol. IV : *Essais méthodologiques*, éd. A. Gruyus et J. P Gumbert Leiden, Brill, 1978, p. 76-82.

PAVIOT, Jacques, « La dévotion vis-à-vis de la Terre Sainte au XVe siècle : l'exemple de Philippe le Bon, duc de Bourgogne (1396-1467) », *Autour de la première croisade, Actes du Colloque de la Society for the Study of the Crusades and the Latin East [Clermont-Ferrand, 22-25 juin 1995]*, éd. M. Balard, Paris, Publications de la Sorbonne, 1996, p. 401-411.

PAVIOT, Jacques, *Les ducs de Bourgogne, la croisade et l'Orient*, Paris, Presses universitaires de Paris-Sorbonne, 2004.

PINCHART, Alexandre Joseph, *Archives des arts, sciences et lettres. Documents inédits publiés et annotés par Alexandre Pinchart*, Gand, Vanderhaegen, 1881.

RABEL, Claudia, « "L'estude d'un tres noble seigneur garny a planté de plusieurs beaulx livres". L'iconographie des bibliothèques médiévales dans les manuscrits enluminés », *Le goût du lecteur au Moyen Âge*, éd. D. Bohler, Paris, Le Léopard d'Or, 2006, p. 245-289.

RAVASI, Gianfranco, *Questioni di fede*, Oscar Mondadori, Milano, 2010.

RUS, Martijn, « Fonctions de l'image dans les textes manuscrits et imprimés », *Der Ursprung von Literatur. Medien, Rollen. Kommunikationsituationen zwischen 1450 und 1650*, éd. G. Smolka-Koerdt, P. M. Spangenberg et D. Tillmann-Bartylla, München, W. Fink, 1989, p. 106-118.

SAINT AUGUSTIN, *Œuvres de saint Augustin, Exposés généraux de la foi : De fide et symbolo, Enchiridion*, tr. en fr. par J. Rivière, Paris, Desclée, 1947.

SCHADT, Hermann, *Die Darstellungen der Arbores Consanguinitatis und der Arbores Affinitiatis : bildschemata in juristischen Handschriften*, Tübingen, E. Wasmuth, 1982.

SCHNERB, Bertrand, *L'état bourguignon*, Paris, Perrin, 1999.

SIGAL, Pierre-André, *L'homme et le miracle dans la France médiévale (XIe-XIIe siècle)*, Paris, Éditions du Cerf, 1985.

SIGAL, Pierre-André, « Un aspect du culte des saints : le châtiment divin aux XIe et XIIe siècles, d'après la littérature hagiographique du midi de la France », *La religion populaire en Languedoc du XIIe siècle à la moitié du XIVe siècle*, Cahiers de Fanjeaux, 11, 1976, p. 39-59.

SEGRE, Cesare, *Fuori del mondo. I modelli della follia nelle immagini nell'aldilà*, Torino, Einaudi, 1990.

SILVESTRE, Hubert, « Incipits des traités médiévaux de sciences expérimentales dans les mss latins de Bruxelles », *Scriptorium*, 5, 1951, p. 145-160.

SMEYERS, Maurice, *La miniature*, (Typologie des sources du Moyen Âge occidental, vol. 8), Turnhout, Brepols, 1974.

SMEYERS, Maurice, Cardon, Bert, « À propos du dessin dans les manuscrits enluminés », *Le dessin sous-jacent dans la peinture, Colloque V [Louvain-la-Neuve, 29-30 septembre – 1er octobre 1983]*, éd. R. Van Schoute et D. Hollanders-Favart, Louvain-la-Neuve, 1985, p. 103-117.

SOUTHEY, Robert, *Letters to Charles Butler comprising essays on the Romish religion and vindicating the Book of the Church*, London, John Murray, 1826.

STROO, Cyriel, *De celebratie van de macht, Presentatieminiaturen en aanverwante voorstellingen in handschriften van Filips de Goede (1419-1467) en Karel de Stoute*, Bruxelles, Paleis der Academiën, 2002.

SEYMOUR, St. John D., « The Eschatology of the Early Irish Church », *Zeitschrift für celtische Philologie*, 14, 1923, p. 179-211.

SHORT, Ian, « L'avènement du texte vernaculaire : la mise en recueil », *Théories et pratique de l'écriture au Moyen Âge*, éd. E. Baumgartner et C. Marchello-Nizia, *Littérales*, 4, 1988, p. 11-24.

THOMPSON, Stith, *Motif-index of folk literature : a classification of narrative elements in folktales, ballads, myths, fables, medieval romances, exempla, fabliaux, jest-books, and local legends*, Bloomington, Indiana University Press, 1955-1958, 6 vol., Copenhagen, 1955-1958, London, Bloomington, 1975.

THOREL, Octave, « Le rébus de Picardie. Étude historique et philologique », *Mémoires de la société des antiquaires de Picardie*, vol. IV, 1903.

TOUBERT, Hélène, « Formes et fonctions de l'enluminure », *Histoire de l'édition française*, vol. I : *Le livre conquérant : du Moyen Âge au milieu du XVIIe siècle*, Paris, Promodis, 1982, p. 87-129.

TOUBERT, Hélène, *Un art dirigé : réforme grégorienne et iconographie*, Paris, Éditions du Cerf, 1990.

VAN DER ESSEN, Léon, *Étude critique et littéraire sur les vitae des saints mérovingiens de l'ancienne Belgique*, Louvain-Paris, Bureaux du Recueil-Fontemoing, 1907.

VAN DER LINDEN, Herman, *Itinéraires de Philippe le Bon, duc de Bourgogne (1419-1467) et de Charles, comte de Charolais (1433-1467)*, Bruxelles, 1940.

VANDERJAGT, Arjo, *Qui sa vertu anoblist : the concepts of « noblesse » and « chose publicque » in Burgundian political thought*, Groningen, J. Miélot & Co., 1981.

VANWIJNSBERGHE, Dominique, *"Ung bon ouvrier nommé Marquet Caussin". Peinture et enluminure en Hainaut avant Simon Marmion*, Bruxelles, Institut Royale du Patrimoine artistique, 2013.

VAUGHAN, Richard, *Philip the Good. The apogee of Burgundy*, London, Longmans, 1970.

VELISSARIOU, Alexandra, *Aspects dramatiques et écriture de l'oralité dans les* Cent Nouvelles Nouvelles, Paris, Champion, 2012.

VON EUW, Anton, PLOTZEK, Joachim M., *Die Handschriften der Sammlung Ludwig*, Köln, Schnütgen-Museum der Stadt Köln, 1985.

WIJSMANN, Hanno, *Luxury bound : illustrated manuscript production and noble and princely book ownership in the Burgundian Netherlands (1400-1550)*, Turnhout, Brepols, 2010.

CATALOGUES, RÉPERTOIRES, DICTIONNAIRES, BASES DE DONNÉES ET BIBLIOGRAPHIE LINGUISTIQUE

ALW : *Atlas linguistique de la Wallonie*, version 2013, Institut de Dialectologie et Service de Linguistique du français et Dialectologie wallonne de l'Université de Liège. Disponible en ligne : http://alw.philo.ulg.ac.be

AND : *The Anglo-Norman Dictionary*. Disponible en ligne : http://www.anglo-norman.net/gate/

BARBICHE, Bernard, *Conseils pour l'établissement des index*. Disponible en ligne : http://theleme.enc.sorbonne.fr/cours/edition_epoque_moderne/etablissement_des_index

BARROIS, Jean Baptiste Joseph, *Bibliothèque protypographique, ou Librairies des fils du roi Jean, Charles V, Jean de Berri, Philippe de Bourgogne et les siens*, Paris, Treuttel et Würtz, 1830.

BOURCIEZ, Édouard et Jean, *Phonétique française, étude historique*, Paris, Klincksieck, 1971.

BRUNOT, Ferdinand, *Histoire de la langue française des origines à nos jours*, t. I, *De l'époque latine à la Renaissance*, nouvelle éd., Paris, Colin, 1966.

Cantus Manuscript Database : Inventory of Chant Sources. Disponible en ligne : http://cantus.uwaterloo.ca

Conseils pour l'édition des textes médiévaux, 3 fascicules, Paris, Comité des Travaux Scientifiques et Historiques, École Nationale des Chartes, 2001-2002.

COTGRAVE, Randle, *A Dictionarie of the French and English Tongues*, London, Adam Islip, 1611.

Crealscience : Dictionnaire du Français Scientifique Médiéval, version 2014. Disponible en ligne : www.crealscience.fr

DAIRE, Louis François, *Dictionnaire Picard-Gaulois et Gaulois-Picard*, éd. A. Ledieu, 1911.

DEAF : *Dictionnaire Étymologique de l'Ancien Français*, version 2015. Disponible en ligne : http://www.deaf-page.de/fr/index.php

DELSAUX, Olivier, VAN HEMELRYCK, Tania, *Les manuscrits autographes en français au Moyen Âge. Guide de recherches. Avec trois articles de Gilbert Ouy* (Texte, Codex & Contexte ; 15), Brepols, Turnhout, 2014.

DI STEFANO, Giuseppe, *Le nouveau dictionnaire historique des locutions*, Turnhout, Brepols, 2015.

DMF : *Dictionnaire du Moyen Français*, version 2015. Disponible en ligne : http://www.atilf.fr/dmf/

DOUTREPONT, Georges, *Inventaire de la "librairie" de Philippe le Bon*, Genève, Slatkine, 1977 [1906].

DUPONT, Michel, *Dictionnaire historique des médecins dans et hors de la médicine*, Paris, Larousse, 1999.

ELOY, Nicolas François Joseph, *Dictionnaire historique de la médecine ancienne et moderne*, t. 1, Mons, Hoyois, 1778.

FEW : VON WARTBURG, Walther, *Französisches Etymologisches Wörterbuch : eine Darstellung des galloromanischen Sprachschatzes*, Bonn-Basel, F. Klopp, 1928-2003, (disponible en ligne : https://apps.atilf.fr/lecteurFEW/index.php/page/view)

FOUCHÉ, Pierre, *Le verbe français, étude morphologique*, Paris, Les Belles Lettres, 1931.

FOUCHÉ, Pierre, *Phonétique historique du français*, vol. II : *Les voyelles*, Paris, Klincksieck, 1958.

FOUCHÉ, Pierre, *Phonétique historique du français*, vol. III : *Les consonnes et index général*, Paris, Klincksieck, 1961.

GAMILLSCHEG, Ernst, *Historische französische Syntax*, Tübingen, Niemeyer, 1957.

GDF : GODEFROY, Frédéric, *Dictionnaire de l'ancienne langue française et de tous ses dialectes du IXe au XVe siècle*, Paris, 1880, réimprimé New York, Kraus, 1961.

GDFC : GODEFROY, Frédéric, *Complément au dictionnaire de l'ancienne langue française et de tous ses dialectes du IXe au XVe siècle*, Paris, Bouillon, 1895-1902.

GOSSEN, Charles-Théodore, *Grammaire de l'ancien picard*, Paris, Klincksieck, 1970 (rééd. 1976).

Gregorien. Disponible en ligne : http://gregorien.info

HUGUET, Edmond, *Dictionnaire de la langue française du XVIe siècle*, Paris, Champion, 1925-1967.

JACQUART, Danielle, *Lexique de la langue scientifique : (astrologie, mathématiques, médecine…)*, Paris, Klincksieck, 1997.

Jonas. Répertoire des textes et manuscrits médiévaux en langue d'oc et d'oïl. Disponible en ligne : http://jonas.irht.cnrs.fr

La Curne de Sainte-Palaye, Jean-Baptiste, *Dictionnaire historique de l'ancien langage françois*, Niort, L. Favre, 1875-1882.

La librairie des ducs de Bourgogne. Manuscrits conservés à la Bibliothèque Royale de Belgique, éd. B. Bousmanne et C. Van Hoorebeeck, vol. I, *Textes liturgiques, ascétiques, théologiques, philosophique et moraux*, Turnhout, Brepols, 2000.

Mantou, Reine, *Actes originaux rédigés en français dans la partie flamingante du comté de Flandres (1250-1350). Étude linguistique*, Liège, George Michiels, 1972.

Marchello-Nizia, Christiane, *La langue française aux* XIVe *et* XVe *siècle*, Paris, Nathan, 1997.

Martin, Robert, Wilmet, Marc, *Manuel du français du Moyen Âge : syntaxe du moyen français*, Bordeaux, Sobodi, 1980.

Ménard, Philippe, *Manuel du français du Moyen Âge : syntaxe de l'ancien français*, Bordeaux, Sobodi, 1976.

Mostra di codici romanzi delle biblioteche fiorentine, Catalogo della mostra (Firenze, Biblioteca Medicea Laurenziana, 1956), VIII Congresso internazionale di studi romanzi (3-8 aprile 1956), Firenze, Sansoni, 1957.

Muzerelle, Denis, *Manuscrits datés des bibliothèques de France*, t. 1 : *Cambrai*, Paris, Éditions du CNRS, 2000.

Muzerelle, Denis, *Vocabulaire codicologique. Répertoire méthodique des termes français relatifs aux manuscrits*, Paris, CEMI, 1985. Disponible en ligne : http://vocabulaire.irht.cnrs.fr/vocab.htm

Nigra, Costantino, « *Notes étymologiques et lexicales* », Romania, 31, 1902, p. 499-501.

Nobiliaire des Pays-Bas et du comté de Bourgogne, éd. M. de Vegiano, Gand, Impr. Gyselinck, 1865.

Omont, Henri, *Catalogue général des manuscrits français, Ancien Saint-Germain français*, vol. I, Paris, Ernest Leroux, 1898-1900, p. 638-640.

Pächt, Otto, Jenni, Ulrike, Thoss, Dagmar, *Die illuminierten Handschriften und Inkunabeln der Österreichischen Nationalbibliothek, Flämische Schule*, I, Wien, s.n., 1983, p. 82.

Poncelet, Albert, *Catalogus codicum hagiographicorum latinorum bibliothecae Vaticanae*, Turnhout, Brepols, (« Subsidia Hagiographica » 11), 1883 (rééd. 1910).

Quesnay d'Houry, François, *Traité des fièvres continues*, Paris, Chez d'Houry, 1753.

Quicherat, Jules, *Catalogue général des manuscrits des bibliothèques publiques des départements*, t. IV, Paris, Imprimerie Nationale, 1872.

Raymond, François, *Dictionnaire des termes appropriés aux arts et aux sciences*, Paris, Masson, 1824.

Remacle, Louis, *Documents lexicaux des archives scabinales de Roanne (La Gleize)* 1492-1794, Paris, 1967.

RIETSTAP, Jean-Baptiste, *Armorial général*, London, Heraldry Today, 1972 [1884].

RODRÍGUEZ SOMOLINOS, Amalia, « *C'est mon, ce avez mon, ce ne fist mon* en ancien français : modalisation assertive et confirmation », *À la quête du sens. Études littéraires, historiques et linguistiques en hommage à Christiane Marchello-Nizia*, éd. C. Guillot, S. Heiden, S. Prévost, Lyon, ENS-Éditions, 2006, p. 217-230.

RODRÍGUEZ SOMOLINOS, Amalia, « L'évolution des expressions confirmatives négatives *ce n'est mon, ce n'a mon, ce ne fait mon* en français (XIIe-XVIe siècles) », *Évolutions en français. Études de linguistique diachronique*, éd. B. Combettes, Berne, Peter Lang, 2008, p. 329-244.

SAIZ SÁNCHEZ, Marta, « *Si ferai je, non ferai* : l'expression de l'accord et du désaccord dans le dialogue médiéval », *Le discours et la langue*, 8/1, 2016, p. 135-156.

TAYLOR, Robert, « Les préfixes de négation "non-" et "nient-" en ancien français », *Actes du XIIIe Congrès International de linguistique et philologie romanes*, Paris, Klincksieck, 1976, p. 647-658.

TLFI : *Le Trésor de la Langue Française informatisé*. Disponible en ligne : http://atilf.atilf.fr

TOBLER, Adolf, LOMMATZSCH, Erhard, *Altfranzösisches Wörterbuch*, Berlin-Wiesbaden-Stuttgart, Weidmannsche Buchhandlung, 1925-1976/1989-1995/2002.

Translations médiévales. Cinq siècles de traductions en français au Moyen Âge (XIe-XVe siècles). Étude et répertoire, éd. C. Galderisi, t. 2, Turnhout, Brepols, 2011.

INDEX DES NOMS PROPRES

Cet index des noms propres a été conçu dans le but de faciliter la lecture de La genealogie, la vie, les miracles et les merites de saint Foursy. Sa rédaction suit les établissement des index énoncé.

Les anthroponymes (à l'exclusion de Dieu, Seigneur et Jhesu Crist) et les toponymes sont insérés dans une seule série selon l'ordre alphabétique, mais les entrées sont distinguées en utilisant différents critères typographiques : les noms de personne sont donc imprimés en petites capitales. Chaque vedette est suivie du renvoi au texte. Les lettres en exposant accompagnent les occurrences qui font l'objet d'une note sur le personnage ou sur le lieu. Lorsque les références du même type sont trop nombreuses, la mention *passim* remplace la suite des références. Les variantes graphiques sont données selon l'ordre d'apparition dans le texte. La forme actuelle des noms suit celle en moyen français dans les cas où elle a beaucoup évolué ; pour ce qui est des régions historiques, on a inséré les références aux pays actuels.

TABLE DES MATIÈRES

LA GENEALOGIE, LA VIE, LES MIRACLES ET LES MERITES DE SAINT FOURSY

IMPRIM'VERT®

Achevé d'imprimer par Corlet Numéric,
Z.A. Charles Tellier, Condé-en-Normandie (Calvados), en septembre 2018
N° d'impression : 151308 – Dépôt légal : septembre 2018
Imprimé en France